讓生活中的人事時地物成為你

〈實境式〉

照(片)單(字)全(部)收(錄)

圖解單字不用背

一眼看懂單字差異，學會道地英文！

作者：簡孜宸（Monica Tzuchen Chien）

全MP3一次下載

http://booknews.com.tw/mp3/9789864542598.htm

iOS系統請升級至iOS13後再行下載，下載前請先安裝ZIP解壓縮程式或APP，
此為大型檔案，建議使用Wifi連線下載，以免占用流量，
並確認連線狀況，以利下載順暢。

Contents
目錄

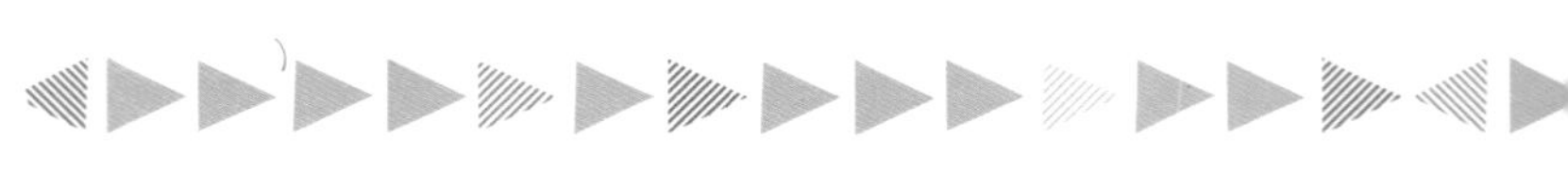

PART 1 居家

PART 2 交通

PART 3 學校

PART 4 工作場所

PART 5 購物

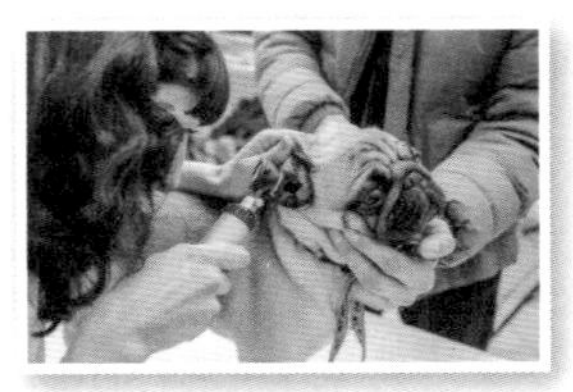

PART 6 飲食

PART 7 生活保健

PART 8 休閒娛樂

PART 9 體育活動和競賽

PART 10 特殊場合

附錄

User's Guide
使用說明

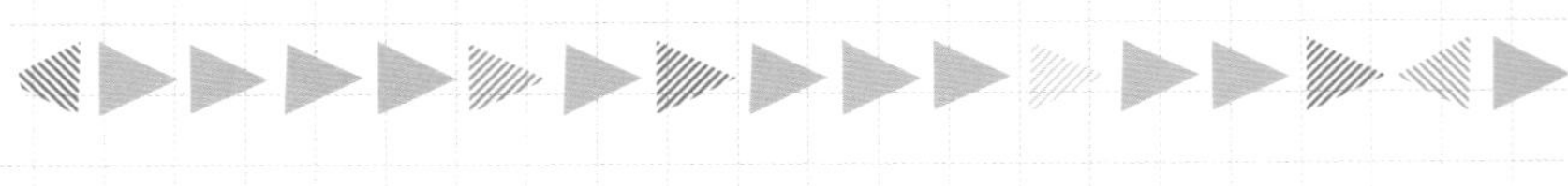

十大主題下分不同地點與情境，一次囊括生活中的各個面向！

外師親錄QR碼音檔，隨掃隨聽道地美式發音，清楚易學。

實景圖搭配清楚標號，生活中隨處可見的人事時地物，輕鬆開口說！

1 ceiling [ˋsilɪŋ] n. 天花板
2 wall [wɔl] n. 牆壁
3 hardwood floor [ˋhɑrd͵wʊd] [flor] n. 硬木地板
4 window [ˋwɪndo] n. 窗戶
5 coffee table [ˋkɔfi] [ˋtebl] n. 茶几；咖啡桌
6 couch [kautʃ] n. 長沙發椅
7 ottoman [ˋɑtəmən] n. 軟墊凳
8 fireplace [ˋfaɪr͵ples] n. 壁爐
9 picture [ˋpɪktʃɚ] n. 畫
10 light switch [laɪt] [swɪtʃ] n. 電燈開關

10

所有單字貼心加註音標，看到就能輕鬆唸！

就算中文都一樣，英文真正的意義卻大不同，詳細解說讓你不再只學皮毛。

你知道嗎？

同樣是「沙發」，couch、sofa 和 lounge 有什麼不一樣嗎？

couch [kautʃ] 源自法語的動詞 coucher，意指「躺下來」，所以 couch 是指那種讓人感到舒適、柔軟，上面還放上幾個靠墊，讓人想躺下來的沙發。

I am getting ready to sack out on this comfortable couch.
我準備在這舒適的沙發上睡個覺。

sofa [ˋsofə] 源自於阿拉伯語的 suffah，意指「用木頭或石頭做成的長椅」，所以 sofa 是指那種靠背較高、座墊較硬，長度較長，適合坐多於躺的沙發。

Ryan is sitting on the sofa watching TV.
Ryan 坐在沙發上看電視。

搭配例句，記住單字的同時也能靈活運用！

lounge [laʊndʒ] 多被認為來自法語的 longis，意指「懶散的人」，所以 lounge 是指那種能讓人懶洋洋躺臥在上面的躺椅式的沙發。

She is reading a novel in a lounge chair under a shady tree.
她在樹蔭下的躺椅看小說。

Chapter 1 Living Room 客廳

11 **television** [ˋtɛlə͵vɪʒən] n. 電視
12 **rug** [rʌg] n. 地毯
13 **potted plant** [ˋpɑtɪd] [plænt] n. 盆栽
14 **armchair** [ˋɑrm͵tʃɛr] n. 扶手椅
15 **cushion** [ˋkʊʃən] n. 靠墊；坐墊
16 **wall lamp** [wɔl] [læmp] n. 壁燈
17 **pendant lamp** [ˋpɛndənt] [læmp] n. 吊燈
18 **cabinet** [ˋkæbənɪt] n. 櫃子
19 **end table** [ɛnd] [ˋtebḷ] n. 小茶几
20 **drawer** [ˋdrɔɚ] n. 抽屜

常見的 3 種窗簾，英文要怎麼說呢？

curtain
[ˋkɝtən]
n. 窗簾

window shade
[ˋwɪndo] [ʃed]
n. 羅馬簾

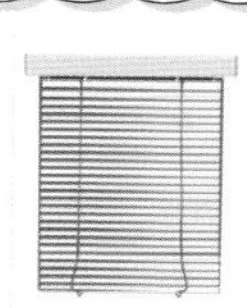

window blind
[ˋwɪndo] [blaɪnd]
n. 百葉窗

一定要會的補充單字，讓你一目了然、瞬間學會。

Tips

慣用語小常識：地毯篇

pull the rug out from under (sb's) feet
「抽出某人腳下的地墊」？

想想看，如果有人突然把你腳下的地墊抽掉，你一定會站不穩而摔得四腳朝天；因此這句話意指「破壞（某人）計畫」，而不讓計畫順利完成。

I was supposed to go jogging this morning, but the heavy rain pulled the rug out from under my feet.
我本來今天早上要去慢跑，但是大雨破壞了我的計畫。

11

除了單字片語，還補充外國人常用的英文慣用語，了解由來才能真正活用！

除了各種情境裡會用到的單字片語，常用句子也幫你準備好。

⋯02 聊天、談正事

Part1_03

會用到的單字與片語

1. chat [tʃæt] v. 閒談；聊天
2. talk about ph. 談論～；談到～
3. greeting [ˋgritɪŋ] n. 問候
4. small talk [smɔl] [tɔk] n. 閒聊；寒暄
5. gossip [ˋgɑsəp] v. 聊八卦或小道消息
6. compliment [ˋkɑmpləmənt] v. 讚美；稱讚
7. discuss [dɪˋskʌs] v. 商談；討論
8. introduce [ˌɪntrəˋdjus] v. 介紹
9. meeting [ˋmitɪŋ] n. 開會；會議
10. negotiate [nɪˋgoʃɪˌet] v. 談判；協商
11. get down to business ph. 談正事；言歸正傳
12. speak ill of sb. ph. 說某人的壞話
13. talk behind one's back ph. 說某人的閒話

• Tips •

small talk、chit chat 和 gossip 有何不同呢？

small talk 是指在工作場所上，與客戶或工作夥伴見面時，用來打破冷場、避免尷尬的寒暄用語，在 small talk 之中，會避免討論到任何有關政治、宗教或其他任何有爭議性的話題。chit chat 是指朋友之間的閒談，閒談的話題可以是有關運動、電影、天氣或一些瑣碎不重要的輕鬆話題。gossip 也是指朋友之間的閒談，但閒聊、八卦的內容大多是有關「他人」的生活近況。

16

常說的句子

1. Let's get together again. 改天再聚聚。
2. Nice talking to you. 很高興跟你聊天。
3. It's a long story. 說來話長；一言難盡。
4. Think it over. 仔細考慮一下。
5. Time will tell. 時間會證明一切的。
6. I know how you feel. 我能體會你的感受。
7. Sorry to hear that. 聽到這個消息我很難過。
8. You have my word. 我保證。
9. You are the boss. 聽你的，你說的算。
10. I mean it. 我是認真的。
11. Whatever you say. 隨便你怎麼說。
12. It's hard to say. 這很難說。
13. Use your head. 動動腦子吧。
14. It's a pleasure working with you. 跟你合作很愉快。
15. No doubt about it. 無庸置疑。
16. Let's get right to it. 直接談正事吧。

• Tips •

除了陳年老梗的 How are you?，你還可以怎麼問候呢？

與 How are you? 相似的問候語可分成兩種：一種是「打個招呼、寒暄一下」的簡單問候；另一種為「關心近況、想多聊聊」的深入問候。

★「打個招呼、寒暄一下」

如果想以輕鬆而非正式的方式問候朋友，可以說 How's it going?（最近怎麼樣？）、How are you getting on?（最近如何？）或 What's up?（近來好嗎？）；但如果是在正式的場合，特別是在工作場合上，第一次遇見對方，建議以 How do you do?（你好嗎？）來問候比較得體。

17

就主題單字深入解釋細微差異，了解透徹才能印象深刻！

一併解釋單字的由來與構成，完整學習才能有好效果！

pastry set 裡的 set 是「組成；組合」的意思，那 pastry set 是由什麼組合而成的呢？

pastry 意指擠花袋裡的「麵糊」，而 set 則是指 pastry bag [ˋpestrɪ] [bæg]（填充麵團的袋子）與 pastry tube [ˋpestrɪ] [tjub]（擠花嘴；擠花管）的組合，因此，pastry set 整體來說，就是「擠花袋」。

烘焙時會用到的切刀有哪些呢？

pastry blender [ˋpestrɪ] [ˋblendɚ] n. 奶油切刀

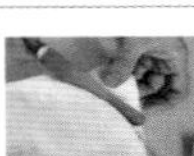

pastry knife [ˋpestrɪ] [naɪf] n. 西點刀

pastry crimper [ˋpestrɪ] [ˋkrɪmpɚ] n. 滾輪刀

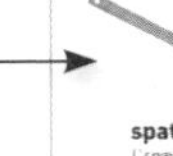

spatula [ˋspætjələ] n. 抹刀；刮刀

cookie cutter [ˋkʊkɪ] [ˋkʌtɚ] n. 餅乾切模器

pizza cutter [ˋpitsə] [ˋkʌtɚ] n. 披薩刀

32

就算連中文都不知道，只要看到圖就知道這個單字是什麼意思，學習更輕鬆！

Part 1
Home 居家

Chapter1

Living Room 客廳

Part1_01

這些應該怎麼說？

客廳擺飾

1 **ceiling** [ˋsilɪŋ] n. 天花板

2 **wall** [wɔl] n. 牆壁

3 **hardwood floor** [ˋhɑrd͵wʊd] [flor] n. 硬木地板

4 **window** [ˋwɪndo] n. 窗戶

5 **coffee table** [ˋkɔfɪ] [ˋtebl̩] n. 茶几；咖啡桌

6 **couch** [kaʊtʃ] n. 長沙發椅

7 **ottoman** [ˋɑtəmən] n. 軟墊凳

8 **fireplace** [ˋfaɪr͵ples] n. 壁爐

9 **picture** [ˋpɪktʃɚ] n. 畫

10 **light switch** [laɪt] [swɪtʃ] n. 電燈開關

⑪ **television** [ˋtɛlə͵vɪʒən] n. 電視
⑫ **rug** [rʌg] n. 地毯
⑬ **potted plant** [ˋpɑtɪd] [plænt] n. 盆栽
⑭ **armchair** [ˋɑrm͵tʃɛr] n. 扶手椅
⑮ **cushion** [ˋkʊʃən] n. 靠墊；坐墊
⑯ **wall lamp** [wɔl] [læmp] n. 壁燈
⑰ **pendant lamp** [ˋpɛndənt] [læmp] n. 吊燈
⑱ **cabinet** [ˋkæbənɪt] n. 櫃子
⑲ **end table** [ɛnd] [ˋtebl̩] n. 小茶几
⑳ **drawer** [ˋdrɔɚ] n. 抽屜

常見的 3 種窗簾，英文要怎麼說呢？

curtain
[ˋkɝtən]
n. 窗簾

window shade
[ˋwɪndo] [ʃed]
n. 羅馬簾

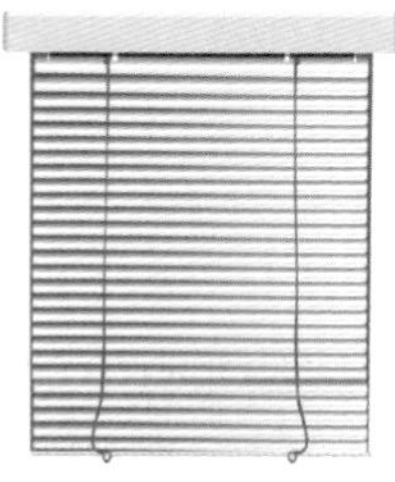

window blind
[ˋwɪndo] [blaɪnd]
n. 百葉窗

◆ Tips ◆

慣用語小常識：地毯篇

pull the rug out from under (sb's) feet
「抽出某人腳下的地墊」？

想想看，如果有人突然把你腳下的地墊抽掉，你一定會站不穩而摔得四腳朝天；因此這句話意指「破壞（某人）計畫」，而不讓計畫順利完成。

I was supposed to go jogging this morning, but the heavy rain pulled the rug out from under my feet.
我本來今天早上要去慢跑，但是大雨破壞了我的計畫。

你知道嗎？

同樣是「沙發」，couch、sofa 和 lounge 有什麼不一樣嗎？

couch [kautʃ] 源自法語的動詞 coucher，意指「**躺下來**」，所以 couch 是指那種讓人感到舒適、柔軟，上面還放上幾個靠墊，讓人想躺下來的沙發。

I am getting ready to sack out on this comfortable couch.
我準備在這舒適的沙發上睡個覺。

sofa [`sofə] 源自於阿拉伯語的 suffah，意指「**用木頭或石頭做成的長椅**」，所以 sofa 是指**那種靠背較高、座墊較硬，長度較長，適合坐多於躺的沙發**。

Ryan is sitting on the sofa watching TV.
Ryan 坐在沙發上看電視。

lounge [laʊndʒ] 多被認為來自法語的 longis，意指「**懶散的人**」，所以 lounge 是指那種能讓人懶洋洋**躺臥**在上面的躺椅式的沙發。

She is reading a novel in a lounge chair under a shady tree.
她在樹蔭下的躺椅看小説。

中文一樣是「地毯」，英文卻是大不同！

rug [rʌg] 是指**鋪在茶几或床邊地上**的小地毯，通常是止滑或裝飾的作用。

The rug under the coffee table is quite expensive.
茶几下的那塊地毯很貴。

carpet [ˋkɑrpɪt] 是指**鋪滿整片地板上**的大地毯，或**鋪在整個樓梯**的厚實地毯。

We have just had a new carpet fitted in our bedroom.
我們剛請人鋪臥室的地毯。

mat [mæt] 是指放在**門前供人擦鞋的地墊**，又稱 doormat [ˋdor͵mæt]；另外，因為大部分的 mat 是塑膠做成的，有止滑的功能，因此浴室的「**止滑墊**」、瑜珈練習者用的「**瑜珈墊**」、運動用的「**體操墊**」、學齡前幼兒的「**安全地墊**」全都通稱為 mat。

Scrape your shoes on the mat before you come in.
進門前，在地墊上擦一下你的鞋子。

Part1_02

01 看電視

會用到的單字與片語

1. **liquid-crystal-display (LCD) television** [ˋlɪkwɪd-ˋkrɪstḷ-dɪˋsple] [ˋtɛləˏvɪʒən] n. 液晶電視
2. **plasma television** [ˋplæzmə] [ˋtɛləˏvɪʒən] n. 電漿電視
3. **television stand** [ˋtɛləˏvɪʒən] [stænd] n. 電視櫃
4. **stereo system** [ˋstɛrɪo] [ˋsɪstəm] n. 立體音響
5. **speaker** [ˋspikɚ] n. 喇叭
6. **remote control** [rɪˋmot] [kənˋtrol] n. 遙控器
7. **digital video disc (DVD) player** [ˋdɪdʒɪtḷ] [ˋvɪdɪˏo] [dɪsk] [ˋpleɚ] n. DVD 播放器
8. **channel** [ˋtʃænḷ] n. 頻道
9. **couch potato** [kaʊtʃ] [pəˋteto] n. 電視迷
10. **repeat** [rɪˋpit] n. 重播
11. **subtitles** [ˋsʌbˏtaɪtḷs] n. 字幕
12. **live** [laɪv] adj. 直播
13. **ending** [ˋɛndɪŋ] n. 結局
14. **audience rating** [ˋɔdɪəns] [ˋretɪŋ] n. 收視率
15. **definition** [ˏdɛfəˋnɪʃən] n. 畫質
16. **news ticker** [njuz] [tɪkɚ] n. 新聞跑馬燈
17. **episode** [ˋɛpəˏsod] n. 集數
18. **finale** [fɪˋnɑlɪ] n. 完結篇
19. **premiere** [prɪˋmjɛr] n. 首播
20. **turn on the TV** ph. 開電視
21. **turn off the TV** ph. 關電視
22. **turn it up** ph. 把音量轉大
23. **turn it down** ph. 把音量轉小
24. **switch the channel** ph. 轉台

你知道各類的電視節目怎麼說嗎？

1. **TV show** [ˋtiˋviˏʃo] n. 電視節目
2. **variety show** [vəˋraɪətɪ] [ʃo] n. 綜藝節目
3. **TV series** [ˋtiˋvi ˋsiriz] n. 連續劇
4. **news** [njuz] n. 新聞
5. **weather forecast** [ˋwɛðɚ] [ˋforˏkæst] n. 氣象預報
6. **cartoon** [kɑrˋtun] n. 卡通
7. **movie** [ˋmuvɪ] n. 電影
8. **commercial** [kəˋmɝʃəl] n. 廣告
9. **award show** [əˋwɔrd] [ʃo] n. 頒獎節目
10. **talk show** [tɔk] [ʃo] n. 脫口秀
11. **soap opera** [sop] [ˋɑpərə] n. 肥皂劇
12. **sitcom** [ˋsɪtˏkɑm] n. 情境喜劇
13. **idol drama** [ˋaɪdl̩] [ˋdrɑmə] n. 偶像劇
14. **game show** [gem] [ʃo] n. 遊戲節目
15. **imitation show** [ˏɪməˋteʃən] [ʃo] n. 模仿秀
16. **reality show** [riˋælətɪ][ʃo] n. 實境節目
17. **shopping channel** [ˋʃɑpɪŋ] [ˋtʃænl̩] n. 購物頻道

會用到的句子

1. **Could you pass me the remote?** 你可以拿給我遙控器嗎？
2. **What's on?** 現在在演什麼？
3. **Who stars in this?** 這是誰演的？
4. **Have you ever seen this movie?** 你看過這部電影嗎？
5. **Is it rerun again?** 又重播了嗎？
6. **Poor reception.** 收訊不好。
7. **Stop switching channels.** 不要一直轉台。
8. **We are not watching this.** 我們不看這個節目。
9. **Turn to channel 22.** 轉到第 22 台。

⋯02 聊天、談正事

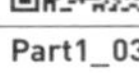

會用到的單字與片語

1. **chat** [tʃæt] v. 閒談；聊天
2. **talk about** ph. 談論～；談到～
3. **greeting** [`gritɪŋ] n. 問候
4. **small talk** [smɔl] [tɔk] n. 閒聊；寒暄
5. **gossip** [`gɑsəp] v. 聊八卦或小道消息
6. **compliment** [`kɑmpləmənt] v. 讚美；稱讚
7. **discuss** [dɪ`skʌs] v. 商談；討論
8. **introduce** [͵ɪntrə`djus] v. 介紹
9. **meeting** [`mitɪŋ] n. 開會；會議
10. **negotiate** [nɪ`goʃɪ͵et] v. 談判；協商
11. **get down to business** ph. 談正事；言歸正傳
12. **speak ill of sb.** ph. 說某人的壞話
13. **talk behind one's back** ph. 說某人的閒話

◆ Tips ◆

small talk、chit chat 和 gossip 有何不同呢？

small talk 是指在工作場所上，與客戶或工作夥伴見面時，用來打破冷場、避免尷尬的寒暄用語，在 small talk 之中，會避免討論到任何有關政治、宗教或其他任何有爭議性的話題。chit chat 是指朋友之間的閒談，閒談的話題可以是有關運動、電影、天氣或一些瑣碎不重要的輕鬆話題。gossip 也是指朋友之間的閒談，但閒聊、八卦的內容大多是有關「他人」的生活近況。

常說的句子

1. **Let's get together again.** 改天再聚聚。
2. **Nice talking to you.** 很高興跟你聊天。
3. **It's a long story.** 說來話長；一言難盡。
4. **Think it over.** 仔細考慮一下。
5. **Time will tell.** 時間會證明一切的。
6. **I know how you feel.** 我能體會你的感受。
7. **Sorry to hear that.** 聽到這個消息我很難過。
8. **You have my word.** 我保證。
9. **You are the boss.** 聽你的，你說的算。
10. **I mean it.** 我是認真的。
11. **Whatever you say.** 隨便你怎麼說。
12. **It's hard to say.** 這很難說。
13. **Use your head.** 動動腦子吧。
14. **It's a pleasure working with you.** 跟你合作很愉快。
15. **No doubt about it.** 無庸置疑。
16. **Let's get right to it.** 直接談正事吧。

Tips

除了陳年老梗的 How are you?，你還可以怎麼問候呢？

與 How are you? 相似的問候語可分成兩種：一種是「打個招呼、寒暄一下」的簡單問候；另一種為「關心近況、想多聊聊」的深入問候。

★「打個招呼、寒暄一下」

如果想以輕鬆而非正式的方式問候朋友，可以說 How's it going?（最近怎麼樣？）、How are you getting on?（最近如何？）或 What's up?（近來好嗎？）；但如果是在正式的場合，特別是在工作場合上，第一次遇見對方，建議以 How do you do?（你好嗎？）來問候比較得體。

★「關心近況、想多聊聊」

如果不僅僅是想問候，而是想再多了解、關心對方的近況，可以問 How have you been?（最近過得好嗎？）、Is everything ok?（一切都好嗎？）或 What have you been (getting) up to?（你最近都在忙什麼？）。

03 做家事

Part1_04

在家裡會做哪些家事呢？

sweep the floor
ph. 掃地

mop the floor
ph. 拖地

wipe the floor
ph. 擦地板

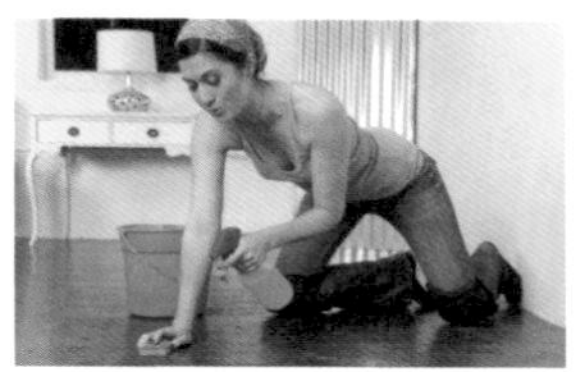

scrub the floor
ph. 刷地板

vacuum the floor
ph. 吸地板

do the laundry
ph. 洗衣服

hang clothes
ph. 曬衣服

dry clothes
ph. 烘衣服

fold clothes

ph. 摺衣服

iron clothes
ph. 燙衣服

prepare meals
ph. 煮飯

do/wash the dishes
ph. 洗碗

take out the trash
ph. 倒垃圾

wipe the table
ph. 擦桌子

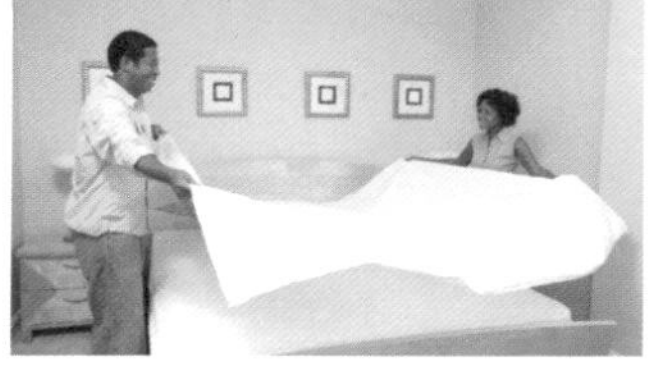

make the bed
ph. 鋪床

做家事時會用到的用具

bleach
[blitʃ]
n. 漂白劑

broom
[brum]
n. 掃把

clothesline
[ˋkloz͵laɪn]
n. 曬衣繩

clothespin
[ˋkloz͵pɪn]
n. 曬衣夾

detergent
[dɪˋtɝdʒənt]
n. 洗衣精（粉）、清潔劑

dishwasher
[ˋdɪʃ͵wɑʃɚ]
n. 洗碗機

dishwashing liquid
[ˋdɪʃ͵wɑʃɪŋ] [ˋlɪkwɪd]
n. 洗碗精

scouring pads
[ˋskaʊrɪŋ] [pædz]
n. 菜瓜布

rag
[ræg]
n. 抹布

scrub brush
[skrʌb] [brʌʃ]
n. 刷子

duster
[ˋdʌstɚ]
n. 撢子

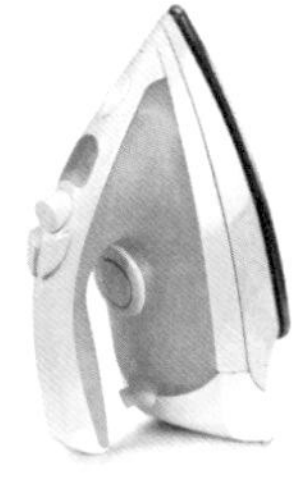

iron
[ˋaɪɚn]
n. 熨斗

dust pan
[dʌst] [pæn]
n. 畚斗

dryer
[ˋdraɪɚ]
n. 烘衣機

trash can
[træʃ] [kæn]
n. 垃圾桶

mop
[mɑp]
n. 拖把

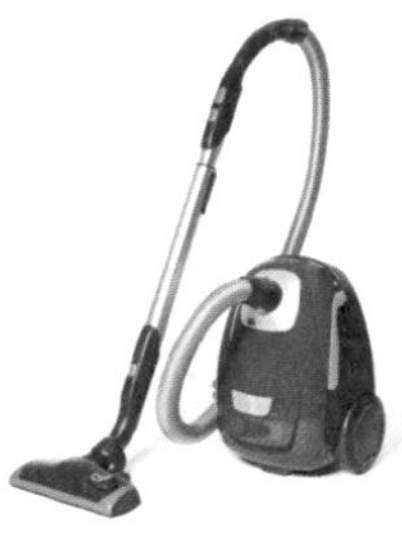

vacuum cleaner
[ˋvækjʊəm] [ˋklinɚ]
n. 吸塵器

recycling bin
[ˌriˋsaɪklɪŋ] [bɪn]
n. 回收桶

hanger
[ˋhæŋɚ]
n. 衣架

laundry
[ˋlɔndrɪ]
n.（要洗的或洗好的）衣物

washing machine
[ˋwɑʃɪŋ] [məˋʃin]
n. 洗衣機

Chapter2

Kitchen 廚房

Part1_05

廚房擺設

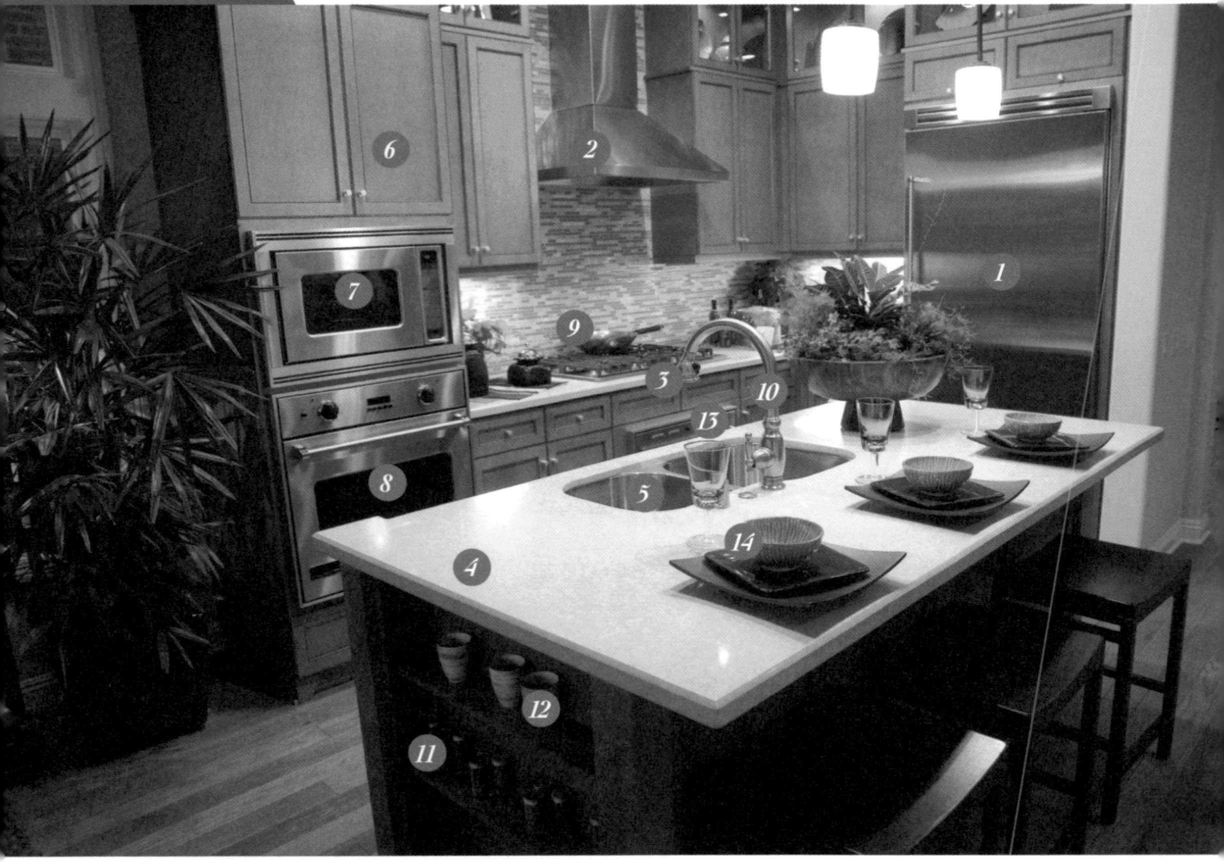

❶ **refrigerator (fridge)** [rɪ`frɪdʒə͵retɚ] ([frɪdʒ]) n. 冰箱

❷ **range hood** [rendʒ] [hʊd] n. 抽油煙機

❸ **stove** [stov] n. （料理用的）爐子

❹ **counter** [`kaʊntɚ] n. 流理台

❺ **sink** [sɪŋk] n. 水槽

❻ **cupboard** [`kʌbɚd] n. 碗櫥；食品櫥櫃

7 microwave [`maɪkroˏwev] n. 微波爐

8 oven [`ʌvən] n. 烤箱

9 wok [wɑk] n. 炒菜鍋

10 faucet [`fɔsɪt] n. 水龍頭

11 seasoning [`siznɪŋ] n. 調味料；佐料

12 mug [mʌg] n. 馬克杯

13 glass [glæs] n. 玻璃杯

14 tableware [`tebəlˏwɛr] n. 餐具

Tips

一樣都是調味的東西，但 seasoning 和 spice 有什麼不同呢？

seasoning [`siznɪŋ] 是指各類「調味料」的總稱，凡是鹽、糖、醬油、香料……等各種能讓菜餚更加美味的佐料，都統稱為 seasoning；spice [spaɪs] 是單指「香料」，像是薰衣草、肉桂、咖哩粉、薄荷……等任何單一種的調味香料，都稱為 spice。

You need some herbs and spices to make your own homemade seasoning.
你需要一些辛香料才能來做自製調味料。

其他常用的廚房電器

blender [`blɛndɚ] n. 果汁機；攪拌器	**food processor** [fud] [`prɑsɛsɚ] n. 食物調理機	**toaster** [`tostɚ] n. 烤麵包機

bread machine
[brɛd] [məˋʃin]
n. 製麵包機

juice machine
[dʒus] [məˋʃin]
n. 榨汁研磨機

dishwasher
[ˋdɪʃˏwɑʃɚ]
n. 洗碗機

coffee machine
[ˋkɔfɪ] [məˋʃin]
n. 咖啡機

rice cooker
[raɪs] [ˋkʊkɚ]
n. 電（子）鍋

induction cooker
[ɪnˋdʌkʃən] [ˋkʊkɚ]
n. 電磁爐

廚房裡會用到的工具或用品

apron
[ˋeprən]
n. 圍裙

chopper
[ˋtʃɑpɚ]
n. 剁刀

kitchen knife
[ˋkɪtʃɪn] [naɪf]
n. 廚房刀

kettle
[ˋkɛtl̩]
n. 熱水壺

frying pan
[fraɪɪŋ] [pæn]
n. 平底（煎）鍋

spatula
[ˋspætjələ]
n. 鍋鏟

rice spatula
[raɪs] [`spætjələ]
n. 飯杓

cutting board
[`kʌtɪŋ] [bord]
n. 砧板

bottle opener
[`bɑtl̩] [`opənɚ]
n. 開瓶器

can opener
[kæn] [`opənɚ]
n. 開罐器

corkscrew
[`kɔrk͵skru]
n. 軟木塞開瓶器

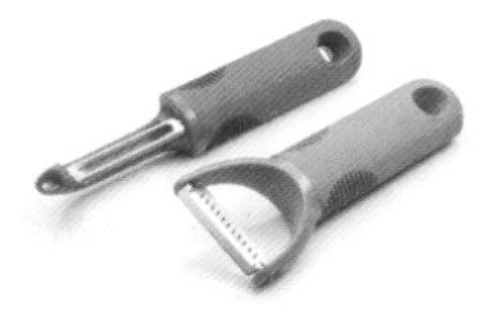

peeler
[`pilɚ]
n. 削皮刀

dish towel
[dɪʃ] [`taʊəl]
n.（擦碗盤用的）抹布

pot
[pɑt]
n. 鍋子

dish rack
[dɪʃ] [ræk]
n. 碗盤架

oven mitts
[`ʌvən] [mɪts]
n. 隔熱手套

aluminum foil
[ə`lumɪnəm] [fɔɪl]
n. 鋁箔紙

plastic wrap
[`plæstɪk] [ræp]
n. 保鮮膜

中式和西式用餐時，你分別會用到哪些餐具呢？

1. **fork** [fɔrk] n. 叉子
2. **knife** [naɪf] n. 刀子
3. **cup** [kʌp] n. 杯子
4. **wine glass** [waɪn] [glæs] n. 紅酒杯
5. **plate** [plet] n. 盤子
6. **platter** [ˋplætɚ] n. 大淺盤

7. **bowl** [bol] n. 碗
8. **spoon** [spun] n. 湯匙
9. **chopsticks** [ˋtʃɑpˏstɪks] n. 筷子
10. **chopstick rest** [ˋtʃɑpˏstɪks] [rɛst] n. 筷架
11. **sauce dish** [sɔs] [dɪʃ] n. 醬碟
12. **napkin** [ˋnæpkɪn] n. 餐巾
13. **tea cup** [ti] [kʌp] n. 茶杯
14. **saucer** [ˋsɔsɚ] n. 茶碟

01 烹飪

Part1_06

各種烹調的方式，用英文要怎麼說呢？

bake
[bek]
v. 烤

boil
[bɔɪl]
v. 煮沸

stew
[stju]
v. 燉

fry
[fraɪ]
v. 炒

deep-fry
[dip] [fraɪ]
v. 油炸

chop
[tʃɑp]
v. 切；剁

sauté
[so`te]
v. 嫩煎

nuke
[njuk]
v. 微波加熱

flip
[flɪp]
v. 翻面

◆ Tips ◆

一樣都是「燉」，但 poach、stew、simmer、braise 的「火候」及「燉法」都不同！

英文 poach、stew、braise、simmer 都是指「用文火燉煮」，但燉煮的方式卻都不同。

poach [potʃ] 是指水滾後，轉至小火，再將東西放下去煮，像是煮水波蛋一樣；stew [stju] 是用大量的湯汁以文火的方式去煨煮、燜煮「小塊食物」，湯汁必須要能蓋過食材，例如：燉肉、奶油燉菜……等。

simmer [`sɪmɚ] 是以中小火的方式慢慢的燉煮，也就是說把瓦斯爐最外圍的火轉小、但不能滅的方式去熬煮湯汁，煮到食材完全入味，並融入在湯汁裡，例如：大骨湯、香菇雞湯……等；braise [brez] 與 stew 相似，但烹煮的方式與湯汁的多寡兩者不同，braise 是指先將「大塊食物」乾煎後，再加入少量的湯汁，慢煮至湯汁完全收在食物裡，例如：滷肉、滷豆乾……等。

廚房用的調味料有些呢？

salt
[sɔlt]
n. 鹽

sugar
[`ʃʊgɚ]
n. 糖

pepper
[`pɛpɚ]
n. 胡椒

chili pepper
[`tʃɪlɪ] [`pɛpɚ]
n. 辣椒

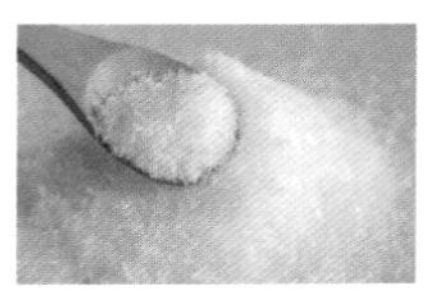

MSG (Monosodium Glutamate)
[ˌmanəˌsodɪəm ˈglʊtəmet]
n. 味精

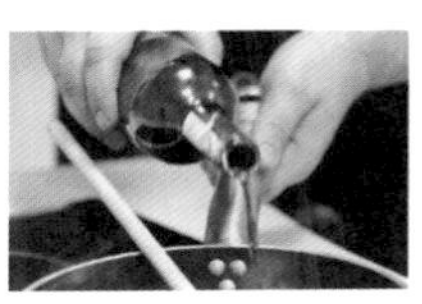

cooking wine
[ˋkʊkɪŋ] [waɪn]
n. 料理用酒

vinegar
[ˋvɪnɪgɚ]
n. 醋

soy sauce
[sɔɪ] [sɔs]
n. 醬油

ginger
[ˋdʒɪndʒɚ]
n. 生薑；薑

garlic
[ˋgarlɪk]
n. 大蒜

green onion
[grin] [ˋʌnjən]
n. 蔥

fish sauce
[fɪʃ] [sɔs]
n. 魚露

Tips

一樣都是「烤」，但 bake、broil、grill、roast、barbecue 的「火候」及「烤法」都不同！

「烤」在英文中可分成 bake、broil、grill、roast、barbecue，但這些字所指的「烤」法截然不同。bake [bek] 是指以全火（烤箱上標示的上火＋下火）的方式去「烘烤、烘焙」，因此，凡是以烤箱烘焙蛋糕、麵包、糕餅……等，皆使用 bake；而 broil [brɔɪl] 是指以上火的方式去「烤、炙」食物，也就是說由上方直接加熱，而不是全面性的加熱；grill [grɪl] 是指以下火、高溫的方式去「烤、炙」食物，與 broil 烤法完全相反；roast [rost] 是指以上火、下火、四周導熱的方式，或是以包覆導熱的方式「烤、炙」食物，例如：烤雞、烤栗子、烘焙咖啡豆……等，皆可使用 roast 一字；然而，barbecue [ˋbarbɪkju] 則是單指在戶外的「燒烤、烤肉活動」。

各種的「切」法，英文怎麼說？

chop
[tʃɑp]
v. 切碎

dice
[daɪs]
v. 切丁

slice
[slaɪs]
v. 切片

shred
[ʃrɛd]
v. 切絲

Tips

慣用語小常識：煮飯篇

cook (sb's) goose
「烹煮（某人的）鵝」？

對西方人來說，「鵝」一直以來都象徵著「愚笨、呆」之意；所以，據說在西元1845 年，當時的瑞典國王 Erik 率軍攻打一個城鎮，被當地居民嘲笑，並在牆上懸掛一隻鵝，象徵 Erik 國王就像隻呆頭鵝一樣，當時國王一氣之下，下令放火燒毀整個城鎮，並烹煮了他們的鵝。因此，「烹煮（某人的）鵝」的意思就是「破壞（某人的）計畫；摧毀（某人的）前途」，不讓對方得到成功。

I will cook his goose in order to prevent him from achieving success.
我將破壞他的計畫，不讓他成功。

02 烘焙

Part1_07

烘焙時會用到什麼呢？

flour sifter
[flaʊr] [ˋsɪftɚ]
n. 篩網

flour
[flaʊr]
n. 麵粉

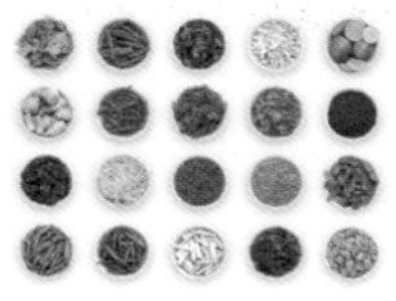

ingredient
[ɪnˋgridɪənt]
n. 原料

thermometer
[θɚˋmɑmətɚ]
n. 溫度計

recipe
[`rɛsəpɪ]
n. 食譜

baking powder
[`bekɪŋ] [`paʊdɚ]
n. 發粉；泡打粉

scale
[skel]
n. 磅秤

mold
[mold]
n. 烤模

baking cup
[`bekɪŋ] [kʌp]
n. 烘烤用的紙碟

baking sheet
[`bekɪŋ] [ʃit]
n. 烤盤紙

baking tray
[`bekɪŋ] [tre]
n. 烤盤

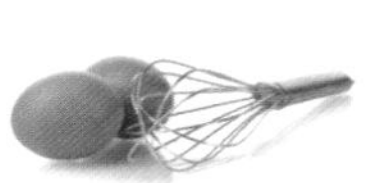

whisk
[hwɪsk]
n. 打蛋器

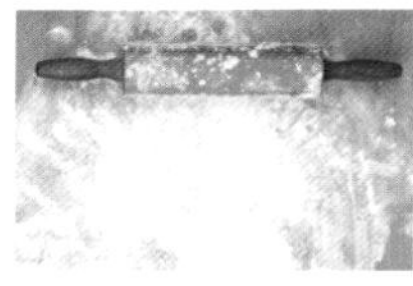

rolling pin
[`rolɪŋ] [pɪn]
n. 擀麵棍

pastry set
[`pestrɪ] [sɛt]
n. 擠花袋

mixing bowl
[`mɪksɪŋ] [bol]
n. 攪拌盆

mixer
[`mɪksɚ]
n. 攪拌器

measuring spoon
[`mɛʒrɪŋ] [spun]
n. 量匙

scoop
[skup]
n. 挖勺

funnel
[`fʌnl̩]
n. 漏斗

measuring cup
[`mɛʒrɪŋ] [kʌp]
n. 量杯

◆ Tips ◆

pastry set 裡的 set 是「組成；組合」的意思，那 pastry set 是由什麼組合而成的呢？

pastry 意指擠花袋裡的「麵糊」，而 set 則是指 pastry bag [`pestrɪ] [bæg]（填充麵團的袋子）與 pastry tube [`pestrɪ] [tjub]（擠花嘴；擠花管）的組合，因此，pastry set 整體來說，就是「擠花袋」。

烘焙時會用到的切刀有哪些呢？

pastry blender
[`pestrɪ] [`blɛndɚ]
n. 奶油切刀

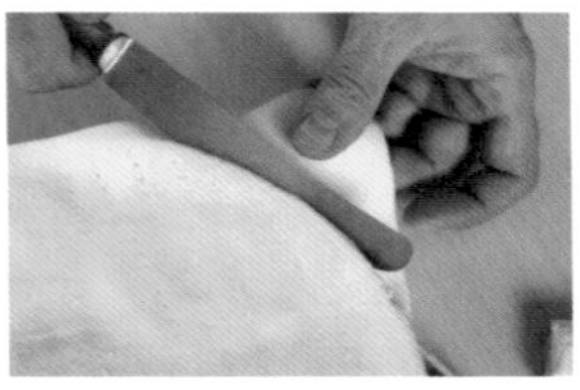

pastry knife
[`pestrɪ] [naɪf]
n. 西點刀

pastry crimper
[`pestrɪ] [`krɪmpɚ]
n. 滾輪刀

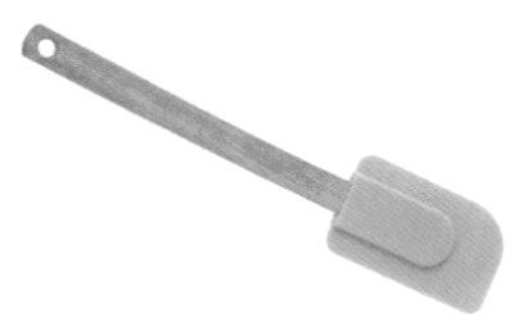

spatula
[`spætjələ]
n. 抹刀；刮刀

cookie cutter
[`kʊki] [`kʌtɚ]
n. 餅乾切模器

pizza cutter
[`pitsə] [`kʌtɚ]
n. 披薩刀

你知道嗎？

一樣叫做「鬆餅」，waffle 和 pancake 卻完全不同！

waffle [`wɑfl̩] 這種鬆餅上**會有一格一格像蜂巢的格子狀**，通常是用 waffle iron [`wɑfl̩] [`aɪɚn]（鬆餅烤模）或 waffle maker [`wɑfl̩] [`mekɚ]（鬆餅機）製作而成的，吃起來外酥內軟，有時上方還會搭配奶油或冰淇淋，一起享用更美味。

Kelvin likes eating waffles with a lot of strawberries and whipped cream on the top.
Kelvin 喜歡吃上面加了許多草莓和鮮奶油的鬆餅。

pancake [`pænˌkek] 的外觀完全不同於 waffle，pancake 裡的 pan 是「平底鍋」的意思，顧名思義 pancake 本身就是用平底鍋烘烤而成的，因此，它沒有任何華麗的外形或紋路，只是**單純的圓形扁平狀**，吃起來口感鬆軟，如果再淋上蜂蜜更是別有一番風味。

She made some delicious pancakes with flour, milk, eggs and baking powder.
她用麵粉、牛奶、蛋和發粉做了些美味的鬆餅。

◆◆◆ Chapter3

Bedroom 臥室

Part1_08

臥室擺設

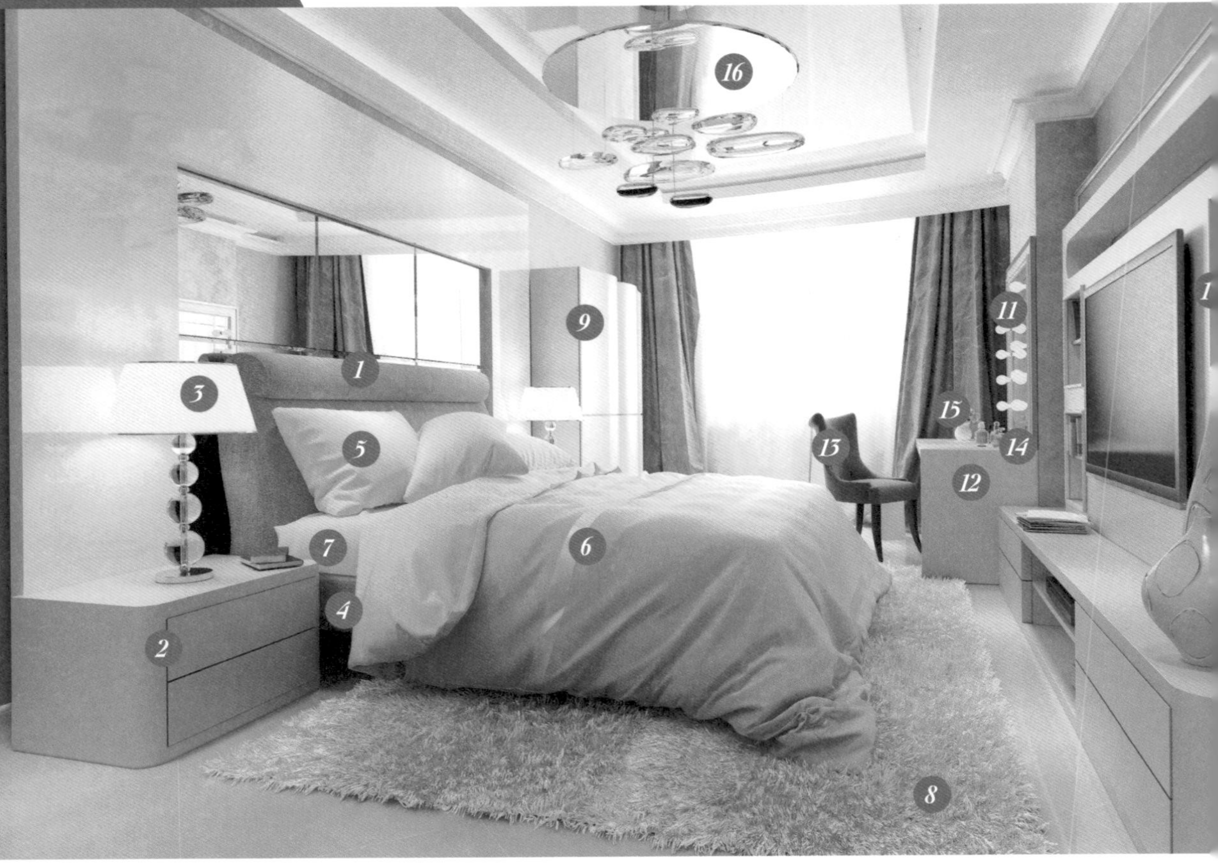

1. **headboard** [ˋhɛd͵bord] n. 床頭板
2. **nightstand** [ˋnaɪt͵stænd] n. 床頭櫃
3. **bedside light** [ˋbɛd͵saɪd] [laɪt] n. 床頭燈
4. **frame** [frem] n. 床架；床框
5. **pillow** [ˋpɪlo] n. 枕頭
6. **comforter** [ˋkʌmfɚtɚ] n. 棉被
7. **mattress** [ˋmætrɪs] n. 床墊

8 **rug** [rʌg] n. 地毯

9 **wardrobe** [`wɔrd͵rob] n. 衣櫥；衣櫃

10 **bookshelf** [`bʊk͵ʃɛlf] n. 書櫃

11 **mirror** [`mɪrɚ] n. 鏡子

12 **vanity table** [`vænətɪ] [`tebl̩] n. 化妝台

13 **vanity chair** [`vænətɪ] [tʃɛr] n. 化妝椅

14 **perfume** [pɚ`fjum] n. 香水

15 **cosmetic** [kɑz`mɛtɪk] n. 化妝品

16 **chandelier** [ʃændl̩`ɪr] n. 枝狀吊燈

你知道嗎？

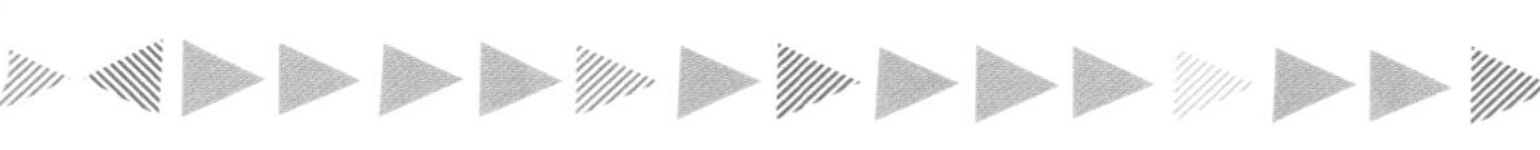

你知道這些常見的寢具用英文怎麼說嗎？它們又有什麼不同呢？

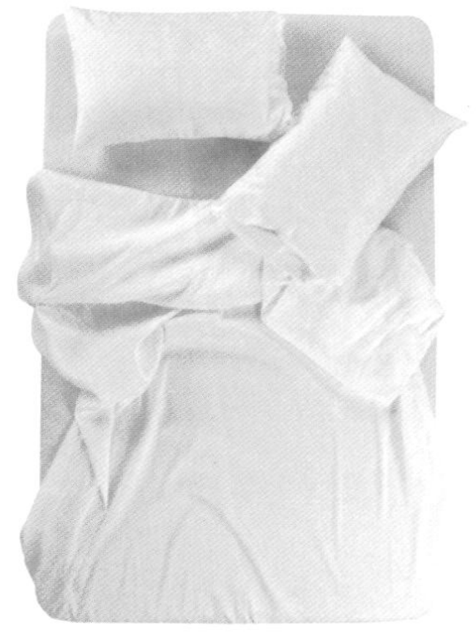

床的種類可分成 bunk bed、single bed、double bed、queen bed、king bed 等五種。

bunk bed [bʌŋk] [bɛd] 是指**「有上、下舖的雙層床」**，「上舖」稱為 upper bunk [`ʌpɚ] [bʌŋk]，「下舖」則叫做 lower bunk [`loɚ] [bʌŋk]。

single bed [`sɪŋgl̩] [bɛd] 是指**「單人床」**，有時會在一間房間裡擺放兩張單人床，這種**「兩張單人床」**稱為 twin bed [twɪn] [bɛd]，twin 的意思就是「雙；二個」，但並不是指雙人床，而是兩張尺寸一樣的單人床，通常最適合擺放在小孩房或客房裡。

double bed [`dʌbl̩] [bɛd] 是指一張可供兩人一起躺的**「一般雙人床」**，又可稱為 full bed [fʊl] [bɛd]；queen bed [`kwin] [bɛd] 稱為**「大床；皇后床」**，它的尺寸比 double bed 大一些，可躺兩個大人，但又比 king bed [kɪŋ] [bɛd] **「特大號床；國王床」**還要小一些。

Nancy bought a bunk bed for her 7-year-old twins.
Nancy 幫她 7 歲的雙胞胎買了一張雙層床。

枕頭套分成兩種：pillowcase [`pɪlo͵kes] 和 pillow sham [`pɪlo] [ʃæm]；凡是**無裙邊、素面**的枕頭套稱為 pillowcase（如 ❶）；**有裙邊且較為華麗**的枕頭套稱為 pillow sham（如 ❷）。

My dog enjoys resting and sleeping on a soft pillow.
我家的狗喜歡躺在柔軟的枕頭上睡覺。

在英文裡 comforter、duvet、blanket、quilt、throw 都是被子的一種，但材質與厚薄皆不同。

comforter [`kʌmfɚtɚ] 是**美式說法**，這種被子大多是**由棉花、聚酯纖維、蠶絲或羽絨填充**而成的，比起台灣的棉被來說，comforter 較薄且是縫實的，無法將裡面的被芯取出，有時會使用 comforter cover [`kʌmfɚtɚ] [`kʌvɚ]（被套）來保持被子的乾淨整潔。

duvet [djʊ`ve] 是**英式說法**，duvet 一字源自法文，意指「羽絨、鴨絨」，顧名思義 duvet 裡的填充物就是羽絨，duvet 也就是**「羽絨被」**，它的被套叫做 duvet cover [djʊ`ve] [`kʌvɚ]。

blanket [`blæŋkɪt] 是指**「毛毯」**，它的材質多為毛料或混紡材質，以保暖為主；quilt [kwɪlt] 是指**用手縫製、拼布樣式的**薄被子，以棉花或聚酯纖維填充而成；throw [θro] 也是屬於**毛毯**的一種，材質與 blanket 相同，但**尺寸較小**，只能蓋到小腿，無法覆蓋到全身，所以常會擺放在躺椅或沙發上，隨時方便保暖，又稱「小毛毯」。

On such a chilly winter night, he snuggled down beneath a warm and cozy comforter.
在這寒冷冬天的夜晚，他鑽進溫暖又舒適的棉被裡。

fitted sheet（床單）和 flat sheet（床巾）哪裡不一樣呢？

在歐美，床通常會鋪上好幾層：**最上層是 comforter**（棉被）；**第二層是 flat sheet** [flæt] [ʃit]（床巾），flat 是「平坦的」的意思，整理床鋪時，為了讓床面看起來更整齊、更平坦，通常會把 flat sheet 四邊的角塞進床墊和床架之間。睡覺時，通常會將 flat sheet 當成薄被蓋在身上。**第三層是 fitted sheet** [ˋfɪtɪd] [ʃit]（床罩），fitted 意指「合身的、緊身的」，因為 fitted sheet 四個角有鬆緊帶，可以緊緊包覆著 mattress [ˋmætrɪs]（床墊），如此一來，床單才不容易脫落。

Mom asked me to put a fitted sheet on a mattress without any wrinkles.
媽媽要求我把床單鋪好，不能有任何皺摺。

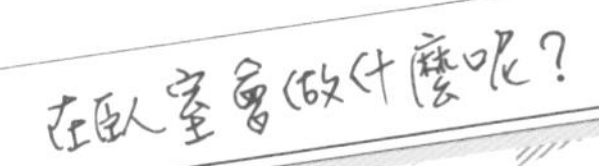

01 換衣服

Part1_09

各類衣服的樣式、配件的英文分別要怎麼說呢？

1. **business suit** [ˋbɪznɪs] [sut] n.（一套）西裝
2. **blazer** [ˋblezɚ] n. 西裝外套
3. **slacks** [slæks] n. 西裝褲
4. **dress shirt** [drɛs] [ʃɝt] n.（正式的）襯衫
5. **dress shoes** [drɛs] [ʃus] n.（正式的）紳士鞋
6. **coat** [kot] n. 大衣
7. **tie** [taɪ] n. 領帶
8. **cufflinks** [ˋkʌflɪŋk] n. 袖扣
9. **oxfords** [ˋɑksfɚdz] n. 牛津鞋
10. **attaché bag** [əˋtæʃe] [bæg] n. 公事包

⑪ **blouse** [blaʊz] n. 女式上衣
⑫ **gown** [gaʊn] n. 長禮服
⑬ **spaghetti strap dress**
[spəˋgɛtɪ] [stræp] [drɛs] n. 細肩帶洋裝
⑭ **LBD (Little Black Dress)**
[ˋlɪtl̩] [blæk] [drɛs] n. 黑色小洋裝
⑮ **straights** [strets] n. 直筒褲
⑯ **stockings** [ˋstɑkɪŋs] n. 長襪
⑰ **purse** [pɝs] n. 女用錢包
⑱ **hat** [hæt] n.（有邊的）帽子
⑲ **earrings** [ˋɪrˌrɪŋs] n. 耳環
⑳ **bracelet** [ˋbreslɪt] n. 手環
㉑ **necklace** [ˋnɛklɪs] n. 項鍊

㉒ **shirt** [ʃɝt] n. 襯衫
㉓ **jacket** [ˋdʒækɪt] n. 外套
㉔ **polo shirt** [ˈpolo] [ʃɝt] n. polo 衫
㉕ **cap** [kæp] n. 運動帽；鴨嘴帽
㉖ **jeans** [dʒinz] n. 牛仔褲
㉗ **shorts** [ʃɔrts] n. 短褲
㉘ **boxers** [ˈbɒksɚz] n. 男用四角褲
㉙ **key chain** [ki] [tʃen] n. 鑰匙圈
㉚ **sunglasses**
[ˋsʌnglæsiz] n. 太陽眼鏡；墨鏡

31 wrap dress
[ræp] [drɛs] n. V 領前蓋式洋裝

32 T-shirt [ˋti͵ʃɝt] n. T 恤

33 slims [slɪms] n. 煙管褲

34 pencil skirt [ˋpɛnsl̩] [skɝt] n.
鉛筆裙（女用套裝正式的裙子）

35 crops [krɑps] n. 七（或八）分褲

36 high heels [haɪ] [hils] n. 高跟鞋

37 handbag [ˋhænd͵bæg] n. 手提包

38 belt [bɛlt] n. 皮帶

39 foulard [fuˋlɑrd] n. 領巾；絲巾

Chapter3 Bedroom 臥室

40 sweater [ˋswɛtɚ] n. 毛衣

41 beanie [ˋbinɪ] n. 毛線帽

42 scarf [skɑrf] n. 圍巾

43 boots [buts] n. 靴子

44 socks [sɑk] n. 襪子

45 vest [vɛst] n. 背心

46 hairclip ['hɛrklip] n. 髮夾

47 down jacket
[daʊn] [ˋdʒækɪt] n. 羽絨外套

48 **glove** [glʌv] n. （有手指的）手套
49 **mitten** [`mɪtən] n. 連指手套
50 **sweatpants** [`swɛtpænts] n. 運動褲
51 **hoodie** [`hʊdɪ] n. 連帽 T 恤
52 **sneakers** [`snikɚs] n. 運動鞋

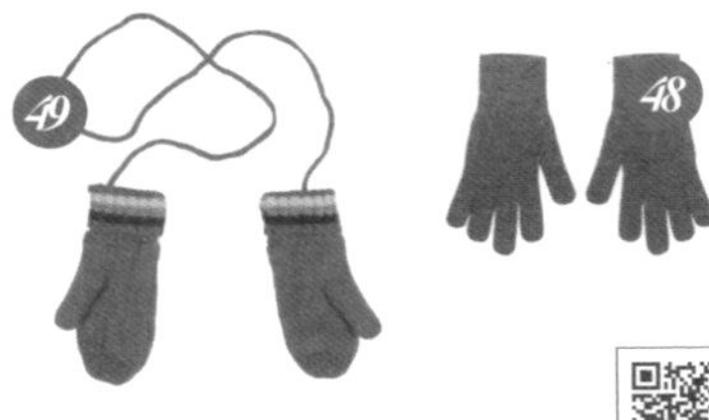

02 化妝

Part1_10

常用的化妝用品，英文要怎麼說呢？

1. **foundation** [faʊn`deʃən] n. 粉底
2. **eye shadow** [aɪ] [`ʃædo] n. 眼影
3. **eye shadow brush** [aɪ] [`ʃædo] [brʌʃ] n. 眼影刷
4. **mascara** [mæs`kærə] n. 睫毛膏
5. **eyebrow pencil** [`aɪˏbraʊ] [`pɛnsl̩] n. 眉筆

6. **eyebrow brush**
[ˋaɪˏbraʊ] [brʌʃ] n. 眉刷

7. **blush** [blʌʃ] n. 腮紅

8. **blush brush** [blʌʃ] [brʌʃ] n. 腮紅刷

9. **powder brush**
[ˋpaʊdɚ] [brʌʃ] n. 蜜粉刷

10. **powder puff** [ˋpaʊdɚ] [pʌf] n. 粉撲

11. **lipstick** [ˋlɪpˏstɪk] n. 口紅

12. **liquid eyeliner**
[ˋlɪkwɪd] [ˋaɪlaɪnɚ] n. 眼線液

13. **pencil sharpener**
[ˋpɛnsḷ] n. 削筆器

14. **lip gloss** [lɪp] [glɔs] n. 唇蜜

15. **lip liner** [lɪp] [ˋlaɪnɚ] n. 唇筆

16. **loose powder**
[lus] [ˋpaʊdɚ] n. 蜜粉

17. **nail polish**
[nel] [ˋpɑlɪʃ] n. 指甲油

18. **eyelash curler**
[ˋaɪˏlæʃ] [ˋkɝlɚ] n. 睫毛夾

常用的保養品，英文要怎麼說呢？

1. **lotion** [ˋloʃən] n. 化妝水；潤膚露

2. **makeup remover**
[ˋmekˏʌp] [rɪˋmuvɚ] n. 卸妝油

3. **makeup base**
[ˋmekˏʌp] [bes] n. 隔離霜

4. **sunblock** [ˋsʌnˏblɑk] n. 防曬乳

5. **day cream** [de] [krim] n. 日霜

6. **night cream** [naɪt] [krim] n. 晚霜

7. **moisturizer**
[ˋmɔɪstʃəraɪzɚ] n. 保濕乳

8. **essence concentrate**
[ˋɛsəns] [ˋkɑnsənˏtret] n. 精華液

9. **whitening lotion**
[ˋhwaɪtənɪŋ] [ˋloʃən] n. 美白乳液

10. **eye cream** [aɪ] [krim] n. 眼霜

11. **eye gel** [aɪ] [dʒɛl] n. 眼膠

12. **facial mask** [ˋfeʃəl] [mæsk] n. 面膜

13. **eye mask** [aɪ] [mæsk] n. 眼膜

14. **body lotion**
[ˋbɑdɪ] [ˋloʃən] n. 身體乳液

15. **hand cream**
[hænd] [krim] n. 護手霜

‧‧‧ 03 睡覺

Part1_11

說到「睡覺」你會想到什麼呢？

1. **go to sleep** ph. 去睡覺
2. **fall asleep** ph. 睡著
3. **bedtime story**
   [ˋbɛdˏtaɪm] [ˋstorɪ] n. 床邊故事
4. **drowsy** [ˋdraʊzɪ] adj. 昏昏欲睡的
5. **sleep tight** ph. 一夜好眠
6. **sleep soundly** ph. 沉睡
7. **nod off** ph. 打瞌睡
8. **catnap**
   [ˋkætnæp] n. 小睡；打盹
9. **catch up on sleep** ph. 補眠
10. **sleep in** ph. 睡過頭
11. **stay up late** ph. 熬夜
12. **drift off** ph. 不小心睡著了
13. **forty winks** ph. 白天小睡一下
14. **crawl back in bed**
    ph. 睡回籠覺
15. **sleep around the clock** ph. 睡一整天
16. **be fully awake** ph. 毫無睡意
17. **toss and turn** ph. 輾轉難眠
18. **night owl** [naɪt] [aʊl] n. 夜貓子
19. **early bird**
    [ˋɝlɪ] [bɝd] n. 早起的人；早到的人
20. **early riser** [ˋɝlɪ] [ˋraɪzɚ] n. 習慣早起的人
21. **late riser** [ˋletɚ] [ˋraɪzɚ] n. 習慣晚起的人
22. **insomnia** [ɪnˋsɑmnɪə] n. 失眠
23. **sleepyhead** [ˋslipɪˏhɛd] n. 貪睡的人

常見的睡姿，英文要怎麼說呢？

sleep on one's stomach
ph. 趴睡
（睡在某人的胃上）

sleep on one's back
ph. 仰睡
（睡在某人的背上）

sleep on one's side
ph. 側睡
（睡在某人的側邊）

關於「夢」有哪些常用的片語呢？

1. **in your dreams** ph. 你作夢（這是不可能的）
2. **daydream** [ˋde͵drim] n. 白日夢
3. **have a nightmare** ph. 做惡夢
4. **dream of it** ph. 渴望；夢想
5. **beyond (one's) wildest dreams** ph. 超乎（某人的）想像
6. **dreams come true** ph. 美夢成真
7. **sweet dreams** ph. 祝有好夢

◆ Tips ◆

慣用語小常識：睡覺篇

Don't let the bedbugs bite.
「不要被蟲咬了」？

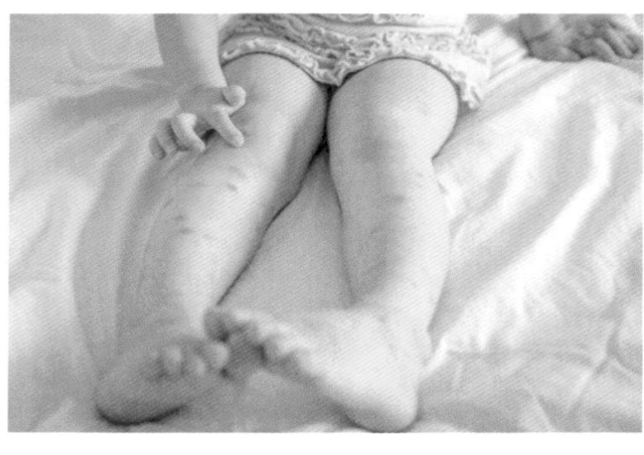

這句是 19 世紀時，美國父母在孩子們睡覺前，最常說的俏皮且甜蜜的話，全句為 Good night, sleep tight. Don't let the bedbugs bite.（晚安，好好睡。別被臭蟲咬囉！），父母以俏皮玩笑的方式，希望孩子整晚都能睡得好，不會因為被蟲咬，而癢到睡不著。

My little boy, it's time to say "good night." Sleep tight.
Don't let the bedbugs bite.
我的寶貝，是時候說「晚安」囉！好好睡，不要被蟲咬囉！

◆◆◆ Chapter4

Bathroom 浴廁

Part1_12

浴廁擺設

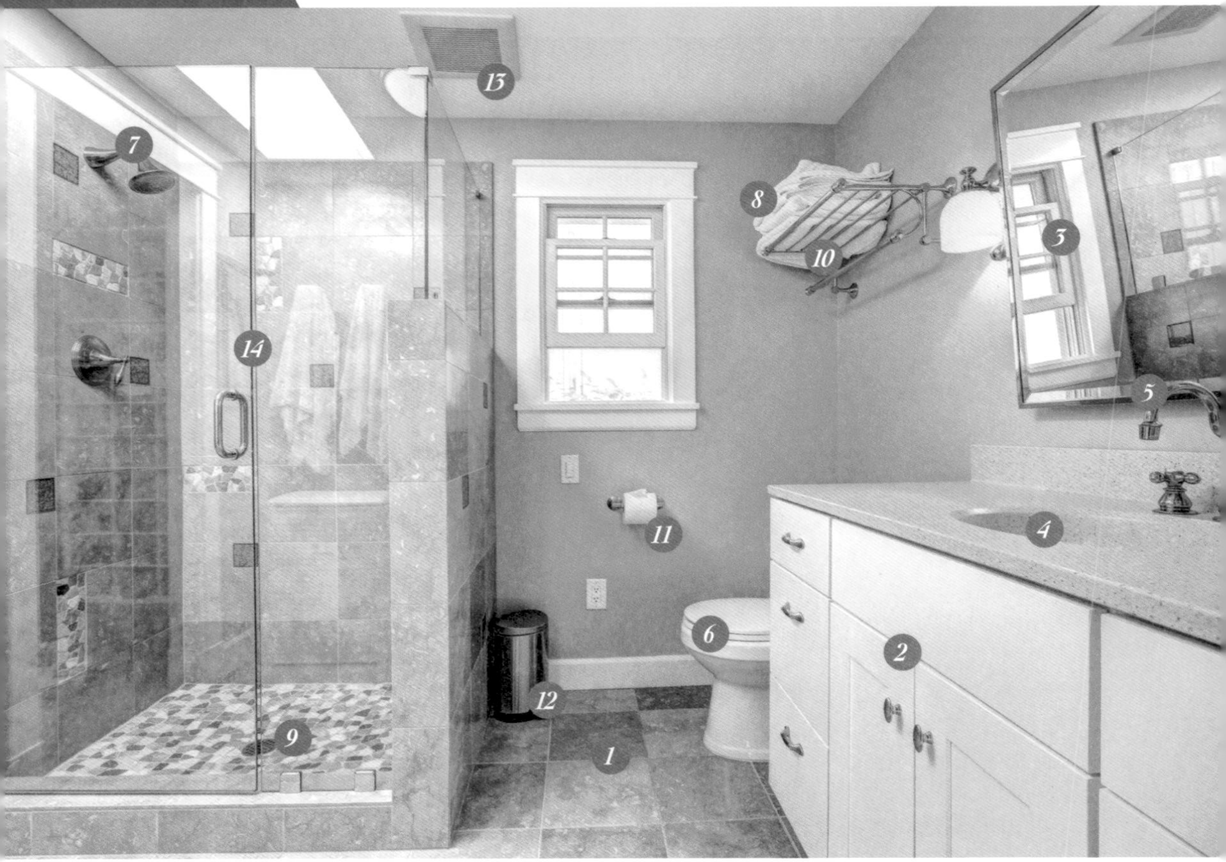

1. **tile** [taɪl] n. 瓷磚
2. **bathroom cabinet** [`bæθ͵rum] [`kæbənɪt] n. 浴室置物櫃
3. **mirror** [`mɪrɚ] n. 鏡子
4. **sink** [sɪŋk] n. 洗手台
5. **faucet** [`fɔsɪt] n. 水龍頭
6. **toilet** [`tɔɪlɪt] n. 馬桶
7. **showerhead** [`ʃaʊɚ͵hɛd] n. 蓮蓬頭
8. **bath towel** [bæθ] [`taʊəl] n. 浴巾
9. **drain** [dren] n. 排水口

⑩ **towel rack** [`taʊəl] [ræk] n. 毛巾架
⑪ **toilet paper** [`tɔɪlɪt] [`pepɚ] n. 衛生紙
⑫ **trash can** [træʃ] [kæn] n. 垃圾桶
⑬ **exhaust fan** [ɪg`zɔst] [fæn] n. 抽風扇
⑭ **shower room** [`ʃaʊɚ] [rum] n. 淋浴間

◆ Tips ◆

生活小常識：廁所篇

英文「廁所」的說法有很多，bathroom、restroom、toilet……等等，而且在英國、美國和加拿大的用法差異很大。

bathroom [`bæθ͵rum] 是「bath（浴缸）＋ room（房間）」組合起來的，因此在英、美、加凡是室內有浴缸的房間，就是 bathroom（浴室）；restroom [ˈrɛst͵rum] 字裡的 rest 是「休息」的意思，在英國 restroom 是指讓人放鬆的休息室，但在美國是指「公共廁所」的意思。

「公共廁所」在美國除了可以使用 restroom 一字外，也可說成 men's room [mɛns] [rum]（男廁）或 women's room [ˈwɪmɪns] [rum]（女廁），英式說法則是 (the) gents [dʒɛnts]（男廁）或 (the) ladies [`ledɪs]（女廁），至於 toilet [`tɔɪlɪt] 也是指「公用廁所」，toilet 本身就有「馬桶」的涵意，因此在英、美、加皆指「有馬桶的廁所」。washroom [`wɑʃ͵rum] 字裡的 wash [wɑʃ] 是「洗」的意思，在加拿大是指「洗手間」，室內或公用的廁所皆可使用這個字。

那麼，在台灣常用的 WC 又是哪一個國家的用語呢？ WC 原本是早期英國以粗俗的方式來表達「抽水馬桶」（water closet），但是這種說法早已不使用了，取而代之的是 toilet 或是 loo，loo [lu] 在英國是非常口語的說法，意旨「抽水馬桶」；正因為各國用來表達「廁所」的英文不一，因此，飛機上「廁所」的英文則通用 lavatory [`lævə͵torɪ]。

The lavatory is vacant. You may use it now. 廁所沒人了，你可以使用了。
Don't forget to flush the toilet after using it. 上完廁所，記得要沖馬桶喔。

Part1_13

01 洗澡

常用的盥洗用品

1. **soap** [sop] n. 肥皂
2. **shampoo** [ʃæm`pu] n. 洗髮精
3. **shower ball** [ʃæm`pu] [bɔl] n. 沐浴球
4. **shower gel** [ʃæm`pu] [dʒɛl] n. 沐浴乳
5. **body lotion** [`bɑdɪ] [`loʃən] n. 身體乳液
6. **face cloth** [fes] [klɔθ] n. 洗臉用的小方巾
7. **shower cap** [ʃæm`pu] [kæp] n. 浴帽
8. **bath brush** [bæθ] [brʌʃ] n. 沐浴刷
9. **sponge** [spʌndʒ] n. 海綿
10. **towel** [`taʊəl] n. 毛巾
11. **hand soap** [hænd] [sop] n. 洗手乳
12. **toothpaste** [`tuθˌpest] n. 牙膏
13. **tooth glass** [tuθ] [glæs] n. 漱口杯
14. **comb** [kom] n. 扁梳
15. **cotton swab** [`kɑtn̩] [swɑb] n. 棉花棒
16. **cotton ball** [`kɑtn̩] [bɔl] n. 棉花球

17. **exfoliator**
[ɪks'fɔlɪætɚ] n.（身體、臉部）去角質劑

18. **hair mask** [hɛr] [mæsk] n. 護髮膜

19. **hair conditioner**
[hɛr] [kən`dɪʃənɚ] n. 潤髮乳

20. **facial cleanse**
[`feʃəl] [`klins] n. 洗面乳

21. **shaving foam**
[`ʃevɪŋ] [fom] n. 刮鬍泡

22. **razor** [`rezɚ] n. 刮鬍刀

23. **toothbrush** [`tuθˌbrʌʃ] n. 牙刷

24. **dental floss** [`dɛntl̩] [flɔs] n. 牙線

25. **mouthwash** [`maʊθˌwɑʃ] n. 漱口水

◆ **Tips** ◆

「洗澡」的英文有哪些說法呢？

洗澡可以用 take a shower 或 take a bath；兩者的差別從字面上就可以分辨得出來，前者片語裡的 shower [`ʃaʊɚ] 是指「淋浴；淋浴間」，所以 take a shower 就是「淋浴」的意思；後者片語裡的 bath [bæθ] 是指「浴缸」，所以 take a bath 就是「泡澡」的意思。

He needs to take a hot bath after a long day at work.
工作了一整天後，他需要泡個熱水澡。

02 上廁所

Part1_14

常見的衛浴及廁所用品

bathtub
[ˋbæθˏtʌb]
n. 浴缸

stand urinal
[stænd] [ˋjʊrənl̩]
n. 小便斗

hair dryer
[hɛr] [ˋdraɪɚ]
n. 吹風機

bath mat
[bæθ] [mæt]
n. 浴室止滑墊

hand dryer
[hænd] [ˋdraɪɚ]
n. 烘手機

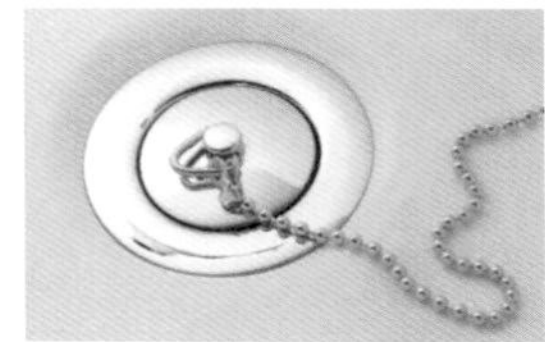

plug
[plʌg]
n. 排水口水塞

scale
[skel]
n. 體重計

laundry basket
[ˋlɔndrɪ] [ˋbæskɪt]
n. 洗衣籃

air freshener
[ɛr] [ˋfrɛʃənɚ]
n. 芳香劑

shower curtain
[ˋʃaʊɚ] [ˋkɝtn̩]
n. 浴簾

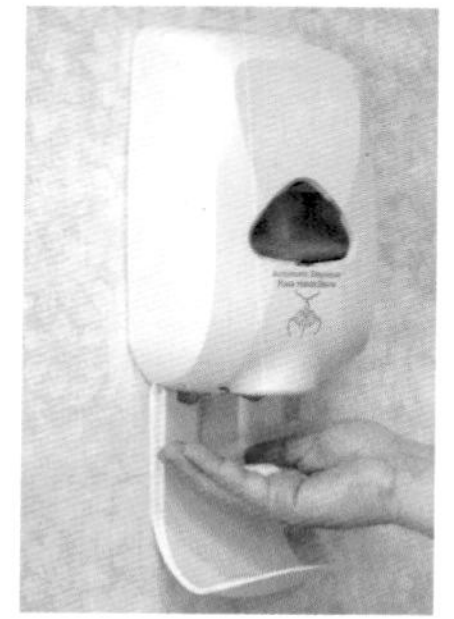

soap dispenser
[sop] [dɪˋspɛnsɚ]
n. 給皂機

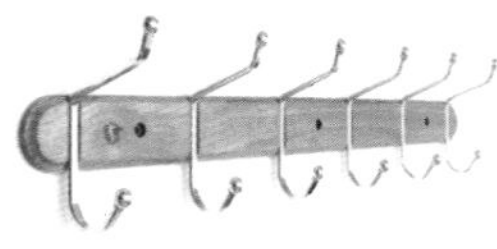

hook
[ˋhʊk]
n. 掛勾

◆ Tips ◆

女生的衛生用品及生理期，英文該怎麼說呢？

「我的 M.C. 來了。」，台灣女生常把月經稱為「M.C.」，M.C. 其實是 menstrual cycle [ˋmɛnstrʊəl] [ˋsaɪkl]（月經週期）的縮寫，而不是單指「月經」，如果要表達月經來了，最好的講法則是 menstrual period [ˋmɛnstrʊəl] [ˋpɪrɪəd] 或是 period [ˋpɪrɪəd]，例如 I am on the period.（我的月經來了。）

月經時所用的衛生用品可以說成 sanitary pad（衛生棉），這是屬於較文雅的說法，較常用的說法則是 maxi pad；另外，除了衛生棉外，panty liner [ˋpæntɪlaɪnɚ] 是女生常用的「衛生護墊」，而「衛生棉條」則叫做 tampon [ˋtæmpɑn]。

My wife has missed her period because of her pregnancy.
我老婆因為懷孕了而月經一直沒來。

清潔馬桶的用具，有哪些呢？

toilet brush
[`tɔɪlɪt] [brʌʃ]
n. 馬桶刷

plunger
[`plʌndʒɚ]
n. 通馬桶的吸把

toilet cleaner
[`tɔɪlɪt] [`klinɚ]
n. 浴廁清潔劑

◆ Tips ◆

內急時，要怎麼表達呢？

中文常說：「上一號」、「上大號」，英文也有此說法；「上一號」也就是「上小號、尿尿」的意思，英文常用 take a number one 來表達，也可以用較口語的說法 take a piss 或 go pee 來表示。

「上大號」的英文則是用 take a number two（上二號）來表示，較口語的說法也可用 take a big one 或 take a poo，都是指「大便」的意思；那麼，「拉肚子」又該怎麼說呢？拉肚子的狀況一發生，通常都很緊急，所以需要用「跑步」的方式去廁所，英文就叫做 have the runs 來表達，如果想要使用比較文雅的說法，可以用 have diarrhea（腹瀉）來表達。

I have been suffering from diarrhea tonight after having supper.
今晚吃完晚餐後，我就一直拉肚子。

Part 2

Transportation 交通

◆◆◆ Chapter1

MRT Station 捷運站

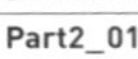

捷運站配置

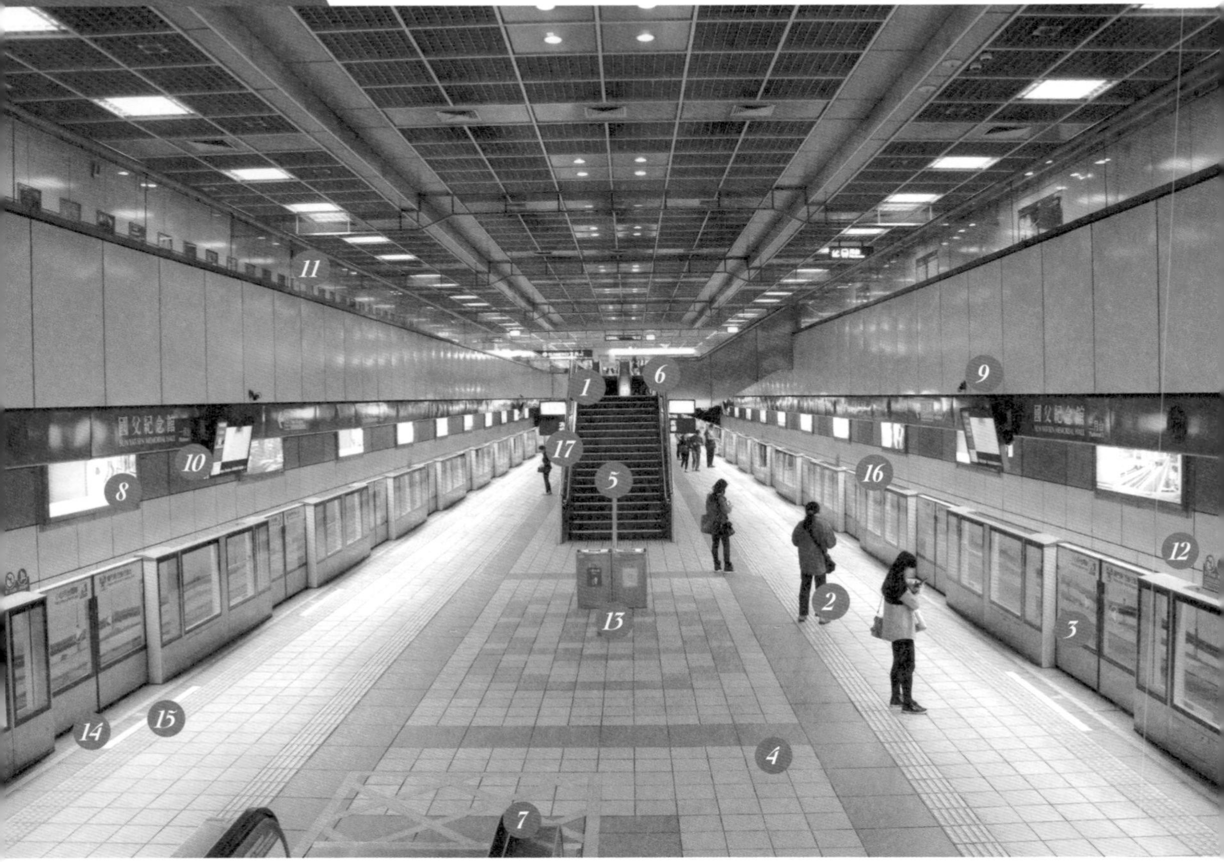

1. **ticket office** [ˋtɪkɪt] [ˋɔfɪs] n. 售票處
2. **passenger** [ˋpæsəndʒɚ] n. 乘客
3. **automatic platform gate** [͵ɔtəˋmætɪk] [ˋplæt͵fɔrm] [get] n. 月台安全閘門
4. **platform** [ˋplæt͵fɔrm] n. 月台
5. **stairs** [stɛrs] n. 樓梯
6. **elevator** [ˋɛlə͵vetɚ] n. 電梯
7. **escalator** [ˋɛskə͵letɚ] n. 電扶梯

❽ **billboard** [`bɪl͵bord] n. 廣告標示牌

❾ **security camera** [sɪ`kjʊrətɪ] [`kæmərə] n. 監視攝影機

❿ **loudspeaker** [`laʊd`spikɚ] n. 擴音器

⓫ **concourse level** [`kɑnkors] [`lɛvl̩] n. 大廳層

⓬ **track level** [træk] [`lɛvl̩] n. 軌道層

⓭ **trash and recycle bin** [træʃ] [ænd] [ri`saɪkl̩] [bɪn] n. 垃圾分類桶

⓮ **platform warning strip** [`plæt͵fɔrm] [`wɔrnɪŋ] [strɪp] n. 月台警戒線

⓯ **waiting line** [`wetɪŋ] [laɪn] n. 候車線

⓰ **train arrival warning light**
[tren] [ə`raɪvl̩] [`wɔrnɪŋ] [laɪt] n. 列車到站警示燈

⓱ **handrail** [`hænd͵rel] n. 扶手

◆ **Tips** ◆

為什麼台灣的捷運叫 MRT 呢？其他國家的捷運也叫 MRT 嗎？

捷運 MRT 完整的英文是 Mass Rapid Transit，mass [mæs] 是「大眾；民眾」的意思，rapid [`ræpɪd] 是「快的；迅速的」，transit [`trænsɪt] 則是「公共運輸系統」，所以 MRT 就是指「**快速的大眾運輸系統**」，也可稱為 Metro system [`mɛtro] [`sɪstəm]（捷運系統）。

在不同國家，「捷運」的說法會有些差異，在英國被稱為 underground [`ʌndɚ͵graʊnd]，也就是「**地下鐵**」的意思，或是較口語的說成 the Tube [ðə] [tjub]，這樣的說法主要是因為地鐵系統長得像「管子」一樣；而在美國稱為 subway [`sʌb͵we]、在法國稱為 métro [metro]，和英國一樣都是「地下鐵」的意思，但是在加拿大，「地鐵」分為「地底下行駛的」和「半空中行駛的」，前者一樣稱為 subway，但後者則稱為 skytrain [`skaɪ͵tren]（空中列車）。

Part2_02

01 進站

買票的地方會出現什麼呢？

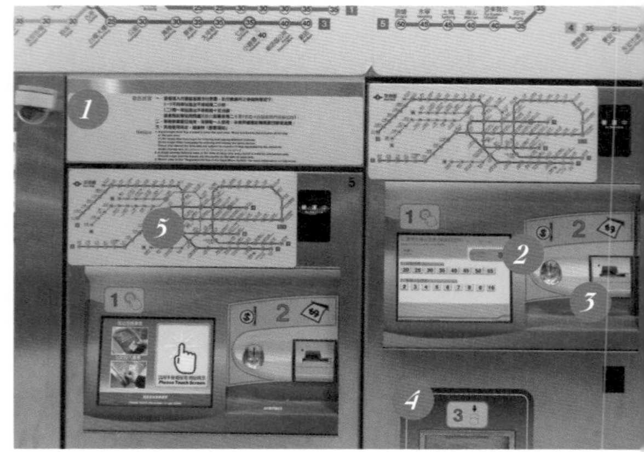

1. **ticket vending machine** [ˋtɪkɪt] [ˋvɛndɪŋ] [məˋʃin] n. 售票機
2. **coin slot** [kɔɪn] [slɑt] n. 投幣口
3. **banknote insert slot** [ˋbæŋknot] [ɪnˋsɝt] [slɑt] n. 紙鈔插入口
4. **ticket eject slot** [ˋtɪkɪt] [ɪˋdʒɛkt] [slɑt] n. 取票口
5. **route map** [rut] [mæp] n. 路線圖

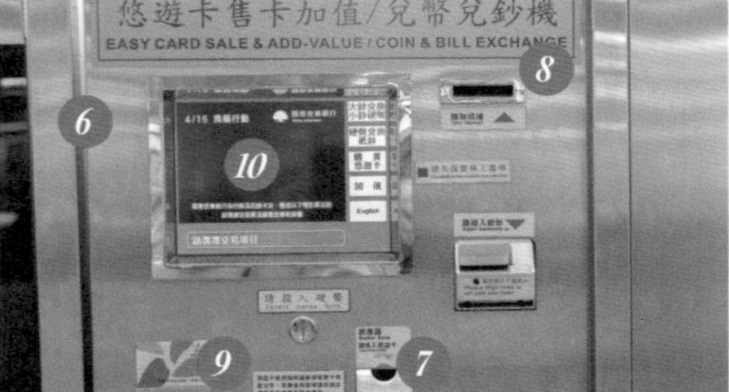

6. **add-value machine** [ædˋvælju] [məˋʃin] n. 加值機
7. **sensor zone** [ˋsɛnsɚ] [zon] n. 感應區
8. **receipt** [rɪˋsit] n. 收據
9. **Easycard** [ˋiziˌkɑrd] n. 悠遊卡
10. **screen** [skrin] n. 螢幕

Tips

生活小知識：悠遊卡

在台灣，除了可使用 ticket vending machine（售票機）換購 IC token [ˋtokən]（IC 代幣單程票），或利用加值機加值悠遊卡以外，還可至 ticket office（售票處）向 station staff [ˋsteʃən] [stæf]（站務人員）購票或 top up the Easycard（儲值悠遊卡），一旁還有 ticket reader [ˋtɪkɪt] [ˋridɚ]（票卡餘額查詢機）可提供查詢悠遊卡餘額，讓乘客享有更便利的乘車環境。

你知道嗎？

捷運票的種類有哪些呢？英文該怎麼說呢？

捷運票除了悠遊卡外，如果乘客只需搭乘一次，可購買 single-journey ticket [ˋsɪŋg!ˋdʒɝnɪ] [ˋtɪkɪt]（單程票）；如果是同一天想多次搭乘，可購買 one-day pass [ˋwʌn͵de] [pæs]（一日票），購買 one-day pass 的乘客可在同一天內不限次數、不限距離地搭乘捷運；如果人數是十人以上，可一同購買 group ticket [grup] [ˋtɪkɪt]（團體票），並享有優惠價格；另外，有時捷運公司不時還會推出 commemorative card [kəˋmɛmərətɪv] [kɑrd]（紀念卡）供乘客收藏。

◆ **Tips** ◆

生活小知識：轉乘優惠

每次先搭乘捷運後，一小時內再轉乘公車的乘客，可享有 transfer discount [trænsˋfɝ] [ˋdɪs͵kaʊnt]（轉乘優惠），但記得不得待在捷運裡超過兩小時而不出站，在捷運站裡待超過四小時的乘客，需支付 overstay penalty [ˋovɚˋste] [ˋpɛn!tɪ]（逾時罰金）喔！

02 等車、搭車

Part2_03

在月台及車廂裡，常見的這些英文要怎麼說呢？

1. **exit** [ˋɛksɪt] n. 出口
2. **automatic platform gate** [͵ɔtəˋmætɪk] [ˋplæt͵fɔrm] [get] n. 月台安全閘門
3. **signboard** [ˋsaɪn͵bord] n. 標示牌
4. **electronic sign** [ɪlɛkˋtrɑnɪk] [saɪn] n. 電子看板
5. **surveillance camera** [sɚˋveləns] [ˋkæmərə] n. 監視器

◆ Tips ◆

生活小知識：安心候車區

台灣的捷運公司為了防止 sexual harassment [`sɛkʃʊəl] [`hærəsmənt]（性騷擾）等情況發生，特別為夜間搭乘捷運的乘客貼心地規劃一個 Safe Waiting Zone（安心候車區），在這裡會特別架設獨立的 security camera（監視攝影機）以及 intercom（對講機），並安排 security（保全人員）在站內加強巡視，讓晚歸乘客享有更安全、更有保障的乘車環境。

1. **compartment/carriage** [kəm`pɑrtmənt] / [`kærɪdʒ] n. 車廂
2. **priority seats** [praɪ`ɔrətɪ] [sits] n. 博愛座
3. **intercom** [`ɪntɚˏkɑm] n. 對講機
4. **handrail** [`hændˏrel] n. 扶手
5. **strap** [stræp] n. 吊環
6. **help button** [hɛlp] [`bʌtən] n. 求助按鈕
7. **fire extinguisher** [faɪr] [ɪk`stɪŋgwɪʃɚ] n. 滅火器

常見標語與常用的句子

1. **Do not lean against doors.** 請勿倚靠車門。
2. **Please stay clear of closing door.** 關門時勿強行進出。
3. **Yield your seat to those in need.** 請讓座給需要的人。
4. **Eating and drinking are forbidden on MRT trains and platforms.** 捷運車廂與月台內禁止飲食。
5. **Hold the handrail and step firmly onto the escalator.** 緊握扶手，站穩踏階。
6. **Do not cross the yellow line while waiting for trains.** 候車時請勿跨越月台黃線。
7. **The train is coming.** 列車即將到站。
8. **Let arriving passengers alight first.** 請先讓車上旅客下車。
9. **Please hold onto straps or handrails.** 請緊握拉環或扶手。
10. **Mind the platform gap.** 小心月台間隙。

03 出站

Part2_04

這些應該怎麼說呢？

1. **ticket slot** [ˋtɪkɪt] [slɑt] n. 車票投入口
2. **card sensor** [kɑrd] [ˋsɛnsɚ] n. 車票感應器
3. **exit** [ˋɛksɪt] n. 出口
4. **fare gate** [fɛr] [get] n. 閘道口
5. **emergency exit** [ɪˋmɝdʒənsɪ] [ˋɛksɪt] n. 緊急出口
6. **location map** [loˋkeʃən] [mæp] n. 位置圖
7. **ATM (automatic teller machine)** [ˏɔtəˋmætɪk] [ˋtɛlɚ] [məˋʃin] n. 自動提款機

Tips

生活小知識：補票

如果需要 make up for a ticket（補票），可至 ticket office（售票處）補票，另外，如果隨身物品遺失了，也可至 Lost and Found（失物招領處）或售票處填寫 request form [rɪˋkwɛst] [fɔrm]（申請單）尋找遺失的物品喔！

遇到外國旅客詢問如何購票及搭車，該怎麼辦呢？

如果在捷運上遇到外國旅客詢問 Excuse me, **I'd like to go to** Taoyuan International Airport. **How can I** get to there? And **where can I** buy a ticket?（不好意思，我要去桃園機場站，我要怎麼去呢？然後，哪裡可以買票呢？）。你可以回答 **You can buy** your ticket at the ticket office. And **take line** 2 for Tamsui **and transfer at** Taipei Main Station. Then take the Taoyuan International Airport line. **The terminal station is** Taoyuan International Airport.（你可以到售票處買票後，搭乘 2 號淡水線到台北車站，再轉乘桃園機場線，終點站就是桃園機場站了。），只要活用加粗部分的關鍵字，就能順利對應囉！

◆◆◆ Chapter2

Railway Station 火車站

Part2_05

火車站配置

❶ **railway station**
[ˋrel͵we] [ˋsteʃən] n. 火車站

❷ **ticket office**
[ˋtɪkɪt] [ˋɔfɪs] n. 售票處

❸ **passenger** [ˋpæsn̩dʒɚ] n. 乘客

❹ **ticket vending machine**
[ˋtɪkɪt] [ˈvɛndɪŋ] [məˋʃin] n. 售票機

❺ **buy a ticket** ph. 購票

❻ **in line** ph. 排隊

❼ **timetable** [ˋtaɪm͵tebl̩] n. 時刻表

你知道嗎？

「台北車站」的英文為什麼有多種說法？

在台灣 Taipei Railway Station、Taipei Train Station、Taipei Main Station 都是指「台北車站」；Taipei Railway Station [ˋtaɪˋpe] [ˋrelˏwe] [ˋsteʃən] 的 **railway** [ˋrelˏwe] 是「**鐵路；軌道**」的意思，所以這個英文意指「台鐵車站」；Taipei Train Station [ˋtaɪˋpe] [tren] [ˋsteʃən] 的 **train** [tren] 是「**火車；列車**」的意思，所以這是指「台北火車站」的意思；簡言之，前者 railway station 是英式「鐵路站」的說法，後者 train station 是美式「火車站」的說法；另外，在捷運上常聽到廣播 The next station is Taipei Main Station.（下一站是台北車站。）的 **main** [men] 是指「**主要的；重要的**」，自捷運通車開始，台北車站是銜接「車站」和「捷運」的主要總站，因此在捷運上常見到和聽到的 Taipei Main Station 就是指「台北主要的車站」或是「台北總站」。

◆ Tips ◆

慣用語小常識：火車篇

ride the gravy train
「搭乘肉汁列車」？

ride the train 和 take the train 雖然一樣都是指「搭火車」，但不同於後者 take the train 只是平鋪直敘的說明「搭火車」 的動作，前者的 ride 卻有「乘著、駕著」火車的意味，讓 ride the train 的意象更添加點愉悅的色彩，彷彿駕著火車奔馳在草原上，滿心歡喜地前往目的地。gravy 除了有「肉汁」的意思，在俚語裡是指「輕易獲得的錢」，這種感覺就像是燉肉時，不但有肉吃，也可嚐到肉汁，毫不費力地就能嚐到另一種美味；因此 ride the gravy train 的呈現出來的畫面就是「不用努力工作，就可輕易地乘著滿載肉汁（金錢）的火車」一樣。

Writing a book is not a gravy train.
寫書真不是一件輕鬆容易的工作。

01 進站

售票機上的按鍵，英文怎麼說呢？

1. **ticket vending machine**
[`tɪkɪt] ['vɛndɪŋ] [mə`ʃin] n. 售票機
2. **coin slot** [kɔɪn] [slɑt] n. 投幣口
3. **intercom**
[`ɪntə-ˌkɑm] n. 對講機
4. **quantity button**
[`kwɑntətɪ] [`bʌtn̩] n. 張數鍵
5. **train type button**
[tren] [taɪp] [`bʌtn̩] n. 車種鍵
6. **ticket type button**
[`tɪkɪt] [taɪp] [`bʌtn̩] n. 票種鍵
7. **destination button**
[ˌdɛstə`neʃən] [`bʌtn̩] n. 到達站鍵

8. **ticket and change eject slot**
[`tɪkɪt] [ænd] [tʃendʒ] [ɪ`dʒɛkt] [slɑt] n.
車票及找零口
9. **instruction**
[ɪn`strʌkʃən] n.（購買）操作指示

售票機英文操作教學

在車站遇到外國旅客，該如何指導他們操作售票機呢？

第一步先 Select the number of tickets you need.（選擇需要購買的張數），再來 Select the train type you are taking.（選擇需搭乘的車種），以及 Select the ticket type you need.（選擇購買的票種），然後 Select the destination.（選擇到站目的地）和 Insert coins.（投幣付費），最後 Collect the tickets and change.（取票及找零）。

這些句子學起來，下次遇到外國人詢問購票，就可以派上用場囉！

◆Tips◆

生活小常識：火車票篇

台灣車票的種類有哪些呢？

在台灣，火車票種及車種種類繁多，在購票前，先決定需購買的 ticket type（票種）：single ticket（單程票）、round-trip（來回票）、group ticket（團體票）、season ticket（定期票）、Taiwan railway card（台鐵自動售票機儲值卡）、Day Pass for 3 branch lines: Pingxi, Neiwan and Jiji（平溪、內灣、集集三支線一日週遊券）、Northeast Day Pass（東北角一日券）、Hualien and Taitung Travel Pass（花東悠遊券）、TR-Pass for students（TR-PASS 學生版）、TR-Pass general（TR-Pass 一般票）共十種；其中單程票又分成：full fare（全票）、half fare（孩童半票）、senior and disabled fare（敬老愛心票）。

台灣火車的種類有哪些呢？

決定票種後，還須選擇 train type（車種）才能完成購票喔！那麼有哪些「車種」呢？大致上分為：Tze-Chiang limited express（自強號）、Chu-Kuang express（莒光號）、Fu-Hsing semi express（復興號）、local train（區間車）、ordinary train（普快車）等五種；自強號速度最快、停靠站少；莒光號因停靠站多，所以速度較慢；復興號是有指定座位的車種中等級最低的，但班次已經非常少，票價也比莒光號便宜，與區間車相同；區間車又稱電聯車，因每站都會停靠，所以是列車中最慢的，而且沒有指定的座位，有位置就坐、沒位置只能站著；普快車的速度則跟區間車一樣，但票價比區間車更便宜。

◆ **Tips** ◆

時刻表上有哪些資訊呢？英文怎麼說呢？

timetable [`taɪm͵tebl]（時刻表）主要將所有列車時段分成兩類：southbound [`saʊθ͵baʊnd]（南下）和 (northbound/eastbound [`nɔrθbaʊnd]/[`ist͵baʊnd]（北上）；在這兩類的時刻表上，都會列出 destination [͵dɛstə`neʃən]（開往）、train number [tren] [`nʌmbɚ]（車次）、via [`vaɪə]（經由）、type [taɪp]（車種）、departure time [dɪ`pɑrtʃɚ] [taɪm]（發車時刻）、platform [`plæt͵fɔrm]（月台）、remarks [rɪ`mɑrks]（備註）等等資訊，以便供乘客查詢。

Part2_07

◆◆◆ 02 等車、搭車

等車時，這些應該怎麼說？

❶ **train** [tren] n. 火車
❷ **elevator** [`ɛlə͵vetɚ] n. 電梯
❸ **exit** [`ɛksɪt] n. 出口
❹ **route for the blind**
[rut] [fɔr] [ðə] [blaɪnd] n. 導盲磚
❺ **waiting zone for female passengers at night**
[`wetɪŋ] [zon] [fɔr] [`fimel] [`pæsn̩dʒɚs] [æt] [naɪt] n.
夜間婦女候車區
❻ **take a train** ph. 坐火車
❼ **get on/off the train** ph. 上（下）火車
❽ **wait in line** ph. 排隊等候

⑨ **platform** [ˋplæt͵fɔrm] n. 月台
⑩ **locomotive** [͵lokəˋmotɪv] n. 火車頭
⑪ **carriage** [ˋkærɪdʒ] n. 車廂
⑫ **track** [træk] n. 軌道
⑬ **No crossing.** ph. 禁止跨越軌道
⑭ **pillar** [ˋpɪlɚ] n. 樑柱

◆ **Tips** ◆

在外國，火車的種類和車廂有哪幾種呢？

火車種類（train type）

凡是僅承載乘客的火車，通稱 coach [kotʃ]（載客火車）；停靠站少，行車較快的火車，被稱為 express [ɪkˋsprɛs]（快車），夜晚通行的快車，則稱為 night express [naɪt] [ɪkˋsprɛs]（夜快車）；如果是短程兩地來回往返的火車，稱為 shuttle train [ˋʃʌtl̩] [tren]（短程往返火車），也可以選擇較口語化的說法 doodlebug [ˋdudl̩͵bʌg] 表達；中途不用換車，從出發站直接開往目的地的火車，稱為 through train [θru] [tren]（直達火車）；凡以柴油發電為動力的火車，稱為 diesel train [ˋdizl̩] [tren]（柴油火車）；以蒸氣機為動力的火車，稱為 steam train [stim] [tren]（蒸氣火車）。

車廂（carriage）種類

車廂分為「一等車廂」和「二等車廂」；first class [fɝst] [klæs]（一等車廂）票價較高，座位空間大，前後距離寬敞，有些火車的一等車廂，乘客還可享有貼心的服務，如：免費的飲品及小吃、無線上網、免費報紙……等等；second class [ˋsɛkənd] [klæs]（二等車廂）也就是一般座位的車廂，座位空間不如「一等車廂」大，前後距離較狹窄，乘客雖無享有任何貼心服務，但票價較為便宜。

搭火車可能會用到的句子

1. **One ticket to Kaohsiung, please.** 請給我一張往高雄的票。
2. **How much is it for Tze-Chiang express to Taipei?**
   往台北自強號的車票多少錢呢？
3. **Which platform should I go to?** 我應該要往哪一個月台呢？
4. **I missed the train.** 我錯過火車了。
5. **I took the wrong train.** 我搭錯車了。
6. **You took the wrong direction.** 你搭錯方向了。
7. **Does this train go to Pingtung?** 這是往屏東的車嗎？
8. **Does this train stop at every station?** 這班火車每站都會停嗎？
9. **When is the next train to Hualien station?**
   下一班到花蓮站的火車是幾點開呢？
10. **What time is the last train to Taoyuan?**
    往桃園最後一班車是幾點開呢？

03 出站

Part2_08

這些應該怎麼說？

1. **ticket gate** [ˋtɪkɪt] [get] n. 剪票口
2. **fare adjustment**
   [fɛr] [əˋdʒʌstmənt] n. 補票處
3. **timetable**
   [ˋtaɪm͵tebl̩] n. 時刻表
4. **card sensor**
   [kɑrd] [ˋsɛnsɚ] n. 車票感應器
5. **exit**[ˋɛksɪt] n. 出口
6. **luggage** [ˋlʌgɪdʒ] n. 行李

你知道嗎？

服務中心裡提供哪些服務呢？

出入口旁的 information center [͵ɪnfɚˋmeʃən] [ˋsɛntɚ]（服務中心）提供多項服務，例如：pay the difference（補票）、get a refund（退票）、lost and found（失物招領）、page（廣播尋人）、make an inquiry（詢問）。

出口附近提供哪些服務呢？

入站前，可以至 baggage check [ˋbægɪdʒ] [tʃɛk]（行李包裹托運處）托運行李後再搭車，離站時，再至 baggage claim [ˋbægɪdʒ] [klem]（行李領取處）領取行李，或者至 baggage deposit [ˋbægɪdʒ] [dɪˋpɑzɪt]（行李（暫時）寄存處）」暫放行李；台鐵還為乘客設計了貼心的服務：bike check [baɪk] [tʃɛk]（機踏車托運），方便乘客在任何地方皆可使用自己的機踏車代步。

出口附近有哪些轉乘的交通工具呢？

出站時，乘客可至 bus stop [bʌs] [stɑp]（公車轉乘處）搭乘公車，或至 taxi stand [ˋtæksɪ] [stænd]（計程車招呼站）搭乘計程車；另外，車站外還另設 parking lot [ˋpɑrkɪŋ] [lɑt]（停車場）讓乘客把車停好後再搭車。

◆◆◆ Chapter3

Bus Station 公車站

Part2_09

車站外

1. **bus station**
[bʌs] [`steʃən] n. 公車總站
2. **bus** [bʌs] n. 公車
3. **bus parking zone**
[bʌs] [`pɑrkɪŋ] [zon] n. 公車停放區
4. **motorcycle and scooter parking zone**
[`motɚ͵saɪkḷ] [ænd] [`skutɚ] [`pɑrkɪŋ] [zon] n. 輕重機停放區

車站內

5. **waiting area**
[`wetɪŋ] [`ɛrɪə] n. 等候區
6. **waiting room bench**
[`wetɪŋ] [rum] [bɛntʃ] n. 等候座椅
7. **wait for** ph. 等待～
8. **exit and entrance**
[`ɛksɪt] [ænd] [`ɛntrəns] n. 出入口
9. **bus information board**
[bʌs] [͵ɪnfɚ`meʃən] [bord] n. 公車資訊看板

公車的種類有哪些？

bus
[bʌs]
n. 公車

shuttle bus
[`ʃʌtḷ] [bʌs]
n. 接駁巴士

double-decker bus
[`dʌbḷ`dɛkɚ] [bʌs]
n. 雙層公車

low-floor bus
[͵lo`flor] [bʌs]
n. 低底盤公車

tour bus
[tʊr] [bʌs]
n. 遊覽車

inter-terminal bus/shuttle
[ɪn͵tɝ`tɝmənḷ] [bʌs] / [`ʃʌtḷ]
n. 機場接駁車

Tips

慣用語小常識：公車篇

throw (sb.) under the bus
「把（某人）丟在公車下」？

throw (sb.) under the bus 是「把（某人）丟在公車下」的意思，這聽起來十分驚悚、危險，就如同中文「推入火坑」，用來比喻「把一位十分信賴自己的朋友，不擇手段的推入危險裡」，換言之，就是「陷害（某人）」之意。

Adam threw me under the bus by lying to the teacher I cheated on the test.
Adam 透過騙老師說我考試作弊來陷害我。

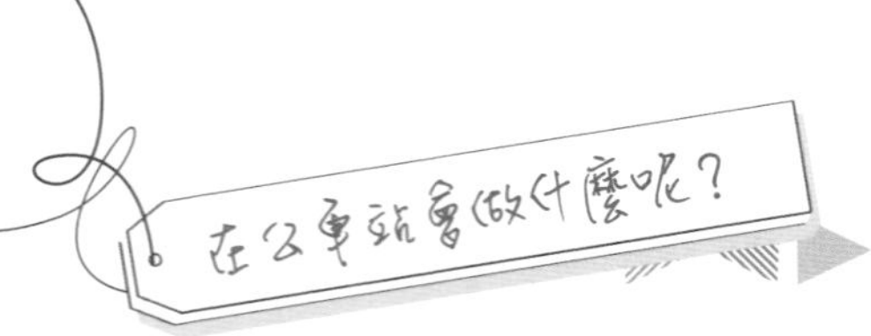

Part2_10

01 等公車

在公車亭裡有哪些常見的東西呢？

1. **bus stop** [bʌs] [stɑp] n. 公車站牌
2. **illuminated ad panel** [ɪ`lumə͵netɪd] [æd] [`pænl̩] n. 燈箱廣告
3. **bench** [bɛntʃ] n. 長椅
4. **bus shelter** [bʌs] [`ʃɛltɚ] n. 公車候車亭
5. **lighting** [`laɪtɪŋ] n. 照明設備
6. **sidewalk** [`saɪd͵wɔk] n. 人行道
7. **bus lane** [bʌs] [len] n. 公車道
8. **trash can** [træʃ] [kæn] n. 垃圾筒
9. **route map** [rut] [mæp] n. 路線圖
10. **route number** [rut] [`nʌmbɚ] n. 路線號碼
11. **timetable** [`taɪm͵tebl̩] n. 時刻表

等公車時常做什麼呢？

check the bus route map
查詢公車路線

Check the bus route map first in case you take a wrong bus.
先查詢公車的路線，以免搭錯車。

check the bus timetable
查詢公車時刻表

You need to check the bus timetable to make sure when your bus comes.
你需要查詢一下公車時刻表，以確認公車何時會到。

wait for a bus
等公車

I'm still waiting for a bus, so I'll be a little bit late.
我還在等公車，所以我會稍微遲到。

◆ Tips ◆

一樣是「公車站」，bus station 和 bus stop 有什麼不同？

bus station 是「公車總站」或「公車轉運站」，通常被設置為各個公車路線的終點站，且有可供旅客在室內候車的建築物，以方便乘客轉乘其他公車或交通工具，就像是「台北轉運站」一樣；而 bus stop 則是「公車停靠站」，stop 有「停止」的意思，bus stop 就是指「公車暫時停靠，待乘客上車後，立即駛離的停靠站」，有些單純僅設立站牌，有些則設有貼心的候車亭及長椅，提供乘客一個舒適的等待環境。

02 上公車

Part2_11

公車到站時，會做哪些事呢？

catch up
ph. 趕上（公車）

get on/off
ph. 上（下）車

pick up passengers
ph. 搭載乘客

wait for
ph. 等待～

queue up for
ph. 排隊等待～

flag down
ph. 揮手攔車

◆ Tips ◆

一樣都是「上車」和「下車」，get in、get on、get out of 和 get off 有何不同？

get in 和 get on 都是「上車」，而 get out of 和 get off 都是「下車」的意思，但它們因「交通工具大小」的不同，用法也跟著不同；凡是比公車小的交通工具，如：汽車、計程車，皆用 get in（上車），下車時則會說 get out of（下車）；而凡是公車或比公車大的交通工具，如：公車、火車、船、飛機等，皆用 get on（上車）以及 get off（下車）來表達。

Excuse me, I'd like to go to Taipei 101. Could you please tell me where I should get off the bus?
不好意思，我想去台北 101。你可以告訴我應該在哪裡下公車嗎？

公車內的這些人事物的英文怎麼說？

bus driver
[bʌs] [`draɪvɚ]
n. 公車司機

driver's cabin
[`draɪvɚz] [`kæbɪn]
n. 駕駛座位區

front/back seat
[frʌnt] / [bæk] [sit]
n. 前／後座

priority seat
[praɪ`ɔrətɪ] [sit]
n. 博愛座

emergency exit window
[ɪ`mɝdʒənsɪ] [`ɛksɪt] [`wɪndo]
n. 緊急逃生窗

fire extinguisher
[faɪr] [ɪk`stɪŋgwɪʃɚ]
n. 滅火器

bus handle
[bʌs] [`hændḷ]
n.（塑膠）拉環

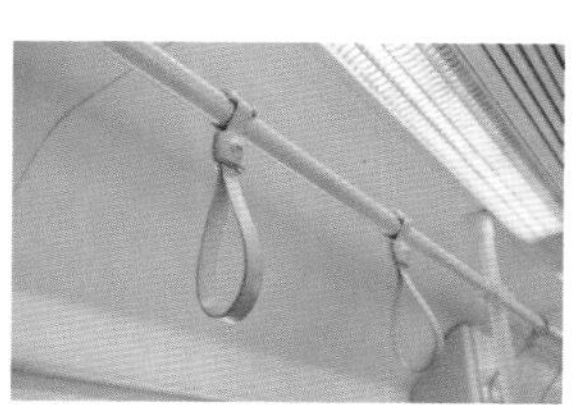

bus strap
[bʌs] [stræp]
n.（皮帶）拉環

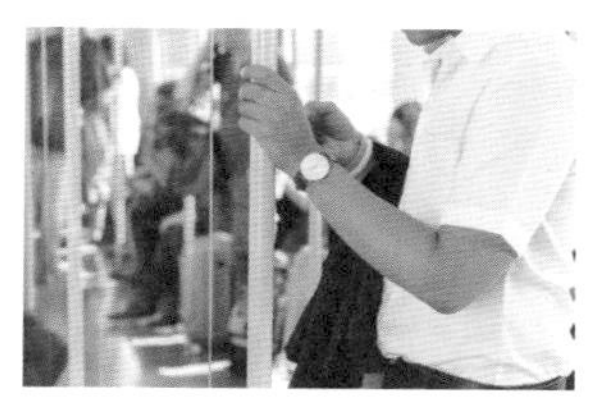

handrail
[`hænd͵rel]
n. 扶手

Part2_12

03 下公車

公車到站時，會遇到什麼呢？

destination sign（美）**/indicator**（英）
[ˌdɛstəˋneʃən] [saɪn] / [ˋɪndəˌketɚ]
n. 公車路線牌

next-stop sign（美）**/indicator**（英）
[nɛkst] [stɑp] [saɪn]/ [ˋɪndəˌketɚ]
n. 到站指示燈

announcement system
[əˋnaʊnsmənt] [ˋsɪstəm]
n.（到站）廣播系統

front door
[frʌnt] [dor]
n. 前門

rear door
[rɪr] [dor]
n. 後門

stop button
[stɑp] [ˋbʌtn̩]
n. 下車鈴

Tips

生活小常識：公車票篇

在台灣搭乘公車時，支付車費的方式僅有兩種：insert coins（投幣）與 touch on（上車刷卡）、touch off（下車刷卡），車費也因搭乘距離的長短，分成 one-section fare [wʌnˋsɛkʃən] [fɛr]（一段票）、two-section fare [tuˋsɛkʃən] [fɛr]（兩段票）及 three-section fare [θriˋsɛkʃən] [fɛr]（三段票）等三種。

而在一些國家，因為地方比較大，所以支付方式也比較多且複雜，例如：在加拿大，支付方式就分成四種：投幣、FareSaver、Day Pass、Bus Pass/Monthly Pass，車費也因搭乘的距離分成：1 zone（一區）、2 zone（二區）和 3 zone（三區）；如果選擇投幣的話，在投幣後，公車司機會給乘客一張 bus transfer [bʌs] [træns`fɝ]（公車轉乘票），上面註明著搭乘日期及時間，拿著它在 90 分鐘內就能免費無限轉乘所有交通工具，而 FareSaver [fɛr'sefɚ]（優惠套票）是一本 10 張的車票，價格比單次投幣更優惠，使用方式與投幣相同，也可取得 bus transfer 轉乘其他交通工具；Day Pass [de] [pæs]（一日票）可以在一天內不限次數搭乘公車，最適合自由行的旅客使用；Bus Pass [bʌs] [pæs]（公車通行證）又稱 Monthly Pass [`mʌnθlɪ] [pæs]（月票），持有 bus pass 的乘客，上車只需出示 bus pass，不需刷卡或索取 bus transfer，即可在一個月內不限次數搭乘任何交通工具，最適合上班族、當地學生和留學生使用。

Please touch your EasyCard on the card reader when you get on the bus.
上公車請在讀卡機處刷悠遊卡。

可能會用到什麼句子呢？

1. **Which bus will take me to Xinyi Road?**
   到信義路要搭哪一班車呢？
2. **How often does the No. 515 come by?**
   515 號公車多久一班呢？
3. **Does this bus go to Taipei Main Station?**
   這班公車有到台北車站嗎？
4. **How much is the bus fare?**
   車資多少呢？
5. **Hold onto the handle or handrail.**
   緊握拉環或扶手。
6. **Would you please let me know when my stop is coming up?**
   快到我要下車的站時，可以告訴我嗎？
7. **How many stops is it to Taipei 101?**
   到台北 101 要坐幾站呢？
8. **Ring the bell when you want to alight.**
   想下車時請按鈴。

◆◆◆ Chapter4

Airport 機場

Part2_13

機場配置

❶ **departure lobby**
[dɪˋpɑrtʃɚ] [ˋlɑbɪ] n. 出境大廳

❷ **check-in counter**
[ˋtʃɛkˏɪn] [ˋkaʊntɚ] n. 報到櫃台

❸ **ground crew**
[graʊnd] [kru] n. 地勤人員

❹ **flight information**
[flaɪt] [ˏɪnfɚˋmeʃən] n. 航班資訊

❺ **luggage scale**
[ˋlʌgɪdʒ] [skel] n. 行李磅秤

❻ **luggage conveyor belt**
[ˋlʌgɪdʒ] [ˏkənˋveɚ] [bɛlt] n. 行李輸送帶

❼ **luggage cart**
[`lʌgɪdʒ] [kɑrt] n. 行李推車

❽ **check-in luggage**
[`tʃɛk͵ɪn] [`lʌgɪdʒ] n. 托運行李

❾ **carry-on luggage**
[`kærɪ͵ɑn] [`lʌgɪdʒ] n. 隨身行李

❿ **billboard** [`bɪl͵bord] n. 廣告看板

⓫ **airline** [`ɛr͵laɪn] n. 航空公司

◆ Tips ◆

慣用語小常識：飛行篇

a flight of fancy
「想像飛翔」？

記得童話故事「小飛俠彼得潘」裡的主角嗎？一位拒絕長大的小男孩 Peter Pan 邀請 Wendy 和她的兩個弟弟一起飛行前往 Neverland，飛行旅途中充滿著魔幻、奇異的色彩；這句裡的 flight [flaɪt] 是指「飛翔；飛行」的意思，fancy [`fænsɪ] 則是指「幻想」，所以 a flight of fancy 的意象就像是 Peter Pan 的故事一樣「充滿著幻想」，同時也可意指「異想天開、不切實際的想法」。

I hope my dream of cycling around the world wouldn't be a flight of fancy.
希望騎單車環遊世界的夢想，不會只是異想天開。

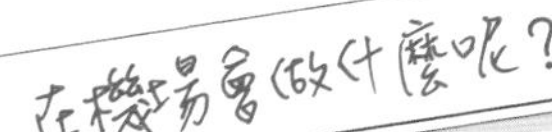

01 登機報到、安檢

報到前，需要準備哪些物品呢？

報到劃位前，要拿好你的 passport [`pæs͵port]（護照）、ticket [`tɪkɪt]（機票）、visa [`vizə]（簽證），以及帶好 luggage [`lʌgɪdʒ]（行李）。

另外，現在大部份的航空公司都響應環保而採用 electronic ticket [ɪlɛk`trɑnɪk] [`tɪkɪt]（電子機票），又稱作 E-ticket

或 ticketless travel，不同於以往的 manual/paper ticket [`mænjʊəl] / [`pepɚ] [`tɪkɪt]（紙本機票）；旅客在向旅行社或航空公司購票後，會收到一份電子檔，這份電子檔就是所謂的「電子機票」，在報到劃位前，旅客需先自行印出，報到劃位時，再一同出示印出的電子機票，以及護照和簽證。

報到劃位時，常聽、常用到的英文句子：

1. **I'd like to check-in for my flight.** 我想要報到劃位。
2. **Are you checking any baggage?** 您要托運任何行李嗎？
3. **How many pieces of baggage?** 您有幾件行李（需要托運）呢？
4. **Please put your baggage on the scale.** 麻煩將您的行李放在磅秤上。
5. **Your bag exceeded the weight limits.** 您的行李超重了。
6. **How much do you charge for excess baggage?**
   超重的手續費須付多少錢？
7. **Could you give me a window seat, please?**
   可以給我靠窗的座位嗎？
8. **Here's your passport and boarding pass, and this is your baggage claim receipt.**
   這是您的護照和登機證，另外，這是您的行李托運存根。

◆ **Tips** ◆

生活小常識：機票篇

機票的種類有哪些？

機票的種類可分 normal ticket [`nɔrml] [`tɪkɪt]（一般票）、discount ticket [`dɪskaʊnt] [`tɪkɪt]（優待票）、special ticket [`spɛʃəl] [`tɪkɪt]（特別票）。

一般票的票價較高，但限制較少，且又可分為 one-way ticket [`wʌn͵we] [`tɪkɪt]（單程票）和 round-trip ticket [raʊnd] [trɪp] [`tɪkɪt]（來回票），票價又因艙等類別不同而有所區分，艙等類別可分為 first class [fɝst] [klæs]（頭等艙）、business class [`bɪznɪs] [klæs]（商務艙）及 economy class [͵ikə`nɑmɪ] [klæs]（經濟艙）等三種。

航空公司依特定身份，如：兒童、老人、領隊……等，給予不同的折扣，這類票種稱為「優待票」；特別票雖然比較便宜，但相對在各方面的限制很多，如：有停留限制的 excursion ticket [ɪk`skɝʒən] [`tɪkɪt]（旅遊票）、需持有 ISIC 國際學生證或 GO25 國際青年證的學生才可購買的 group affinity ticket [grup] [ə`fɪnətɪ] [`tɪkɪt]（學生票），以及 10 人以上、需同進同出、不可轉讓及退票的 group ticket [grup] [`tɪkɪt]（團體票）。

出境時，航班資訊看板上的英文有哪些？

1. **flight information board** [flaɪt] [ˌɪnfɚ`meʃən] [bord] n. 航班資訊看板
2. **departures** [dɪ`pɑrtʃɚs] n. 出境
3. **terminal** [`tɝmən!] n. 航廈
4. **time** [taɪm] n. 起飛時間
5. **destination** [ˌdɛstə`neʃən] n. 目的地
6. **flight (number)** [flaɪt] ([`nʌmbɚ]) n. 班機號碼
7. **counter** [`kaʊntɚ] n. 報到櫃台
8. **boarding (time)** [`bordɪŋ] ([taɪm]) n. 登機時間
9. **gate** [get] n. 登機門
10. **remarks/flight status** [rɪ`mɑrks]/[flaɪt] [`stetəs] n. 備註／班機狀況

◆ Tips ◆

「報到劃位」後，該怎麼前往「登機門」呢？

到達機場時，首先先至 check-in counter（報到櫃台）劃位，並在 check in luggage（行李托運）後，前往 security check（安檢門），透過 X 光檢查儀來進行 baggage inspection（檢測隨身行李），再至 passport control（護照檢查處）查驗護照及簽證，通過查驗後，可依照機場指示牌上的 gate number（登機門編號）前往登機門或 airport lounge（貴賓室）等待登機，等待期間也可至 duty free shop（免稅商店）逛逛，但記得不要錯過了 boarding time（登機時間）喔！

登機證上有哪些英文資訊？

1. **boarding pass** [`bordɪŋ] [pæs] n. 登機證
2. **name of passenger** [`nʌmbɚ] [ɑv] [`pæsndʒɚ] n. 乘客姓名
3. **from** [frɑm] prep. 從～起飛
4. **to** [tu] prep. 飛往～
5. **gate** [get] n. 登機門
6. **date** [det] n. 起飛日期
7. **flight number** [flaɪt] [`nʌmbɚ] n. 班機號碼
8. **boarding time** [`bordɪŋ] ([taɪm]) n. 登機時間
9. **seat** [sit] n. 座位編號

02 在飛機上

Part2_15

常見的英文有哪些？

1. **window seats** [`wɪndo] [sits] n. 靠窗座位
2. **aisle seats** [aɪl] [sits] n. 靠走道座位
3. **tray table** [tre] [`tebḷ] n. 小桌板
4. **overhead compartment** [`ovɚ`hɛd] [kəm`pɑrtmənt] n. 頭頂置物櫃

5 in-flight entertainment system
[ɪn-flaɪt] [ˌɛntɚˋtenmənt] [ˋsɪstəm] n.
機上娛樂系統

6 closeup LCD rear seat
[ˋklosˌʌp] [ɛlˋsiˌdi] [rɪr] [sit] n. 座位上螢幕

7 remote [rɪˋmot] n. 遙控器

8 display screen
[dɪˋsple] [skrin] n. 顯示螢幕

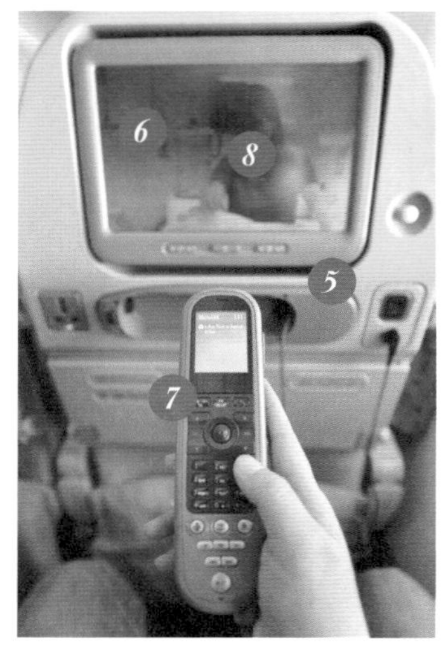

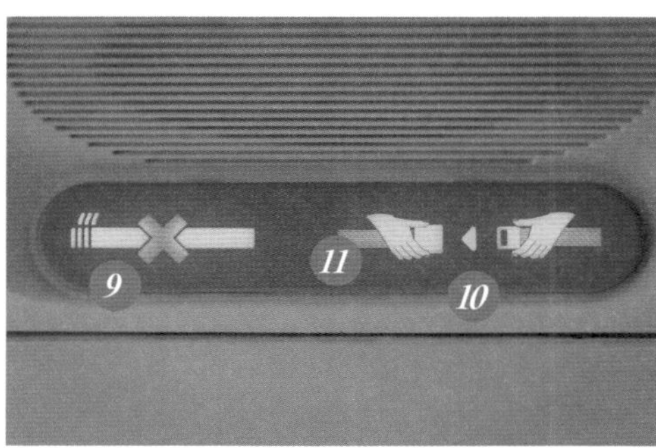

9 no smoking sign
[no] [ˋsmokɪŋ] [saɪn] n. 禁止吸菸標示

10 fasten seat belt sign
[ˋfæsən] [sit] [bɛlt] [saɪn] n.
繫上安全帶標示

11 seat belt [sit] [bɛlt] n. 安全帶

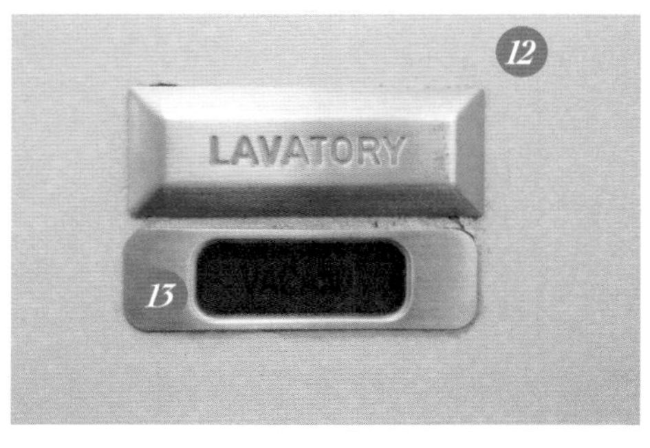

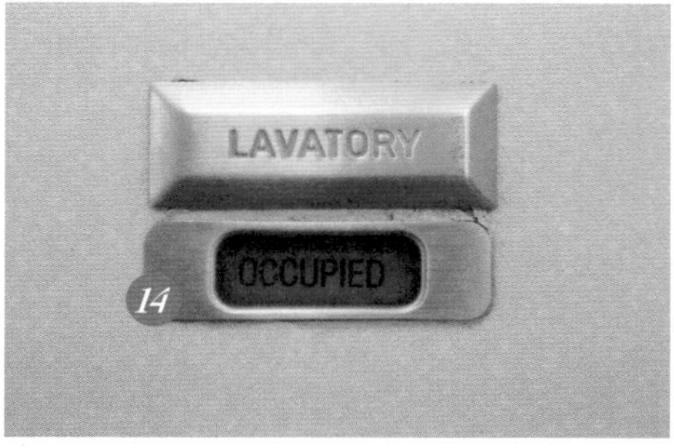

12 lavatory [ˋlævəˌtorɪ] n. （飛機上的）洗手間

13 vacant [ˋvekənt] adj. 空閒中

14 occupied [ˋɑkjʊpaɪd] adj. 使用中

機上供餐時，常用的英文有哪些？

1. **We will be serving meal in a few minutes.**
   我們將在幾分鐘後為您提供餐點。
2. **Please put your seat back to the upright position.**
   請將您的座椅調正。
3. **Please put down the table in front of you.** 請將您前方的桌子放下。
4. **What would you like for dinner, rice or noodles?**
   您晚餐要吃飯還是麵呢？
5. **I'd like to have noodles, please.** 請給我麵。
6. **What's for dinner?** 晚餐有什麼選擇呢？
7. **What would you like to drink?** 您想要喝點什麼呢？
8. **I'd like a cup of orange juice, please.** 麻煩給我杯柳橙汁。
9. **Excuse me. Do you have any instant noodles, or anything I could eat?** 不好意思，你有泡麵，或是任何可以吃的東西嗎？
10. **May I have a vegetarian meal?** 可以給我素食餐嗎？
11. **I have finished. Please take the tray away, thanks.**
    我用完餐了，麻煩收走餐盤，謝謝。

03 入境出關、拿行李

Part2_16

飛機抵達目的地時，要如何依指示入境呢？

抵達目的地時，先分辨你是要「入境」、「轉機」，還是「過境」；如果是「**入境**」的乘客，可依機場的英文指示 arrivals [ə`raɪvḷs] 方向行走，「**轉機**」的乘客可遵照 transfer [træns`fɝ] 的指示搭乘另一班飛機，「**過境**」的乘客則可依照 transit [`trænsɪt] 的方向等待飛機。

入境的乘客在提取行李前，需經過 customs [`kʌstəm] （**海關**）入境查驗護照和簽證，以及回答海關的一些簡易問題後，方可前往 luggage/baggage claim area [`lʌgɪdʒ] / [`bægɪdʒ] [klem] [`ɛrɪə] （**行李領取處**）提領行李。

入境時，通關查驗常聽到或常用的英文句子

1. **What is your final destination?** 你的最後目的地是哪裡？
2. **I will first visit New York, then I will go to San Francisco.** 我會先去紐約，之後會前往舊金山。
3. **What's the purpose of your visit?** 你這次來的目的是什麼呢？
4. **I am here with a tour group.** 我是跟團來的。
5. **I'm here for business.** 我是來出差的。
6. **How long will you be staying?** 你會在這待多久？
7. **I will be here for 5 days.** 我會待在這 5 天。
8. **Where will you be staying?** 你會住哪裡呢？
9. **I will stay in a B&B (bed and breakfast).** 我會住民宿。
10. **How much cash are you carrying?** 你攜帶多少現金呢？
11. **I'm carrying USD1000 with me.** 我帶了 1000 美金。
12. **Do you come with any companions?** 有人和你一起來嗎？
13. **No, I'm travelling alone.** 沒有，我是自己旅行。
14. **Have you confirmed your return ticket?** 你已經確認過回程機票了嗎？
15. **Yes, I will leave here next Friday.** 是的，我下週五會離開這裡。
16. **Do you have anything to declare?** 你有東西需要申報嗎？
17. **I have nothing to declare.** 我沒有需要申報的東西。

◆ Tips ◆

departures（出境）、arrivals（入境）、transfer（轉機）和 transit（過境）有何不同？

「入境」一詞，從英文 arrivals（到達）中就可以很明確地了解其意思，換言之，就是指乘客已到達要「進入的國家」，反之，「出境」的英文 departures 也有「離開」的意思，也就是指乘客要搭乘飛機「離開」這裡前往另一個國家；transfer（轉機）是指乘客持有不同的登機證搭乘另一架飛機，但 transit（過境）則是指飛機 stopover [ˋstɑpˏovɚ]（中途停留），而乘客需暫時離機，在機場等候，等待再次搭乘同一班飛機。

出入境接機時，航班資訊看板上的英文有哪些？

1. **arrivals** [ə`raɪvl̩z] n. 入境
2. **time** [taɪm] n.（入境）時間
3. **arriving from** ph. 來自～
4. **flight No./number** [flaɪt] [`nʌmbɚ] n. 班機號碼
5. **gate** [get] n.（入境）閘門
6. **remarks/flight status** [rɪ`mɑrks] / [flaɪt] [`stetəs] n. 備註／班機狀況
7. **delayed** [dɪ`led] adj. 延誤的

◆ **Tips** ◆

入境時刻表

接機者可透過入境時刻表查詢需接機的旅客是否已到達機場，且可在 remarks 一欄了解班機的狀況。如果班機時間延誤了，remarks 一欄會顯示 delayed（延誤的），如果班機已經到達，則會顯示 arrived（已到達的）。

拿行李的時候會用到哪些英文呢？

1. **claim** [klem] v. 認領
2. **pick up** ph. 領取
3. **claim receipt** [klem] [rɪ`sit] n. 行李存根聯
4. **baggage** [`bægɪdʒ] n. 行李（美式）
5. **luggage** [`lʌgɪdʒ] n. 行李（英式）
6. **suitcase** [`sut͵kes] n. 旅行箱
7. **travel bag** [`trævl̩] [bæg] n. 旅行袋
8. **duffel bag** [`dʌfəl] [bæg] n.（圓筒狀）行李袋
9. **overnight bag** [`ovɚ͵naɪt] [bæg] n.（包含換洗衣物的）過夜包

拿行李時可能會用到的句子

1. **Where is the baggage claim?**
行李領取處在哪裡？

2. **Which carousel will the luggage from Flight 3341 be on?**
班機 3341 的行李會在哪一個轉盤？

3. **Where is the baggage claim counter for EVA Air?**
長榮航空的行李領取櫃檯在哪裡？

4. **Could you tell me where I can claim my luggage?**
可以告訴我要去哪裡領行李嗎？

5. **One of my bags is missing.**
我其中一件行李不見了。

6. **My suitcase is missing. I can't find it.**
我的旅行箱不見了，我找不到。

7. **I'd like to file a missing baggage claim.**
我想要提出行李遺失申報。

8. **What would happen if you can't find my baggage?**
如果你們找不到我的行李，要怎麼辦？

9. **What is your reimbursement policy?**
你們的賠償條款是什麼？

10. **How soon will I get my baggage back?**
我多快可以找回我的行李？

11. **Please deliver the baggage to the Grand Hotel, room 603 as soon as you find it.**
一旦你們找到行李，請盡快送到 Grand 飯店的 603 號房。

◆ Tips ◆

貼心小提醒

提領行李時，可透過行李領取處前方的 LCD 看板，依飛航班次查看行李所在的 baggage carousel [`bægɪdʒ] [ˌkæro`zɛl]（**行李輸送帶**）；提領行李後，如果需要兌換當地的貨幣，可在入境之後，至機場內的 currency exchange [`kɝənsɪ] [ɪks`tʃendʒ]（**貨幣兌換處**）兌換您需要的貨幣喔！

◆◆◆ Chapter5

Road 馬路

馬路配置

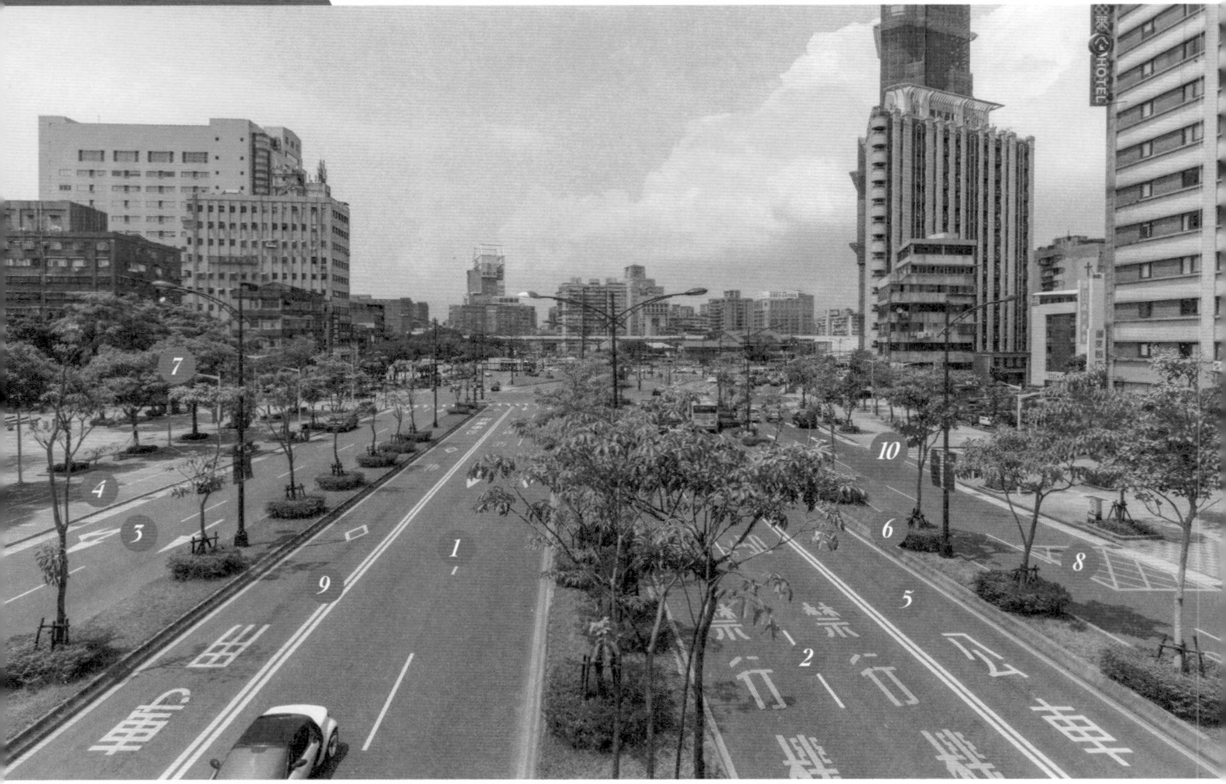

❶ **boulevard** [`bulə͵vɑrd] n. 大道

❷ **fast lane** [fæst] [len] n. 快車道

❸ **motorcycle lane** [`motɚ͵saɪkḷ] [len] n. 機慢車道

❹ **bike lane** [baɪk] [len] n. 自行車道

❺ **bus lane** [bʌs] [len] n. 公車專用道

❻ **refuge island** [`rɛfjudʒ] [`aɪlənd] n. 中央分隔島

❼ **street tree** [strit] [tri] n. 行道樹

❽ **yellow box junction** [`jɛlo] [bɑks] [`dʒʌŋkʃən] n. 黃線網

❾ **double white line** [`dʌbḷ] [hwaɪt] [laɪn] n. 雙白線

❿ **roadside** [`rod͵saɪd] n. 馬路邊

◆ Tips ◆

慣用語小常識：馬路篇

where the rubber meets the road「橡膠遇到馬路」？

rubber [ˋrʌbɚ] 原本指的是「**橡膠**」，但因輪胎面的材質是橡膠製成的，所以這裡的 rubber 是指「**輪胎**」的意思；而當「輪胎遇到（碰到）馬路或地面」，輪胎品質的好壞就立即分曉，換言之，這句話的意思就是：「**人有沒有實力，做了就知道**」或「**東西好與不好，用了就知道**」。

The athletic effort is where the rubber meets the road in every competition.
運動員的努力在賽場上見真章。

你知道嗎？

「警告標誌」、「禁制標誌」、「指示標誌」、「臨時控管標誌」分別有什麼不同呢？

warning sign [ˋwɔrnɪŋ] [saɪn]（警告標誌）在大多數國家是以「**白底紅邊、黑色圖形置中的等邊三角形**」的樣子出現，少數國家像是澳門、香港，則以「黃底黑邊」做為警示顏色；另外，也有一些國家會以「菱形」取代「三角形」做為警告標誌，像是美國、加拿大、日本、紐西蘭、墨西哥等國家。

prohibitory sign [prəˋhɪbə͵torɪ] [saɪn]（禁制標誌）大多數國家是以「**紅色圓形為底，紅色長條帶狀置中**」或是「**紅邊白底、黑體字或黑色圖形的圓形圖**」做為禁止事項的標誌。

indication sign [͵ɪndəˋkeʃən] [saɪn]（指示標誌）在各個國家所用的顏色、形狀皆不一致，但上方皆會標示著「**道路資訊**」或「**方向資訊**」，以供駕駛行車參考。

大多國家是以「**橘底方邊加上黑體字**」或「**紅底方邊加上白體字**」做為 temporary traffic control sign [ˋtɛmpə͵rɛrɪ] [ˋtræfɪk] [kənˋtrol] [saɪn]（臨時性交通標誌）；當在發生「交通事故」或進行「道路施工」時，就會設置這些臨時性的交通標誌，以提醒駕駛和行人留意道路狀況。

‧‧‧ 01 走路

Part2_18

這些英文怎麼說呢？

1. **corner** [`kɔrnɚ] n. 轉角處
2. **street sign** [strit] [saɪn] n. 道路標示
3. **manhole cover** [`mæn͵hol] [`kʌvɚ] n. 人孔蓋
4. **crosswalk** [`krɔs͵wɔk] n. 行人穿越道；斑馬線
5. **sidewalk** [`saɪd͵wɔk] n. 人行道
6. **crosswalk signal** [`krɔs͵wɔk] [`sɪgn!] n. 行人穿越號誌燈
7. **curb** [kɝb] n. 路緣
8. **intersection** [͵ɪntɚ`sɛkʃən] n. 十字路口
9. **streetlight** [`strit͵laɪt] n. 路燈；街燈
10. **traffic light** [`træfɪk] [laɪt] n. 紅綠燈
11. **pedestrian** [pə`dɛstrɪən] n. 行人
12. **hydrant** [`haɪdrənt] n. 消防栓
13. **gutter** [`gʌtɚ] n. 排水溝
14. **road construction** [rod] [kən`strʌkʃən] n. 道路施工

你知道嗎？

要怎麼用英文表達各種走路方式呢？

dash [dæʃ]（**急奔**）是「快速奔跑到另一個地方」的意思；如果在上班的途中，突然想到手機忘記拿，這時就可以把 dash 這個字拿來用囉！

Ryan forgot his cellphone, and dashed home this morning.
Ryan 今天早上急奔回家拿他的手機。

sashay [sæ`ʃe]（**大搖大擺地走**）意指「有自信地走，且身體不由自主的左右擺動」，猶如模特兒在伸展台上，有自信地大搖大擺的走動。

She stumbled over a stone while sashaying around the park.
她在公園大搖大擺地走的時候被石頭絆倒了。

stroll [strol]（**散步；慢走**）的意思是「輕鬆、懶散的走路」，特別在吃完大餐後，如果能夠 stroll 將有助消化。

The man strolled along the path after dinner.
這名男子在晚餐後沿著小道散步。

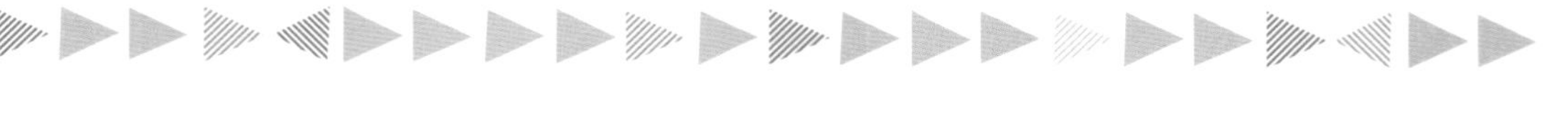

hobble [`habḷ]（**蹣跚**）的走路方法是「行動緩慢，且拖著腳走路」，例如腳受傷的人或是老人在走路時，就可以用這個字。

That old woman has been hobbling along the street with her stick for hours.
那位老太太杵著拐杖，蹣跚地在這條街上走了好幾個小時。

march [martʃ]（**齊步前進**）是指「不急不徐、小步規律的行走」，就像是軍人行軍時的樣子。

The parade for championship celebration marched into the city.
慶祝勝利的遊行隊伍齊步進入了城市。

stride [straɪd]（**大步走**），意指「精神抖擻地大步行走」；有些不擅長快跑或長跑的人，會把 stride 當成規律運動的一種方式。

Striding through the park for 2 hours every day, she has lost 3 kilogram.
每天在公園健走 2 小時，她瘦了 3 公斤。

02 開車

汽車的「各項構造」英文怎麼說？

● Exterior 外部

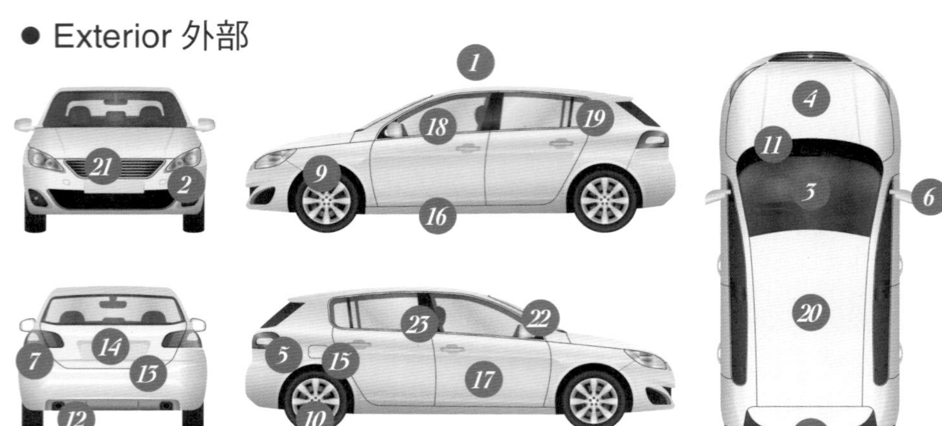

❶ **body** [ˋbɑdɪ] n. 車身
❷ **headlight** [ˋhɛdˏlaɪt] n. 大燈
❸ **windshield** [ˋwɪndˋʃild] n. 擋風玻璃
❹ **bonnet（英）/hood（美）**
[ˋbɑnɪt] / [hʊd] n. 引擎蓋
❺ **turn signal** [tɝn] [ˋsɪgnḷ] n. 方向燈
❻ **side-view mirror**
[ˋsaɪdˋvju] [ˋmɪrɚ] n. 後視鏡
❼ **taillight** [ˋtelˏlaɪt] n. 車尾燈
❽ **boot（英）/trunk（美）**
[but] / [trʌŋk] n. 後車箱
❾ **tire** [taɪr] n. 車胎
❿ **wheel rim** [hwil] [rɪm] n. 輪胎鋼圈
⓫ **windshield wiper**
[ˋwɪndˏʃild] [ˋwaɪpɚ] n. 雨刷
⓬ **exhaust pipe**
[ɪgˋzɔst] [paɪp] n. 排氣管
⓭ **bumper** [ˋbʌmpɚ] n. 保險桿
⓮ **license plate**
[ˋlaɪsṇs] [plet] n. 車牌
⓯ **tank** [tæŋk] n. 油箱
⓰ **chassis** [ˋʃæsɪ] n. 底盤
⓱ **car door** [kɑr] [dor] n. 車門
⓲ **window** [ˋwɪndo] n. 車窗
⓳ **quarter window**
[ˋkwɔrtɚ] [ˋwɪndo] n. 三角窗
⓴ **roof** [ruf] n. 車頂
㉑ **grille** [grɪl] n. 水箱遮罩
㉒ **door post** [dor] [post] n. A 柱
㉓ **roof post** [ruf] [post] n. B 柱

● Interior 內部

❶ rear-view mirror
[rɪr] [vju] [ˋmɪrɚ] n.（車內的）後視鏡

❷ steering wheel
[ˋstɪrɪŋ] [hwil] n. 方向盤

❸ horn/hooter [hɔrn] / [ˋhutɚ] n. 喇叭

❹ hand brake [hænd] [brek] n. 手煞車

❺ audio system
[ˋɔdɪˏo] [ˋsɪstəm] n. 音響系統

❻ driver's seat
[ˋdraɪvɚs] [sit] n. 駕駛座

❼ passenger seat
[ˋpæsn̩dʒɚ] [sit] n. 副駕駛座

❽ seat back [sit] [bæk] n. 椅背

❾ gear stick [gɪr] [stɪk] n. 排檔桿

❿ glove compartment
[glʌv] [kəmˋpɑrtmənt]
n. 前座置物箱

⓫ wiper switch
[ˋwaɪpɚ] [swɪtʃ] n. 雨刷撥捍

⓬ dashboard
[ˋdæʃˏbɔrd] n. 儀表板

⓭ milometer [maɪˋlɔmɪtɚ] n. 里程表

⓮ speedometer [spiˋdɑmətɚ] n. 時速表

⓯ fuel gauge [ˋfjuəl] [gedʒ] n. 油表

⓰ temperature gauge
[ˋtɛmprətʃɚ] [gedʒ] n. 溫度表

⓱ tachometer [təˋkɑmətɚ] n. 引擎轉速表

各類車款

compact car
[kəm`pækt] [kɑr]
n. 迷你車；小車

convertible
[kən`vɝtəbḷ]
n. 敞篷車

hybrid
[`haɪbrɪd]
n. 油電混合車

jeep
[dʒip]
n. 吉普車

hatchback
[`hætʃˏbæk]
n. 掀背式房車

pickup truck
[`pɪkˏʌp] [trʌk]
n. 載貨小卡車

Recreational Vehicle (RV)
[ˏrɛkrɪ`eʃənḷ] [`viɪkḷ]
n. 露營車

Sports Utility Vehicle (SUV)
[sport] [ju`tɪlətɪ] [`viɪkḷ]
n. 運動休旅車

van
[væn]
n. 廂型車

sedan
[sɪ`dæn]
n. 房車

sports car
[sports] [kɑr]
n. 跑車

limousine
[`lɪməˏzin]
n. 大型豪華轎車

開車動作

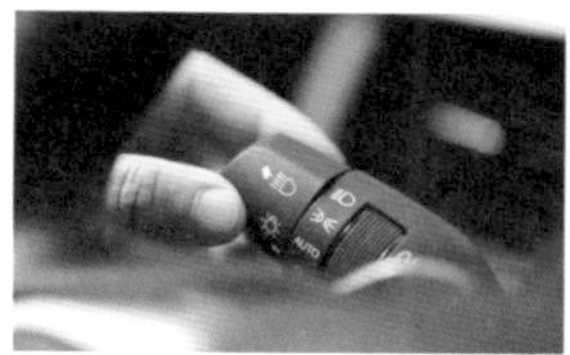

turn on the headlights
ph. 開大燈

slow down
ph. 放慢

speed up
ph. 加速

tap on the brake gently
ph. 輕踩煞車

start the car
ph. 發動

give the signal
ph. 打方向燈

cancel the signal
ph. 取消方向燈

back up
ph. 倒車

change lanes
ph. 換線道

pull over
ph. 路邊停車

back a car into a garage
ph. 倒車入庫

parallel park
ph.（路邊）平行停車

direction 行駛方向

go straight
ph. 直走

turn right
ph. 右轉

turn left
ph. 左轉

make a U-turn
ph. 迴轉

03 騎機車或腳踏車

Part2_20

機車的「各項構造」英文怎麼說？

1. **handle** [ˋhændḷ] n. 龍頭
2. **kickstand** [ˋkɪkˏstænd] n. 腳架
3. **starter** [ˋstɑrtɚ] n. 啟動器
4. **throttle** [ˋθrɑtḷ] n. 油門
5. **front/rear mudguard** [frʌnt] / [rɪr] [ˋmʌdˏgɑrd] n. 前方／後方擋泥板
6. **dual seat** [ˋdjuəl] [sit] n. 雙座椅
7. **handlebar** [ˋhændḷˏbɑr] n. 把手
8. **drum brake** [drʌm] [brek] n. 鼓式碟煞
9. **front shock absorber** [frʌnt] [ʃɑk] [əbˋsɔrbɚ] n. 避震器
10. **starter pedal** [ˋstɑrtɚ] [ˋpɛdḷ] n. 啟動踏板
11. **cylinder** [ˋsɪlɪndɚ] n. 汽缸
12. **spark plug** [spɑrk] [plʌg] n. 火星塞

◆ Tips ◆

生活小常識：機車篇

一樣是「機車」，motorcycle 和 scooter 有什麼不同？

「機車」在中文裡又稱為「摩托車」，音似英文的 motorcycle [ˋmotɚˏsaɪkḷ]，所以大多台灣人都誤把自己的機車說成是 motorcycle，但事實上，在台灣大多數的機車都是 scooter [ˋskutɚ]，而不是 motorcycle。凡是機車座位前方底座有個「小平台」，方便雙腳踏至小平台上的機車，都稱為 scooter；而 motorcycle 是指需要打檔的機車，它的前方沒有小平台，停車時，雙腳需踏在兩側地上，因此「重型機車」的英文是 heavy motorcycle [ˋhɛvɪ] [ˋmotɚˏsaɪkḷ]，而不會用到 scooter 這個字。

腳踏車的「配備」及「各項構造」英文怎麼說？

● Cycling equipment 腳踏車配備

helmet
[ˋhɛlmɪt]
n. 安全帽

cycling shoes
[ˋsaɪklɪŋ] [ʃuz]
n. 公路車卡鞋

cycling sunglasses
[ˋsaɪklɪŋ] [ˋsʌnˏglæsɪz]
n. 自行車太陽眼鏡

water bottle
[ˋwɔtɚ] [ˋbɑtḷ]
n. 水壺

lock
[lɑk]
n. 大鎖

bicycle pump
[ˋbaɪsɪkḷ] [pʌmp]
n. 打氣筒

Structure 各項構造

1. **spoke** [spok] n. 輪輻
2. **saddle** [`sædl̩] n.（自行車）座墊
3. **front/rear wheel** [frʌnt] / [rɪr] [hwil] n. 前／後輪
4. **pedal** [`pɛdl̩] n. 踏板
5. **brake** [brek] n. 煞車
6. **handlebar** [`hændl̩ˏbɑr] n. 把手
7. **reflector** [rɪ`flɛktɚ] n. 反光板
8. **frame** [frem] n. 車架；車框
9. **luggage carrier** [`lʌgɪdʒ] [`kærɪɚ] n. 行李置物架
10. **luggage strap** [`lʌgɪdʒ] [stræp] n. 行李固定帶
11. **seat post** [sit] [post] n. 座管
12. **brake cable** [brek] [`kebl̩] n. 煞車線
13. **crank** [kræŋk] n. 轉動曲柄
14. **kickstand** [`kɪkˏstænd] n. 腳架
15. **basket** [`bæskɪt] n. 籃子

各種的腳踏車英文怎麼說？

road bike
[rod] [baɪk]
n. 公路車

mountain bike
[`maʊntn̩] [baɪk]
n. 登山車

cross bike
[krɔs] [baɪk]
n. 公路越野車

motocross bike
[`motoˏkrɔs] [baɪk]
n. 極限單車

folding bicycle
[`foldɪŋ] [`baɪsɪkl̩]
n. 摺疊車

ladies bicycle
[`ledɪs] [`baɪsɪkl̩]
n. 淑女車

Part 3

School 學校

◆◆◆ Chapter1

Campus 校園

校園配置

❶ **school plan** [skul] [plæn] n. 校園平面圖

❷ **classroom** [ˋklæs͵rum] n. 教室

❸ **cafeteria** [͵kæfəˋtɪrɪə] n. 自助餐廳

❹ **hallway** [ˋhɔl͵we] n. 走廊

❺ **library** [ˋlaɪ͵brɛrɪ] n. 圖書館

❻ **school gate** [skul] [get] n. 校門

❼ **basketball court** [ˋbæskɪt͵bɔl] [kort] n. 籃球場

❽ **schoolyard** [ˋkortˋjɑrd] n. 庭園

你知道嗎？

● School facilities（學校設施）還有哪些呢？英文怎麼說？

school facilities [skul] [fəˋsɪlətɪs] n. 學校設施

1. **restroom** [ˋrestrum] n. 洗手間
2. **auditorium** [ˌɔdəˋtorɪəm] n. 禮堂
3. **health center** [hɛlθ] [ˋsɛntɚ] n. 健康中心
4. **field** [fild] n. 操場
5. **swimming pool** [ˋswɪmɪŋ] [pul] n. 游泳池
6. **PE (Physical Education) equipment storage** [ˋfɪzɪkḷ] [ˌɛdʒʊˋkeʃən] [ɪˋkwɪpmənt] [ˋstorɪdʒ] n. 體育器材室

● School office（學校辦公室）有哪些呢？英文怎麼說？

school office [skul] [ˋɔfɪs] n. 學校辦公室

1. **principal's office** [ˋprɪnsəpḷs] [ˋɔfɪs] n. 校長室
2. **academic affairs** [ˌækəˋdɛmɪk] [əˋfɛrs] n. 教務處
3. **student affairs** [ˋstjudṇt] [əˋfɛrs] n. 學務處
4. **general affairs** [ˋdʒɛnərəl] [əˋfɛrs] n. 總務處
5. **teacher's and staff's office** [ˋtitʃɚs] [ænd] [stæfs] [ˋɔfɪs] n. 教職員辦公室
6. **counseling office** [ˋkaʊnsəlɪŋ] [ˋɔfɪs] n. 輔導室
7. **personnel office** [ˌpɝsṇˋɛl] [ˋɔfɪs] n. 人事室
8. **accounting office** [əˋkaʊntɪŋ] [ˋɔfɪs] n. 會計室
9. **military education office** [ˋmɪləˌtɛrɪ] [ˌɛdʒʊˋkeʃən] [ˋɔfɪs] n. 教官室
10. **security room** [sɪˋkjʊrətɪ] [rum] n. 警衛室

● Classroom（教室）有哪幾種呢？英文怎麼說？

classroom
[`klæsˏrʊm]
n. 教室

1. **language lab** [`læŋgwɪdʒ] [`læb] n. 語言教室
2. **audiovisual room** [`ɔdɪo`vɪʒʊəl] [rum] n. 視聽教室
3. **music classroom** [`mjuzɪk] [`klæsˏrʊm] n. 音樂教室
4. **home economics room** [hom] [ˏikə`nɑmɪk] [rum] n. 家政教室
5. **computer lab** [kəm`pjutɚ] [`læb] n. 電腦教室
6. **fine arts room** [faɪn] [ɑrts] [rum] n. 美術教室
7. **laboratory** [`læbrəˏtorɪ] n. 實驗室

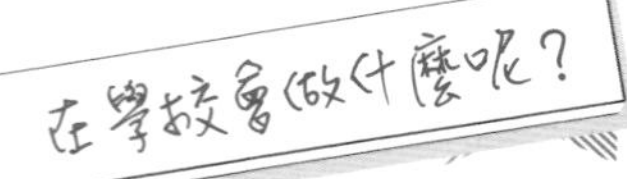

Part3_02

01 上學

上學的時候需要些什麼呢？

schoolbag
[skulbæg]
n. 書包

textbook
[`tɛkstˏbʊk]
n. 課本

workbook
[`wɝkˏbʊk]
n. 作業本

handkerchief
[`hæŋkɚˏtʃɪf]
n. 手帕

tissue
[`tɪʃʊ]
n. 衛生紙

water bottle
[`wɔtɚ] [`bɑtəl]
n. 水壺

sports clothes
[spɔrts] [kloz]
n. 體育服

uniform
[`junəˏfɔrm]
n. 制服

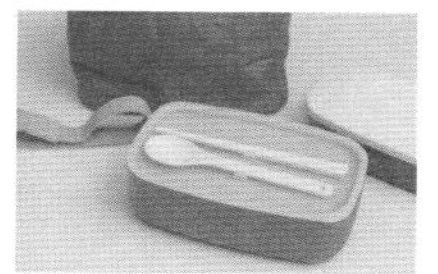

lunch box
[lʌntʃ] [bɑks]
n. 便當盒

lunch bag
[lʌntʃ] [bæg]
n. 便當袋

backpack
[ˋbæk͵pæk]
n. 後背包

pencil box
[ˋpɛnsḷ] [bɑks]
n. 鉛筆盒

所需的文具用品

eraser
[ɪˋresɚ]
n. 橡皮擦

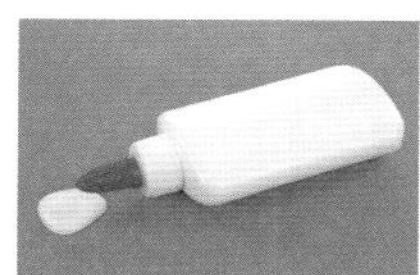

white glue
[hwaɪt] [glu]
n. 白膠

glue stick
[glu] [stɪk]
n. 口紅膠

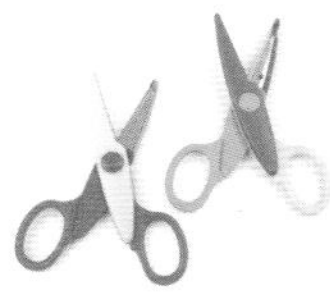

safety scissors
[ˋseftɪ][ˋsɪzɚz]
n. 安全剪刀

ruler
[ˋrulɚ]
n. 尺

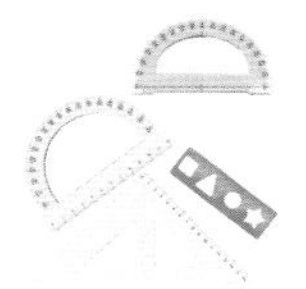

protractor
[proˋtræktɚ]
n. 量角器

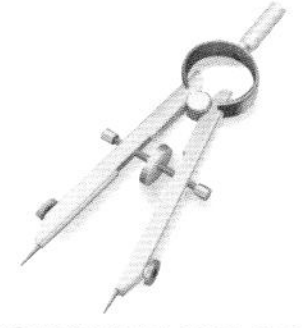

compasses
[ˋkʌmpəsɪs]
n. 圓規

folder
[ˋfoldɚ]
n. 資料夾

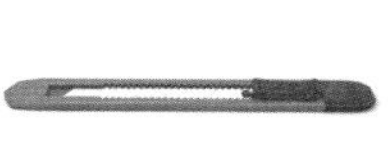

box cutter
[bɑks] [ˋkʌtɚ]
n. 美工刀

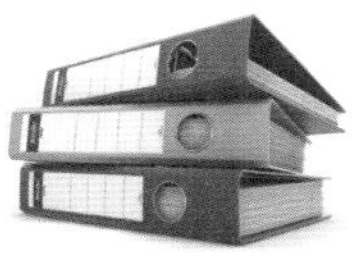

binder
[ˋbaɪndɚ]
n. 活頁資料夾

loose-leaf paper
[ˋlus͵lif] [ˋpepɚ]
n. 活頁紙

notebook
[ˋnot͵bʊk]
n. 筆記本

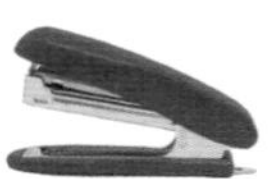

stapler
[ˋsteplɚ]
n. 釘書機

staples
[ˋstepl̩s]
n. 訂書針

post-it
[ˋpostɪt]
n. 便利貼

calculator
[ˋkælkjəˏletɚ]
n. 計算機

◆ Tips ◆

修正液的英文怎麼說？

傳統的修正液原本是用一個小瓶子填裝白色的修正液體，並附帶一支小刷子，英文叫做 correction fluid [kəˋrɛkʃən] [ˋfluɪd]，correction 是「修改；訂正」的意思、fluid 是「液體」，所以 correction fluid 就是指「修正的液體」；但因刷子不易使用，後來才改成筆型的修正液，把筆頭上的圓珠輕壓在需修正處上，「流出白色液體」後就可輕易的修改，因此口語上稱作 whiteout [ˋhwaɪtˏaʊt]（立可白），但不論是修正液還是立可白，缺點就是還要等它乾，才能繼續寫字，所以業者近一步研發出像「膠帶」一樣， 將白色修正液貼在修正處上的 correction tape [kəˋrɛkʃən] [tep]（修正的膠帶），也就是「修正帶」。

Please get a whiteout to correct your spelling mistakes.
請去拿立可白修正你的拼字錯誤。

筆的種類有哪些，英文怎麼說呢？

crayon
[ˋkreən]
n. 蠟筆

marker
[mɑrkɚ]
n. 彩色筆；麥克筆

pencil
[ˋpɛnsl̩]
n. 鉛筆

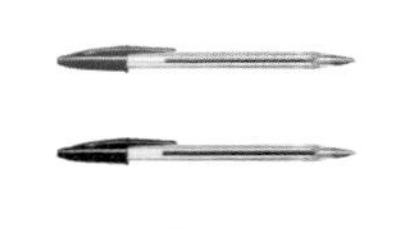

(ballpoint) pen
([ˋbɔlˏpɔɪnt]) [pɛn]
n. 原子筆（圓珠筆）

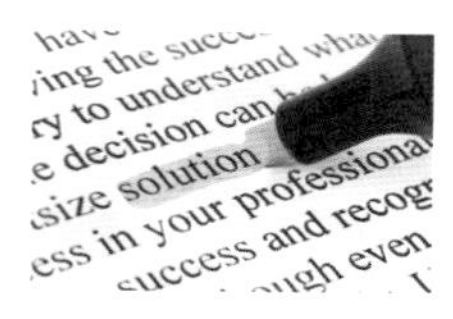

highlighter
[ˋhaɪˏlaɪtɚ]
n. 螢光筆

mechanical（美）/ propelling（英）pencil
[məˋkænɪkḷ] / [prəˋpɛlɪŋ] [ˋpɛnsḷ]
n. 自動鉛筆

fountain pen
[ˋfaʊntɪn] [pɛn]
n. 鋼筆

whiteboard marker
[ˋhwaɪtbord] [mɑrkɚ]
n. 白板筆

你知道嗎？

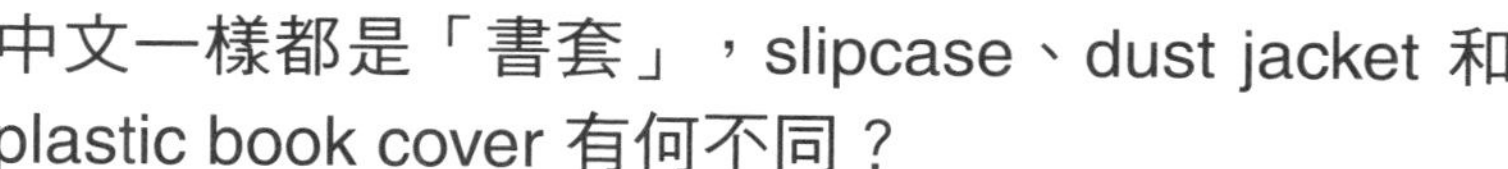

中文一樣都是「書套」，slipcase、dust jacket 和 plastic book cover 有何不同？

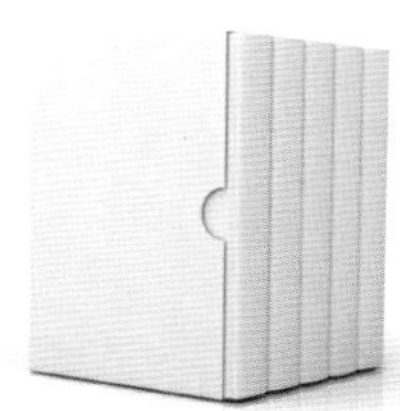

slipcase [ˋslɪpˏkes] 是指可裝兩本書以上，並露出書背的**硬紙書盒**，最常在連載的書籍、系列套書、精裝本上看到使用 slipcase 把一整套的書裝在一起。

How to make a sturdy slipcase to keep the volumes together?
要怎麼做一個耐用的書盒來保存這些書藉呢？

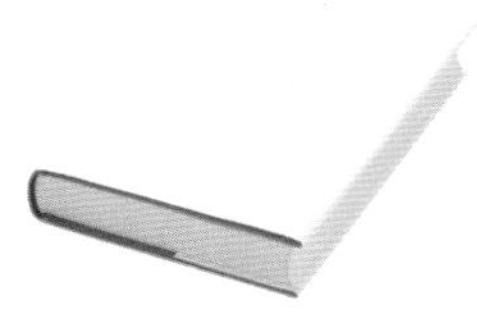

dust jacket [dʌst] [ˋdʒækɪt] 的 dust 是「**灰塵**」、jacket 除了有「外套」的意思以外，還意指「**（書藉的）保護套**」，雖然 dust jacket 字面上清楚地意指「書套」（防灰塵的護套），但是詞義依舊含糊，事實上，它是指那一張可與書分開的、用來保護 book cover [bʊk] [ˋkʌvɚ]（書封）的「**書衣**」，通常 hardcover（精裝本）的最外層就會包上書衣。

She bought the book not because of the content, but because of its pretty dust jacket.
她不是因為這本書的內容而買，而是因為它漂亮的書衣。

plastic book cover [ˋplæstɪk] [bʊk] [ˋkʌvɚ] 的 plastic 是「塑膠的」，這是指「套在封面層的塑膠保護套」，也就是通常學生會使用的「**透明書套**」。

My son needs to buy some plastic book covers to protect his textbooks from damage.
我兒子需要買一些書套來包他的課本，好讓課本不會損壞。

校園裡常見的教職員有哪些？英文怎麼說呢？

● Preschool 幼稚園

1. **preschool principal**
[ˋpriˋskul] [ˋprɪnsəpl̩] n. 幼稚園園長
2. **preschool teacher**
[ˋpriˋskul] [ˋtitʃɚ] n. 幼稚園老師
3. **nanny** [ˋnænɪ] n. 保母

● Elementary, Junior high, Senior high 國小、國中、高中

1. **principal** [ˋprɪnsəpl̩] n. 校長
2. **homeroom teacher**
[ˋhomˌrum] [ˋtitʃɚ] n. 班級導師
3. **substitute teacher**
[ˋsʌbstəˌtjut] [ˋtitʃɚ] n. 代課老師
4. **Chinese teacher**
[ˋtʃaɪˋniz] [ˋtitʃɚ] n. 國語（文）老師
5. **English teacher**
[ˋɪŋglɪʃ] [ˋtitʃɚ] n. 英文老師
6. **math (mathematics) teacher** [mæθ] ([ˌmæθəˋmætɪks]) [ˋtitʃɚ] n. 數學老師
7. **science teacher** [ˋsaɪəns] [ˋtitʃɚ] n. 自然老師

8. **physics and chemistry teacher**
[`fɪzɪks] [ænd] [`kɛmɪstrɪ] [`titʃɚ] n. 理化老師

9. **history teacher**
[`hɪstərɪ] [`titʃɚ] n. 歷史老師

10. **geography teacher**
[`dʒɪ`ɑgrəfɪ] [`titʃɚ] n. 地理老師

11. **biology teacher**
[baɪ`ɑlədʒɪ] [`titʃɚ] n. 生物老師

12. **art teacher**
[ɑrt] [`titʃɚ] n. 美術老師

13. **music teacher**
[`mjuzɪk] [`titʃɚ] n. 音樂老師

14. **military instructor**
[`mɪlə͵tɛrɪ] [ɪn`strʌktɚ] n. 教官

● University 大學

1. **head of department**
[hɛd] [ɑv] [dɪ`pɑrtmənt] n. 系主任

2. **professor** [prə`fɛsɚ] n. 教授

3. **associate professor**
[ə`soʃɪɪt] [prə`fɛsɚ] n. 副教授

4. **supervisor**
[͵supɚ`vaɪzɚ] n. 指導教授

5. **assistant professor** [ə`sɪstənt] [prə`fɛsɚ] n. 助理教授

6. **staff** [stæf] n. 辦公室職員

7. **instructor** [ɪn`strʌktɚ] n. 講師

8. **part-time employee** [`pɑrt`taɪm] [͵ɛmplɔɪ`i] n. 工讀生

◆ **Tips** ◆

生活小常識：保母篇

保母可分成三種：臨時的、固定的、全天候的，他們的英文皆不同；在國外，有種「臨時保母」，大人若因有事外出，就會依鐘點費計算，請大哥哥或大姐姐臨時看管小孩，這種「**臨時保母**」稱為 babysitter [`bebɪsɪtɚ]；而在台灣，大多是將孩子送去保母家，或是請保母至家中照顧小孩到父母下班為止，這種「**固定時段的保母**」稱為 nanny [`nænɪ]；有些家庭則會直接雇用保母住在家中全天候照顧，這種「**全天候照顧的保母**」可稱為 live-in nanny [͵lɪv`ɪn] [`nænɪ]。

Sandy is the new nanny who comes to take care of my two kids.
Sandy 是來照顧我兩個孩子的新保母。

校園裡各年級學生的英文怎麼說？

- Preschool, Elementary, Junior high, Senior high
  幼稚園、國小、國中、高中

1. **preschool student**
   [ˋpriˋskul] [ˋstjudənt] n. 幼稚園學生
2. **pupil/elementary student**
   [ˋpjupl̩]/[ˌɛləˋmɛntərɪ] [ˋstjudənt] n. 小學生
3. **junior high school student**
   [ˋdʒunjɚ] [haɪ][skul] [ˋstjudənt] n. 國中生
4. **high school student**
   [haɪ][skul] [ˋstjudənt] n. 高中生

- University, Graduate school 大學、研究所

1. **undergraduate student**
   [ˌʌndɚˋgrædʒʊɪt] [ˋstjudənt] n. 大學生
2. **graduate student**
   [ˋgrædʒʊɪt] [ˋstjudənt] n. 研究生
3. **freshman** [ˋfrɛʃmən] n. 大一生
4. **sophomore** [ˋsɑfmor] n. 大二生
5. **junior** [ˋdʒunjɚ] n. 大三生
6. **senior** [ˋsinjɚ] n. 大四生
7. **overseas student**
   [ˋovɚˋsiz] [ˋstjudənt] n. 僑生
8. **foreign student**
   [ˋfɔrɪn] [ˋstjudənt] n. 外籍生
9. **exchange student**
   [ɪksˋtʃendʒ] [ˋstjudənt] n. 交換生

10. **roommate** [ˋrumˌmet] n. 室友
11. **alumni** [əˋlʌmnaɪ] n. 畢業校友

Part3_03

02 去合作社／學校餐廳

學校合作社和餐廳的英文怎麼說？

● Snack/Tuck shop 合作社（福利社）

合作社裡大多販買一些簡單的 snacks [snæks]（零食）、beverage [`bɛvərɪdʒ]（飲料）、boxed meal [bɑkst] [mil]（便當）、stationery [`steʃən͵ɛrɪ]（文具），方便學生在短暫下課時間快速購買與充飢。

因此「合作社」的英文叫做 (school) snack shop [skul] [snæk] [ʃɑp]，或是英式說法的 tuck shop [tʌk] [ʃɑp]，前者的 snack 是指「**零食；點心**」，後者的 tuck 則有「**填塞**」的意思，這裡也就是指「**能充飢的食物**」，所以無論是前者或後者皆指「**購買點心的地方**」。

● Cafeteria/Canteen 餐廳

在國外，通常學校餐廳供餐的方式與台灣傳統的自助餐店一樣，先拿 tray [tre]（餐盤），再到 food-serving counter/stall [͵fud`sɝvɪŋ] [`kaʊntɚ]/[stɔl]（餐台）依序排隊取餐，取餐後需先 check out（結帳）才能用餐，這種類型的餐廳在英文裡稱為 cafeteria [͵kæfə`tɪrɪə]，或是英式英文中的 canteen [kæn`tin]。

在合作社裡，常見的點心、飲料英文要怎麼說呢？

● Snacks 零食類

cookie
[ˋkʊkɪ]
n. 餅乾

candy
[ˋkændɪ]
n. 糖果

lollipop
[ˋlɑlɪˏpɑp]
n. 棒棒糖

gummy
[ˋgʌmɪ]
n. 軟糖

ice cream
[aɪs] [krim]
n. 冰淇淋

pudding
[ˋpʊdɪŋ]
n. 布丁

chewing gum
[tʃuɪŋ] [gʌm]
n. 口香糖

potato chips
[pəˋteto] [tʃɪps]
n. 洋芋片

popsicle
[ˋpɑpsəkəl]
n. 冰棒

● Beverages 飲料類

bottled water
[`bɑtḷd] [`wɔtɚ]
n. 瓶裝水

soda
[`sodə]
n. 汽水

milk
[mɪlk]
n. 牛奶

tea
[ti]
n. 茶

juice
[dʒjus]
n. 果汁

soybean milk
[ˈsɔɪbin] [mɪlk]
n. 豆漿

◆ Tips ◆

慣用語小常識：餅乾篇

That's the way the cookie crumbles.
「那就是餅乾碎掉的方法」？

句子裡的 crumble [`krʌmbḷ] 是「弄碎」的意思，形容不小心壓碎了餅乾，也不需要驚訝，因為餅乾本來就很容易碎掉，完全意料之中。就像是人生一樣，人生中本來就有很多無法預料到的事，所以不需要大驚小怪，因此這句話的意思就是「這就是人生呀！」。

I asked Emily out, but she is already seeing someone, I guess that's the way the cookie crumbles.
我約 Emily 出去，但她已經在和別人約會了，我想這就是人生吧！

◆◆◆ Chapter2

Classroom 教室

Part3_04

走廊配置

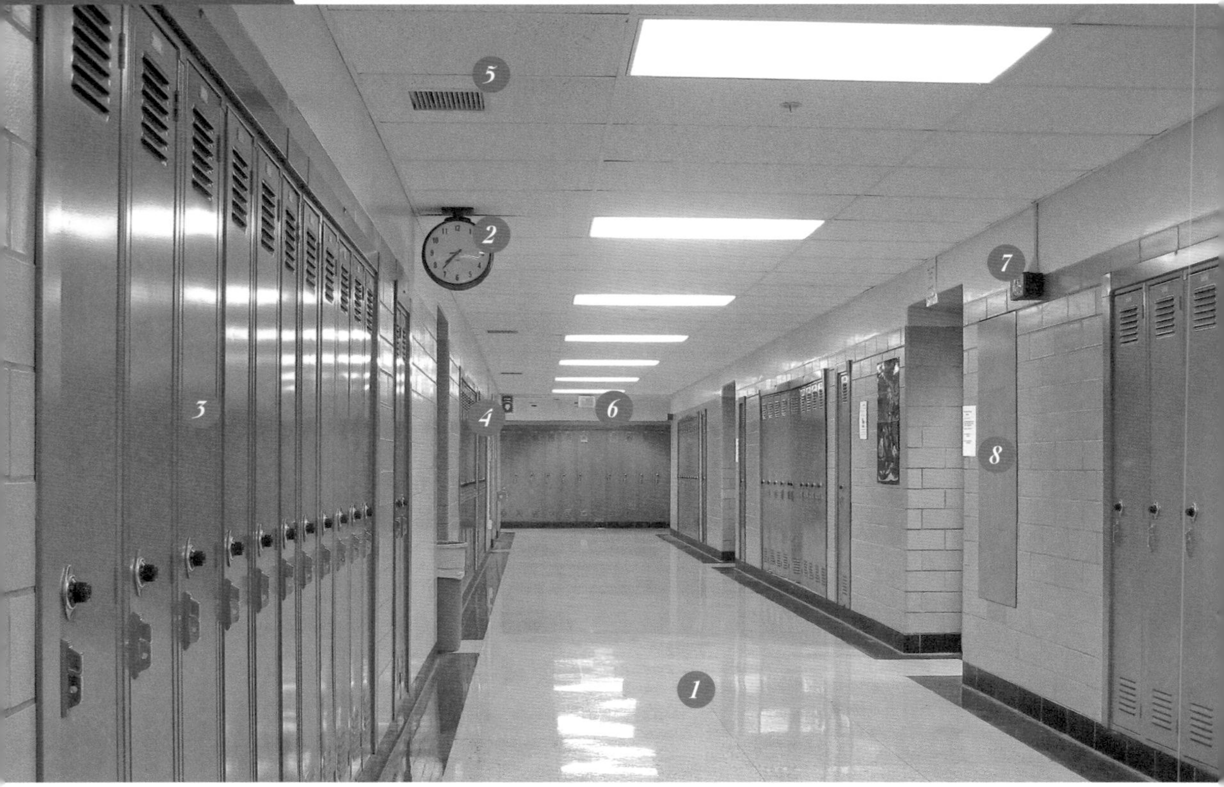

1. **hallway** [ˋhɔlˏwe] n. 走廊
2. **clock** [klɑk] n. 時鐘
3. **locker** [ˋlɑkɚ] n. 置物櫃
4. **public address(PA) system** [ˋpʌblɪk] [əˋdrɛs] [ˋsɪstəm] n. 廣播系統
5. **vent** [vɛnt] n. 通風口
6. **emergency exit sign** [ɪˋmɝdʒənsɪ] [ˋɛksɪt] [saɪn] n. 緊急出口指示
7. **school bell** [skul] [bɛl] n. 學校打鈴鐘
8. **electrical equipment** [ɪˋlɛktrɪkəl] [ɪˋkwɪpmənt] n. 電氣設備

在教室外的走廊會做些什麼呢？

chat with friends ph. 與朋友聊天
discuss class ph. 討論上課情形
put personal stuff in the locker ph. 把私人物品放進置物櫃
pass by ph. 經過
post announcements on the bulletin board ph. 在布告欄上張貼公告
read the bulletin board ph. 閱讀布告欄

Tips

慣用語小常識：學校篇

tell tales out of school
「把校園的傳說（故事）說出來」？

tale [tel] 除了是「故事；傳說」外，還有「流言蜚語；壞話；閒話」的意思，所以 tell tales out of school 字面上的意思就是「把校園歷史或蜚短流長全都說出來」；據說 tell tales out of school 最初源出自十六世紀一位英國宗教改革者 William Tyndal 的書 *The Practyse of Prelates* 裡的句子，而後又被用來形容孩子喜歡和同學分享家中瑣事，或跟父母分享校園趣事，漸漸地流傳至現今，就有「**搬弄是非、道人長短**」的意思了。

Alex has told tales out of school, so no one likes him now.
Alex 一直愛說別人的閒話，所以現在沒人喜歡他了。

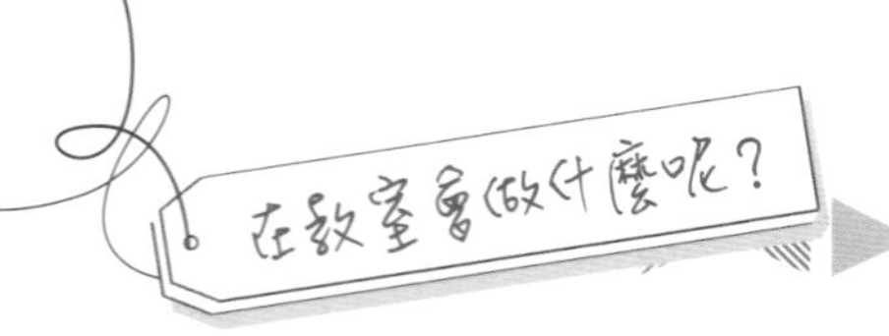

01 上課

教室內配置

1. **whiteboard** [ˋhwaɪtbord] n. 白板
2. **teacher's desk** [ˋtitʃɚs] [ˋdɛsk] n. 導師桌
3. **desk** [ˋdɛsk] n. 書桌
4. **chair** [tʃɛr] n. 椅子
5. **magnet** [ˋmægnɪt] n. 磁鐵
6. **eraser** [ɪˋresɚ] n. 板擦
7. **marker** [mɑrkɚ] n. 白板筆
8. **bulletin board** [ˋbʊlətɪn] [bord] n. 公告欄
9. **class schedule** [klæs] [ˋskɛdʒʊl] n. 課表
10. **suspended projector** [səˋspɛndɪd] [prəˋdʒɛktɚ] n. 懸掛式投影機
11. **classroom decoration** [ˋklæsˏrʊm] [ˏdɛkəˋreʃən] n. 教室布置

「功課」的英文怎麼說？

英文裡用來表達「功課」的說法很多，常見的有 homework、assignment、oral presentation、written report、group report，但它們所指的「功課」的性質有點不同。

homework [`hom͵wɝk]（回家功課）是個不可數的單字，指的是「**老師當天指定、只能回家做、隔天或下次上課就要繳交的功課**」，國小、國中、高中的學生的功課大部分都是這種。

assignment [ə`saɪnmənt] 大多是指「**寫或閱讀的功課**」，這個字裡的 assign [ə`saɪn] 是「分派（任務）」的意思，所以 assignment 意味著「需要一段時間去完成的任務（功課）」。

如果是看完電影後的報告、參觀展覽後的心得報告等「**需在戶外執行的任務**」，也可以使用 assignment，這種通常是高中、大學以上的學生常遇到的功課。

除了以上兩種之外，還有 oral presentation [`orəl] [͵prizɛn`teʃən]（**口頭報告**）、written report [`rɪtn] [rɪ`port]（**書面報告**），以及 group report [grup] [rɪ`port]（**團體報告**）。

The boy has been doing his homework for 3 hours.
那個男孩寫功課已經寫了 3 個小時了。

上課時有哪些常做的事呢？

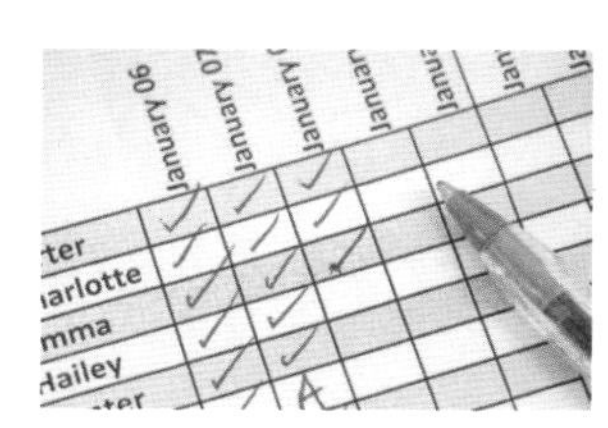

have roll call/ check attendance
ph. 點名

ask
[æsk]
v. 提問

discuss
[dɪ`skʌs]
v. 討論

answer
[ˋænsɚ]
v. 回答

raise your hand
ph. 舉手

make a presentation
ph. 報告

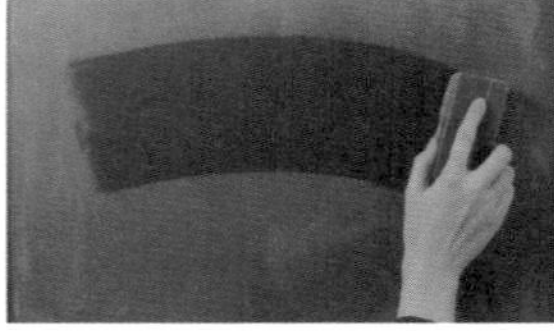

erase the board
ph. 擦黑（白）板

write on the board
ph. 寫黑（白）板

hand in
ph. 繳交

pair up
ph. （分組）配對

punish
[ˋpʌnɪʃ]
v. 處罰

dismiss the class
ph. 讓學生下課

常用句子

1. **It's time for class.** 上課了。
2. **Let's have roll call.** 現在來點名。
3. **Take out your textbook.** 把課本拿出來。
4. **Let's review the last lesson first.** 現在先複習上一課。
5. **Turn to page 5.** 翻到第 5 頁。
6. **Repeat after me.** 我唸一遍，你們再唸一遍。
7. **Pardon? Could you please say it again?**
   不好意思，可以再說一次嗎？
8. **I don't quite understand.** 我不太懂。
9. **I have one more question.** 我還有一個問題。
10. **How do you say this in English?** 這個用英文要怎麼說？

翹課的英文怎麼說呢？

形容「該上課，而不去上課」，在中文裡只有一種說法；就是「翹課」。但英文卻有很多種說法：skip class、cut class、ditch class、play hooky。

skip [skɪp] 是「跳過；躍過」的意思，而 skip class 就是「**跳過這堂課**」；cut [kʌt] 是「切；剪；砍」的意思，cut class 就是「**切掉、砍掉這堂課**」；ditch [dɪtʃ] 在這裡是指「拋棄」的意思，所以 ditch class 就是「**拋棄這堂課**」；hooky [`hʊkɪ]（逃學），play hooky 是指**把逃學當成是遊戲一樣 play（玩）**，這個片語意味著「**開開心心的逃學**（而跑去玩）」。

They skipped class to see a horror movie in the movie theater.
他們翹課跑去電影院看恐怖片。

◆ Tips ◆

生活小常識：修課篇

大學中，專業的「主修」的英文叫做 major [`medʒɚ]，major 這個字可以當作名詞或是動詞，例如想要說「主修英文系」時，把 major 當作名詞時可以說 English major（英文系），如果當成動詞，則說成 major in English（主修英文）；有些人大一的成績優異，所以在大二就可申請主修另一個科系，這就被稱為 double major（**雙主修**）或 minor [`maɪnɚ]（**輔系**）。雙主修與輔系不同的地方在於 required course [rɪ`kwaɪrd] [kors]（**必修**）及 elective course [ɪ`lɛktɪv] [kors]（**選修**）。

「必修」簡單的說就是「非修不可的課」，「選修」就是「可以選擇的課」；「雙主修」是指有兩個主修的系，也就兩個科系的「必修」和「選修」都要上；從「輔系」的英文 minor 裡，就可以清楚了解第二個科系是「副修的」，所以只要修完另一系的「必修」課程就好，雖然聽起來很簡單，但要在四年裡修完這麼多學分，難度實在很高，所以大多雙主修或輔系生都會申請 postpone graduation [post`pon] [ˌgrædʒʊ`eʃən]（**延畢**）。

Alice double majors in English and Spanish without any stress。
Alice 沒有任何壓力地雙主修英文和西班牙文。

••• 02 考試

Part3_06

你知道嗎？

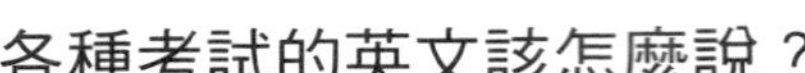

各種考試的英文該怎麼說？

雖然 **test**、**quiz**、**examination** 指的都是「**考試**」，但其實它們的用法不同喔！

test [tɛst] 有「**測試、測驗（能力）**」之意，所以凡是用來測驗某種能力的考試，都可以叫做 test，如：英檢、多益、托福等。另外，像是 mock test [mɑk] [tɛst]（模擬考）也是用來測驗能力的考試，所以也用 test 這個字。

examination [ɪg͵zæmə`neʃən] 又稱 exam [ɪg`zæm]，是指**大型的、正式的、統一一起考的考試**，如：entrance exam [`ɛntrəns] [ɪg`zæm]（入學考）、midterm exam [`mɪd͵tɝm] [ɪg`zæm]（期中考）、final exam [`faɪnḷ] [ɪg`zæm]（期末考）、written exam [`rɪtṇ] [ɪg`zæm]（紙筆測驗）、computer-based exam [kəm`pjutɚ] [best] [ɪg`zæm]（上機考）等，而 make-up exam [`mek͵ʌp] [ɪg`zæm]（補考）或 retake the exam [ri`tek] [ðə] [ɪg`zæm]（重考）也都是以 exam 來表達。

如果想要說的是一般的「**小考**」，那就可以用 **quiz** [kwɪz] 這個字，所以像學生最討厭的「隨堂抽考」就被稱為 pop quiz [pɑp] [kwɪz]，pop 的意思就是「突然出現的」，而 pop quiz 就是「突然出現的小考」。

I am really nervous since there will be a mock test tomorrow.
我真的很緊張，因為明天會有一場模擬考。

My final exam on biology was totally a disaster.
我的生物期末考完全就是一場災難。

All students were shocked when the teacher gave them a pop quiz.
當老師要考隨堂考時，所有學生都嚇壞了。

考試時，常見的狀況有哪些？

pass down the test
ph. （考前）發考卷

take a test
ph. 考試

cheat
[tʃit]
v. 作弊

turn in the test
ph. 交考卷

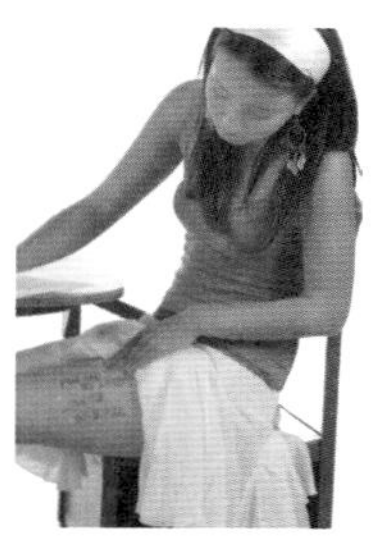

crib notes
ph. 帶小抄

return the test
ph. （考後）發回考卷

◆ Tips ◆

考後成績的結果要如何表達呢？

學生在考完試後，都會分享考試成績，如果「考得不錯」可以說 do pretty well；「考滿分」可以說 get full marks（拿到滿的分數）或是 ace an exam /a test（把考試成績變成王牌 A 了），ace an exam 裡的 ace [es] 是在撲克牌中的「王牌 A」，沒有其他分數可以比「A」更厲害了，所以「把成績變成王牌 A」就是「拿到高分（或滿分）」的意思。如果成績「低空飛過」可以說 squeak by（勉強通過）；「考不好」可以說 bomb an exam/a test，bomb [bam] 是「轟炸」的意思，所以 bomb an exam 意味著「炸掉了考試」也就是「爛到炸！」的意思；「考零分」可以說 get a zero（拿到零分）或 get a goose egg（得到一顆鵝蛋）。

Amy didn't study at all, so she got a goose egg on her math exam.
Amy 完全沒有讀書，所以她的數學拿了零分。

◆◆◆ Chapter3

Nurse's Office 保健室

保健室配置

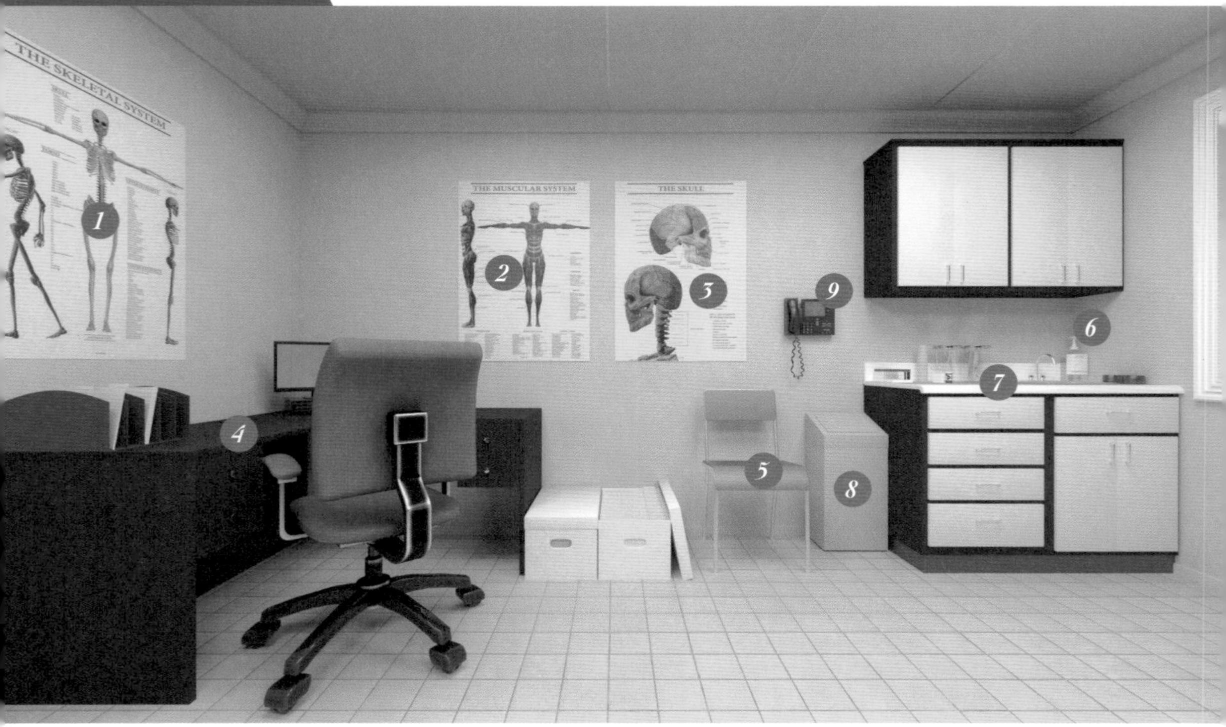

❶ **skeletal system diagram** [ˋskɛlətəl] [ˋsɪstəm] [ˋdaɪə͵græm] n. 骨骼分布圖

❷ **muscular system diagram** [ˋmʌskjələ] [ˋsɪstəm] [ˋdaɪə͵græm] n. 肌肉分布圖

❸ **skull diagram** [skʌl] [ˋdaɪə͵græm] n. 頭骨圖

❹ **consulting table** [kənˋsʌltɪŋ] [ˋtebl̩] n. 問診桌

❺ **patient chair** [ˋpeʃənt] [tʃɛr] n. 問診椅

❻ **alcohol** [ˋælkə͵hɔl] n. 酒精

❼ **sink** [sɪŋk] n. 洗手台

❽ **trash can** [træʃ] [kæn] n. 垃圾桶

❾ **telephone** [ˋtɛlə͵fon] n. 電話

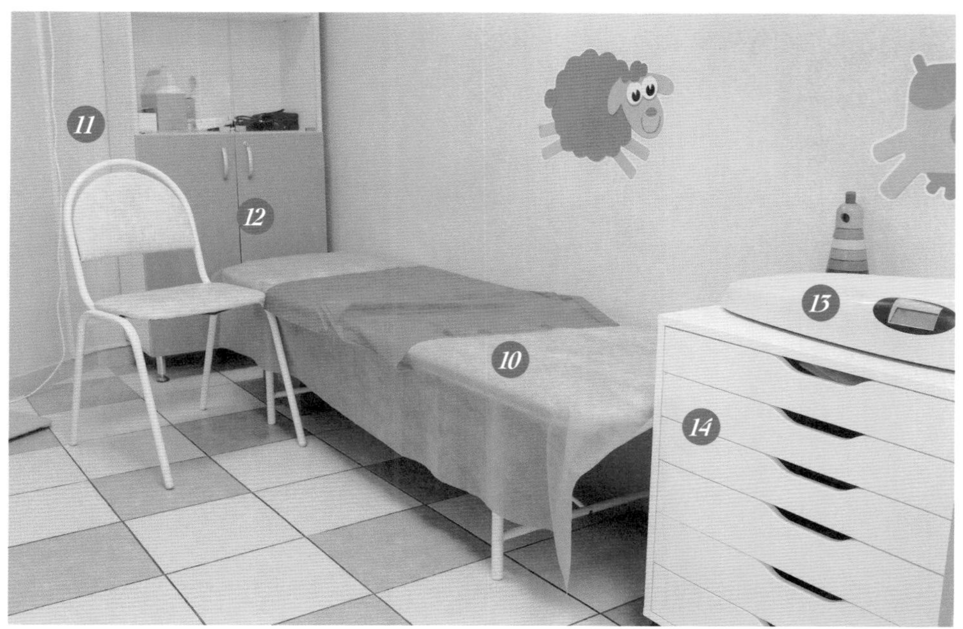

⑩ diagnostic bed
[ˌdaɪəgˋnastɪk] [bɛd] n. 診斷床

⑪ privacy curtain
[ˋpraɪvəsɪ] [ˋkɝtən] n. 隔簾

⑫ medical cabinet
[ˋmɛdɪkḷ] [ˋkæbənɪt] n. 醫物櫃

⑬ scale [skel] n. 體重計

⑭ drawer [ˋdrɔɚ] n. 抽屜

◆ Tips ◆

慣用語小常識：健康篇

a clean bill of health
「一張乾淨的健康清單」？

bill [bɪl] 有很多種解釋，有「帳單」、「鈔票」、「單據」的意思，甚至也有「清單」的意思；a clean bill of health（一張乾淨的健康清單）是指病人或受檢者收到醫生給的健檢報告，而報告上的**檢查項目都很乾淨，也就是健康狀**況十分良好；換句話說，這句話的意思就是「**身體健康的證明**」。

My mom had a physical examination last month, and was given a clean bill of health by the doctor.
上個月我媽做了健康檢查，然後醫生給了她一份健康的健檢報告（身體健康的證明）。

Part3_08

01 包紮治療

受傷了要怎麼用英文說呢？

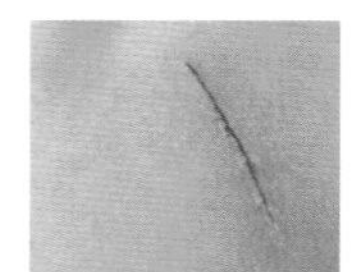
slash
[slæʃ]
v./n. 割傷

strain
[stren]
v./n. 拉傷

sprain
[spren]
v./n. 扭傷

dislocate
[ˋdɪsləˏket]
v. 脫臼

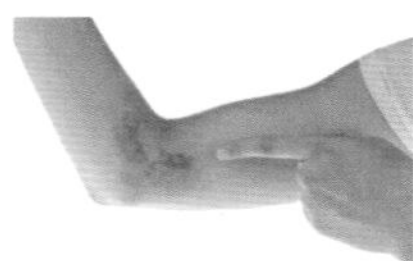
contuse
[kənˋtjuz]
v. 挫傷

fracture
[ˋfræktʃɚ]
v./n. 骨折

cramp
[kræmp]
v./n. 抽筋

burn
[bɝn]
v./n. 燙傷

在保健室的基本治療方式有哪些？

bandage
[ˋbændɪdʒ]
v. 用繃帶包紮

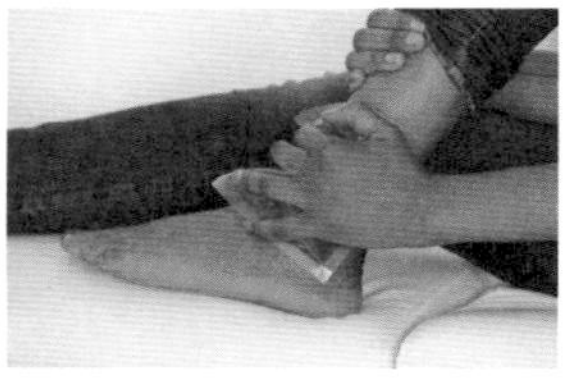
apply an ice pack
ph. 冰敷

apply a sling
ph. 用三角巾包紮

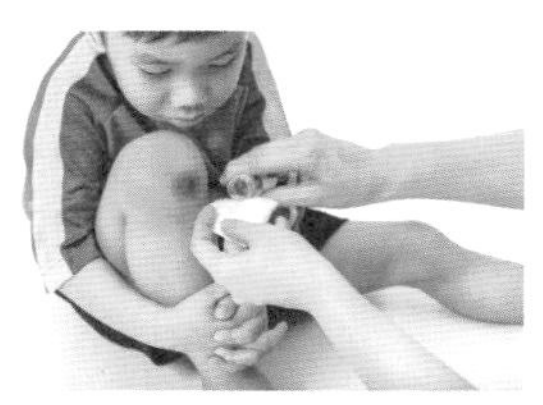

put on some ointment
ph. 擦藥膏

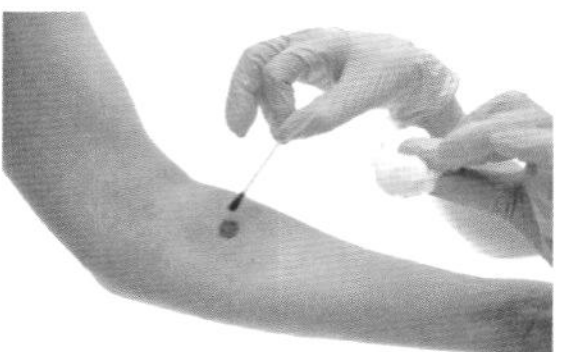

apply some iodine
ph. 擦碘酒

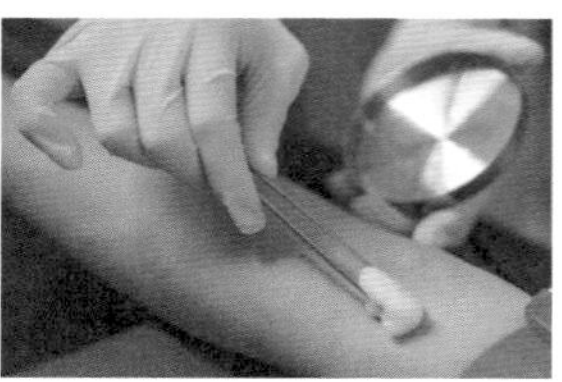

disinfect with alcohol
ph. 用酒精消毒

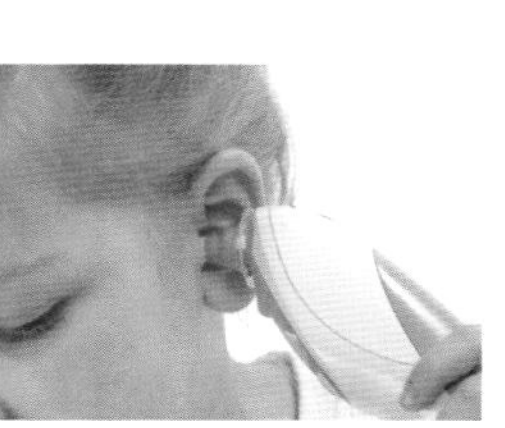

take temperature
ph. 幫（某人）量體溫

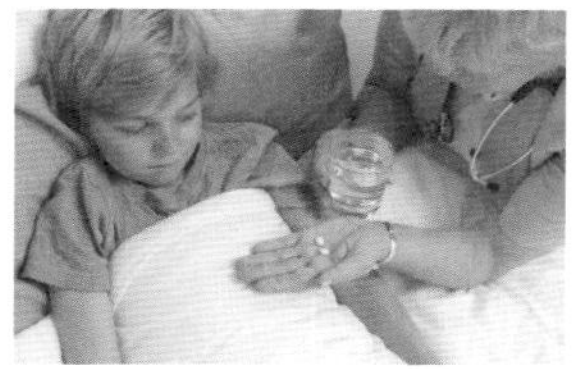

take medicine
ph. 吃藥

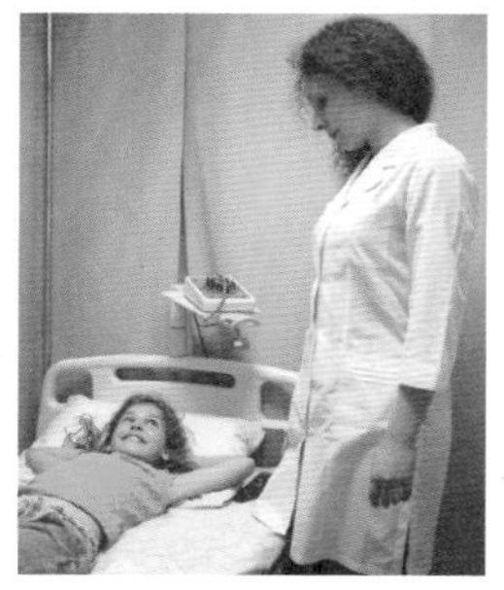

take a rest
ph. 休息

基本的醫療用具有哪些？英文怎麼說？

stretcher
[ˋstrɛtʃɚ]
n. 擔架

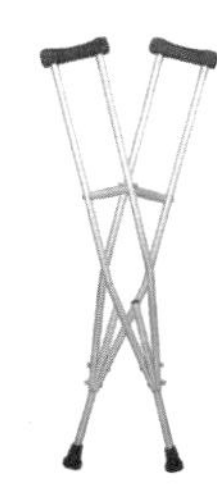

crutches
[krʌtʃɪs]
n. 拐杖

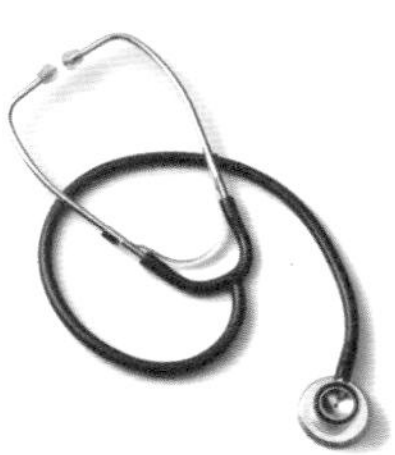

stethoscope
[ˋstɛθəˏskop]
n. 聽診器

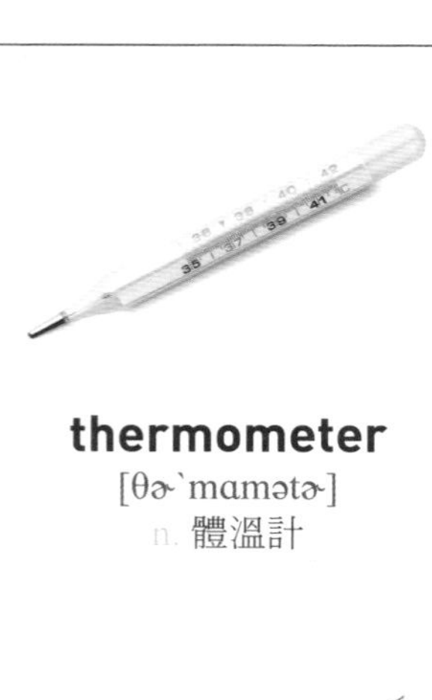

thermometer
[θɚˋmɑmətɚ]
n. 體溫計

ear thermometer
[ɪr] [θɚˋmɑmətɚ]
n. 耳溫計

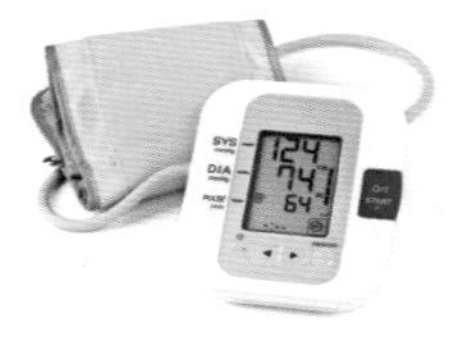

blood pressure gauge
[blʌd] [ˋprɛʃɚ] [gedʒ]
n. 血壓計

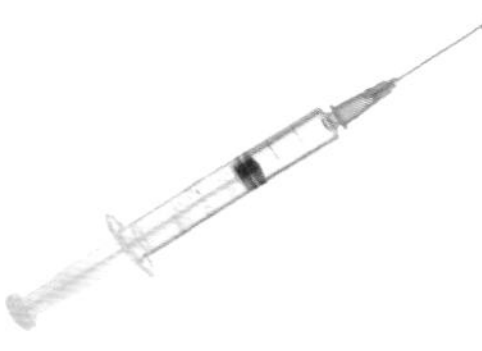

syringe
[ˋsɪrɪndʒ]
n. 針筒

Band-Aid
[ˋbændˏed]
n. OK 繃

gauze
[gɔz]
n. 紗布

cotton ball
[ˋkɑtən] [bɔl]
n. 棉球

mask
[mæsk]
n. 口罩

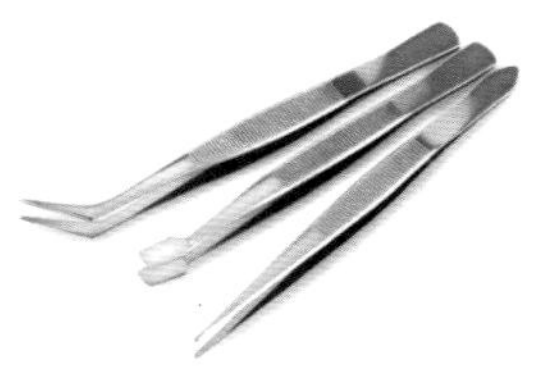

tweezers
[ˋtwizɚz]
n. 鑷子

02 休息

Part3_09

常見的身體不適症狀有哪些呢？

nausea
[ˋnɔʃɪə]
n. 噁心

vomit
[ˋvɑmɪt]
v./n. 嘔吐

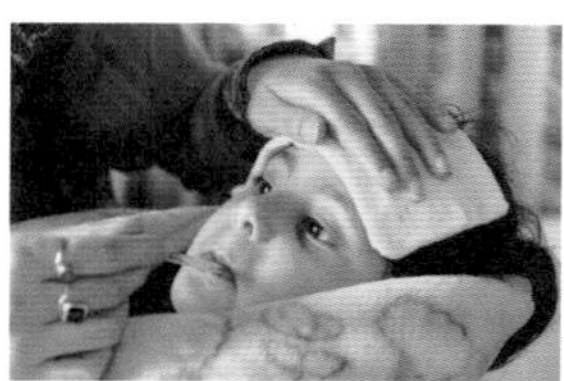

fever
[ˋfivɚ]
n. 發燒

dizzy
[ˋdɪzɪ]
adj. 頭暈

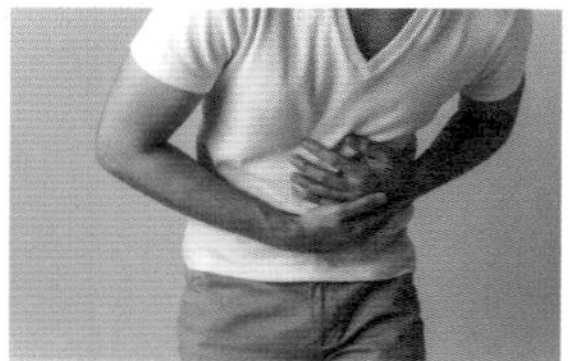

stomachache
[ˋstʌmək͵ek]
n. 胃痛

headache
[ˋhɛd͵ek]
n. 頭痛

有哪些舒緩不適的基本藥物呢？

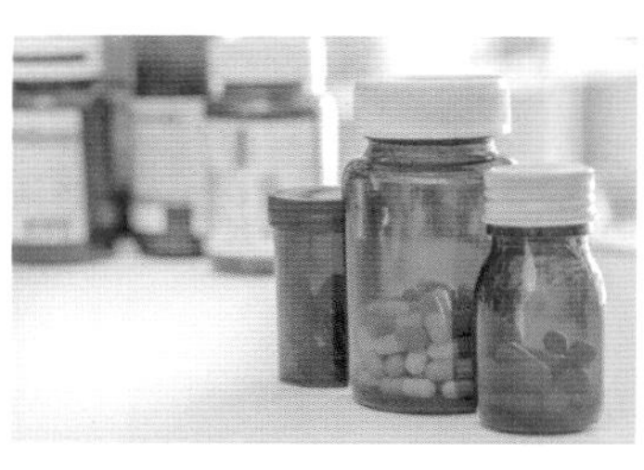

1. **pill** [pɪl] n. 藥丸
2. **tablet** [ˋtæblɪt] n. 藥片
3. **capsule** [ˋkæpsḷ] n. 膠囊
4. **painkiller** [ˋpen͵kɪlɚ] n. 止痛劑
5. **cough syrup** [kɔf] [ˋsɪrəp] n. 咳嗽糖漿
6. **aspirin** [ˋæspərɪn] n. 阿斯匹靈

I took an aspirin to relieve my headache this morning.
今早我服用了阿斯匹靈來減緩我的頭痛。

◆◆◆ Chapter4

Auditorium 禮堂

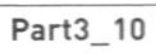

禮堂內部配置

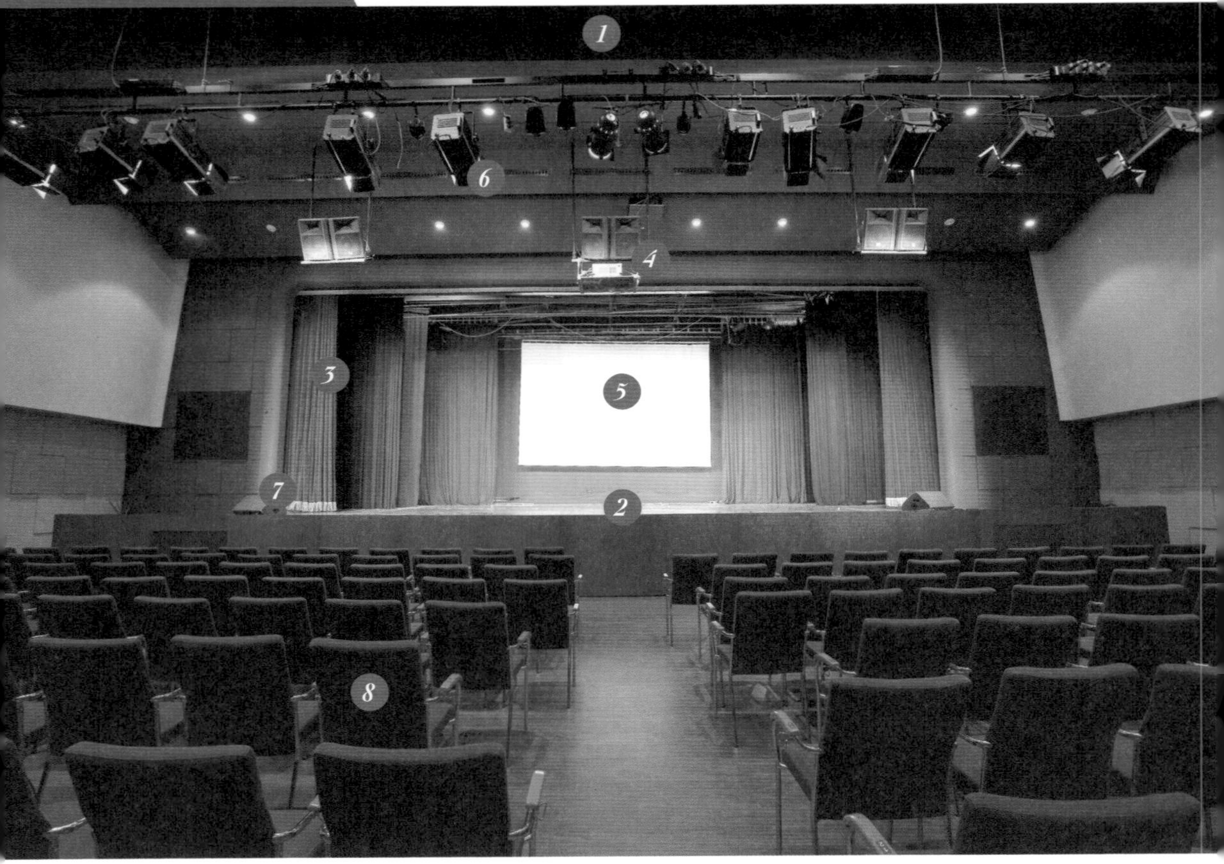

1. **auditorium** [ˌɔdəˋtorɪəm] n. 禮堂
2. **stage** [stedʒ] n. 舞台
3. **stage curtain** [stedʒ] [ˋkɝtn̩] n. 舞台幃幔
4. **suspended projector** [səˋspɛndɪd] [prəˋdʒɛktɚ] n. 懸掛式投影機
5. **screen** [skrin] n. 投影布幕

6. **stage lighting** [stedʒ] [ˋlaɪtɪŋ] n. 舞台燈光
7. **speaker** [ˋspikɚ] n. 喇叭
8. **audience seating** [ˋɔdɪəns] [ˋsitɪŋ] n. 觀眾席

◆ Tips ◆

慣用語小常識：舞台篇

take center stage
「在舞台中央」？

center stage 是由 center [ˋsɛntɚ]（中央）和 stage [stedʒ]（舞台）組合而成，也就是「舞台中央的位置」，也是「觀眾目光聚集的地方」，如果某人站在舞台中央的位置，無論他的表演好與壞，他一定是眾人最注目的焦點，所以 take center stage 就是指「萬眾焦點、備受矚目」的意思。

Patricia is so beautiful that she always takes center stage wherever she goes.
Patricia 非常美麗，無論她去哪裡，都是眾人矚目的焦點。

在禮堂常舉辦什麼活動呢？

1. **choir** [kwaɪr] n. 合唱團
2. **graduation ceremony** [͵grædʒʊˋeʃən] [ˋsɛrə͵monɪ] n. 畢業典禮
3. **opening ceremony** [ˋopənɪŋ] [ˋsɛrə͵monɪ] n. 開學典禮
4. **school club performance** [skul] [klʌb] [pɚˋfɔrməns] n. 學校社團表演
5. **speech contest** [spitʃ] [kənˋtɛst] n. 演講比賽
6. **closing ceremony** [ˋklozɪŋ] [ˋsɛrə͵monɪ] n. 結業典禮
7. **school anniversary** [skul] [͵ænəˋvɝsərɪ] n. 校慶

01 開週會

Part3_11

開週會時常做的事有哪些？英文怎麼說？

assemble
[ə`sɛmbḷ]
v. 集合

award a prize
ph. 頒獎

give a speech
ph. 致詞；演講

do morning exercises
ph. 做早操

學校常見的會議有哪些種類？英文怎麼說？

assembly [ə`sɛmblɪ] 是指一群人為了**特定的目的，聚集在一起的「集會」或「聚會」**；因此，學校開的所有會議，都可以叫做 assembly。例如：早上朝會的英文叫做 morning assembly [`mɔrnɪŋ] [ə`sɛmblɪ]，而一週一次的週會，英文叫做 weekly assembly [`siklɪ] [ə`sɛmblɪ]，或是每個班級最常召開的班會，英文就叫做 class assembly [klæs] [ə`sɛmblɪ]。

除了以上的會議以外，在學校最常見且最重要的就是「**家長會**」。家長會有很多不同的種類，相對的，用英文表達的方式也不同。通常學校會安排在學期的開始或結束，讓老師與家長一對一的會面，談論孩子在校的狀況與問題，這樣**一對一的家長會**，英文稱為 parent-teacher conference [`pɛrənt`titʃɚ] [`kɑnfərəns] 或 parent-teacher meeting [`pɛrənt`titʃɚ] [`mitɪŋ]，也就是「家長和老師的一對一會面」。

雖然中文一樣叫做「家長會」，但是這種會議完全不同於 parent-teacher association [`pɛrənt`titʃɚ] [ə͵sosɪ`eʃən]，association [ə͵sosɪ`eʃən] 是指「**協會；社團**」的意思，parent-teacher association 是由一些熱心的家長，為學校和孩子出錢出力而組成的組織，中文稱為「**家長（協）會**」；另外，有一種特別**為新生或轉學生**舉辦的家長會，叫做 new family orientation [nju] [`fæməlɪ] [͵orɪɛn`teʃən]，orientation [͵orɪɛn`teʃən] 是指「方向、方針」的意思，這種類型的家長說明會，主要是幫助新生及家長盡快地了解學校的狀態，又稱「**新生家長說明會**」或是「**新生訓練**」。

Our principal announced there will be a fire drill on Monday in the morning assembly. 我們校長在朝會時宣布下週一會有一場消防演習。

My father was asked to go to the school for parent-teacher conference.
我的爸爸被要求去學校參加家長會。

The next new family orientation will be held for freshmen or transfer students at the end of September.
新生家長說明會將會為新生或轉學生在九月底舉辦。

02 聽演講

Part3_12

你知道嗎？

完美的演講需要什麼元素呢？

只要掌握好演講的小技巧，就能成功地呈現出一場完美的演講。

那麼，演講的基本技巧有哪些呢？

● Greeting 問候

開始進行演講前，簡單幾句禮貌性的問候是不可或缺的。greeting [`gritɪŋ]（問候）不僅能拉近演講者與聽眾的距離，也能放鬆、降低演講者緊張的情緒。除了 good morning/afternoon/evening （早、午、晚安）以外，也可以用感謝的方式當作問候語，例如：Thank you all for being here.（感謝你們都能來這裡。）或是 Thank you for taking time out to be here today.（感謝大家能在百忙之中，抽空來這裡。）等等的感謝問候語，接著就可以進行簡單的自我介紹了。

● Introduction 開場白

在簡單幾句的 greeting 之後，接下來就是 introduction [ˌɪntrə`dʌkʃən]（介紹）了。這裡的並不是指自我介紹，而是演講內容的介紹（開場白），也可稱為 opening [`opənɪŋ]（開頭）。成功的演講者在 introduction 時，會藉由 attention-getter [ə`tɛnʃən`gɛtɚ]（**吸引聽眾注意力的關鍵重點**）的方式說明演講的目的，點出演講的核心，告知聽眾為何來此聽演講的理由，讓聽眾更能專注及期待接下來的演講。

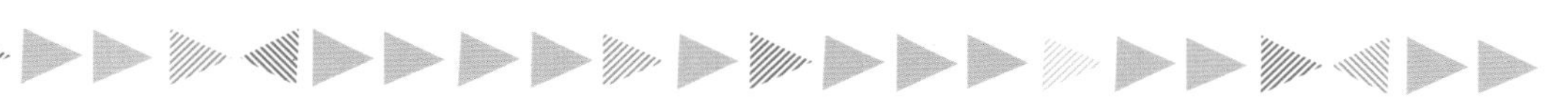

● Body 演講內容

一場演講的脈絡，基本架構除了以上的 introduction/opening（開場白）以外，接著就是 body [`bɑdɪ]（內容）。進行 body 時，演講者除了可以利用投影圖表的方式呈現以外，也可以用幽默、詼諧的方式敘述，或是舉出幾則生動的例子，以加強呈現內文的多元表現方式；不但如此，也能藉由這種視覺與聽覺上的刺激，來增加聽眾對此演講的興趣並加深印象。

● Conclusion 結論

最後則是 conclusion [kən`kluʒən]（結論）了。總結演講的重點、再次強調演講的目的是非常重要的。英文時常會用 Before I take questions, let me conclude this point...（在回答各位問題之前，我想要針對～做結尾）或是 In the end, ...（最後，～）等句子做結尾。

● Q & A session 發問時間

一場完美的演講，不是只有演講者單方面完美的呈現，而是必須與聽眾做雙方面的互動。在演講結束的最後，開放聽眾 Q & A session (question and answer session)（發問時間）就能當場了解並回覆聽眾的問題，也能滿足聽眾的需求，會讓聽眾有種意猶未盡、不虛此行的感覺。

在演講的時候會出現哪些人呢？英文怎麼說？

speaker
[ˋspikɚ]
n. 演講人

master of ceremony
[ˋmæstɚ] [əv]
[ˋsɛrəˏmonɪ]
n. 主持人；司儀

audience
[ˋɔdɪəns]
n. 聽眾

演講時常見的東西有哪些？英文怎麼說？

podium
[ˋpodɪəm]
n. 演講台

bluetooth headset
[ˋbluˏtuθ]
[ˋhɛdˏsɛt]
n. 藍牙耳機

wireless microphone
[ˋwaɪrlɪs]
[ˋmaɪkrəˏfon]
n. 無線麥克風

speech draft
[spitʃ] [dræft]
n. 演講稿

Part 4
Workplace 工作場所

◆◆◆ Chapter1

Office 辦公室

Part4_01

辦公室配置

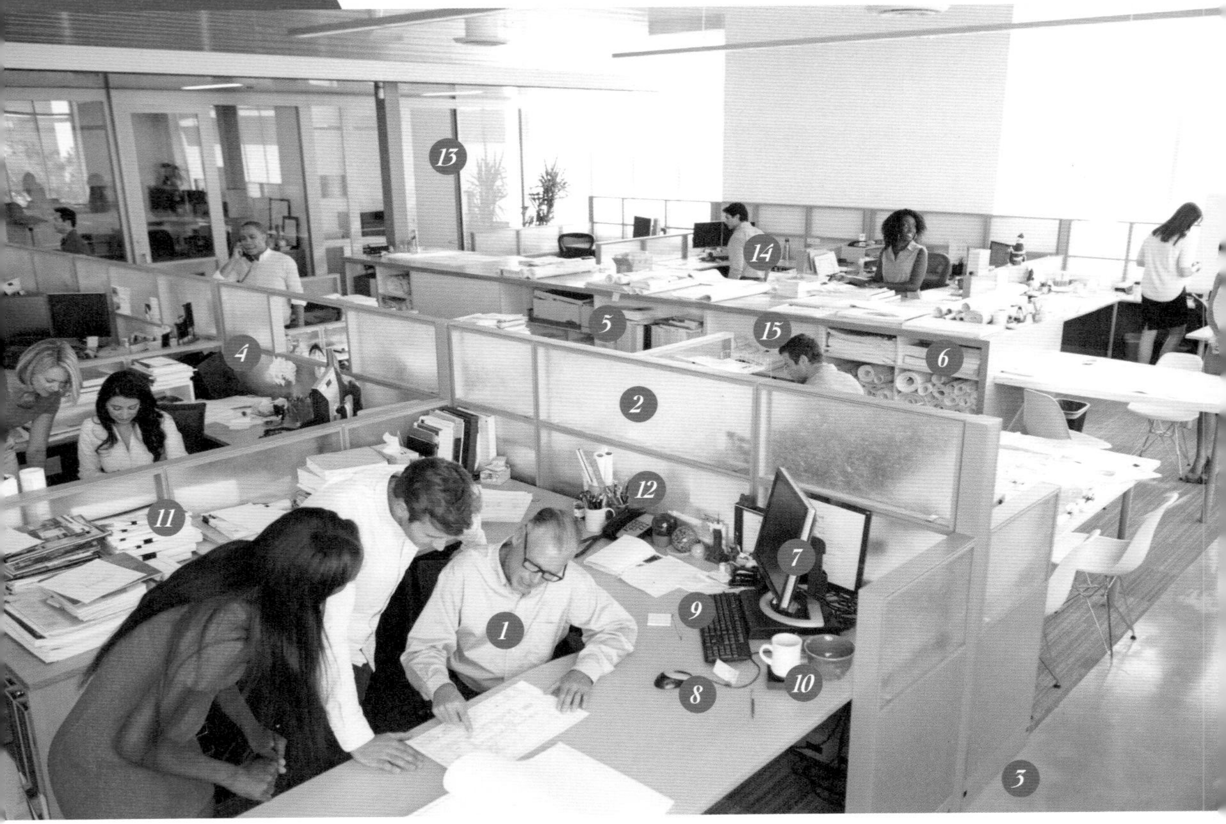

1. **office worker**
   [ˋɔfɪs] [ˋwɝkɚ] n. 上班族
2. **partition** [pɑrˋtɪʃən] n. 隔板；隔牆
3. **corridor** [ˋkɔrɪdɚ] n. 通道；走廊
4. **cubicle**
   [ˋkjubɪkḷ] n. 分隔的辦公區域
5. **file cabinet**
   [faɪl] [ˋkæbənɪt] n. 檔案櫃
6. **supply cabinet**
   [səˋplaɪ] [ˋkæbənɪt] n. 用品櫃
7. **monitor** [ˋmɑnətɚ] n. 螢幕
8. **mouse** [maʊs] n. 滑鼠

9 **keyboard** [`ki͵bord] n. 鍵盤
10 **mug** [mʌg] n. 馬克杯
11 **document** [`dɑkjəmənt] n. 文件
12 **stationery** [`steʃən͵ɛrɪ] n. 文具用品
13 **break room** [brek] [rum] n. 休息室
14 **coworker** [`ko͵wɝkɚ] n. 同事
15 **work on** ph. 處理

◆ Tips ◆

「上、下班打卡」的英文該怎麼說呢？

上、下班打卡已成為大多數公司既有的制度，「打卡」的主要目的就是記錄員工上、下班的時間，所以英文的「打卡鐘」就稱為 time recorder [taɪm] [rɪ`kɔrdɚ]（也就是「時間記錄器」），而「打卡」也可以說是「（用打卡鐘）打印時間在 punch card [pʌntʃ] [kɑrd]（打卡的卡片）上」，所以可以用 punch in 來表示「上班打卡」（印上 in（進）辦公室的時間），另外還可以說 clock in；反之，「下班打卡」就是 punch out 或 clock out（在 punch card 上印上 out（出）辦公室的時間）。

01 接電話

Part4_02

跟電話相關的動作有哪些？

pick up/answer the phone
ph. 接電話

dial the number
ph. 撥號

call (someone) up
ph. 打電話（給某人）

call (someone) back
ph. 回電（給某人）

ring off（英）**/ hang up**（美）
ph. 掛斷電話

leave a message
ph. 留言

◆ **Tips** ◆

英文的「分機」應該怎麼說呢？

名片上常會見到公司電話號碼後面接著 ext. 這個英文縮寫，ext. 就是 extension [ɪk`stɛnʃən]（分機）的縮寫，所以當有人詢問 What's your extension number?（你的分機號碼是多少？）你可以回覆 My extension number is XXX.（我的分機號碼是 X X X。）

Ms. Jody's extension is 102. I will put you through to her.
Jody 小姐的分機是 102。我把你的電話轉給她。

電話上的按鍵，英文怎麼說？

❶ **receiver** [rɪ`sivɚ] n. 電話筒

❷ **display screen**
[dɪ`sple] [skrin] n. 顯示螢幕

❸ **hold button**
[hold] [`bʌtn̩] n. 保留鍵

❹ **pause button**
[pɔz] [`bʌtn̩] n. 暫停鍵

❺ **flash button**
[flæʃ] [`bʌtn̩] n. 轉接鍵

❻ **redial button**
[ˌri`daɪl] [`bʌtn̩] n. 重撥鍵

❼ **SP-phone button**
[ɛs] [pi] [fon] [ˋbʌtn̩] n. 擴音鍵

❽ **volume button**
[ˋvɑljəm] [ˋbʌtn̩] n. 音量鍵

❾ **okay button**
[ˋoˋke] [ˋbʌtn̩] n. 確認鍵

❿ **erase button**
[ɪˋres] [ˋbʌtn̩] n. 刪除鍵

⓫ **exit button**
[ˋɛksɪt] [ˋbʌtn̩] n. 退出鍵

⓬ **function/edit button**
[ˋfʌŋkʃən]/[ˋɛdɪt] [ˋbʌtn̩] n. 功能／編輯鍵

⓭ **pound key**
[paʊnd] [ki] n. 井（#）字鍵

⓮ **star/asterisk key**
[stɑr]/[ˋæstəˏrɪsk] [ki] n. 米（*）字鍵

⓯ **mute button**
[mjut] [ˋbʌtn̩] n. 靜音鍵

⓰ **telephone keypad**
[ˋtɛləˏfon] [ˋkiˏpæd] n. 電話撥號鍵盤

◆ Tips ◆

常用的電話禮儀與基本對話

說話是一門藝術，人與人談話時，除了透過 language expression（語言傳達）之外，也可以透過對方的 facial expressions（臉部表情）和 gestures（手勢）去了解對方要表達的句意，但是在電話裡，只能單純地透過口語的方式去溝通，因此要如何清楚地在電話裡傳達正確的句意，不讓對方誤解，聽與說的能力是非常重要的。

★ Greeting 問候＋ Identify yourself 表明身分

打電話時，caller [ˋkɔlɚ]（打電話者）親切、有禮貌地問候 receiver [rɪˋsivɚ]（接聽電話者）是很重要的，所以在電話接通時，建議可以先說句問候語做為開場白，再開始介紹自己的名字。

Receiver: "Hello?"（您好。）
Caller: "Hello, this is Teresa calling."（您好，我是 Teresa。）

★ Get to the point 說明來電目的

1. 介紹完自己的名字後，就可以直接說明你想找的人：
   Caller: "May I speak to Helen, please?"（我可以跟 Helen 說話嗎？）
   Receiver: "Helen speaking."（我就是 Helen。）

2. 如果對方不在，可以留言，再請對方回電：
   Receiver: "I'm afraid she's out. Would like to leave a message?"（不好意思，她現在不在。您想要留言給她嗎？）
   Caller: "Yes, could you please ask her to call me back at 0972-888-888?"（好的，可以請您請她撥打 0972-888-888 回我電話嗎？）

3. 如果是撥打公司的電話號碼，總機通常會告知對方的分機號碼後，再幫忙轉接：
   Receiver: "Hold on, please. Her extension number is 515. I'll put you through to her."（請稍等，她的分機是 515，我為您轉接。）
   Caller: "Thanks, please."（謝謝，麻煩了。）

4. 如果遇到對方忙線中，可以稍後再撥：
   Receiver: "Sorry, her line is engaged now. "（不好意思，她現在忙線中。）
   Caller: "okay, thanks. I'll try later."（好的，謝謝。我稍後再撥。）

5. 談話中，如果遇到收訊不好，不要直接掛斷電話，可以先告知對方收訊不好，再重打一次：
   Caller: "I think we have a bad connection. I'll try to call you again."（我覺得收訊不太好，我再重打一次。）

6. 萬一不小心打錯電話，不要直接掛斷電話，應該要有禮貌地說聲抱歉，再掛斷電話：
   Caller: "Sorry, I have the wrong number."（對不起，我打錯電話了。）

★ End the call 結束電話

結束通話時，除了 good-bye（再見）以外，還有其他的結束方式。

Caller: "It's been nice talking to you."（很高興和您通話。）
Receiver: "Thanks for calling. Have a nice day."（謝謝您打電話過來。祝您有美好的一天。）

02 寄電子郵件

英文的電子郵件怎麼寫呢？

信件的書寫是否正確且慎重，代表了寄件者對收件者是否足夠有禮貌與重視，電子郵件的書寫方式雖然不像正式信件一樣嚴謹，但還是有基本的書寫規格與用語需要注意。

1	From: company123@email.com	header
2	To: wilson456@email.com	header
3	CC: james000@email.com	header
4	BCC: president888@email.com	header
5	Subject: A Meeting Invitation	header
6	Attached: A Meeting Invitation.gif (15KB)	header
7	Dear Mr. Wilson,	salutation
8	I hereby send you an invitation to our meeting on Monday, 15th May 2017, at 3pm.	body
9	If you find yourself unable to attend, please contact us via this email. I look forward to seeing you.	body
10	Regards,	sign off
11	Kelvin Wang	sender's information
12	Vice President of Company, Inc.	sender's information
13	0988-888888	sender's information
14	company123@email.com	sender's information

★ Header（郵件標頭）

郵件標頭的內容有 From、To、CC、BCC、Subject 和 Attached：

❶ From（來自～），在 From 一欄裡必須打上**寄件人**的 email address（電子郵件地址）。

❷ To（給～），To 一欄裡必須清楚地打上**收件人**的正確 email address，不然收件人會收不到喔！

❸ CC 是 Carbon Copy [`kɑrbən] [`kɑpɪ] 的縮寫，意思是指「**副本抄送**」，如果此信件也想讓其他人收到，可以在 CC 欄上打上他人的 email address，這樣在寄件的同時，除了主要收件人可以收到郵件以外，CC 欄上方記載的收件人也能收得到。

❹ BCC 是 Blind Carbon copy [blaɪnd] [`kɑrbən] [`kɑpɪ] 的縮寫，意思是「**密件副本抄送**」，和 CC 一樣都是把副本另外寄送給另一個人，但不同的是**以 BCC 方式寄送郵件的話，可以隱藏其他收件人的資訊，所有的收件人都只能看到自己的郵件地址，而不會有郵件地址外洩的問題**。

❺ Subject [`sʌbdʒɪkt] 是「**主旨**」，如果是一封正式的郵件，一定要簡單扼要地在 Subject 欄位裡填上「**此郵件內容的標題**」，如此一來，收件人在收信時，才能快速且清楚地了解郵件的內容。

❻ Attached [ə`tætʃt] 指的是「**附加的（檔案）**」，有些寄件格式會顯示 attachment [ə`tætʃmənt]（**附件**），寄件人如果需要附加檔案，除了在 attached 欄位上附上檔案以外，也可以在 body（內文）的最後一句註明 Please see the attachment.（**請見附檔**。）、...is attached hereto.（～**檔案已附上**。）或 I am enclosing...（**我附上～**）等句子，提醒收信人點開附檔。

★ Salutation（信件開頭的）招呼語

信件的 ❼「開頭招呼語」除了最常見的 Dear [dɪr]（**親愛的**），還可以因對象的不同，使用不同的稱呼。Dear 雖然意思是「親愛的」，但它不是只限定用在最熟悉、最親密的稱呼上，**其實它是非常正式的稱呼語**，所以正式郵件上常會看見 Dear Mr. ...（親愛的～先生）或 Dear Ms. ...（親愛的～小姐）；如果要寄正式的郵件給某機關或公司，但卻不知道要註明哪一個特定的人時，開頭的稱呼語可以使用 To whom it may concern（敬啟者）；如果只是想輕輕鬆鬆地寫信給熟識的朋友或同事，可以使用**非正式的用法** Hi 或 Hello 當做稱呼語，或是**直呼收件人的名字**。

★ Body 內文

英文書信的寫法和中文書信的寫法相當不同，中文內文的開頭通常會先寒喧個幾句，再說明寫信目的，但是 ❽ 英文內文的第一段，則會**直接開門見山地說明此信件的目的**，內文的最後再加上些 ❾ closing line（結尾語）當作結尾，如：Thank you for your consideration.（謝謝您的考慮。）、Thank you for your prompt reply.（謝謝您迅速地回覆。）…等。

★ Sign off 結尾敬語

英文的 ❿ sign off（結尾敬語）就像是中文的「敬上」、「啟」一樣，有很多種說法，基本上可以分成正式和非正式的用法；常見正式的用法有：Sincerely,（誠摯地）、Yours truly,（真誠地）、Warm wishes,（祝福您）、Regards,（致上問候）等；而常見的非正式用法有：Cheers,（歡呼）、loves,（親愛的）、Best, 或 Best wishes,（最好的祝福）等，可視不同情況選擇使用。

★ Sender's information　寄件人資訊

在寫完上述所有內容之後，記得最後在郵件的左下方，打上自己的 ⓫ name [nem]（姓名）、⓬ title [ˋtaɪtl̩]（職位）和 company [ˋkʌmpənɪ]（公司名稱）、⓭ telephone number [ˋtɛlə͵fon] [ˋnʌmbɚ]（連絡電話）或 ⓮ email address（電子信箱），以便收件人連絡。

Part4_03

03 處理文書資料

常見的文書處理用品有哪些？

shredder
[ˋʃrɛdɚ]
n. 碎紙機

copy machine/ photocopier
[ˋkɑpɪ] [məˋʃin] / [ˋfotəˏkɑpɪɚ]
n. 影印機

fax machine
[fæks] [məˋʃin]
n. 傳真機

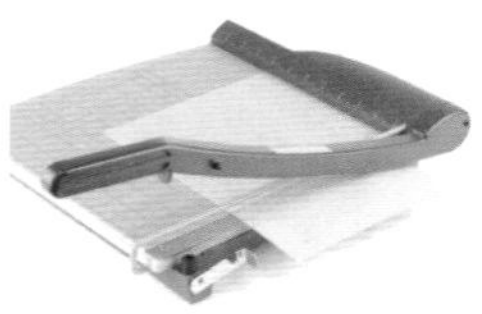

paper trimmer
[ˋpepɚ] [ˋtrɪmɚ]
n. 裁紙機

laptop
[ˋlæptɑp]
n. 筆電

wireless router
[ˋwaɪrlɪs] [ˋrutɚ]
n. 無線網路分享器

pushpin
[ˋpʊʃˏpɪn]
n. 圖釘

glue
[glu]
n. 膠水

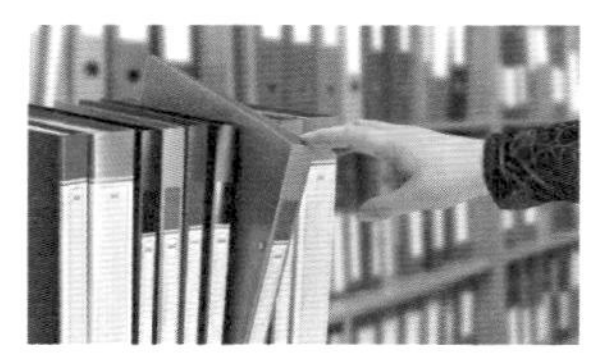

folder
[ˋfoldɚ]
n. 文件夾

會用到的句子

1. **Can you file the documents for me?**
你可以幫我把這些文件歸檔嗎？

2. **The files should be organized in alphabetical order.**
這些檔案應該要照字母順序整理。

3. **We have to print out the reports before meeting.**
我們在開會之前必須把報告印出來。

4. **My computer crashed while I was typing a report.**
我的電腦在我打報告的時候當機了。

5. **The computer froze up right after I ran the new program.**
電腦在我打開新程式之後，畫面立刻靜止了。

電腦的基本文書處理操作有哪些？

turn on/shut down the computer
ph. 開／關電腦

access the server
ph. 進入伺服器

type
[taɪp]
v. 打字

plug a USB flash drive into a port
ph. 把隨身碟插入插槽

search on the Internet
ph. 上網搜尋

send/receive emails
ph. 寄／收電子信箱

save a file
ph. 存檔

download
[ˋdaʊn͵lod]
v. 下載

print out
ph. 列印

◆◆◆ Chapter2

Conference Room 會議室

Part4_04

會議室擺設

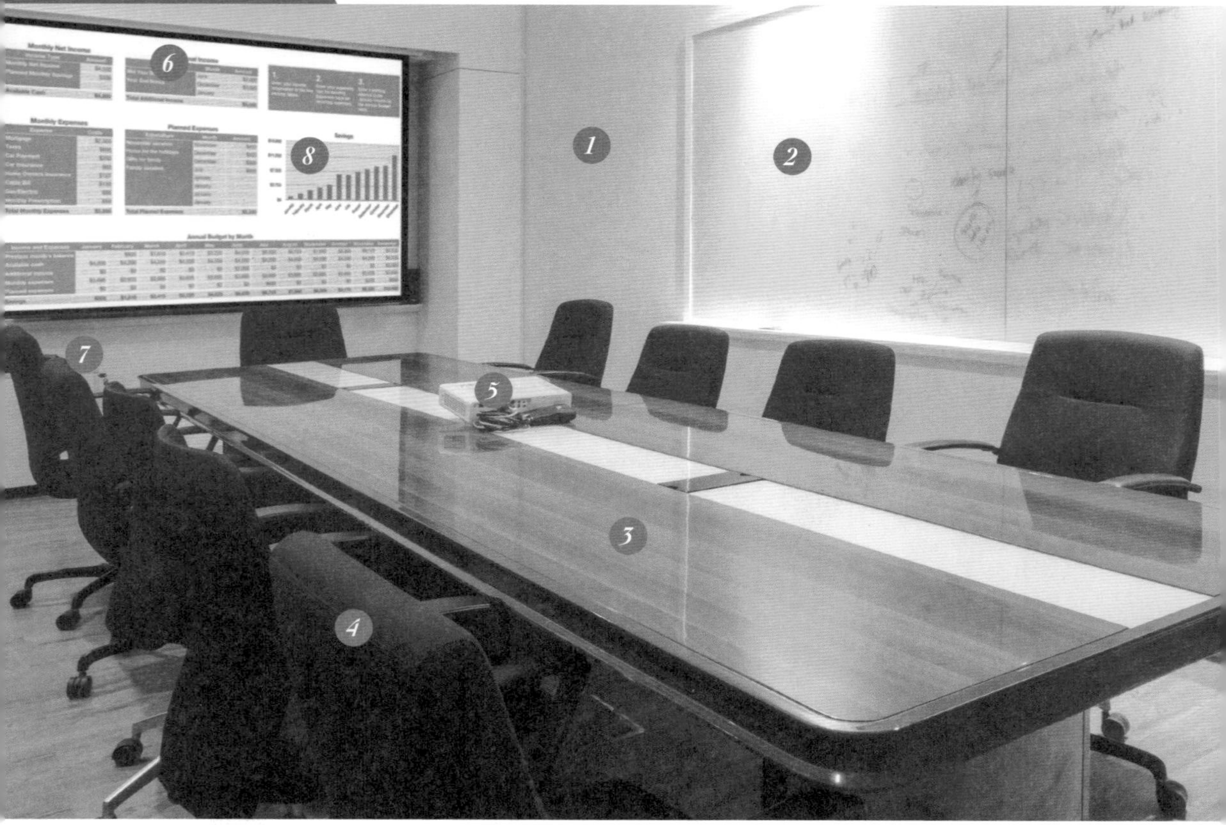

1. **conference room** [`kɑnfərəns] [rum] n. 會議室
2. **whiteboard** [`hwaɪtbord] n. 白板
3. **conference table** [`kɑnfərəns] [`tebḷ] n. 會議桌
4. **chair** [tʃɛr] n. 椅子
5. **projector** [prə`dʒɛktɚ] n. 投影機
6. **screen** [skrin] n. 投影布幕
7. **cabinet** [`kæbənɪt] n. 櫃子
8. **diagram** [`daɪə͵græm] n. 圖表

會議室裡常見的設備還有哪些？

microphone
[ˋmaɪkrəˏfon]
n. 麥克風

speaker
[ˋspikɚ]
n. 喇叭

socket
[ˋsɑkɪt]
n. 插座

laser pointer
[ˋlezɚ] [ˋpɔɪntɚ]
n. 雷射簡報筆

suspended projector
[səˋspɛndɪd] [prəˋdʒɛktɚ]
n. 懸掛式投影機

teleconferencing equipment
[ˋtɛləˏkɑnfərəns] [ɪˋkwɪpmənt]
n. 電話會議設備

Tips

慣用語小常識：會議篇

a meeting of the minds
「一場頭腦的會議」？

據說這句慣用語原本是不小心將拉丁文的 consensus ad idem 誤解成英文的 a meeting of the minds（一場頭腦的會議）， 但是事實上拉丁文的原意是指 agreement to the same thing（意見一致），所以後來 a meeting of the minds 也就被解釋成「意見一致」的意思了。

They finally reached a meeting of the minds and signed a contract.
他們終於達成共識，並簽下了合約。

01 開會

開會時常見的人、物有哪些，英文怎麼說？

● 人

1. **chairperson** [ˋtʃɛrˏpɝsən] n. 主席
2. **attendee** [əˋtɛndi] n. 出席者
3. **speaker** [ˋspikɚ] n. 發言人
4. **manufacturer** [ˏmænjəˋfæktʃərɚ] n. 廠商
5. **client** [ˋklaɪənt] n. 客戶
6. **team member** [tim] [mɛmbɚ] n. 團隊成員
7. **note/minute taker** [not] / [ˋmɪnɪt] [tekɚ] n. 會議記錄者

● 物

1. **soundproof door** [ˋsaʊndˏpruf] [dor] n. 隔音門
2. **laptop** [ˋlæptɑp] n. 筆記型電腦
3. **tablet** [ˋtæblɪt] n. 平板電腦
4. **recorder** [rɪˋkɔrdɚ] n. 錄音設備
5. **document** [ˋdakjəˏmənt] n. 文件
6. **handout** [ˋhændˏaʊt] n. （開會的）講義
7. **minutes** [ˋmɪnɪts] n. 會議記錄

會議的種類有哪些呢？

board meeting
[bord] [ˋmitɪŋ]
n. 董事會會議

video conference
[ˋvɪdɪˏo] [ˋkɑnfərəns]
n. 視訊會議

conference call/ con-call
[ˋkɑnfərəns] [kɔl]/ [kɑnˋkɔl]
n.（多方）電話會議

team meeting
[tim] [ˋmitɪŋ]
n. 小組會議

workshop
[ˋwɝkˏʃɑp]
n. 工作坊

presentation
[ˏprizɛnˋteʃən]
n. 簡報

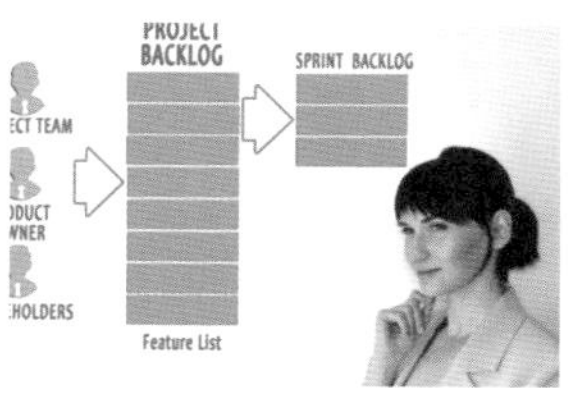

project status meeting
[ˋprɑˏdʒɛkt] [ˋstetəs] [ˋmitɪŋ]
n. 專案進度會議

sales conference
[selz] [ˋkɑnfərəns]
n.（大型的）銷售會議

pitch meeting
[pɪtʃ] [ˋmitɪŋ]
n. 概念性（銷售）會議

你知道嗎？

meeting、conference、seminar、workshop 都是「會議」的一種，到底有何不同呢？

meeting [ˋmitɪŋ]（**會議；集會**）是指人數較少，且**較小型的會議**，多用在公司的場合，例如：presentation（簡報會議）、project status meeting（專案進度會議）等。

Mr. Wang is at the meeting, would you like to leave a message for him?
王先生正在開會，您想要留言給他嗎？

conference [ˋkɑnfərəns] 在中文裡是「（正式）會議；討論會；協商會」的意思，指**正式的大型會議**，出席人數較多，且通常在演講者發言完後，會開放一些時間讓出席者發問或交換意見及想法。

Ann has gone to Canada to attend a business conference.
Ann 去加拿大參加商務會議了。

seminar [ˋsɛmə͵nɑr] 的中文是「研討會」，指**學術性的專題研討會**，比起 conference 來說規模較小，seminar 進行時，演講者與出席者互動較多，最常見於研究所或博士班等的學術研究發表上。

The comparative literature seminar will be held on Friday.
星期五將舉辦一場比較文學研討會。

workshop [ˋwɝk͵ʃɑp] 的中文是「工作坊」，工作坊是一種專題性的研討會，但不同於 seminar，**workshop 的規模更小，比較偏向一種特定主題的訓練課程，**協助一些志同道合的人，能夠進一步地學習更專業的技能。

Sam made time in his busy day to attend a management workshop.
Sam 百忙之中抽空去參加管理工作坊。

會議上常做的事有哪些呢？

argue
[ˋɑrgjʊ]
v. 爭論

communicate
[kəˋmjunə͵ket]
v. 溝通

demonstrate
[ˋdɛmən͵stret]
v. 示範

negotiate
[nɪˋgoʃɪ͵et]
v. 協商

take/keep minutes
ph. 會議記錄

wrap/finish up
ph. 結束（會議）

02 接待客戶

Part4_06

接待客戶的基本流程有哪些呢？

pick up at the airport
ph. 接機

arrange accommodations
ph. 安排住宿

make small talk
ph. 寒暄

shake hands
ph. 握手

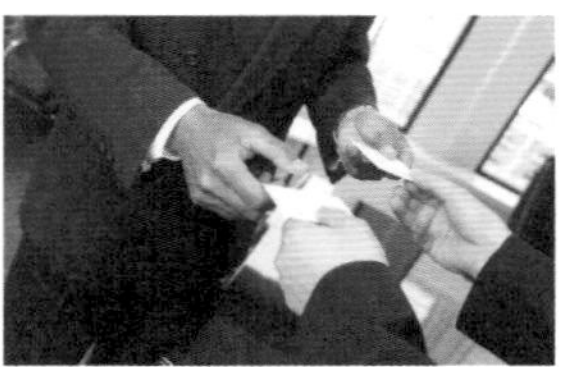

exchange business cards
ph. 交換名片

introduce
[ˌɪntrəˋdjus]
v. 自我介紹

show ~ around
ph. 帶～參觀

talk business
ph. 談生意

hold a business meeting
ph. 舉行商務會議

discuss a contract
ph. 討論合約

sign a contract
ph. 簽署合約

arrange entertainments
ph. 安排娛樂活動

♦ Tips ♦

送機的英文要怎麼說？

當要送客戶去搭飛機的時候，可以用 drop sb. off 來表達，drop 的意思是「落下」，而 drop sb. off 如果照字面解釋就是「把（某人）放下」，所以如果在後面加上一個地點，就是把某人「放」在那個地方，也就是「把（某人）帶到某個地點」的意思。所以要送客戶去搭飛機的時候就可以說 drop the client off at the airport（帶客戶到機場）。另外一個很常用的說法是 see sb. off，see 是「注視」而 off 則是「離開」的意思，所以 see sb. off 就是「目送（某人）離開」，但是 see sb. off 較常用在送別「親朋好友」，所以如果送機的對象是客戶，還是用 drop sb. off 比較好喔～

常用的句子

1. **Do you have an appointment?** 您有預約嗎？
2. **Would you come this way, please?** 麻煩請往這邊走。
3. **I am sorry to keep you waiting.** 不好意思，讓您久等了。
4. **Please have a seat.** 請坐。
5. **May I have your business card?** 可以跟您拿張名片嗎？
6. **Would you like something to drink?** 您想喝點什麼嗎？
7. **I don't see any problem with that.** 我認為那沒有什麼問題。
8. **I hope I have answered all of your questions.**
   希望我有回答到您的疑問。
9. **It has been a pleasure doing business with you.**
   和您合作很愉快。
10. **Thanks for your time and attention.** 感謝您撥空參與。

◆◆◆ Chapter3

Bank 銀行

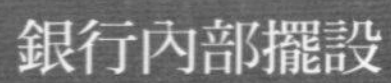

1 **service counter** [ˋsɝvɪs] [ˋkaʊntɚ] n. 服務台

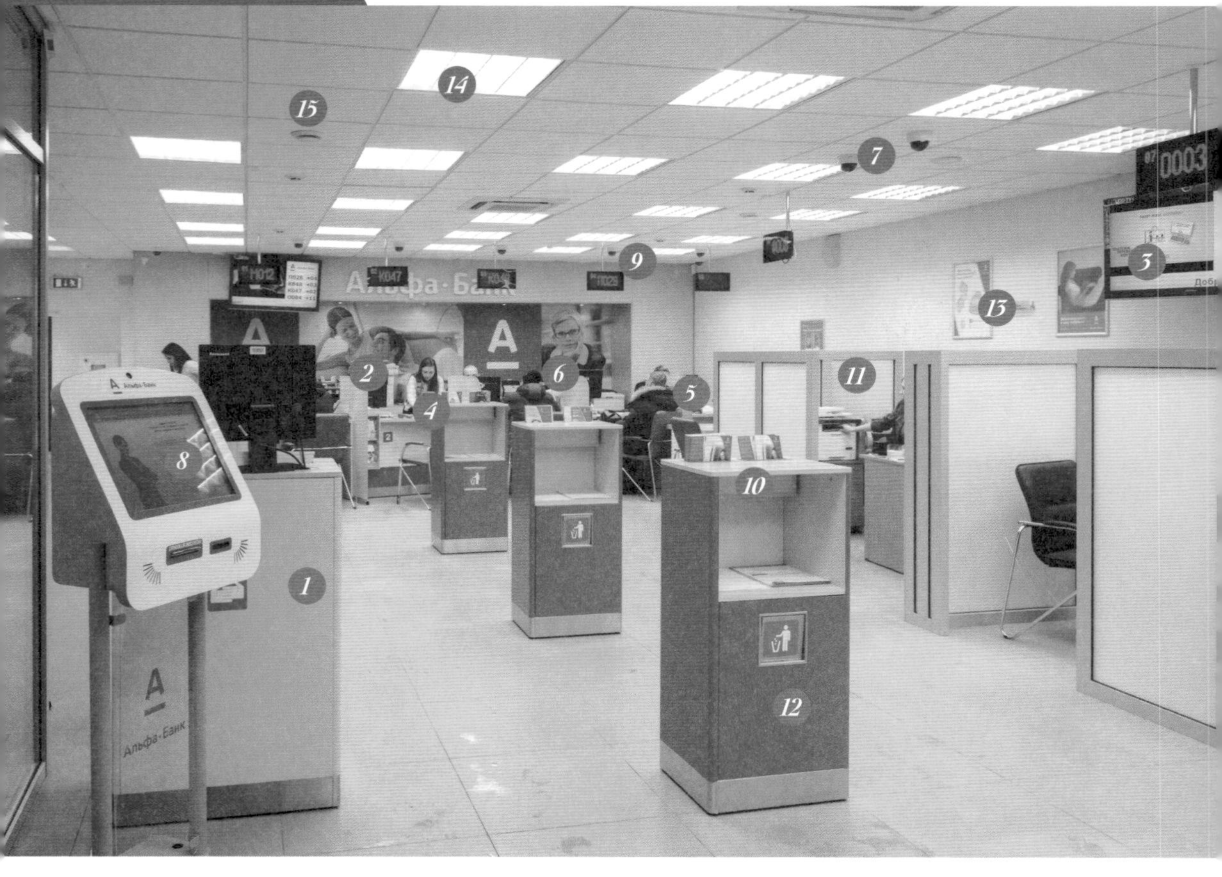

2 **transaction counter** [trænˋzækʃən] [ˋkaʊntɚ] n. 交易櫃台

3 **digital signboard** [ˋdɪdʒɪtḷ] [ˋsaɪnˏbord] n. 數位看板

4 **bank teller** [bæŋk] [ˋtɛlɚ] n. 銀行行員

5 **client** [ˋklaɪənt] n. 客戶

6 **depositor** [dɪˋpazɪtɚ] n. 存戶

7 **security camera** [sɪˋkjʊrətɪ] [ˋkæmərə] n. 監視器

8 **queue ticket machine** [kju] [ˋtɪkɪt] [məˋʃin] n. 抽號碼機

9 **number waiting system** [ˋnʌmbɚ] [ˋwetɪŋ] [ˋsɪstəm] n. 叫號系統

10 **deposit slip desk** [dɪˋpazɪt] [slɪp] [dɛsk] n. 存單桌

11 **financial management service** [faɪˋnænʃəl] [ˋmænɪdʒmənt] [ˋsɝvɪs] n. 理財服務／理財專區

12 **recycle bin** [riˋsaɪkəl] [bɪn] n. 回收箱

13 **poster** [ˋpostɚ] n. 海報

14 **light tube** [laɪt] [tjub] n. 燈管

15 **smoke detector** [smok] [dɪˋtɛktɚ] n. 煙霧偵測器

還有哪些銀行裡常見的事物呢？

vault
[vɔlt]
n. 金庫

alarm
[əˋlarm]
n. 警鈴

bank card
[bæŋk] [kard]
n. 金融卡

passbook
[ˋpæsˏbʊk]
n. 存摺

safe-deposit box
[sef] [dɪˋpazɪt] [baks]
n. 保險櫃

seal
[sil]
n. 印鑑

security guard
[sɪˋkjʊrətɪ] [gard]
n. 警衛

armored truck
[ˋarmɚd] [trʌk]
n. 運鈔車

◆ Tips ◆

慣用語小常識：銀行篇

laugh all the way to the bank
「一路笑到銀行」？

laugh [læf] 是指「大笑」，而 bank [bæŋk] 是「銀行」的意思，而 laugh all the way to the bank 就是「到銀行的一路上都開心地笑著」，這就表示這個人發大財了，所以要到銀行存很多錢或領很多錢；這個 idiom（慣用語）在六十年代的美國開始流行，是指「某人原本一直都被人瞧不起，但後來飛黃騰達，賺了很多錢」的意思。

Alex makes large amounts of money and laughs all the way to the bank after starting his own company.
Alex 在創業後賺大錢且飛黃騰達。

在銀行會做什麼呢？

01 開戶、存／提款

Part4_08

臨櫃有哪些服務？會用到哪些英文單字片語呢？

● Open an account 開戶

account [ə`kaʊnt] n. 帳戶

account opening form
[ə`kaʊnt] [`opənɪŋ] [fɔrm] n. 開戶單

individual account
[ˌɪndə`vɪdʒʊəl] [ə`kaʊnt] n. 個人帳戶

joint account [dʒɔɪnt] [ə`kaʊnt] n. 聯名帳戶

current（英）/checking（美）account
[`kɝənt] / [tʃɛkɪŋ] [ə`kaʊnt] n. 活期帳戶

savings account [`sevɪŋs] [ə`kaʊnt] n. 定存帳戶

● Deposit 存款

deposit [dɪ`pɑzɪt] n. 存款 v. 存入（錢）
make a deposit into~ ph. 把錢存入～
cash [kæʃ] n. 現金
check [tʃɛk] n. 支票
cash the check ph. 兌現支票
deposit slip [dɪ`pɑzɪt] [slɪp] n. 存款單
cash deposit machine(CDM)
[kæʃ] [dɪ`pɑzɪt] [mə`ʃin] n. 自動存款機

● Withdraw 提款

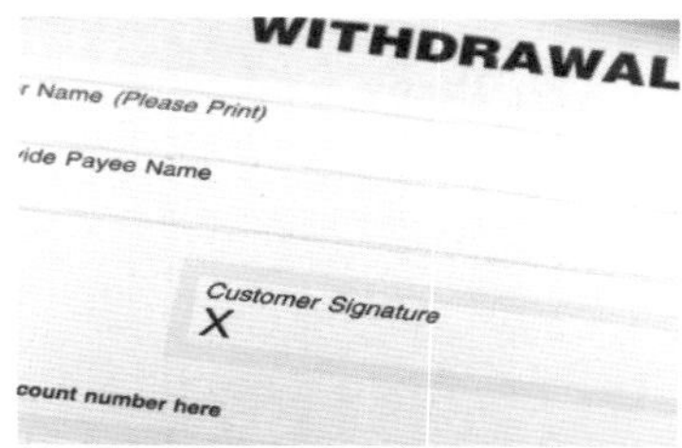

withdraw [wɪð`drɔ] v. 提款
withdraw money from~ ph. 把錢從～提出
make a withdrawal ph. 提一筆錢
withdrawal slip [wɪð`drɔəl] [slɪp] n. 提款單
automatic teller machine(ATM)
[ˌɔtə`mætɪk] [`tɛlɚ] [mə`ʃin] n. 自動提款機
transaction fee [træn`zækʃən] [fi] n. 手續費

● Make a remittance 匯款

wire [waɪr] v. 電匯
transfer [træns`fɝ] v. 轉帳
transfer money from~ ph. 把錢從～轉出
remit [rɪ`mɪt] v. 匯款
remittance [rɪ`mɪtn̩s] n. 匯款
remittance slip [rɪ`mɪtn̩s] [slɪp] n. 匯款單
make a remittance to~ ph. 匯款到～

● Currency exchange 外幣兌換

currency [ˋkɝənsɪ] n. 貨幣
exchange [ɪksˋtʃendʒ] v. 兌換
exchange rate [ɪksˋtʃendʒ] [ret] n. 匯率
currency exchange [ˋkɝənsɪ] [ɪksˋtʃendʒ] n. 外幣兌換
currency exchange form [ˋkɝənsɪ] [ɪksˋtʃendʒ] [fɔrm] n. 外幣兌換單
denomination [dɪˏnɑməˋneʃən] n.（貨幣的）面額

操作 ATM 時會看到的單字

1. **balance inquiry** [ˋbæləns] [ɪnˋkwaɪrɪ] n. 餘額查詢
2. **withdraw cash** [wɪðˋdrɔ] [kæʃ] n. 提款
3. **transfer** [trænsˋfɝ] n. 轉帳
4. **PIN change** [pɪn] [tʃendʒ] n. 密碼變更
5. **fast cash** [fæst] [kæʃ] n. 快速提款
6. **credit card cash advance** [ˋkrɛdɪt] [kɑrd] [kæʃ] [ədˋvæns] n. 信用卡預借現金
7. **bills payment** [bɪls] [ˋpemənt] n. 帳單付款
8. **other** [ˋʌðɚ] n. 其他服務
9. **savings** [ˋsevɪŋs] n. 存款帳戶
10. **bank card** [bæŋk] [kɑrd] n. 金融卡
11. **credit card** [ˋkrɛdɪt] [kɑrd] n. 信用卡

在 ATM 上會看到的句子

1. **Please enter your personal identification number (PIN).**
請輸入您的密碼。

2. **Please press the proper key for your desire transaction.**
請按下您欲進行的交易按鍵。

3. **Please enter the account number for transfer.**
請輸入轉帳帳號。

4. **Please enter desired amount.** 請輸入您要提領的金額。

5. **Please confirm.** 請確認。

6. **This ATM will charge you an access fee of (amount).**
自動櫃員機將索取手續費（金額）。

7. **This is an addition to other fees that may be charged by your card-issuing financial institution.**
原發卡銀行可能也會索取額外手續費。

8. **Do you want to continue?** 是否繼續進行？

9. **We are pleased to have served you.** 很高興為您服務。

10. **Please get your cash and your transection record.**
請取出現金和收據。

你知道嗎？

哪些卡片可以在國外的提款機提款呢？

● ATM card 金融卡

在國外領錢之前，先確認 ATM card（金融卡）背面是否有 PLUS、CIRRUS 或 MASTRO 其中一項標誌，這三種是海外跨國提款的標誌，如果提款卡上沒有任何一項標誌，就無法在海外提款；另外，除了持有海外跨國金融卡外，也必須先向國內銀行開通國外提款的功能。

Lisa called the bank last night when her ATM card was stuck in an ATM machine.
昨晚當 Lisa 的提款卡卡在提款機裡時，她打給了銀行。

● Debit card 金融簽帳卡

debit card（金融簽帳卡）是一種可以在國外貼有 PLUS 和 VISA 標誌的自動提款機**提領當地貨幣的金融卡**，不但如此，也可以當成信用卡在貼有 VISA 標誌的商店刷卡，與信用卡不同的是，持有簽帳卡者的**存款帳戶裡必須有足夠的錢**，才能提領現金及刷卡。

Sam paid by his debit card instead of credit card.
Sam 用金融簽帳卡付款而不是信用卡。

● Credit card 信用卡

credit card（信用卡）不但能刷卡，也能在自動提款機提款，但是提款的部分是屬於**預借現金**，而能夠預借的金額是由發卡銀行決定額度，並且需要支付手續費及利息。

How would you like to pay? In cash or by credit card?
你想要怎麼付款？用現金，還是用信用卡？

02 購買投資商品

Part4_09

基金的種類有哪些？

基金的種類大致上可依「投資地區」、「發行地區」、「交易機制」等因素來區分，常見的有以下幾種：

1. **mutual fund** [`mjutʃʊəl] [fʌnd] n. 共同基金
2. **international mutual fund** [ˌɪntɚ`næʃənḷ] [`mjutʃʊəl] [fʌnd] n. 國際共同基金

3. **global fund**
[`globḷ] [fʌnd] n. 全球型基金

4. **regional fund**
[`ridʒənḷ] [fʌnd] n. 區域基金

5. **single-country fund**
[`sɪŋgḷ͵kʌntrɪ] [fʌnd] n. 單一國家基金

6. **offshore fund**
[`ɔf͵ʃor] [fʌnd] n. 境外基金

7. **domestic fund**
[də`mɛstɪk] [fʌnd] n. 國內基金

8. **investment fund**
[ɪn`vɛstmənt] [fʌnd] n. 投資基金

9. **growth fund**
[groθ] [fʌnd] n. 成長基金

10. **closed-end fund**
[`klozd͵ɛnd] [fʌnd] n. 封閉式基金

11. **open-end fund**
[`opən`ɛnd] [fʌnd] n. 開放式基金

12. **exchange traded fund(ETF)**
[ɪks`tʃendʒ] [tredɪd] [fʌnd]
n. 指數股票型基金

◆ Tips ◆

生活小常識：基金篇

基金除了分成國內和海外地區的基金以外，依投資人所投資的標的物，大致上還可分成幾種，最常見的基金有：equity fund（股票基金）、bond fund（債券基金）、money market fund（貨幣基金）和 precious metal fund（貴金屬基金）。

equity fund [`ɛkwətɪ] [fʌnd]（股票基金），equity 是指「股票」，而投資在股票市場上的基金就稱為 equity fund（股票基金），因變動性較高，所以獲利較多，但風險也相對的高。

Mr. and Mrs. Wang both started investing in equity funds last month.
王氏夫妻兩人上個月開始投資股票基金了。

bond fund [bɑnd] [fʌnd]（債券基金），bond 是指「債券；公債」，投資人在固定的期間借錢給一個企業或國家，購買他們的債券，期滿後投資人可拿回本金，並獲得其利息，此基金就稱為 bond fund（債券基金）。

It is more stable and safer for investors to invest in bond funds.
對於投資人來說，投資債券基金是比較穩定又安全的。

money market fund [ˋmʌnɪ] [ˋmɑrkɪt] [fʌnd]（**貨幣基金**），**money** 是「**金錢**」、**market** 是「**市場**」，所以 money market fund 又稱為「貨幣市場基金」，是指投資人將資金投資購買短期的有價證券，其基金就稱為 money market fund（貨幣基金）。

After her friends suggested her to invest in money market funds, she earned a fortune.
在朋友建議她投資貨幣基金後，她賺了很多錢。

precious metals fund [ˋprɛʃəs] [ˋmɛtl̩s] [fʌnd]（**貴金屬基金**），**precious** 是「**貴重的**」、**metal** 是「**金屬**」，將資金投資在黃金、白金或其他貴金屬的證券上，其基金稱為 precious metal fund（貴金屬基金）。

I won't buy precious metals funds unless I study the market extensively.
除非我把這個市場研究的非常透徹，不然我不會買貴金屬基金。

保險的種類有哪些？

insurance（保險）不僅具備人身安全保障的功能，同時也兼具儲蓄的功能，常見的保險種類有：life insurance（人壽保險）、saving insurance（儲蓄保險）、annuity insurance（年金保險）和 health insurance（醫療保險）。

life insurance [laɪf] [ɪnˋʃʊrəns]（**人壽保險**），**life** 是「**生命；壽命**」的意思，所以 life insurance 的定義就是**以人的生命當作保險的對象**，保險公司會因被保險人在保險期間內死亡而給付保險金，或被保險人生存至一定的年齡時，就可以領取該筆保險金。

Adam received death benefit from his wife's life insurance after his wife passed away last year.
去年 Adam 的太太過世後，他收到了他太太的人壽保險補助金。

saving insurance [`sevɪŋ] [ɪn`ʃʊrəns]（**儲蓄保險**），**saving** 就是「**儲蓄**」的意思，這種保險就像定期存款一樣，在約定的時間固定存入約定的金額，在期滿後便可領取該筆儲蓄保險金，保險公司也會給予該筆儲蓄險的利息，利息通常會比銀行的定期儲蓄還要高。

Alex bought a saving insurance for his son.
Alex 幫他兒子買了儲蓄險。

annuity insurance [ə`njuətɪ] [ɪn`ʃʊrəns]（**年金保險**），又稱為「養老金」或「退休保險金」，**annuity** 是「**年金**」的意思，被保險人在生存期間定期繳交保險，保費繳交期滿後，保險公司會定期定額給付被保人保險金，以做為被保人的退休金或養老金。

My grandmother has received $500 from her annuity insurance at the end of each month for 2 years.
長達 2 年的時間，每個月底我奶奶會都收到退休保金 500 美元。

health insurance [hɛlθ] [ɪn`ʃʊrəns]（**醫療保險**），**health** 是指「**健康；身體狀況**」，凡是針對身體健康狀況的保險，就是 health insurance（醫療保險）。這類的保險，在保險期間內，被保人因疾病或受傷而住院或手術的話，保險公司會給予一定金額做為補償。

Amy has a breast cancer but her health insurance doesn't cover her cancer treatment.
Amy 得了乳癌，但是她的醫療險並不涵蓋癌症治療（的費用）。

◆◆◆ Chapter4

Post Office 郵局

郵局內部擺設

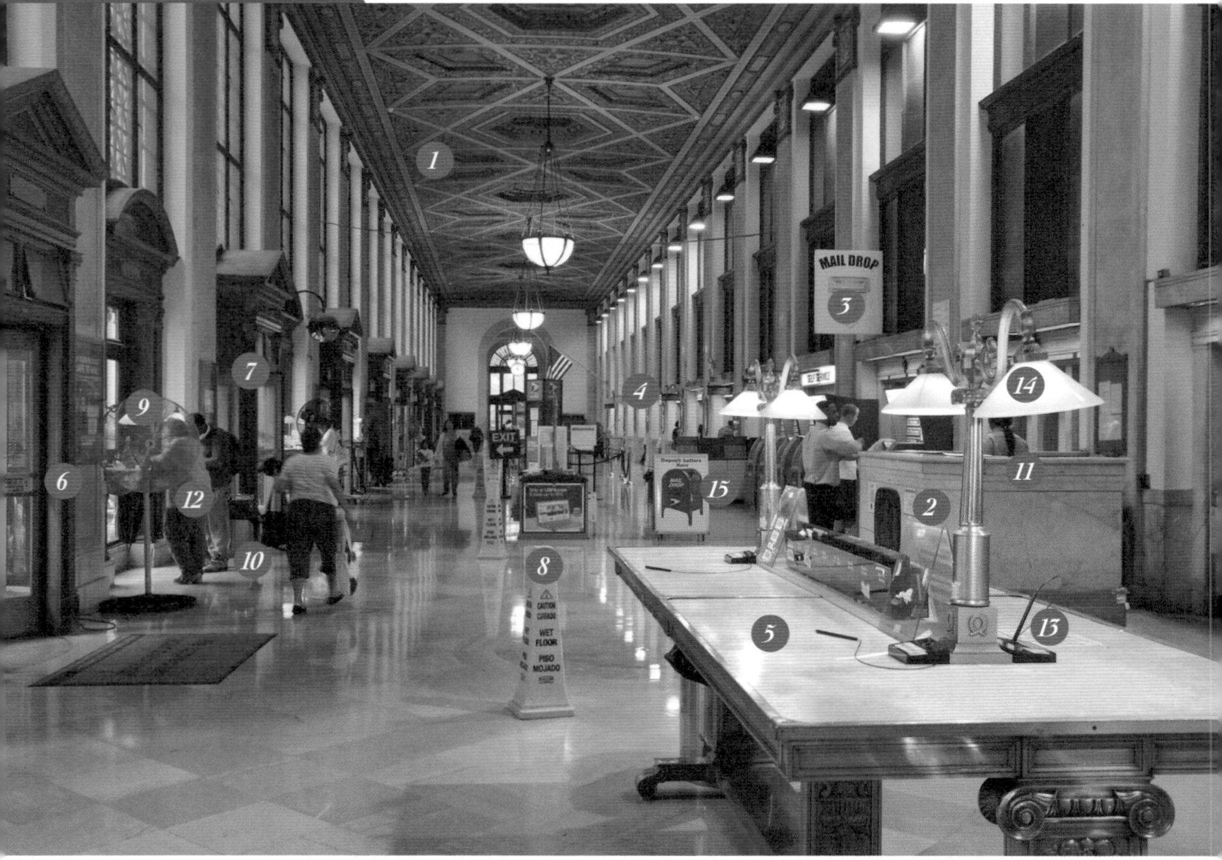

1. **post office** [post] [ˋɔfɪs] n. 郵局
2. **information desk** [ˏɪnfɚˋmeʃən] [dɛsk] n. 服務台
3. **mail drop** [mel] [drɑp] n. 信件投入處
4. **service counter** [ˋsɝvɪs] [ˋkaʊntɚ] n. 服務窗口

5 **writing desk** [ˋraɪtɪŋ] [dɛsk] n. 填寫桌
6 **entrance** [ˋɛntrəns] n. 入口
7 **exit** [ˋɛksɪt] n. 出口
8 **wet floor sign** [wɛt] [flor] [saɪn] n. 小心地滑告示
9 **package wrapping area** [ˋpækɪdʒ] [ˋræpɪŋ] [ˋɛrɪə] n. 包裹封裝區
10 **trash can** [træʃ] [kæn] n. 垃圾桶
11 **postal clerk** [ˋpostḷ] [klɝk] n. 郵局服務人員
12 **client** [ˋklaɪənt] n. 客戶
13 **counter pen** [kaʊntɚ] [pɛn] n. 櫃檯筆
14 **desk lamp** [dɛsk] [læmp] n. 檯燈
15 **self-service machine** [ˋsɛlfˋsɝvɪs] [məˋʃin] n. 自助機台

你知道嗎？

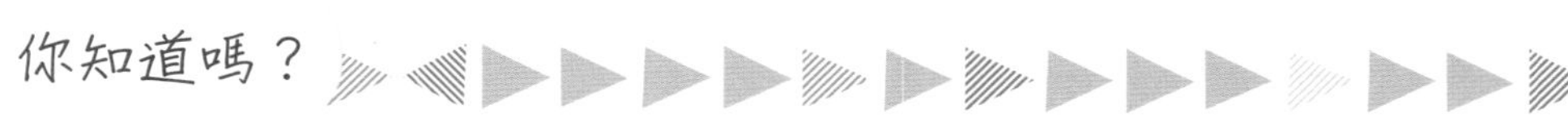

一樣是「包裹」，parcel 和 package 有什麼不同呢？

parcel [ˋpɑrsḷ] 和 package [ˋpækɪdʒ] 都是指外層用牛皮紙將盒子包裝起來的包裹，或是指那種只用厚信封袋裝起來的小包裹，所以尺寸範圍很廣，可以從標準郵件到盒裝包裹，前者為英式的說法，後者則是美式的說法。

另外，如果是用厚信封袋包裝起來的小包裹，雖然比一般信件厚，但又比一般包裹小，那甚至大多可以單用郵寄的方式來寄送，而不需要支付到一般包裹的費用喔！

That parcel has been delivered to London by EMS (Express Mail Service).
那個包裹已經用快遞送到倫敦了。

在包裹封裝區裡，常見的東西有哪些？英文怎麼說？

cord
[kɔrd]
n. 繩子

glue
[glu]
n. 膠水

paste
[pest]
n. 漿糊

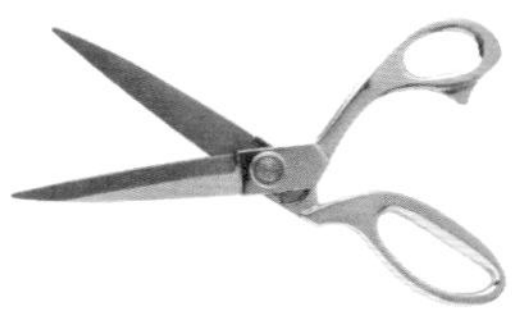

scissors
[`sɪzɚz]
n. 剪刀

tape
[tep]
n. 膠帶

reading glasses
[`ridɪŋ] [`glæsɪz]
n. 老花眼鏡

♦ **Tips** ♦

慣用語小常識：郵件篇

carry the mail (for someone)
「為（某人）運送郵件」？

carry [`kærɪ] 是「運送」或「攜帶」的意思，如果某人為另一個人遞送郵件，想必一定會像郵差或快遞一樣使命必達；很多郵差為了送達一封收件人地址錯誤的信，會來來回回地奔波，最終找到正確的地址並將信件交給收件人；所以這句話就可以用來形容「某人身負重任，即使工作困難，也絕不輕言放棄」。

The graduate student has been carrying the mail herself to make sure her dissertation will be completed on time.
這個研究生一直很認真地寫論文，以確保她的畢業論文能夠準時完成。

在郵局會做什麼呢？

◆◆◆ 01 郵寄／領取信件、包裹

Part4_11

會做哪些事呢？

pick up a package
ph. 領包裹

send a parcel
ph. 郵寄包裹

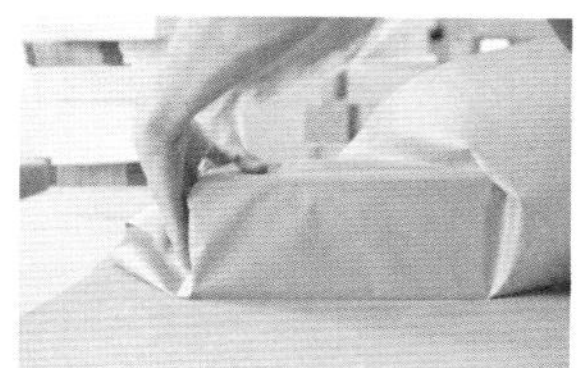

pack the parcel
ph. 打包包裹

send a registered mail
ph. 寄掛號信

claim a registered mail
ph. 領掛號郵件

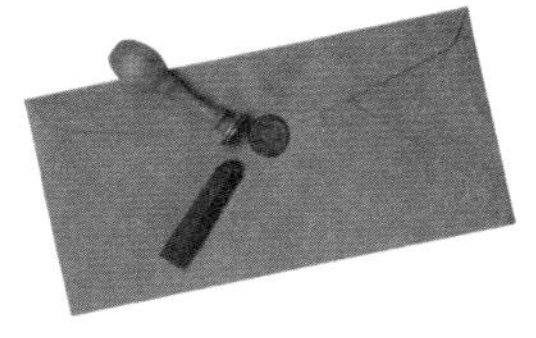

seal the letter
ph. 密封信件

◆ Tips ◆

郵件種類

無論在國內外，當 main post office （郵政總局）收到郵件時，都會先將郵件分類，例如在美國，會先將郵件分類成 first class（第一類）到 forth class（第四類）郵件，first class 的郵件大致分成 domestic mail（國內郵件）和 international mail（國際郵件），second class 與 third class 的郵件是一些次要的郵件，像是 printed papers（印刷品），而 forth class 是指 parcel post（包裹郵件）。

另外，first class 的郵件和台灣的郵件分類大同小異，除了有國內、外之分以外，還細分為 regular mail（一般郵件）、registered mail（掛號郵件）和 express mail（快捷郵件）。

而「限時郵件」和「限時掛號」的英文該怎麼說呢？答案是只要在 mail（郵件）前面加上 prompt 就可以了！ prompt [prɑmpt] 是「即時的、迅速的」的意思，所以「限時郵件」的英文就是 prompt mail、「限時掛號」也就是 prompt registered mail 喔！

How much does it cost to send a letter to Vancouver by registered mail?
寄掛號郵件到溫哥華需要多少錢呢？

••• 02 購買信封／明信片／郵票

在郵局可以買到哪些商品呢？

Part4_12

envelop
[`ɛnvə͵lop]
n. 信封

postcard
[`post͵kɑrd]
n. 明信片

stamp
[stæmp]
n. 郵票

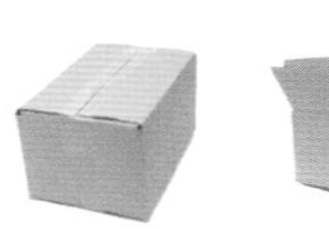

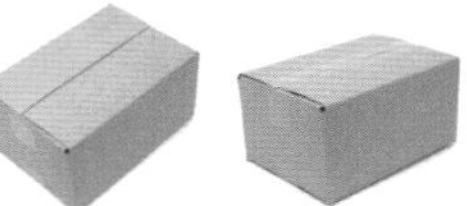

carton
[`kɑrtən]
n. 紙箱

self-addressed envelope
[͵sɛlfə`drɛst] [`ɛnvə͵lop]
n.（已寫好地址的）回郵信封

postal gift voucher
[`postl̩] [gɪft] [`vaʊtʃɚ]
n. 郵政禮券

信封的書寫方式

國際標準的 side-opening envelope（橫式信封）書寫方式和中式的 end-opening envelope（直式信封）書寫方式相當不同。

● 右下角 ❶：

填寫 recipient [rɪˋsɪpɪənt]（**收件人**）的姓名和地址，書寫標準順序為 ❷「收件人姓名」、❸～❺「收件人地址」；❸ 地址的標準寫法需「**由小到大**」排列，也就是依「門牌號碼、弄、巷、路或街道名」的順序，接下來是 ❹「鄉鎮區或縣市」或「城市或州名」以及 zip code（郵遞區號），最後是 ❺「國名」。

● 左上角 ❻：

填寫 sender [ˋsɛndɚ]（**寄件人**）的姓名和地址，書寫的標準順序為 ❼「寄件人姓名」、❽～❿「寄件人地址」；❽ 地址的標準寫法與收件人地址的寫法一樣，需「**由小到大**」排列，也就是依「門牌號碼、弄、巷、路或街道名」，❾「鄉鎮區或縣市」或「城市或州名」及 zip code（郵遞區號），最後則是 ❿「國名」。

● 右上角 ⓫：stamp [stæmp]（郵票）

明信片的書寫方式

明信片地址書寫的方式與信封書寫方式一樣，都是「**由小到大**」的排序，但是因為明信片的空間有限，所以大多**只填寫 recipient（收件人）的姓名和地址**而已，**不填寫 sender（寄件人）的部分**，如果非要填寫，也只好一同和 recipient 填寫在右下方了，但為了怕郵差混淆，記得**一定要註明 To:（寄給：）和 From:（從：）**，不然郵件可能又會寄回給自己囉！

● 右下角 ❶：

填寫 recipient [rɪˋsɪpɪənt]（收件人）的姓名和地址，書寫標準順序為 ❷「收件人姓名」、❸～❺「收件人地址」；❸ 地址的標準寫法需「由小到大」排列，也就是「門牌號碼、弄、巷、路或街道名」的順序，❹ 填入「鄉鎮區或縣市」或「城市或州名」以及 zip code（郵遞區號），最後再填上 ❺「國名」。

● 右上角 ❻：stamp [stæmp]（郵票）

● 左邊空白處 ❼：content [ˋkantɛnt]（書信內容）

Part 5
Shopping 購物

◆◆◆ Chapter1

Convenience Store 便利商店

Part5_01

這些應該怎麼說？

便利商店配置

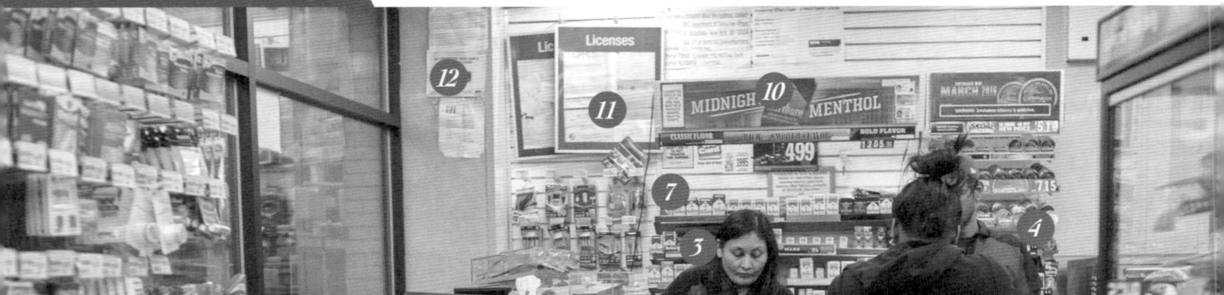

❶ **cash register** [kæʃ] [`rɛdʒɪstɚ] n. 收銀機

❷ **shelf** [ʃɛlf] n. 產品架

❸ **shopkeeper** [`ʃɑp͵kipɚ] n. 店長

❹ **store clerk** [stor] [klɝk] n. 店員

❺ **consumer** [kən`sjumɚ] n. 消費者

❻ **plastic bag** [`plæstɪk] [bæg] n. 塑膠袋

❼ **cigarette** [͵sɪgə`rɛt] n. 香菸

❽ **touch screen monitor** [tʌtʃ] [skrin] [`mɑnətɚ] n. 觸碰式螢幕

9 card reader
[kɑrd] [ˋridɚ] n. 刷卡機

10 advertisement
[ˌædvɚˋtaɪzmənt] n. 廣告

11 sale license
[sel] [ˋlaɪsn̩s] n. 銷售執照

12 announcement
[əˋnaʊnsmənt] n. 公告

13 automatic door
[ˌɔtəˋmætɪk] [dor] n. 自動門

14 coffee machine
[ˋkɔfɪ] [məˋʃin] n. 咖啡機

15 hot water dispenser
[hɑt] [ˋwɔtɚ] [dɪˋspɛnsɚ] n. 熱水供應機

16 delicatessen counter
[ˌdɛləkəˋtɛsn̩] [ˋkaʊntɚ] n. 熟食櫃

17 straw [strɔ] n. 吸管

18 sugar packet
[ˋʃʊgɚ] [ˋpækɪt] n. 糖包

19 monitor [ˋmɑnətɚ] n. 監視器

20 hot dog roller grill
[hɑt] [dɔg] [ˋrolɚ] [grɪl] n.
熱狗加熱滾輪機

21 beverage dispenser
[ˋbɛvərɪdʒ] [dɪˋspɛnsɚ] n. 飲料機

22 paper towel
[ˋpepɚ] [ˋtaʊəl] n. 餐巾紙

23 syrup [ˋsɪrəp] n.（調味）糖漿

◆ Tips ◆

慣用語小常識：商店篇（一）

be like a kid in a candy store
「像個在糖果店的孩子」？

like [laɪk] 這裡是當介系詞用，是「像～」的意思，kid [kɪd] 是指「小孩」；在糖果店的小孩一定是既開心又興奮地望著各式繽紛的糖果，滿心期待著爸爸媽媽可以買很多糖果給自己， 所以 be like a kid in a candy store 就是形容某人像小孩子一樣，既開心又興奮的看著周圍事物的樣子。

He reacted to be like a kid in a candy store when he knew that he got promoted.
當他得知他得到升遷後，他興奮的像個在糖果店的小孩一樣。

在便利商店會做什麼呢？

01 挑選商品

Part5_02

貨架上的常見的商品有哪些呢？

● Snack rack 零食架

1. **potato chips**
[pə`teto] [tʃɪps] n. 洋芋片
2. **pretzels** [`prɛtsl̩z] n. 鹹脆餅乾
3. **Tortilla chips**
[tɔr`tijɑ] [tʃɪps] n. 墨西哥玉米片
4. **cheese puffs**
[tʃiz] [pʌfs] n. 起司泡芙餅
5. **hard candy**
[hɑrd] [`kændɪ] n. 硬糖

6. **gummy/soft candy** [ˋgʌmɪ] / [sɔft] [ˋkændɪ] n. 軟糖
7. **lollipop** [ˋlɑlɪˏpɑp] n. 棒棒糖
8. **chocolate bar** [ˋtʃɑkəlɪt] [bɑr] n. 巧克力棒
9. **candy-coated chocolate** [ˋkændɪ] [ˋkotɪd] [ˋtʃɑkəlɪt] n. 糖衣巧克力

● Beverage cooler 飲料冷藏櫃

1. **juice** [dʒjus] n. 果汁
2. **tea** [ti] n. 茶
3. **soda** [ˋsodə] n. 汽水
4. **cola** [ˋkolə] n. 可樂
5. **mineral water** [ˋmɪnərəl] [ˋwɔtɚ] n. 礦泉水
6. **sports drink** [sports] [drɪŋk] n. 運動飲料
7. **beer** [bɪr] n. 啤酒
8. **wine** [waɪn] n. 葡萄酒；水果酒
9. **soy milk** [sɔɪ] [mɪlk] n. 豆漿
10. **milk tea** [mɪlk] [ti] n. 奶茶
11. **buttermilk** [ˋbʌtɚˏmɪlk] n. 優酪乳
12. **canned coffee** [kænd] [ˋkɔfɪ] n. 罐裝咖啡
13. **flavored water** [ˋflevɚd] [ˋwɔtɚ] n. 調味水
14. **bottled drink** [ˋbɑtl̩d] [drɪŋk] n. 瓶裝飲料
15. **canned drink** [kænd] [drɪŋk] n. 罐裝飲料
16. **packet drink** [ˋpækɪt] [drɪŋk] n. 鋁箔包飲料

● Magazine rack 雜誌架

1. **best-selling magazine** [ˋbɛstˋsɛlɪŋ] [ˏmægəˋzin] n. 暢銷雜誌
2. **home magazine** [hom] [ˏmægəˋzin] n. 家居雜誌
3. **finance magazine** [faɪˋnæns] [ˏmægəˋzin] n. 財經雜誌
4. **health and lifestyle magazine** [hɛlθ] [ænd] [ˋlaɪfˏstaɪl] [ˏmægəˋzin] n. 健康生活雜誌
5. **fashion magazine** [ˋfæʃən] [ˏmægəˋzin] n. 時尚雜誌
6. **sports magazine** [spɔrts] [ˏmægəˋzin] n. 運動雜誌
7. **parenting magazine** [ˋpɛrəntɪŋ] [ˏmægəˋzin] n. 育兒雜誌
8. **travel magazine** [ˋtrævəl] [ˏmægəˋzin] n. 旅遊雜誌

常見的冰櫃有哪幾種呢？

open display refrigerator
[ˋopən] [dɪˋsple] [rɪˋfrɪdʒəˏretɚ]
n. 開放性冰櫃

cooler
[ˋkulɚ]
n. 冷藏櫃

ice cream freezer
[aɪs] [krim] [ˋfrizɚ]
n. 冰淇淋冷凍櫃

02 結帳

Part5_03

在結帳的時候會做些什麼？

buy a cup of coffee
ph. 買杯咖啡

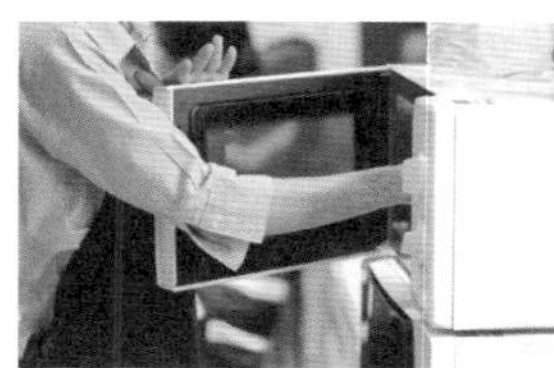

microwave
[ˋmaɪkroˏwev]
v. 微波加熱

top up a card
ph. 儲值卡片

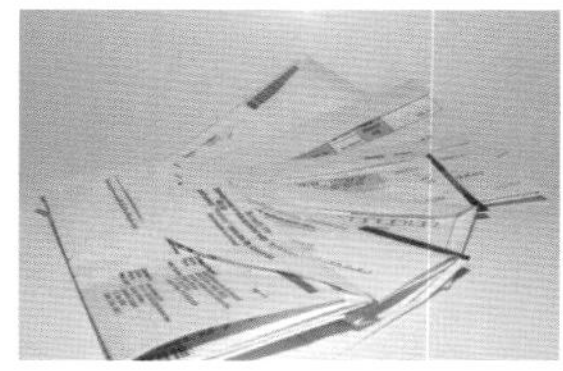

pay (utility) bills
ph.（水、電、瓦斯）帳單繳款

get/send a package
ph. 取／寄貨

check out
ph. 結帳

常用的句子：

1. **Would you like to heat it up?** 要加熱嗎？
2. **Could you help me heat it up?** 可以幫我把它加熱嗎？
3. **I'd like a cup of hot chocolate.** 我想要一杯熱巧克力。
4. **Here is your coffee.** 這是您的咖啡。
5. **Check here, please.** 請在這邊結帳。
6. **Here is your change and receipt.** 這是您的零錢和收據。
7. **Would you like a plastic bag or paper bag?** 你想要塑膠袋還是紙袋？
8. **Sorry, we're out of stock.** 對不起，我們沒貨了。
9. **I'd like to pick up a package.** 我想要取貨。
10. **I'd like to send a package.** 我要寄包裹。

◆◆◆ Chapter2

Supermarket 超級市場

Part5_04

超級市場配置

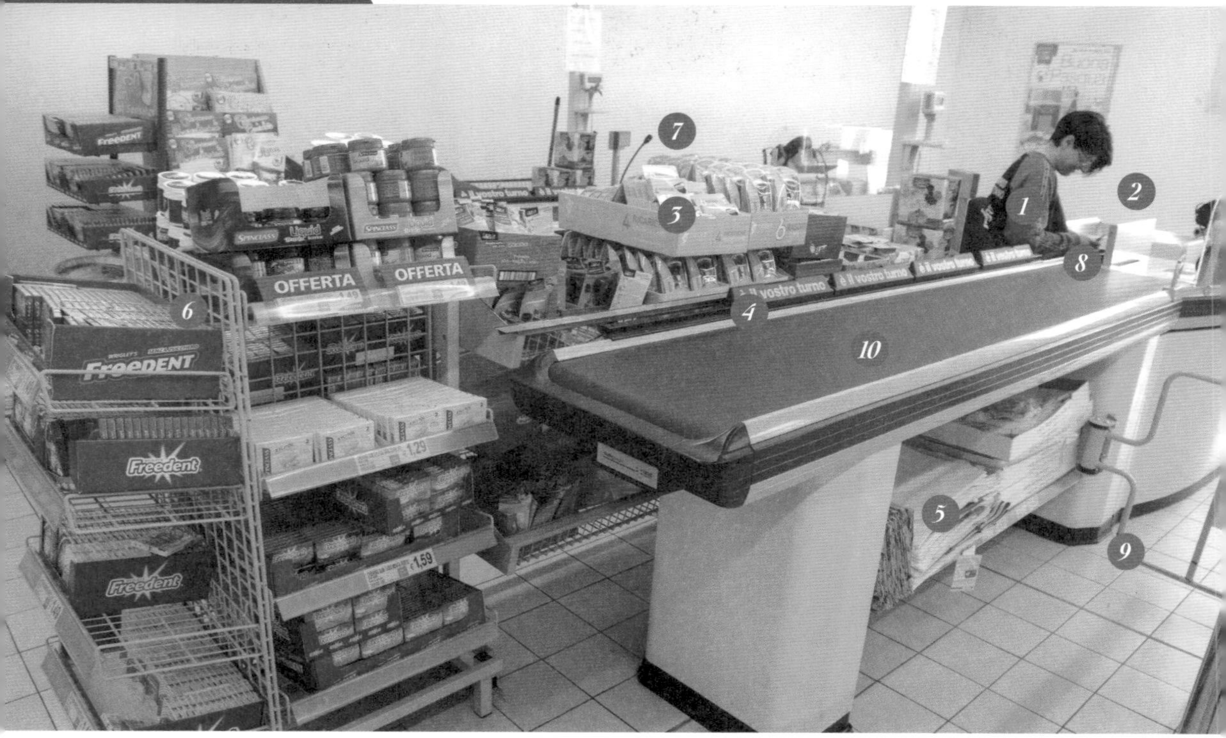

1. **cashier** [kæ`ʃɪr] n. 收銀員
2. **checkout counter** [`tʃɛk͵aʊt] [`kaʊntɚ] n. 收銀台
3. **groceries** [`grosərɪs] n. （食品）雜貨
4. **divider** [də`vaɪdɚ] n. 間隔棒（用來隔開顧客之間所購買的不同商品）
5. **shopping bag** [`ʃɑpɪŋ] [bæg] n. 購物袋
6. **rack** [ræk] n. 商品架
7. **microphone** [`maɪkrə͵fon] n. 麥克風
8. **till** [tɪl] n. 櫃台裝錢的抽屜
9. **supermarket swing gate** [`supɚ͵mɑrkɪt] [swɪŋ] [get] n. 超市旋轉門
10. **conveyor belt** [kən`veɚ] [bɛlt] n. 輸送帶

超市裡常見的東西，還有哪些呢？

shopping cart
[`ʃɑpɪŋ] [kɑrt]
n. 購物車

membership card
[`mɛmbɚ͵ʃɪp] [kɑrd]
n. 會員卡

barcode
[`bɑrkod]
n. 條碼

barcode scanner
[`bɑrkod]
[`skænɚ]
n. 條碼掃描器

coupon
[`kupɑn]
n. 折價券

receipt
[rɪ`sit]
n. 收據

free sample
[fri] [`sæmpḷ]
n. 免費試吃品

packaged food
[`pækɪdʒd] [fud]
n. 包裝食品

◆ Tips ◆

慣用語小常識：市場篇

drive (one's) pigs to market
「開車載豬去市場」？

如果你曾在路上遇過載著豬群的卡車，整個路上一定會聽到：「嚄嚄！嚄嚄！」的豬叫聲；豬的叫聲類似打鼾的聲音，所以 drive pigs to market 是用來形容「**睡覺時，鼾聲如雷**」，聲音大到連經過房間的人都能聽得到。

My husband was driving pigs to market that I couldn't sleep last night.
我老公昨晚一直打呼，搞得我整晚沒睡。

01 購買食材

這些在超市常見的食材，要怎麼用英文說呢？

● Vegetables 蔬菜類

1. **loofah** [`lufə] n. 絲瓜
2. **red pepper** [rɛd] [`pɛpɚ] n. 紅椒
3. **cucumber** [`kjukəmbɚ] n. 小黃瓜
4. **red chili** [rɛd] [`tʃɪlɪ] n. 紅辣椒
5. **yellow pepper** [`jɛlo] [`pɛpɚ] n. 黃椒
6. **onion** [`ʌnjən] n. 洋蔥
7. **potato** [pə`teto] n. 馬鈴薯
8. **carrot** [`kærət] n. 胡蘿蔔
9. **cauliflower** [`kɔlə͵flaʊɚ] n. 白色花椰菜
10. **Chinese cabbage** [`tʃaɪ`niz] [`kæbɪdʒ] n. 大白菜

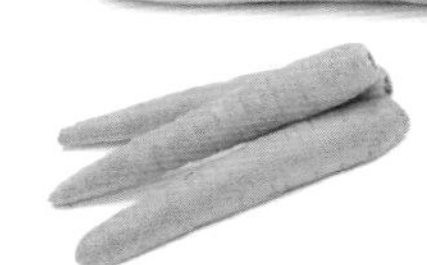

11. **tomato** [tə`meto] n. 番茄
12. **green chili** [grin] [`tʃɪlɪ] n. 綠辣椒
13. **green pepper** [grin] [`pɛpɚ] n. 青椒
14. **cherry tomato** [`tʃɛrɪ] [tə`meto] n. 小番茄
15. **lettuce** [`lɛtɪs] n. 萵苣
16. **cabbage** [`kæbɪdʒ] n. 高麗菜
17. **peas** [pis] n. 豌豆
18. **avocado** [͵ævə`kɑdo] n. 酪梨
19. **coriander** [͵korɪ`ændɚ] n. 香菜
20. **broccoli** [`brɑkəlɪ] n. 綠花椰菜 .

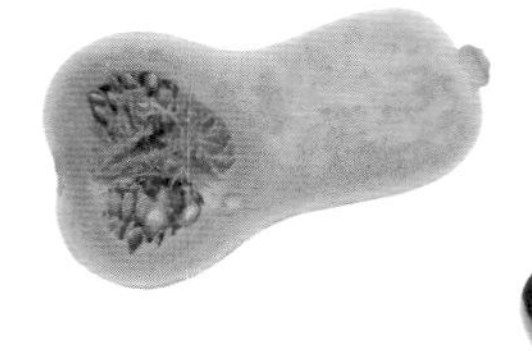

21. **eggplant** [ˋɛg͵plænt] n. 茄子
22. **snow pea** [sno] [pis] n. 荷蘭豆
23. **radish** [ˋrædɪʃ] n. 白蘿蔔
24. **mushroom** [ˋmʌʃrʊm] n. 蘑菇
25. **corn** [kɔrn] n. 玉米
26. **green onion** [grin] [ˋʌnjən] n. 青蔥

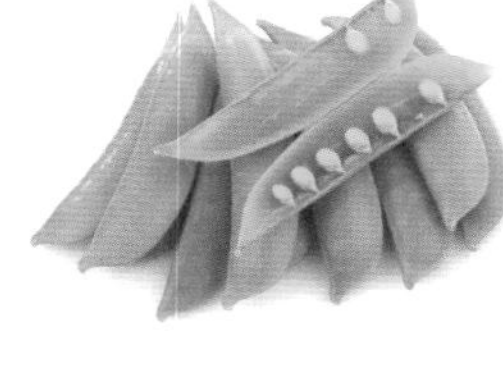

27. **celery** [ˋsɛlərɪ] n. 芹菜
28. **sweet potato** [swit] [pəˋteto] n. 地瓜
29. **olive** [ˋɑlɪv] n. 橄欖
30. **pumpkin** [ˋpʌmpkɪn] n. 南瓜
31. **bean** [bin] n. 豆子
32. **garlic** [ˋgɑrlɪk] n. 大蒜

你知道菠菜的英文嗎？只要在菠菜的英文前面，加上另一個單字，就會變成另一種蔬菜囉！

spinach [ˋspɪnɪtʃ]（**菠菜**）屬於「莧科」植物，在中國有一種長的和菠菜很像，而且也和菠菜一樣都是屬於莧科類的植物，英文稱它為 Chinese spinach（中國菠菜），也就是我們常見的「**莧菜**」，另外，還有一種和菠菜一樣都含有豐富的膳食纖維和粗纖維的蔬菜，它的英文叫 water spinach（水波菜），也就是「**空心菜**」喔！

● Fruit 水果類

1. **passion fruit** [`pæʃən] [frut] n. 百香果
2. **orange** [`ɔrɪndʒ] n. 柳丁
3. **grapefruit** [`grep͵frut] n. 葡萄柚
4. **tangerine** [͵tændʒə`rin] n. 橘子
5. **apple** [`æpl̩] n. 蘋果
6. **blueberry** [`blu͵bɛrɪ] n. 藍莓
7. **mulberry** [`mʌl͵bɛrɪ] n. 桑椹
8. **coconut** [`kokə͵nət] n. 椰子

11. **cherry** [`tʃɛrɪ] n. 櫻桃
12. **strawberry** [`strɔbɛrɪ] n. 草莓
13. **kiwi** [`kiwɪ] n. 奇異果
14. **banana** [bə`nænə] n. 香蕉
15. **mango** [`mæŋgo] n. 芒果
16. **papaya** [pə`paɪə] n. 木瓜
17. **durian** [`durɪən] n. 榴槤
18. **pomelo** [`pɑməlo] n. 柚子
19. **guava** [`gwɑvə] n. 芭樂
20. **custard apple** [`kʌstɚd] [`æpl̩] n. 釋迦

21. **pineapple** [ˋpaɪnˏæpl̩] n. 鳳梨
22. **grape** [grep] n. 葡萄
23. **melon** [ˋmɛlən] n. 哈蜜瓜
24. **dragon fruit** [ˋdrægən] [frut] n. 火龍果
25. **Asian pear** [ˋeʃən] [pɛr] n. 水梨

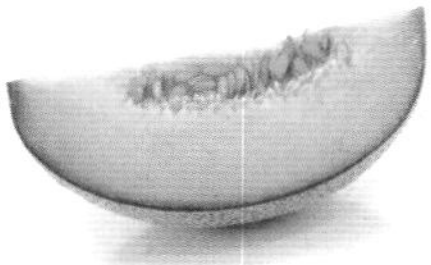

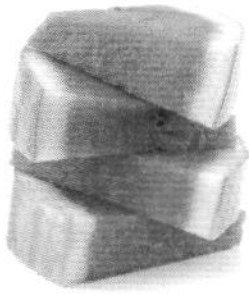

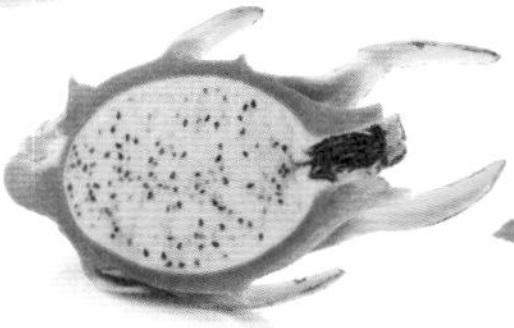

26. **peach** [pitʃ] n. 桃子
27. **lime** [laɪm] n. 萊姆
28. **plum** [plʌm] n. 李子
29. **watermelon** [ˋwɔtɚˏmɛlən] n. 西瓜
30. **pear** [pɛr] n. 西洋梨
31. **lemon** [ˋlɛmən] n. 檸檬

● Meat 肉類

beef	**pork**	**duck**	**chicken**
[bif]	[pork]	[dʌk]	[ˋtʃɪkɪn]
n. 牛肉	n. 豬肉	n. 鴨肉	n. 雞肉

lamb
[læm]
n. 羊肉

turkey
[ˋtɝkɪ]
n. 火雞肉

rib
[rɪb]
n. 肋排

loin
[lɔɪn]
n. 里肌肉

belly
[ˋbɛlɪ]
n. 五花肉

steak
[stek]
n. 牛排

pork chop
[pɔrk] [tʃɑp]
n. 豬排

shoulder roast
[ˋʃoldɚ] [rost]
n. 梅花肉

ham
[hæm]
n. 火腿

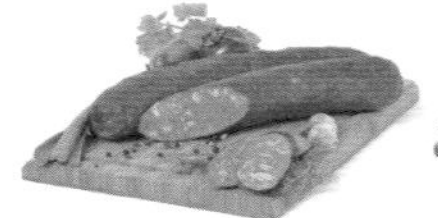

sausage
[ˋsɔsɪdʒ]
n. 香腸

bacon
[ˋbekən]
n. 培根

chicken wing
[ˋtʃɪkɪn] [wɪŋ]
n. 雞翅

chicken thigh
[ˋtʃɪkɪn] [θaɪ]
n. 雞大腿

chicken drumstick
[ˋtʃɪkɪn]
[ˋdrʌmˏstɪk]
n. 棒棒腿

chicken breast
[ˋtʃɪkɪn] [brɛst]
n. 雞胸肉

mince
[mɪns]
n. 絞肉

● Seafood 海鮮

1. **mackerel** [ˋmækərəl] n. 鯖魚
2. **salmon** [ˋsæmən] n. 鮭魚
3. **shrimp** [ʃrɪmp] n. 蝦子
4. **oyster** [ˋɔɪstɚ] n. 牡蠣；蠔
5. **crab claws** [kræb] [klɔs] n. 蟹足
6. **crab** [kræb] n. 蟹

7. **lobster** [ˋlɑbstɚ] n. 龍蝦
8. **crayfish** [ˋkreˏfɪʃ] n. 小龍蝦
9. **scad** [skæd] n. 竹筴魚
10. **octopus** [ˋɑktəpəs] n. 章魚
11. **squid** [ˋskwɪd] n. 烏賊
12. **scallop** [ˋskɑləp] n. 干貝

● Canned food 罐頭食品

canned fruit
[kænd] [frut]
n. 水果罐頭

canned pickled cucumber
[kænd] [ˋpɪkl̩d] [ˋkjukəmbɚ]
n. 醃製黃瓜罐

canned soup
[kænd] [sup]
n. 料理湯罐頭

canned sauce
[kænd] [sɔs]
n. 醬料罐頭

canned cat food

[kænd] [kæt] [fud]
n. 貓食罐頭

canned dog food
[kænd] [dɔg] [fud]
n. 狗食罐頭

••• 02 購買民生用品

Part5_06

常見的民生用品有哪些呢？

● Personal hygiene 個人衛生用品

toothpaste
[`tuθ͵pest]
n. 牙膏

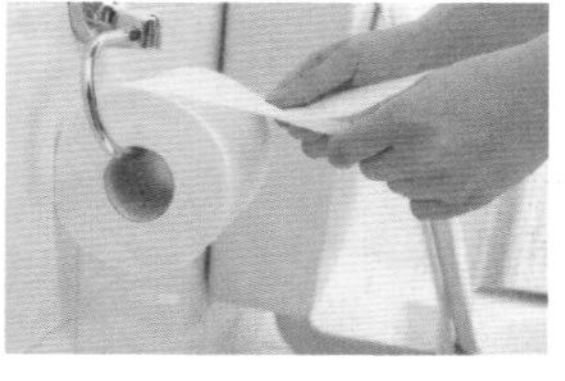

toilet paper
[`tɔɪlɪt] [`pepɚ]
n. 衛生紙

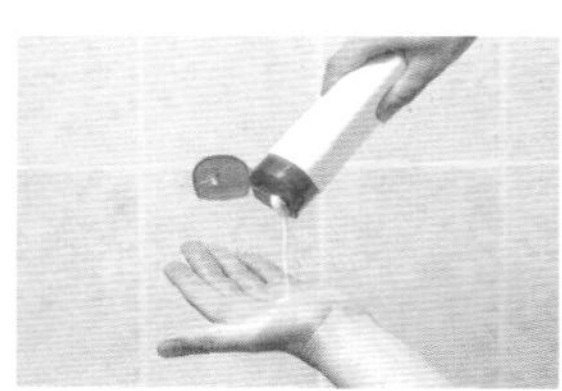

shampoo
[ʃæm`pu]
n. 洗髮精

hair conditioner
[hɛr] [kən`dɪʃənɚ]
n. 潤髮乳

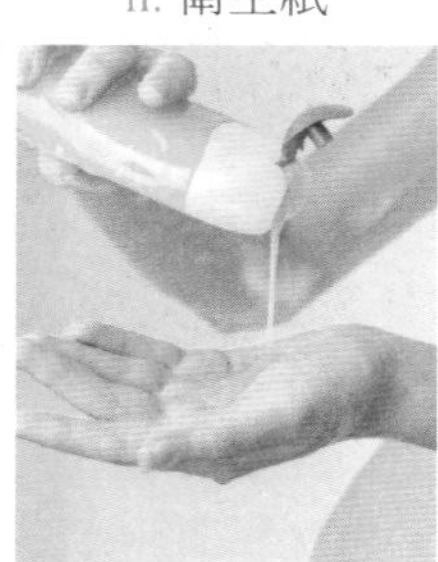

shower gel
[`ʃaʊɚ] [dʒɛl]
n. 沐浴乳

shaving foam/cream
[`ʃevɪŋ] [fom]/[krim]
n. 刮鬍泡／膏

sanitary pad
[ˋsænə͵tɛrɪ] [pæd]
n. 衛生棉

pantiliner
[ˋpæntə͵laɪnɚ]
n. 護墊

soap
[sop]
n. 肥皂

● Cleaning supplies 清潔用品

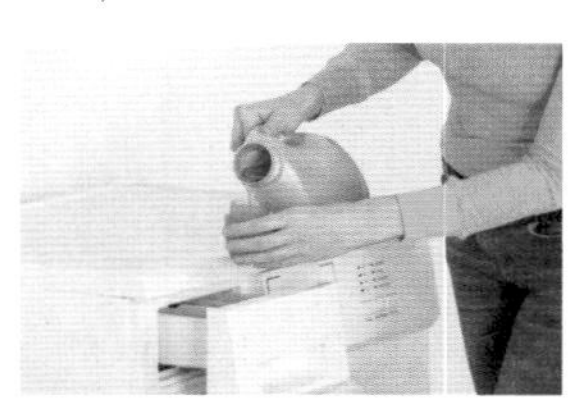

liquid laundry detergent
[ˋlɪkwɪd] [ˋlɔndrɪ]
[dɪˋtɝdʒənt]
n. 洗衣精

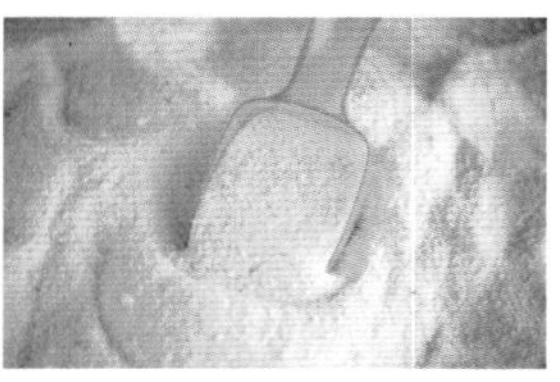

laundry powder
[ˋlɔndrɪ][ˋpaʊdɚ]
n. 洗衣粉

air freshener
[ɛr] [ˋfrɛʃənɚ]
n. 空氣芳香劑

bleach
[blitʃ]
n. 漂白劑

cleaning spray
[ˋklinɪŋ] [spre]
n. 清潔噴霧劑

dishwashing liquid
[ˋwɑʃɪŋ] [ˋlɪkwɪd]
n. 洗碗精

♦♦♦ Chapter3

Department Store 百貨公司

Part5_07

百貨公司配置

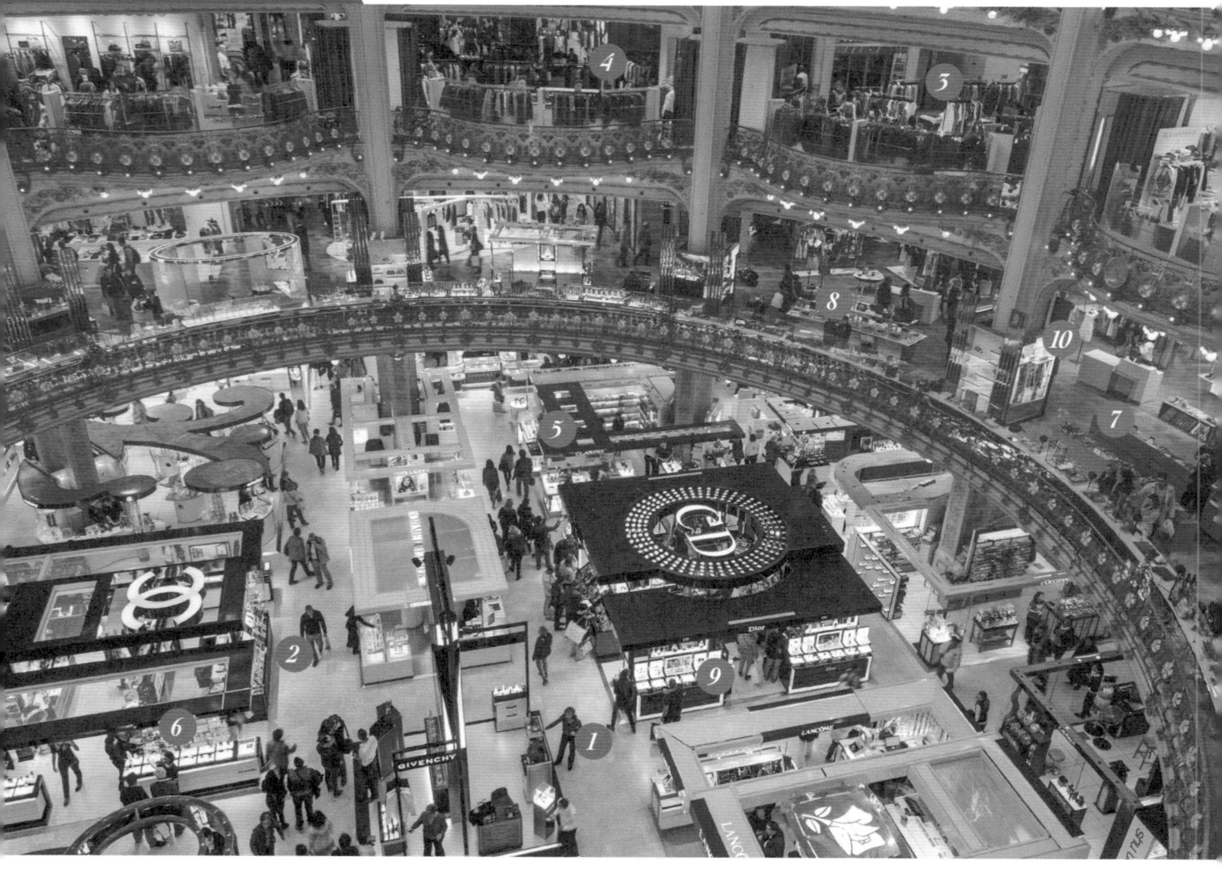

1. **salesclerk**
   [ˋselzˏklɝk] n. 專櫃櫃員
2. **customer** [ˋkʌstəmɚ] n. 顧客
3. **women's department**
   [ˋwɪmɪnz] [dɪˋpɑrtmənt] n. 女裝部
4. **men's department**
   [mɛnz] [dɪˋpɑrtmənt] n. 男裝部
5. **cosmetics department**
   [kɑzˋmɛtɪks] [dɪˋpɑrtmənt] n.
   化妝品部

❻ **jewelry department** [ˋdʒuəlrɪ] [dɪˋpartmənt] n. 珠寶部

❼ **shoe department** [ʃu] [dɪˋpartmənt] n. 鞋類部

❽ **leather-goods department** [ˋlɛðɚ] [gʊdz] [dɪˋpartmənt] n. 皮件部

❾ **display counter** [dɪˋsple] [ˋkaʊntɚ] n. 展示櫃

❿ **mannequin** [ˋmænəkɪn] n. 展示衣服的假人模特兒

百貨公司裡還有賣什麼呢？

home appliance
[hom] [əˋplaɪəns]
n. 家電

accessory
[ækˋsɛsərɪ]
n. 飾品配件

bedding
[ˋbɛdɪŋ]
n. 寢具

activewear
[ˋæktɪvˏwɛr]
n. 運動服飾

cookware
[ˋkʊkˏwɛr]
n. 廚具

electronic product
[ɪlɛkˋtranɪk] [ˋpradəkt]
n. 電子產品

formalwear
[ˋfɔrmḷˏwɛr]
n. 正式服裝

home decoration
[hom] [ˏdɛkəˋreʃən]
n. 居家擺設

watch
[watʃ]
n. 手錶

百貨公司裡還有哪些常見的地方呢？

customer-service center
[ˋkʌstəmɚ] [ˋsɝvɪs] [ˋsɛntɚ]
n. 服務台

restroom
[ˋrɛstˏrum]
n. 廁所

escalator
[ˋɛskəˏletɚ]
n. 手扶梯

elevator
[ˋɛləˏvetɚ]
n. 電梯

underground parking garage
[ˋʌndɚˏgraʊnd] [ˋpɑrkɪŋ] [gəˋrɑʒ]
n. 地下停車場

children's department
[ˋtʃɪldrənz] [dɪˋpɑrtmənt]
n. 童裝部

toy department
[tɔɪ] [dɪˋpɑrtmənt]
n. 玩具部

lingerie department
[ˋlænʒəˏri] [dɪˋpɑrtmənt]
n. 內衣用品部

◆ Tips ◆

慣用語小常識：商店篇（二）

mind the store
「看管商店（看店）」？

mind [maɪnd] 是「看管、照料」的意思，mind the store 就如同字面上的意思一樣「某人在看店」，廣義的解釋就是指「某人因職責的關係，正在工作或值班」的意思。

I will mind the store for Mr. Wang while he is on vacation next week.
下星期王先生休假的時候，我會幫他顧店。

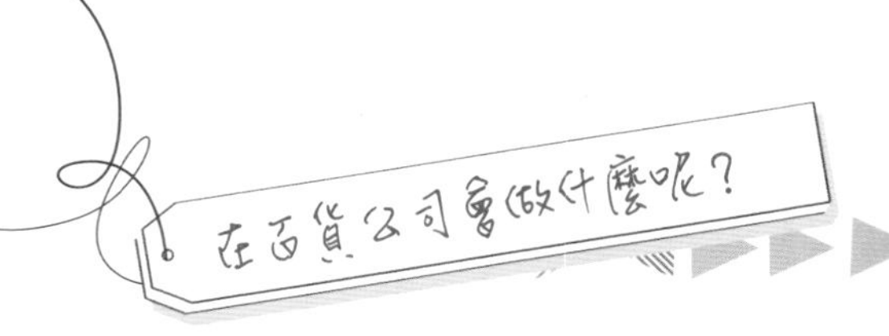

01 在美食街吃飯

Part5_08

這些在美食街常見到的東西，要怎麼用英文說呢？

1. **food hall**（英）/ **food court**（美） [fud] [hɔl] / [fud] [kort] n. 美食廣場
2. **vendor** [ˋvɛndɚ] n. 小販
3. **menu board** [ˋmɛnju] [bord] n. 菜單告示牌
4. **food tray** [fud] [tre] n. 餐盤
5. **stall** [stɔl] n. 攤位
6. **dining area** [ˋdaɪnɪŋ] [ˋɛrɪə] n. 用餐區

你知道嗎？

中文一樣都是「餐具」，tableware、dinnerware 和 cutlery 有什麼不同呢？

tableware [ˋtebl̩wɛr] 是「**所有餐具的總稱**」，它包含了刀、叉、湯匙、碗和盤，tableware 的擺設和種類通常會依不同文化或宗教而有所不同，例如：在印度用餐，餐桌上不容易見到刀叉，因為當地人習慣用手吃印度菜，他們認為只有用手吃，才能真正品嚐到最佳的印度美食；而在義大利，無論是在家或在外用餐，餐桌的擺設一定十分用心，因為他們認為擺設的用心與否，代表歡迎客人的程度。

Make sure to prepare enough children's tableware if you hold a birthday party for kids.
如果你要為小孩子辦生日派對，一定要準備足夠的兒童餐具。

dinnerware [ˋdɪnɚˏwɛr] 特別是指「**陶瓷餐具**」，包含了陶瓷製的湯匙、碗盤、杯子等，有些較精緻的陶瓷餐具，也常被拿來當作裝飾品或是用來收藏。

Mrs. Emerson invited me to see her collection of antique dinnerware sets last night.
Emerson 太太昨晚邀請我去看她收藏的古董陶瓷餐具組。

cutlery [ˋkʌtlərɪ] 是指「**刀；利器**」，在餐具上就是指「刀、叉和湯匙」；如果想要表達「**免洗餐具**」，英文可以說 **disposable cutlery** [dɪˋspozəbḷ] [ˋkʌtlərɪ]，disposable 是指「用完即丟棄」的意思，所以加在 cutlery 前面，就是指用完即丟的餐具，也就是「免洗餐具」的意思了。

Could you help me set up the cutlery on the table?
你可以幫我把餐具拿去桌上擺好嗎？

要怎麼用英文表達「各國美食」？

來到了美食街，首先會想到的就是「要吃什麼（料理）呢？」

cuisine [kwɪˋzin] 就是指烹調好的「**美味菜餚**」；**只要在 cuisine 一字前面加上國名的形容詞，就可以表示要吃哪一國的料理囉！**例如：Vietnamese cuisine（越南菜）、Thai cuisine（泰國菜）、Italian cuisine（義大利菜）……等；也可以用較口語的說法，**以 food（食物）替代 cuisine 一字**，例如：Indonesian food（印尼菜）、Taiwanese food（台菜）、Indian food（印度菜）、Mexican food（墨西哥菜）……等。

Alice had delicious Mexican food for lunch with her friends.
Alice 和朋友午餐吃了美味的墨西哥菜。

Part5_09

02 參加折扣活動

百貨公司常見的特價活動有哪些呢？

1. **summer sale** [ˋsʌmɚ] [sel] n. 年中慶
2. **anniversary sale** [ˏænəˋvɝsərɪ] [sel] n. 週年慶
3. **annual sale** [ˋænjʊəl] [sel] n. 週年慶
4. **year-end sale** [ˋjɪrˏɛnd] [sel] n. 年終慶
5. **year-end clearance sale** [ˋjɪrˏɛnd] [ˋklɪrəns] [sel] n. 年底清倉拍賣
6. **year-end closeout sale** [ˋjɪrˏɛnd] [ˋklozˏaʊt] [sel] n. 年底清倉拍賣
7. **end-of-season sale** [ˋɛndˏɑvˋsizn̩] [sel] n. 換季特賣會

一樣都有 sale（拍賣），on sale 和 for sale 有什麼不同呢？

出國旅遊購物時，常常會看到 on sale 和 for sale，on 和 for 雖然只有一字之差，價格卻差了十萬八千里。當你在商店裡看到 for sale 時，這只是代表「**商品出售中**」，而不是指商品特價中，相反地，not for sale 就是指「**非賣品**」囉！如果想要購買特價的商品，可以特別留意 on sale 這兩個字，on sale 就是指「**商品特價中**」。

特別要注意的是 on sale 既然是指「商品特價中」，所以**只能用在事物上**，例如：Men’s shoes are on sale.（男鞋特價中。），但是如果要指「**某地方舉辦特惠活動**」，就要說 have a sale，例如：That bookstore is having a sale this month.（那間書店這個月在舉辦特惠活動。）。

會用到的句子

1. **When is the anniversary sale?** 什麼時候週年慶？
2. **Are there any discounts now?** 現在有折扣嗎？
3. **What's on sale in the store?** 店裡有什麼東西在特價？
4. **Do you have any special offers?** 你們有什麼特惠商品嗎？
5. **Is there any discount on that item?** 那個東西有打折嗎？
6. **How much is it after the discount?** 在折扣之後這個多少錢？
7. **Can I use this coupon?** 我可以用這張折價券嗎？
8. **I have received a discount code, can I use it?**
   我得到了一個折扣碼，我可以用嗎？
9. **If there's a problem of it, can I get a refund?**
   如果商品有問題，我可以退費嗎？
10. **If there's a problem, can I exchange for a new one?**
    如果有問題的話，我可以換一個新的嗎？
11. **If I pay by credit card, are there any discounts?**
    如果我用信用卡結帳，有任何優惠嗎？
12. **I want to pay by credit card.** 我想用信用卡結帳。

◆ Tips ◆

生活小常識：打折篇

大多數的店家都會在特價商品上，清楚地標示出商品的折扣數，例如：30% off 的 off 是「**減少；拿掉**」的意思，所以如果價格減少了 30%，那就是「打七折」的意思；有時還會看到有些店家在折扣前面加上 up to，up to 就是「**最多**」的意思，up to 30% off 就是「最多可以折扣（減少）30%」，換言之，就是「七折起」。

All shoes in that department store are on sale for 50% off.
那間百貨公司的鞋子正在 5 折特賣。

你知道嗎？

中文一樣都是「禮券」，
coupon 和 voucher 有什麼不同？

在報章雜誌或宣傳單上常會看到有許多「**折價優惠券**」，這種優惠券的英文就是 **coupon** [ˋkupɑn]，有些 coupon 是現金折價優惠券，有些則是可以兌換 free gift（贈品），大多數的 coupon 上面都清楚地註明著「有效兌換期限」和「兌換規定」，所以必須在有效期限內，並且同時符合兌換規定才可以使用。

Don't forget to use the coupon before it is expired.
別忘了在過期之前使用折價券。

像百貨公司或是其他商店推出的「**消費禮券**」就是 **voucher**，voucher 就等同現金一樣，每張 voucher 上都會清楚地標註著金額或是可兌換的服務價值，且因為等同現金，而不會有使用期限。如果消費者一次購買多張，這些販售禮券的公司也會給予消費者相當的折扣，因此許多消費者不但會大量購買 voucher 在週年慶等活動時消費，有時還會購買 voucher 當作禮物送人。

It is very practical to give your friends gift vouchers as Christmas gifts.
送你朋友禮券當作聖誕禮物是非常實際的

♦♦♦ Chapter4

Online Store 網路商店

Part5_10

網路商店配置

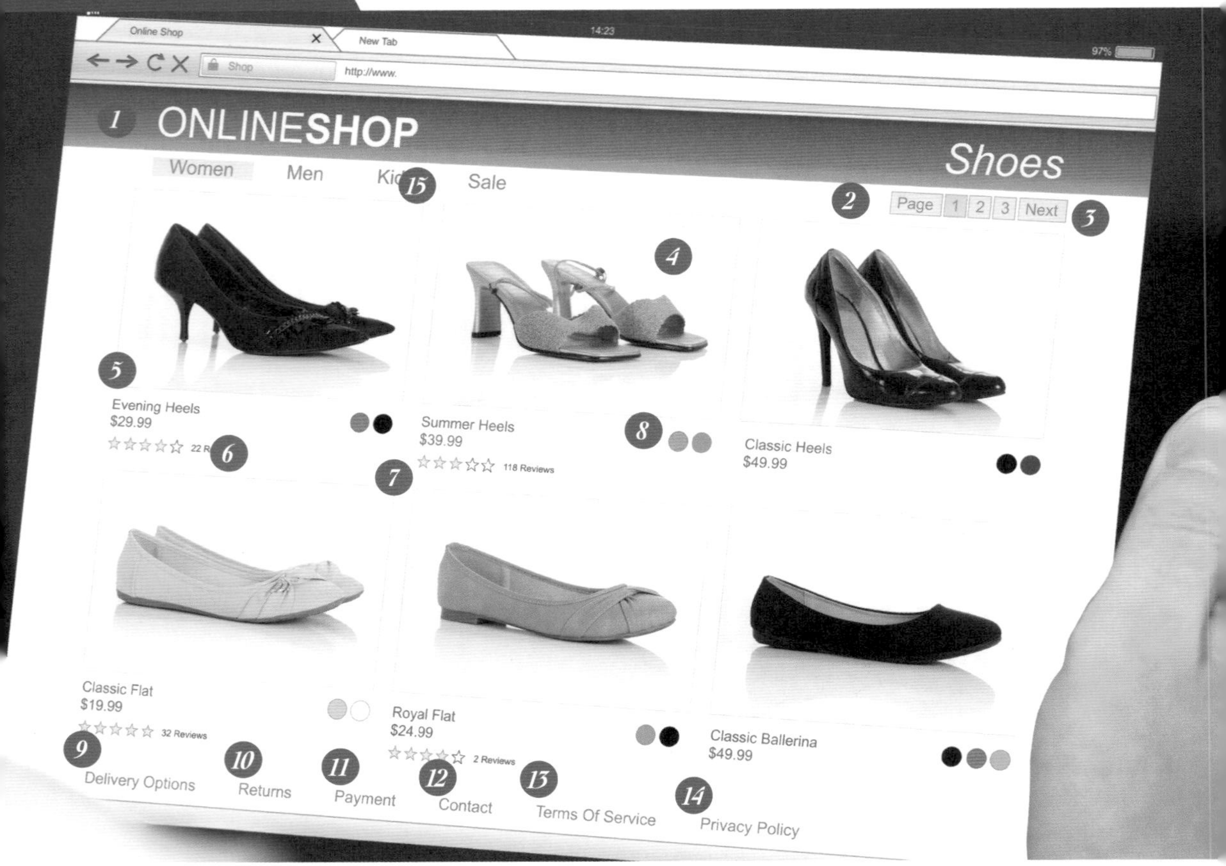

Online Shop
New Tab
14:23
97%
Shop
http://www.
1 ONLINESHOP
Shoes
Women
Men
Kids 15
Sale
2 Page 1 2 3 Next 3
4
5
Evening Heels
$29.99
22 Reviews 6
Summer Heels
$39.99
7 118 Reviews
8
Classic Heels
$49.99
Classic Flat
$19.99
32 Reviews
Royal Flat
$24.99
2 Reviews
Classic Ballerina
$49.99
9 Delivery Options
10 Returns
11 Payment
12 Contact
13 Terms Of Service
14 Privacy Policy

❶ **online store/shop**
[ˋɑn͵laɪn] [stor] / [ʃɑp] n. 網路商店

❷ **page** [pedʒ] n. 網頁數

❸ **next** [ˋnɛkst] n. 下一頁

❹ **product photo**
[ˋprɑdəkt] [ˋfoto] n. 商品圖

❺ **product name**
[ˋprɑdəkt] [nem] n. 商品名稱

❻ **price** [praɪs] n. 價格

❼ **ranking** [`ræŋkɪŋ] n. 評分；排名

❽ **color** [`kʌlɚ] n. 顏色

❾ **delivery options** [dɪ`lɪvərɪ] [`ɑpʃənz] n. 配送方式

❿ **returns** [rɪ`tɝns] n. 退貨

⓫ **payment** [`pemənt] n. 付款（方式）

⓬ **contact** [`kɑntækt] n. 聯絡資訊

⓭ **terms of service** [tɝmz] [ɑv] [`sɝvɪs] n. 服務條款

⓮ **privacy policy** [`praɪvəsɪ] [`pɑləsɪ] n. 隱私權政策

⓯ **category** [`kætə͵gorɪ] n. 分類

♦ Tips ♦

慣用語小常識：商店篇

be like a bull in a china shop
「像隻在瓷器店的公牛一樣」？

bull [bʊl] 是「公牛」的意思；這裡 china [`tʃaɪnə] 的字首是小寫，所以不是「中國」的意思，而是指「瓷器」；想像如果在瓷器精品店裡出現一頭牛，店裡的精美瓷器一定會被牛撞得支離破碎，所以 be like a bull in a china shop 就是形容「某人笨手笨腳、行為莽撞」就像一隻在瓷器店裡的公牛一樣。

Amy's cousin is always like a bull in a china shop. He often breaks or drops things while eating.
Amy 的表弟總是笨手笨腳的。他在吃東西時常會把東西打破或弄掉。

網路商店的種類有哪些？英文怎麼說？

一般消費者最常見的網路商店就是 online shopping center [`ɑn͵laɪn] [`ʃɑpɪŋ] [`sɛntɚ]（網路購物中心），又稱 business to consumer e-commerce [`bɪznɪs] [tu] [kən`sjumɚ] [i`kɔmɛrs]（企業對個人 (B2C)）的電子商務。這種網路平台結合了各種不同類型的品牌及商品，讓消費者不需要出門，就能夠安心且有保障地在同一個網路購物中心裡，瀏覽或購買不分廠牌及品項的商品。

另外，有一種網路商店是**個人品牌的商店**，英文叫做 self-owned brand online store [sɛlfˋond] [brænd] [ˋɑnˏlaɪn] [stor]，消費者比較容易在這種網路商店裡找到有自己風格的商品；倘若消費者想以更省錢的方式來購買心儀的商品，則可利用**拍賣網站**，英文叫做 online auction website [ˋɑnˏlaɪn] [ˋɔkʃən] [ˋwɛbˏsaɪt]，但要注意的是，在拍賣網站上雖然可以找到很多便宜的商品，但是對於買家來說，賣家的信用才是最重要的，在下單前要記得先看看 ratings [ˋretɪŋs]（評價）和 feedback [ˋfidˏbæk]（回饋意見）喔！

If you want to buy a used cell phone, you can get a good deal on this online auction website.
如果你想買一支二手手機，你可以在這個拍賣網站找到經濟實惠的手機。

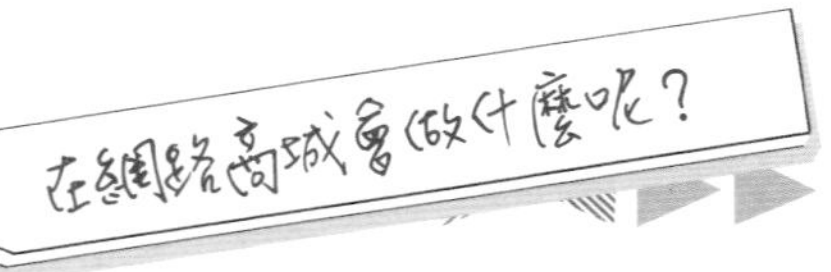

01 瀏覽商城

Part5_11

常見的商品種類圖示有哪些？英文怎麼說？

1. **men's clothing** [mɛnz] [ˋkloðɪŋ] n. 男性服飾
2. **women's clothing** [ˋwɪmɪnz] [ˋkloðɪŋ] n. 女性服飾
3. **men's shoes** [mɛnz] [ʃus] n. 男鞋
4. **women's shoes** [ˋwɪmɪnz] [ʃus] n. 女鞋
5. **kids and baby** [kɪdz] [ænd] [ˋbebɪ] n. 孩童與嬰兒
6. **toy** [tɔɪ] n. 玩具
7. **computer** [kəmˋpjutɚ] n. 電腦
8. **cellphone** [ˋsɛlfon] n. 手機
9. **peripheral** [pəˋrɪfərəl] n.（電腦）周邊設備
10. **printer** [ˋprɪntɚ] n. 印表機
11. **camera** [ˋkæmərə] n. 相機
12. **digital video (DV)** [ˋdɪdʒɪtl̩] [ˋvɪdɪˏo] n. 數位攝影機
13. **television** [ˋtɛləˏvɪʒən] n. 電視機
14. **household appliance** [ˋhaʊsˏhold] [əˋplaɪəns] n. 家用電器

⑮ **furniture** [`fɝnɪtʃɚ] n. 家具

⑯ **audiovisual equipment** [`ɔdɪo`vɪʒʊəl] [ɪ`kwɪpmənt] n. 視聽設備

⑰ **leather accessory** [`lɛðɚ] [æk`sɛsərɪ] n. 皮件

⑱ **sporting goods** [`sportɪŋ] [gʊdz] n. 運動用品

⑲ **jewelry** [`dʒuəlrɪ] n. 珠寶

⑳ **accessory** [æk`sɛsərɪ] n. 配件

㉑ **cosmetics** [kɑz`mɛtɪks] n. 美妝用品

㉒ **stationery** [`steʃən͵ɛrɪ] n. 文具

㉓ **festival product** [`fɛstəvl̩] [`prɑdəkt] n. 節慶商品

㉔ **automotive supplies** [͵ɔtə`motɪv] [səp`laɪz] n. 汽車用品

㉕ **motorcycle supplies** [`motɚ͵saɪkl̩] [səp`laɪz] n. 機車用品

㉖ **book** [bʊk] n. 圖書

㉗ **entertainment** [͵ɛntɚ`tenmənt] n. 娛樂

㉘ **pet supplies** [pɛt] [səp`laɪz] n. 寵物用品

㉙ **renovation** [͵rɛnə`veʃən] n. 裝修

㉚ **gardening** [`gɑrdənɪŋ] n. 園藝

在購物網站建立個人帳號時，會出現哪些英文？

1. **sign in** ph. 登入
2. **user name** [ˋjuzɚ] [nem] n. 用戶名稱
3. **password** [ˋpæsˏwɝd] n. 密碼
4. **login** [lɑgˋɪn] v. 登入（網站）
5. **remember** [rɪˋmɛmbɚ] v. 記住帳號
6. **need help** ph. 需要協助
7. **create an account** ph. 建立新帳號
8. **forget password** ph. 忘記密碼
9. **back** [bæk] v. 回前頁
10. **submit** [səbˋmɪt] v. 提交
11. **sign up** ph. 註冊
12. **full name** [fʊl] [nem] n. 全名
13. **email** [ˋimel] n. 電子郵件
14. **address** [əˋdrɛs] n. 地址
15. **city** [ˋsɪtɪ] n. 城市
16. **town** [taʊn] n. 城鎮
17. **country** [ˋkʌntrɪ] n. 國家
18. **re-type your password** ph. 再次輸入密碼

02 下單

如何在英文版的網路商店下單？

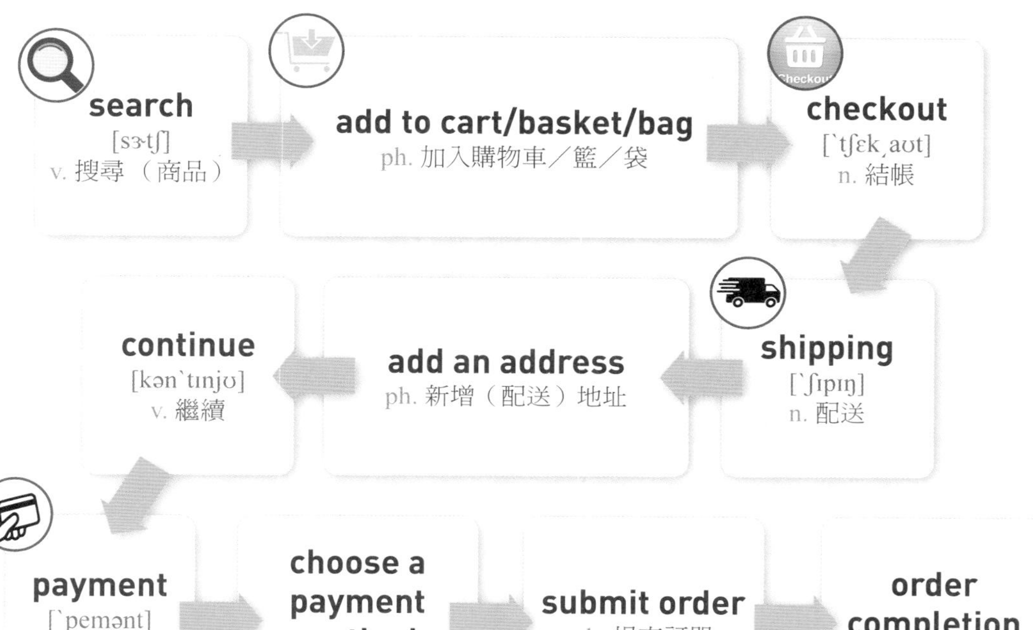

查詢訂單狀態時，會看到哪些英文？

❶ **accepted**
[əkˋsɛptɪd] adj.（訂單）成立

❷ **in progress**
ph.（訂單）處理中

❸ **shipped** [ʃɪpt] adj. 配送中

❹ **delivered** [dɪˋlɪvɚd] adj. 已送達

❺ **completed**
[kəmˋplitɪd] adj.（訂單）完成

想要聯絡客服時，會用到哪些單字或片語呢？

1. **customer service center**
   [ˋkʌstəmɚ] [ˋsɝvɪs] [ˋsɛntɚ]
   n. 顧客服務中心
2. **technical help**
   [ˋtɛknɪkḷ] [hɛlp] n. 技術支援
3. **frequently asked questions (FAQ)**
   [ˋfrikwəntlɪ] [æskt] [ˋkwɛstʃəns]
   n. 常見問題集
4. **shipping problem**
   [ˋʃɪpɪŋ] [ˋprɑbləm] n. 配送問題
5. **order** [ˋɔrdɚ] n. 訂單
6. **defect** [dɪˋfɛkt] n. 瑕疵
7. **damage** [ˋdæmɪdʒ] n. 損壞
8. **delay delivery**
   [dɪˋle] [dɪˋlɪvərɪ] n. 配送延遲
9. **return** [rɪˋtɝn] v. 退貨
10. **contact costumer service**
    ph. 聯絡客服
11. **exchange ~ for~**
    ph. 將～換成～；換貨
12. **get a refund** ph. 退款
13. **refund to credit card** ph. 刷退
14. **cancel the purchase**
    ph. 取消訂單
15. **make a change on the order**
    ph. 修改訂單

會用到的句子

1. **I have placed my order on May 15th, but I haven't received the order yet.** 我在 5 月 15 日時下了訂單，但是至今我還沒收到我的商品。
2. **How long will it take for my order to arrive?**
   我的訂單何時能到貨呢？
3. **My clothes I purchase online has some defects, I'd like to return my item for a refund.**
   我網路上訂購的衣服有些瑕疵，我想要退貨並退款。
4. **Can you provide a tracking number for my package?** 您可以給我包裹追蹤碼嗎？
5. **I'd like to make a complaint.** 我要投訴。

Part 6

Food and Drink 飲食

◆◆◆ Chapter1

Café 咖啡廳

Part6_01

這些應該怎麼說？

咖啡廳配置

❶ **ordering counter**
[ˋɔrdərɪŋ] [ˋkaʊntɚ] n. 點餐櫃台

❷ **menu board**
[ˋmɛnju] [bord] n. 菜單看板

❸ **display refrigerator**
[dɪˋsple] [rɪˋfrɪdʒəˏretɚ] n. 冷藏展示櫃

❹ **merchandise**
[ˋmɝtʃənˏdaɪz] n. 商品

5 **tray return area**
[tre] [rɪ`tɝn] [`ɛrɪə] n. 餐盤回收區

6 **juice** [dʒjus] n. 果汁

7 **cake** [kek] n. 蛋糕

8 **coffee** [`kɔfɪ] n. 咖啡

9 **sandwich** [`sændwɪtʃ] n. 三明治

10 **light meal** [laɪt] [mil] n. 輕食

11 **baked goods**
[bekt] [gʊdz] n. 烘焙食品

12 **consumer** [kən`sjumɚ] n. 消費者

13 **seat** [sit] n. 座位

14 **magazine** [͵mægə`zin] n. 雜誌

15 **price tag** [praɪs] [tæg] n. 標價

16 **display shelf**
[dɪ`sple] [ʃɛlf] n. 展示架

17 **tumbler** [`tʌmblɚ] n. 隨行杯

18 **teapot set** [`ti͵pɑt] [sɛt] n. 茶具組

19 **mug** [mʌg] n. 馬克杯

◆ Tips ◆

慣用語小常識：咖啡篇

wake up and smell the coffee
「起床去聞咖啡」？

早上起床來一杯咖啡，似乎已經成為了很多人的習慣了，且如果少了咖啡，就無法有精神地迎接新的一天。因此 wake up and smell the coffee（起床去聞咖啡）最直接的意思就是「一個人剛醒恍神的時候，喝杯咖啡就可以讓自己清醒」；而延伸出來的用法就是當一個人不切實際地在做白日夢時，就可以告訴他 wake up and smell the coffee（（聞聞咖啡）清醒吧，別再做夢了！）。

Most students failed the exam, their math teacher told them to wake up and smell the coffee.
大多數的學生考不及格，他們的數學老師要他們醒醒，別再做白日夢了（認真讀書吧）！

Part6_02

01 挑選咖啡

咖啡的沖製方法和種類有哪些？用英文要怎麼說？

● Brewing methods 沖製方法

instant coffee
[`ɪnstənt] [`kɔfɪ]
n. 即溶咖啡

drip bag coffee
[drɪp] [bæg] [`kɔfɪ]
n. 耳掛式咖啡

pour over coffee
[por] [`ovɚ] [`kɔfɪ]
n. 手沖咖啡

cold drip coffee
[kold] [drɪp] [`kɔfɪ]
n. 冰滴咖啡

cold brew coffee
[kold] [bru] [`kɔfɪ]
n. 冰釀咖啡

siphon coffee
[`saɪfən] [`kɔfɪ]
n. 虹吸式咖啡

● Types of coffee 咖啡種類

espresso
[ɛs`prɛso]
n. 義式濃縮咖啡

Americano
[əmɛrɪˈkanɔ]
n. 美式咖啡

cappuccino
[ˌkɑpə`tʃino]
n. 卡布奇諾

latte
[ˈlɑte]
n. 拿鐵

flat white
[flæt] [hwaɪt]
n. 白咖啡

mocha
[ˋmokə]
n. 摩卡

Irish coffee
[ˋaɪrɪʃ] [ˋkɔfɪ]
n. 愛爾蘭咖啡

glacé
[ˈglæse]
n. 冰淇淋咖啡

iced coffee
[aɪst] [ˋkɔfɪ]
n. 冰咖啡

raf coffee
[rɑf] [ˋkɔfɪ]
n. 俄式咖啡

caramel macchiatto
[ˋkærəml̩] [mækɪˈɑtɔ]
n. 焦糖瑪奇朵

Vienna coffee
[vɪˋɛnə] [ˋkɔfɪ]
n. 維也納咖啡

espresso frappé
[ɛsˋprɛso] [fræˋpe]
n. 法樂皮咖啡

espresso con panna
[ɛsˋprɛso] [kɑn] [ˋpanə]
n. 濃縮康保藍

espresso romano
[ɛsˋprɛso] [rɔˋmɑnɔ]
n. 羅馬諾咖啡

♦ Tips ♦

生活小常識：咖啡杯篇

咖啡杯的尺寸有哪些，英文怎麼說？

國內外店家使用的咖啡杯大小雖然不太一樣，但基本上可分成 ❷ large [lardʒ]（大）、❸ medium [`midɪəm]（中）、❹ small [smɔl]（小）等三種；在加拿大，有些咖啡店還會多增加 ❶ extra large [`ɛkstrə] [lardʒ]（特大）和 ❺ extra small [`ɛkstrə] [smɔl]（特小）兩種尺寸。

另外，知名的連鎖咖啡店星巴克，他們標示杯子尺寸的方式比較特殊，會使用義大利文來標示「特大」和「大」的尺寸，如：❶ venti [`vɛntɪ] 是指 extra large（特大）的意思，❷ grande [grande] 是 large（大）的意思，而「中杯」和「小杯」則分別會使用 ❸ tall [tɔl]（高）和 ❹ short [ʃɔrt]（矮）來標示。

此外，當店員詢問 How would you like your coffee? 就是在問你「要不要加糖或奶精」的意思，依個人喜好的不同，大致上可分成：regular、double-double、black、with sugar but no cream、with cream but no sugar 和 with less sugar/cream 等五種說法。

regular 是指糖和奶精都是正常的量；double-double 是指糖和奶精都要兩份的意思，而 black 是指不加糖和奶精的黑咖啡。或者也可以在句子最後面加上 with 來表示糖和奶精的份量，例如：with sugar no cream（加糖不加奶）和 with cream no sugar（加奶不加糖），或是 with less sugar（少糖）和 with less cream（奶少量）。

02 挑選搭配咖啡的輕食

Part6_03

在咖啡廳裡常見的輕食有哪些呢？

● Bread dishes 麵包類

sandwich
[`sændwɪtʃ]
n. 三明治

panini
[pə`nɪnɪ]
n. 帕尼尼

burger
[`bɝgɚ]
n. 漢堡

croissant
[krwɑ`sɑn]
n. 可頌

bagel
[`begəl]
n. 貝果

pancake
[`pæn͵kek]
n. 薄鬆餅

waffle
[`wɑfl̩]
n. 鬆餅

French toast
[frɛntʃ] [tost]
n. 法式土司

● Cakes 蛋糕類

muffin
[`mʌfɪn]
n. 馬芬

cheese cake
[tʃiz] [kek]
n. 起司蛋糕

brownie
[`braʊnɪ]
n. 布朗尼

tiramisu
[͵tɪrəmi`su]
n. 提拉米蘇

● Others 其他

Caesar salad
[`sizɚ] [`sæləd]
n. 凱薩沙拉

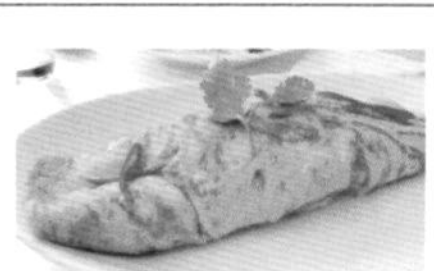

omelette
[`ɑmlɪt]
n. 歐姆蛋

tortilla
[tɔr`tijɑ]
n. 墨西哥薄餅

tart
[tɑrt]
n. 甜塔

pasta
[`pɑstə]
n. 義大利麵

yogurt
[`jogɚt]
n. 優格

handmade cookie
[`hænd͵med] [ˈkʊki]
n. 手工餅乾

caramel crème brulee
[`kærəml̩] [krem] [brule]
n. 焦糖布丁

Chapter2

Restaurant 餐廳

Part6_04

西式餐廳

1. **western restaurant** [`wɛstɚn] [`rɛstərənt] n. 西式餐廳
2. **seat** [sit] n. 座位
3. **chair** [tʃɛr] n. 椅子
4. **booth sofa** [buθ] [`sofə] n. 雅座沙發
5. **table** [`tebḷ] n. 桌子
6. **fork** [fɔrk] n. 叉子
7. **knife** [naɪf] n. 刀子
8. **spoon** [spun] n. 湯匙
9. **cup** [kʌp] n. 杯子
10. **plate** [plet] n. 盤子
11. **napkin** [`næpkɪn] n. 餐巾
12. **pepper shaker** [`pɛpɚ] [`ʃekɚ] n. 胡椒罐
13. **salt shaker** [sɔlt] [`ʃekɚ] n. 鹽罐
14. **wine cabinet** [waɪn] [`kæbənɪt] n. 酒櫃

⑮ **bar counter**
[bar] [`kaʊntɚ] n. 吧台

⑯ **wall painting**
[wɔl] [`pentɪŋ] n. 掛畫

⑰ **carpet** [`karpɪt] n. 地毯

⑱ **curtain** [`kɝtn̩] n. 簾幕

⑲ **tablecloth** [`tebl̩ˏklɔθ] n. 桌布

⑳ **water glass** [`wɔtɚ] [glæs] n. 水杯

㉑ **wine glass** [waɪn] [glæs] n. 酒杯

㉒ **menu** [`mɛnju] n. 菜單

㉓ **coffee grinder**
[`kɔfɪ] [`graɪndɚ] n. 咖啡研磨機

中式餐廳

㉔ **Chinese restaurant**
[`tʃaɪ`niz] [`rɛstərənt] n. 中式餐廳

㉕ **dim sum**
[dɪm] [sʌm] n. 港式（點心）飲茶

㉖ **dim sum restaurant**
[dɪm] [sʌm] [`rɛstərənt] n. 港式飲茶茶樓

㉗ **kitchen** [`kɪtʃɪn] n. 廚房

㉘ **teapot** [`tiˏpɑt] n. 茶壺

㉙ **tea** [ti] n. 茶

㉚ **decorative lighting**
[`dɛkərətɪv] [`laɪtɪŋ] n. 裝飾燈具

㉛ **wallpaper** [`wɔlˏpepɚ] n. 壁紙

㉜ **television** [`tɛləˏvɪʒən] n. 電視

㉝ **customer** [`kʌstəmɚ] n. 客人

㉞ **clock** [klɑk] n. 時鐘

㉟ **bamboo basket**
[bæm`bu] [`bæskɪt] n. 竹籠

㊱ **chopsticks** [`tʃɑpˏstɪks] n. 筷子

㊲ **sauce cruet** [sɔs] [`kruɪt] n. 醬油瓶

㊳ **chili sauce** [`tʃɪlɪ] [sɔs] n. 辣椒醬

㊴ **dim sum cart**
[dɪm] [sʌm] [kart] n. 港式飲茶推車

㊵ **server** [`sɝvɚ] n. 服務人員

◆ Tips ◆

慣用語小常識：吃飯篇

dine with Duke Humphrey
「和 Humphrey 公爵吃飯」？

Humphrey (1391-1447) 是英國國王 Henry 四世的第五個兒子，他在去世後被葬在近英國倫敦市中心的 St. Albans Abbey（聖奧爾本斯修道院），但因為 Old St Paul's Cathedral（舊聖保羅座堂）裡面有條著名的走廊，被以 Duke Humphrey 的名字來命名為 Duke Humphrey's Walk（Humphrey 公爵步道），而且一旁還設立了一座墓碑，所以常被誤認為是他的墓園。而慣用語 dine with Duke Humphrey 就暗喻著「窮到沒錢只好到 Humphrey 公爵的墓園散步，陪公爵吸空氣當作晚餐」，換言之，就是「窮到沒飯吃」的意思。

Daniel spent his monthly allowance on toy cars, so he dined with Duke Humphrey this afternoon.
Daniel 把這個月的零用錢花在了玩具車上，所以他今天下午沒錢吃飯了。

01 點餐

Part6_05

英文的 menu（菜單）要怎麼看呢？

在國外點餐時，必須要先看得懂英文菜單，才不會點到自己不想吃的東西，菜單裡最常見的內容大致可以分成四大類：appetizer、main course、desert、beverage。

① Appetizer 前菜；開胃菜

appetizer [ˋæpəˏtaɪzɚ] 也可以稱為 starter [ˋstɑrtɚ]，常見的開胃菜有 salad [ˋsæləd]（沙拉）和 soup [sup]（湯），在法國餐廳的菜單上也可看見法文 entrée [ɑ̃tre]，這也是「前菜」的意思，但是如果在北美，entrée 則是指「主菜」喔。

◆ 沙拉一定要有沙拉醬，那麼，常見的沙拉醬有哪些呢？

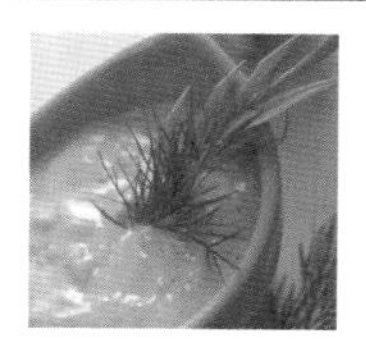	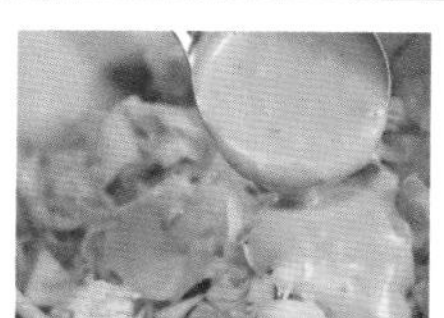		
French dressing [frɛntʃ] [ˋdrɛsɪŋ] n. 法式醬	**thousand island** [ˋθaʊzənd] [ˋaɪlənd] n. 千島醬	**vinaigrette** [ˏvɪnəˋgrɛt] n. 油醋醬	**Japanese dressing** [ˏdʒæpəˋniz] [ˋdrɛsɪŋ] n. 和風醬

② Main course 主菜

每一家餐廳的主菜都不同，所以必須先看懂 main course [men] [kors] 欄上的關鍵字：

◆ Meat 肉類

fish [fɪʃ] n. 魚	**salmon** [ˋsæmən] n. 鮭魚	**steak** [stek] n. 牛排	**seafood** [ˋsiˏfud] n. 海鮮
chicken [ˋtʃɪkɪn] n. 雞肉	**pork** [pork] n. 豬肉	**lamb** [læm] n. 羊肉	**BBQ (barbecue)** [ˋbɑrbɪkju] n. 烤肉

◆ Bread 麵包類

burger
[ˋbɝgɚ]
n. 漢堡

pizza
[ˋpitsə]
n. 比薩

bruschetta
[brʊˈskɛtə]
n. 義式烤麵包

◆ Noodles and Rice 麵與飯類

pasta
[ˋpɑstə]
n. 義大利麵

spaghetti
[spəˋgɛtɪ]
n. 義大利直麵

lasagna
[ləˋzɑnjə]
n. 千層麵

fried rice
[fraɪd] [raɪs]
n. 炒飯

③ Dessert 點心

常見的 dessert 有各種 cake [kek]（蛋糕）和 ice cream [aɪs] [krim]（冰淇淋）等。

fruitcake
[ˋfrut͵kek]
n. 水果蛋糕

cupcake
[ˋkʌp͵kek]
n. 杯子蛋糕

ice cream
[aɪs] [krim]
n. 冰淇淋

④ Beverage 飲料

常見的 beverage [ˋbɛvərɪdʒ] 大致上可分成兩種 soft drinks [sɔft] [drɪŋks] （非酒精飲料）和 alcohol [ˋælkə͵hɔl]（含酒精飲料）。

◆ Soft drinks 非酒精飲料類

◆ Alcohol 含酒精飲料類

★ 如果是素食者，可以特別留意 vegetarian 這個字，就可以知道這道菜是不是素食的喔！

你知道嗎？

牛排的「幾分熟」，英文應該怎麼說呢？

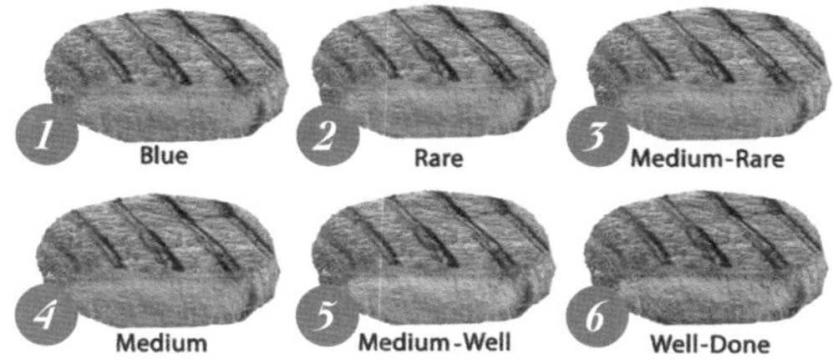

依個人的喜好不同，牛排的熟度也可以調整，但是要如何用英文表達牛排的「幾分熟」呢？牛排生、熟程度主要是由「基數」來區分，可區分成：

1 blue
[blu] adj. 幾乎全生的

blue 與 raw 有些不同，raw 是指完全沒有烹調過的生肉，但是 blue 的表面則微微煎過，裡面如同 raw（全生的），但不會滲出血水。

2 rare
[rɛr] adj. 一分熟

rare 的表層完全煎熟，但裡面還是生的，也會滲出血水和肉汁。

❸ medium-rare [`midɪəm] [rɛr] adj. 三分熟	medium-rare 的表層呈褐色、外層呈灰色、內層呈血紅色。
❹ medium [`midɪəm] adj. 五分熟	medium 的表層呈褐色、中間層呈灰色、最內層呈粉紅色。
❺ medium-well [`midɪəm] [wɛl] adj. 七分熟	medium-well 的表層呈暗褐色、中間層呈灰色、最內層呈現淡淡的粉紅色。
❻ well-done [`wɛl`dʌn] adj. 全熟	well-done 的表層呈暗褐色、內層呈灰色。

★ 煎牛排時，要注意火候，小心別把牛排外層一下子就煎到焦掉，不然牛排就 overcook [ˌovɚ`kʊk]（過熟）囉！

02 用餐

桌上擺著的餐具，在用餐時該怎麼使用呢？

◆中間

❶ soup plate [sup] [plet]（湯盤）的深度比一般盤子還要深，因為這樣才能夠盛湯，但比起中式的湯碗來得大而淺，另外，不同於中式用餐的順序，西方是把湯品當作前菜先品嚐。

❷ salad plate [`sæləd] [plet]（沙拉盤）的盤子比湯盤大而淺，但又比 service plate（主餐盤）小和深，通常西餐上的第一道菜就是沙拉。

❸ service plate [`sɝvɪs] [plet]（主餐盤）是用來盛裝主菜的盤子。

◆餐盤左方

❹ salad fork [`sæləd] [fɔrk]（沙拉叉）置於餐盤左方最外

側，長度比起 dinner fork（主餐叉）還要短。

❺ dinner fork [`dɪnɚ] [fɔrk] （主餐叉）置於左側最靠近餐盤的位置，長度比起 salad fork（沙拉叉）還要長。

◆餐盤右方

❻ napkin [`næpkɪn]（餐巾），有些高級餐廳會將餐巾擺放在餐盤右方的最外側，並將餐巾捲成長條狀，用 napkin ring（餐巾套環）綁好，有些則會將餐巾用特殊摺法摺好，擺放在餐盤上。

❼ (soup) spoon [sup] [spun]（湯匙）置於餐盤右方最外側，方便前菜上湯品時使用。

❽ salad knife [`sæləd] [naɪf]（沙拉刀）置於餐盤右方 cutlery（餐具）的中間，比起 dinner knife（主餐刀）來說，稍微短一點，刀身呈圓弧狀。

❾ dinner knife [`dɪnɚ] [naɪf]（主餐刀）放在右側最靠近餐盤的位置，長度比 salad knife（沙拉刀）長了一點。

◆餐盤正上方

❿ cake fork [kek] [fɔrk]（蛋糕叉）與 dessert spoon 一樣都是置於餐盤的上方，方便吃蛋糕時使用。

⓫ dessert spoon [dɪ`zɝt] [spun]（點心用湯匙）置於餐盤上方，吃布丁或冰淇淋時可以使用。

◆右上方

⓬ water goblet [`wɔtɚ] [`gɑblɪt]（水（高腳）杯）置於餐盤右上方，杯身比 white wine goblet（白酒杯）稍為渾圓些。

⓭ red wine goblet [rɛd] [waɪn] [`gɑblɪt]（紅酒（高腳）杯）置於餐盤右上方，杯身是三個杯子中最渾圓的。

⓮ white wine goblet [hwaɪt] [waɪn] [`gɑblɪt]（白酒（高腳）杯）置於餐盤右上方，杯身較為修長。

◆左上方

⓯ butter knife [`bʌtɚ] [naɪf]（奶油抹刀）置於餐盤左上方。

⓰ bread dish [brɛd] [dɪʃ]（麵包盤）與 butter knife 皆一同置於餐盤左上方。

◆ Tips ◆

生活小常識：用餐禮節篇

西式用餐時，桌上的刀叉如果擺放不同的位置，也分別代表不同的意思，這樣的 dining etiquette ['daɪnɪŋ] [`ɛtɪkɛt]（用餐禮節），你知道多少呢？

1 代表「開始（用餐）」囉！
2 代表「暫時休息一下」。
3 代表這道吃完了，可以請服務生「準備（吃）下一道菜」囉！
4 代表餐點「超級美味的」！
5 代表「用餐完畢」。
6 代表餐點「口味不合」。

03 結帳

Part6_06

結帳常見的東西有哪些？

tip
[tɪp]
n. 小費

receipt
[rɪ`sit]
n. 發票；收據

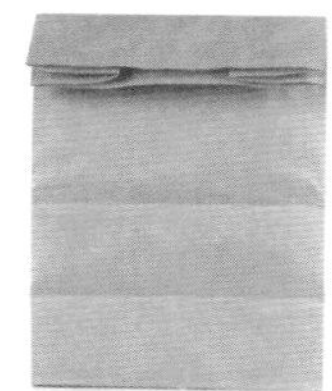

doggy bag
[`dɔgɪ] [bæg]
n. 打包袋

常見的付款方式有哪些呢？

go Dutch
ph. 各付各的

pay at the counter
ph. 櫃台結帳

pick up the check
ph. 請客買單

pay with NFC (Near Field Communication)
ph. 用（近場通訊）行動付款

pay by credit card/debit card
ph. 用信用卡／金融簽帳卡付

pay in cash
ph. 付現

你知道嗎？

在國外用餐完畢買單時，該說 Bill, please. 還是 Check, please. 呢？

bill [bɪl]（生活上支出的帳單（美）；買單（英）」：在**美國**，bill 是指平日生活支出的帳單，例如：公營事業帳單（水電瓦斯費）、電話費或信用卡費等，而不是指餐廳結帳的帳單，但是在**英國**，則是使用 bill 來表示「**用餐完畢要買單的帳單**」，所以英式說法就可使用 Bill, please.（麻煩買單。）或者也可以說 May I have the bill, please.（麻煩我要買單。）。

check [`tʃɛk]（買單（美）；支票（英））：在**英國** check 是指「**支票**」，英式寫法也會以 cheque 的寫法代替美式的 check。但是在**美國**，如果要買單時，則會使用 check 一字表達「**帳單；買單**」，所以在美國要結帳時可以說 Check, please.（麻煩買單。）或者也可以說 May I have the check, please?（可以請你買單嗎？）。

◆◆◆ Chapter3

Tea Shop 飲料店

Part6_07

飲料種類

Tea 茶類

1. **peppermint tea**
   [ˋpɛpɚˏmɪnt] [ti] n. 薄荷茶
2. **chamomile tea**
   [ˋkæməˏmaɪl] [ti] n. 洋甘菊茶
3. **lavender tea**
   [ˋlævəndɚ] [ti] n. 薰衣草茶
4. **black tea** [blæk] [ti] n. 紅茶
5. **hibiscus tea**
   [haɪˋbɪskəs] [ti] n. 洛神花茶
6. **green tea** [grin] [ti] n. 綠茶
7. **milk tea** [mɪlk] [ti] n. 奶茶
8. **bubble tea/pearl milk tea**
   [ˋbʌbl̩] [ti] / [pɝl̩] [mɪlk] [ti] n. 珍珠奶茶

Coffee 咖啡類

9 **cappuccino**
[ˌkɑpəˋtʃino] n. 卡布奇諾

10 **espresso**
[ɛsˋprɛso] n. 義式濃縮咖啡

11 **latte** [ˈlɑte] n. 拿鐵

12 **Americano**
[əmɛrɪˈkɑnɔ] n. 美式咖啡

Juice 果汁類

13 **smoothie** [ˋsmuðɪ] n. 冰沙

14 **kiwi smoothie**
[ˋkiwɪ] [ˋsmuðɪ] n. 奇異果冰沙

15 **watermelon smoothie**
[ˋwɔtɚˌmɛlən] [ˋsmuðɪ] n. 西瓜冰沙

16 **dragon fruit smoothie**
[ˋdrægən] [frut] [ˋsmuðɪ] n. 火龍果冰沙

17 **mango smoothie**
[ˋmæŋgo] [ˋsmuðɪ] n. 芒果冰沙

18 **pineapple smoothie**
[ˋpaɪnˌæpḷ] [ˋsmuðɪ] n. 鳳梨冰沙

19 **grape juice**
[grep] [dʒjus] n. 葡萄汁

20 **orange juice**
[ˋɔrɪndʒ] [dʒjus] n. 柳橙汁

21 **strawberry juice**
[ˋstrɔbɛrɪ] [dʒjus] n. 草莓汁

22 **kiwi juice** [ˋkiwɪ] [dʒjus] n. 奇異果汁

Tips

慣用語小常識：狂飲篇

drink like a fish
「喝水喝得像隻魚一樣」？

無論是名詞的 drink，還是動詞的 to drink，在英文裡大多都是指「**喝酒**」的意思，如果想要表達喝的是「不含酒精的飲料」，名詞可以用 drinks 或 soft drinks，動詞則可以使用較中性的方式 something to drink 來表達，something to drink 的說法已經包含了酒精與不含酒精的飲料了；drink like a fish 裡的 drink 就是指「喝酒」的意思，like 是當介系詞用，意指 「像～一樣」，因此 drink like a fish 就是指「**喝酒喝得像條魚一樣**」，也就是「**狂飲**」的意思，不一樣的是人喝的是酒，魚喝的是水。

Adam drank like a fish last night at Betty's birthday party.
昨晚 Adam 在 Betty 的生日派對上喝了很多酒。

••• 01 點飲料

Part6_08

◆Size 杯型大小

飲料店的杯型可分成 ❶ large（大）、❷ medium（中）、❸ small（小），如果消費者點的是 hot drinks [hɑt] [drɪŋks]（熱飲），店員會貼心地用熱飲杯盛裝，並加上 lid [lɪd]（蓋子），消費者握杯時，才不易燙手；而如果消費者點的是 cold drinks [kold] [drɪŋks]（冷飲）時，店員則會使用冷飲杯盛裝，並提供 straw [strɔ]（吸管），方便消費者飲用。

◆Sweetness level 飲料甜度

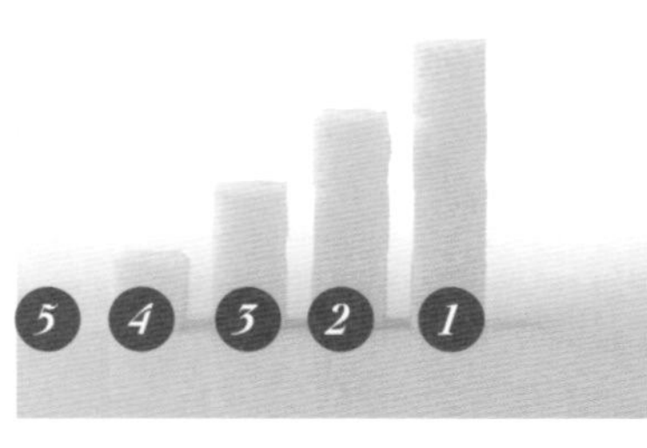

在飲料店裡販賣的飲料，
甜度可以分成五種：

❶ regular sugar 正常糖
❷ less sugar 少糖（3/4 糖）
❸ half sugar 半糖（1/2 糖）
❹ quarter sugar 微糖（1/4 糖）
❺ no sugar 無糖

◆Amount of ice 冰塊量

在飲料店裡販賣的飲料，
冰塊量可分成四種：

❶ regular ice 正常冰塊量
❷ less ice 少冰
❸ no ice 去冰
❹ extra ice 加冰

常加在飲料裡的這些配料，你知道它們的英文是什麼嗎？

coconut jelly
[ˋkokəˏnət] [ˋdʒɛlɪ]
n. 椰果

pudding
[ˋpʊdɪŋ]
n. 布丁

tapioca balls
[ˏtæpɪˋokə] [bɔlz]
n. 粉圓（珍珠）

grass jelly
[græs] [ˋdʒɛlɪ]
n. 仙草

red bean
[rɛd] [bin]
n. 紅豆

agar
[ˋegɑr]
n. 寒天

aiyu jelly
[ˋaɪjʊ] [ˋdʒɛlɪ]
n. 愛玉

aloe
[ˋælo]
n. 蘆薈

taro balls
[ˋtɑro] [bɔlz]
n. 芋圓

Chapter4

Bar 酒吧

酒吧內配置

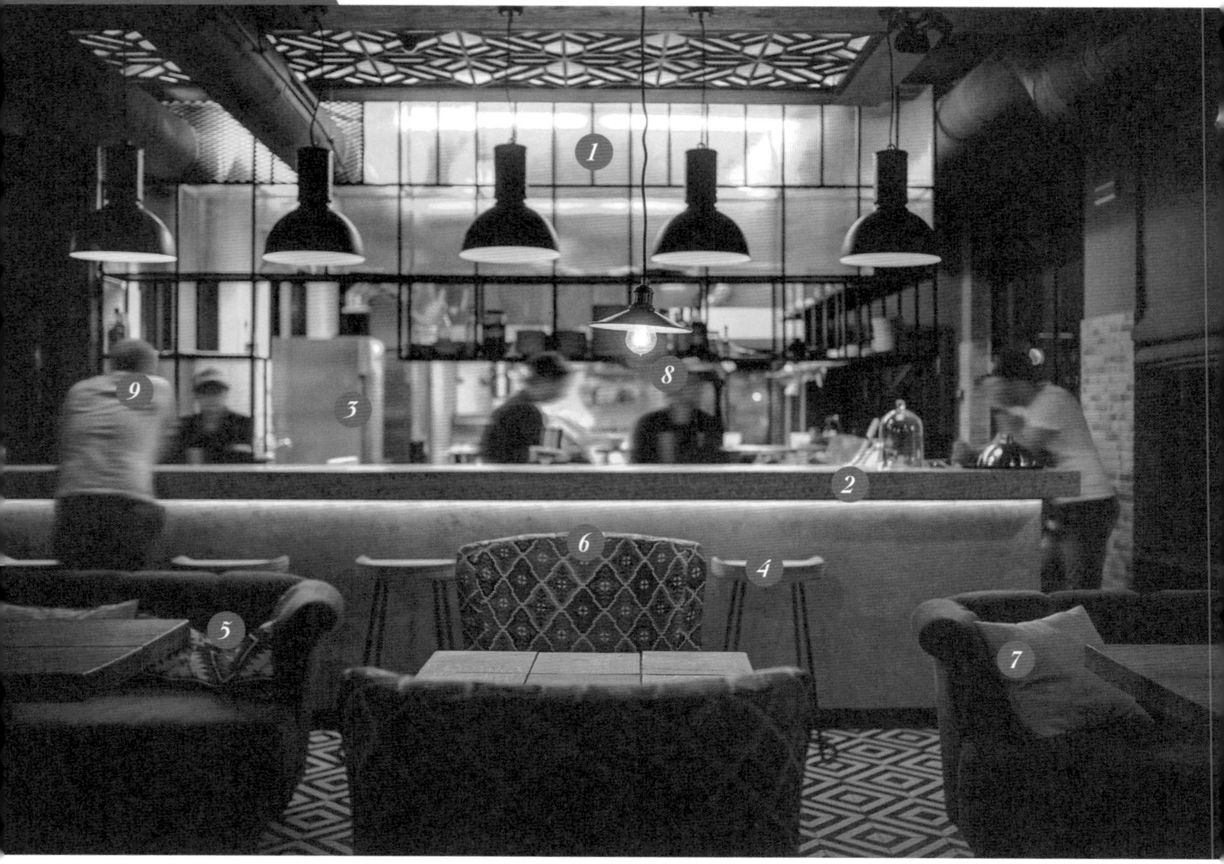

1. **bar**（美）**/pub**（英）
[bɑr]/[pʌb] n. 酒吧
2. **bar counter**
[bɑr] [ˋkaʊntɚ] n. 吧台
3. **front bar** [frʌnt] [bɑr] n. 吧台前區
4. **bar stool** [bɑr] [stul] n. 吧台高腳椅
5. **couch** [kaʊtʃ] n. 沙發
6. **armchair**
[ɑrmtʃɛr] n. 扶手椅；單人沙發
7. **cushion** [ˋkʊʃən] n. 靠墊

8 **bartender** [ˋbɑr͵tɛndɚ] n. 調酒師

9 **customer** [ˋkʌstəmɚ] n. 顧客

10 **under bar** [ˋʌndɚ] [bɑr] n. 吧台內（調酒師工作的地方）

11 **liquor** [ˋlɪkɚ] n. 酒；烈酒

12 **glass rack** [glæs] [ræk] n. 置杯架

13 **ice bucket** [aɪs] [ˋbʌkɪt] n. 冰桶

14 **cocktail station** [ˋkɑk͵tel] [ˋsteʃən] n. 雞尾酒工作台

15 **drain board** [dren] [bord] n.（掛水杯的）滴水板

16 **draft beer dispenser** [dræft] [bɪr] [dɪˋspɛnsɚ] n. 生啤酒機

17 **juice dispenser** [dʒjus] [dɪˋspɛnsɚ] n. 鮮果汁機

18 **water dispenser** [ˋwɔtɚ] [dɪˋspɛnsɚ] n. 飲水機

19 **ice bin** [aɪs] [bɪn] n.（雞尾酒旁）冰塊槽

20 **beer mug** [bɪr] [mʌg] n. 啤酒杯

21 **wine glass** [waɪn] [glæs] n. 葡萄酒杯

22 **ashtray** [ˋæʃtre] n. 菸灰缸

常見的 bar tools（調酒工具）有哪些，英文怎麼說呢？

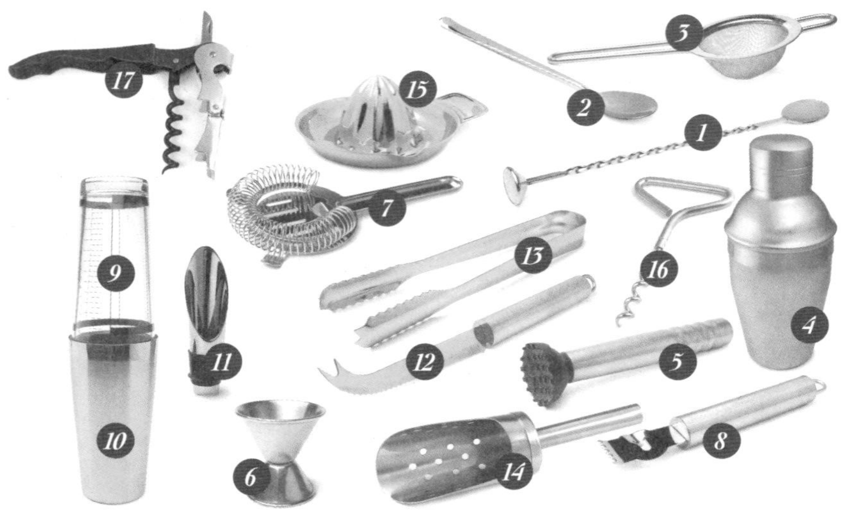

❶ **bar spoon with hammer** [bɑr] [spun] [wɪð] [ˋhæmɚ] n. 調酒錘匙

❷ **stirring spoon** [stɝɪŋ] [spun] n. 調酒匙

❸ **mesh strainer** [mɛʃ] [ˋstrenɚ] n. 過濾器

❹ **cobbler shaker** [ˋkɑblɚ] [ˋʃekɚ] n. 調酒器

❺ **muddler** [ˋmʌdlɚ] n. 攪拌棒

❻ **jigger** [ˋdʒɪgɚ] n. 量酒器

❼ **strainer** [ˋstrenɚ] n. 過濾器

❽ **lemon zester** [ˋlɛmən] [ˈzɛstɚ] n. 檸檬皮刨絲刀

❾ **measuring mixing glass** [ˋmɛʒɚɪŋ] [ˋmɪksɪŋ] [glæs] n. 量酒器

❿ **cocktail shaker** [ˋkɑkˏtel] [ˋʃekɚ] n. 雞尾酒調酒器

⓫ **pourer** [porɚ] n. 酒嘴

⓬ **bar knife** [bɑr] [naɪf] n. 酒吧刀

⓭ **ice tong** [aɪs] [tɑŋ] n. 冰夾

⓮ **ice scoop** [aɪs] [skup] n. 冰鏟

⓯ **manual citrus juicer** [ˋmænjʊəl] [ˋsɪtrəs] [ˋdʒjusɚ] n. 手動搾汁器

⓰ **the twist and pull corkscrew** [ðə] [twɪst] [ænd] [pʊl] [ˈkɔrkˏskru] n. T 型開瓶器

⓱ **The Waiter's Friend** [ðə] [ˋwetɚz] [frɛnd] n. 侍者之友（開瓶器）／海馬刀

◆ Tips ◆

慣用語小常識：酒吧篇

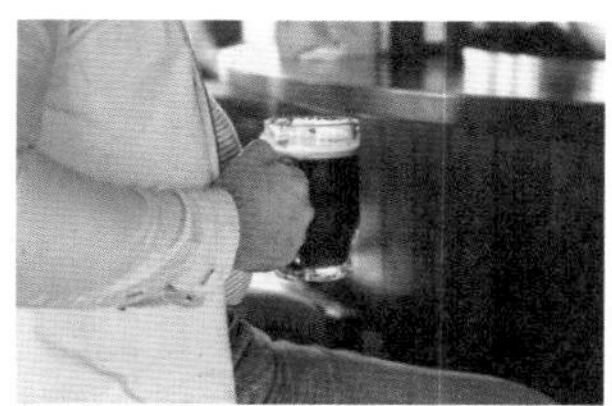

belly up to the bar
「肚皮朝上靠著酒吧」？

belly up 這裡是「挺起肚皮」的意思，也就是 move up（向前挪動、起身向前）的意思。此句起源於電影裡的台詞，以往 old-style saloon [`old͵staɪl] [sə`lun]（舊式酒吧）沒有提供 bar stool [bɑr] [stul]（吧台高腳椅），所以客人只能坐在桌邊，或是站著倚靠著吧台喝酒，所以在一些老電影裡，如果某人想要喝酒，就會說 "Belly up to the bar, boys."（抬起肚皮到吧台那，大伙兒！），意思就是「到吧台那裡，點酒喝吧！」

Belly up to the bar, guys. It's on me.
大家點酒喝吧，今天我請客。

在酒吧會做什麼呢？

01 吃飯、喝酒

Part6_10

有哪些常見的酒呢？

1. **cocktail** [`kɑk͵tel] n. 雞尾酒
2. **Red Cosmopolitan** [rɛd] [͵kɑzmə`pɑlətn̩] n. 柯夢波丹
3. **Gin Tonic** [dʒɪn] [`tɑnɪk] n. 琴湯尼
4. **Tropical Martini Cocktail** [`trɑpɪkl̩] [mɑr`tinɪ] [`kɑk͵tel] n. 熱帶馬丁尼
5. **Pink Lady** [pɪŋk] [`ledɪ] n. 紅粉佳人
6. **Margarita** [͵mɑrgɑ`ritɑ] n. 瑪格麗特
7. **Bloody Mary** [`blʌdɪ] [`mærɪ] n. 血腥瑪莉
8. **Tequila Sunrise** [tə`kilə] [`sʌn͵raɪz] n. 龍舌蘭日出
9. **Blue Hawaii** [blu] [hə`waɪji] n. 藍色夏威夷

10. **beer** [bɪr] n. 啤酒
11. **lager** [`lɑgɚ] n. 窖藏（淡啤酒）
12. **golden ale** [`goldn̩] [el] n. 金黃艾爾啤酒
13. **India pale ale (IPA)**
 [`ɪndɪə] [pel] [el] n. 印度淡色艾爾（酒花啤酒）
14. **American pale ale (APA)**
 [ə`mɛrɪkən] [pel] [el] n. 美國淡色艾爾（酒花啤酒）
15. **craft beer** [kræft] [bɪr] n. 手工精釀啤酒
16. **wheat beer** [hwit] [bɪr] n. 小麥白啤酒

● Liquor 烈酒

cranberry and vodka
[`kræn͵bɛrɪ] [ænd] [`vɑdkə]
n. 蔓越莓伏特加

vodka
[`vɑdkə]
n. 伏特加

rum coke
[rʌm] [kok]
n. 萊姆可樂

whiskey
[`hwɪskɪ]
n. 威士忌

啤酒的容量要怎麼用英文說？

a barrel of beer
ph. 一桶啤酒

a pitcher of beer
ph. 一壺啤酒

a jug/mug of beer
ph. 一杯啤酒（啤酒杯）

a glass of beer
ph. 一杯啤酒（玻璃杯）

bottled beer
[ˋbatl̩d] [bɪr]
n. 瓶裝啤酒

canned beer
[kænd] [bɪr]
n. 罐裝啤酒

◆ **Tips** ◆

生活小常識：冰塊篇

在酒吧點酒時，加不加冰塊有特殊的說法喔！如果酒裡不想加任何冰塊，只想要喝純酒，可以用 ❶ neat 來表示，neat [nit] 是指「不加水或冰的」；如果想在酒裡加冰塊，可以用 ❷ on the rocks 來表示，rock [rak] 是「石頭」的意思，由於冰塊的形狀像石頭一樣，所以如果說 on the rocks 就是「在酒裡加冰塊」的意思，而不是在酒裡放石頭喔！

有哪些常見的 drunk food（下酒菜）呢？

Spain（西班牙）

tapas
[ˋtapas]
n. 塔帕斯

Germany（德國）

bratwurst and sauerkraut
[ˋbrætwɝst] [ænd] [ˋsaʊrˌkraʊt]
n. 臘腸和酸菜

Brazil（巴西）

acaraje
[aˋkaradʒe]
n. 巴西小薄餅

Canada（加拿大）

poutine
[pu`tin]
n. 肉汁乳酪薯條

England（英格蘭）

crispy pork crackling
[`krɪspɪ] [pɔrk] [`krækliŋ]
n. 油炸脆豬皮

Malaysia（馬來西亞）

curry puff
[`kɝɪ] [pʌf]
n. 咖哩角

Taiwan（台灣）

peanut and crispy fish
[`pi͵nʌt] [ænd] [`krɪspɪ] [fɪʃ]
n. 花生小魚乾

Korea（韓國）

spicy octopus
[`spaɪsɪ] [`ɑktəpəs]
n. 辣章魚

America（美國）

buffalo chicken wings
[`bʌfl͵o] [`tʃɪkɪn] [wɪŋs]
n. 辣雞翅

02 聚會

Part6_11

在聚會的時候常做些什麼呢？

take a selfie
ph. 自拍

accost
[ə`kɔst]
v. 搭訕

toast
[tost]
v. 舉杯（慶祝）

celebrate the festival
ph. 慶祝節日

hang out
ph. 消磨時間

buy (someone) a drink
ph. 請（某人）喝杯酒

watch a ball game
ph. 看球賽

play beer pong
ph. 玩投杯球

play cards
ph. 玩撲克牌

你知道嗎？

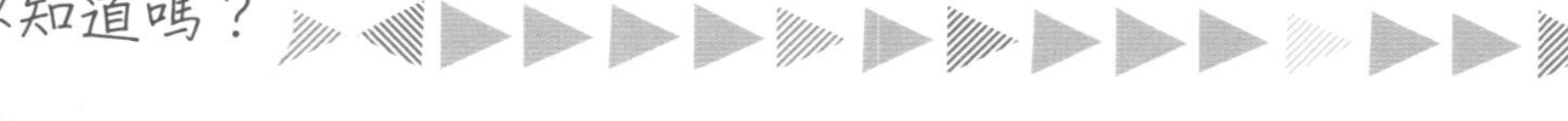

常見的酒吧有哪幾種呢？

lounge bar [laʊndʒ] [bɑr]（高級酒吧），lounge 當動詞時，是「懶洋洋地倚靠著」的意思，當名詞時，是「躺椅式沙發」；顧名思義，有躺椅式沙發可以懶洋洋地靠著的就是 lounge bar。lounge bar 裡，除了提供舒適的沙發以外，播放的輕柔音樂還會令人格外放鬆；不過，也因為 lounge bar 提供舒適的環境及較高級的酒水，所以消費價位相對來說也比一般的酒吧高。

The lounge bar they went yesterday was well-decorated but a bit expensive.
他們昨天去的那家高級酒吧裝潢很漂亮，但是有點貴。

sports bar [sports] [bɑr]（**運動酒吧**），從字面上就可以知道這類型的酒吧是關於「運動」的酒吧，sports bar 的牆壁上都會掛著好幾台大螢幕電視，讓愛好運動的朋友可以一同在 sports bar 裡聽聽音樂、喝杯小酒，最重要的就是一起分享精彩的球賽。

The sports bar on 5th Street is the best place to watch a soccer game with friends.
第五大道上的那家運動酒吧是和朋友看足球賽最好的地方。

college bar [ˋkɑlɪdʒ] [bɑr]（**大學酒吧**）；在美國，法定喝酒的年齡是 21 歲，所以大學生們時常會在 college bar 裡慶祝即將邁入的「21 歲」；通常 college bar 的消費不會太高，一般大學生都可負擔，因此是很適合大學生們聚會的好地方。

Sarah's besties held a special birthday party for her in a college bar last night.
昨晚 Sarah 的閨蜜幫她在大學酒吧辦了一場特別的生日派對。

dart bar [dɑrt] [bɑr]（**飛鏢酒吧**）的內部附有飛鏢設備，飛鏢在歐美是非常流行的酒吧遊戲，原本飛鏢運動所使用的標靶可分成英式硬鏢及美式軟鏢，但近年來玩法更多樣的電子標靶越來越流行，因此飛鏢酒吧內也多使用電子標靶，讓客人可以一邊喝酒、一邊比賽飛鏢。

The electronic dartboards of the newly-opened dart bar are brand-new.
新開的飛鏢酒吧裡的電子標靶是全新的。

Part 7

Life and Health 生活保健

◆◆◆ Chapter1

Hospital 醫院

Part7_01

這些應該怎麼說？

院內擺設

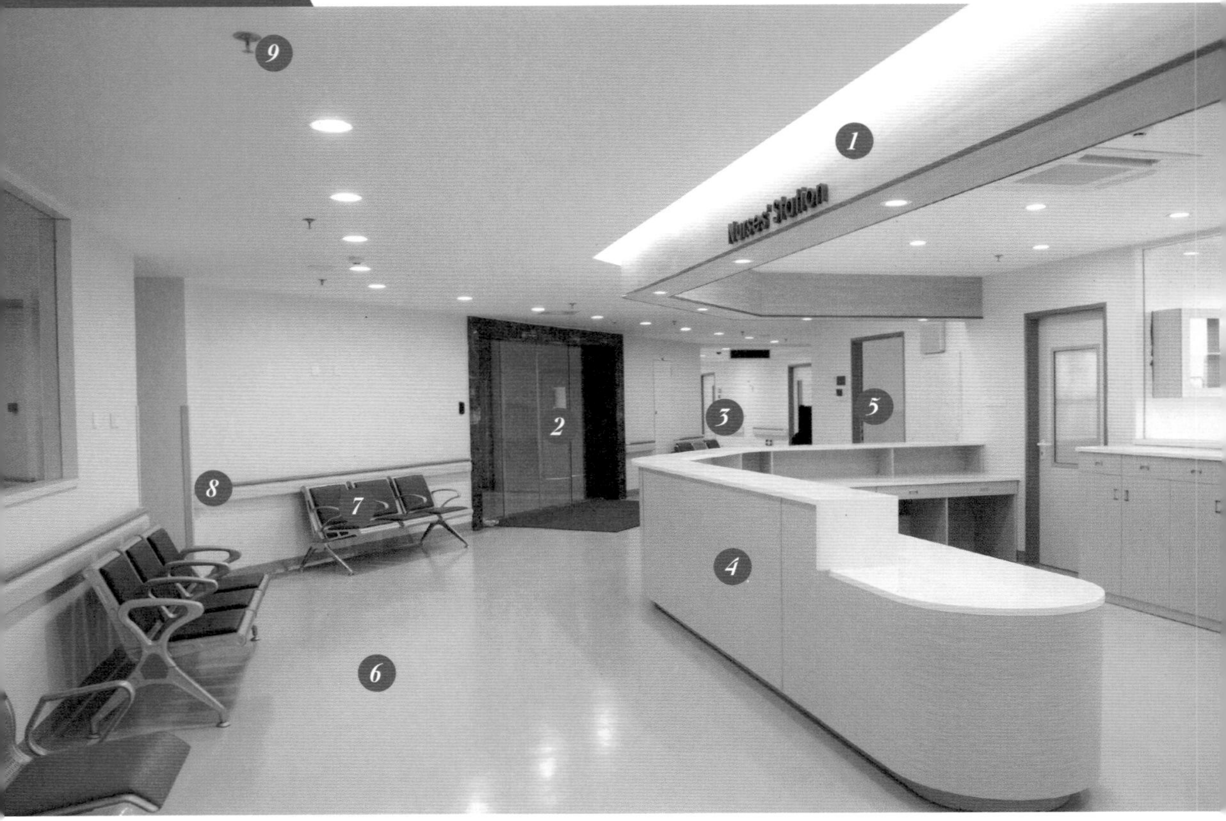

❶ **nurses station**
[nɝsɪs] [`steʃən] n. 護理站

❷ **automatic door**
[ˏɔtə`mætɪk] [dor] n. 自動門

❸ **ward** [wɔrd] n. 病房

❹ **working counter**
[`wɝkɪŋ] [`kaʊntɚ] n. 工作櫃台

❺ **doctor's office**
[`dɑktɚs] [`ɔfɪs] n. 診間

❻ **waiting area**
[`wetɪŋ] [`ɛrɪə] n. 等候區

❼ **waiting seat**
[`wetɪŋ] [sit] n. 等候座位

❽ **handrail** [`hændˏrel] n. 扶手

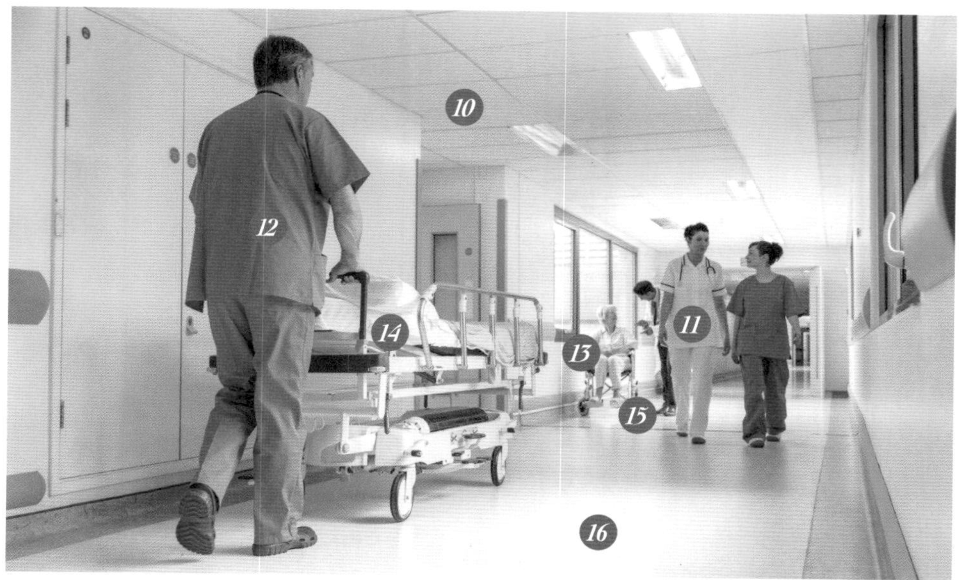

9 **automatic sprinkler system** [ˌɔtəˋmætɪk] [ˋsprɪŋklɚ] [ˋsɪstəm] n. 自動灑水系統

10 **hospital** [ˋhɑspɪtḷ] n. 醫院

11 **doctor** [ˋdɑktɚ] n. 醫生

12 **registered nurse** [ˋrɛdʒɪstɚd] [nɝs] n. 護理師

13 **patient** [ˋpeʃənt] n. 病患

14 **hospital bed** [ˋhɑspɪtḷ] [bɛd] n. 病床

15 **wheelchair** [ˋhwilˋtʃɛr] n. 輪椅

16 **corridor** [ˋkɔrɪdɚ] n. 走道

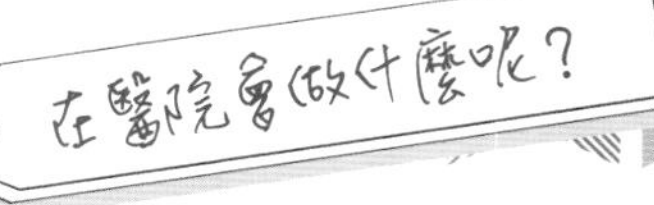

01 健康檢查

Part7_02

在健檢的時候會做什麼呢？

measure one's height
ph. 量（某人的）身高

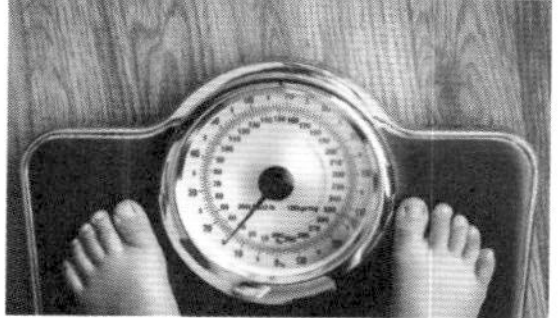

measure one's weight
ph. 量（某人的）體重

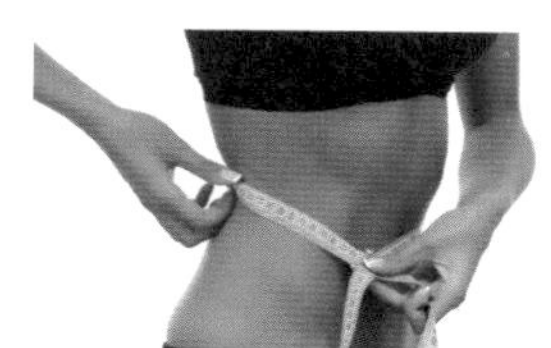

measure one's waist
ph. 量（某人的）腰圍

check one's blood pressure
ph. 量（某人的）血壓

check one's temperature
ph. 量（某人的）體溫

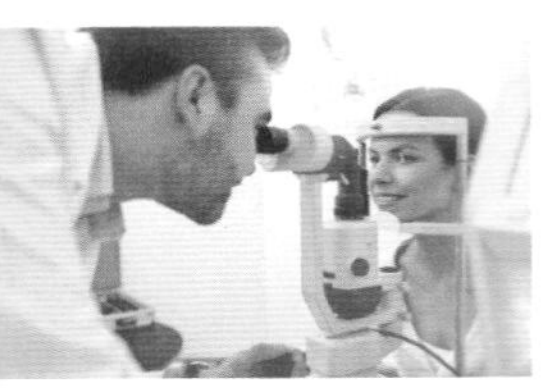

check one's vision
ph. 檢查（某人的）視力

draw some blood
ph. 抽血

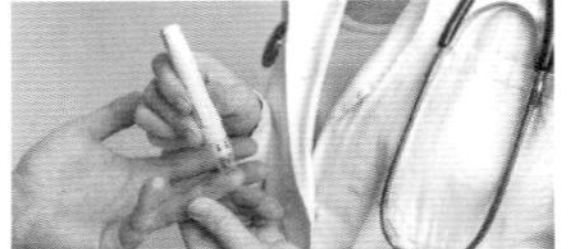

measure blood sugar
ph. 驗測血糖

have an ultrasound scan
ph. 照超音波

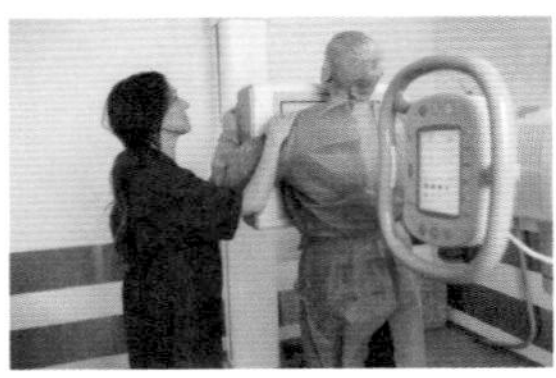

take an X-ray
ph. 照 X 光

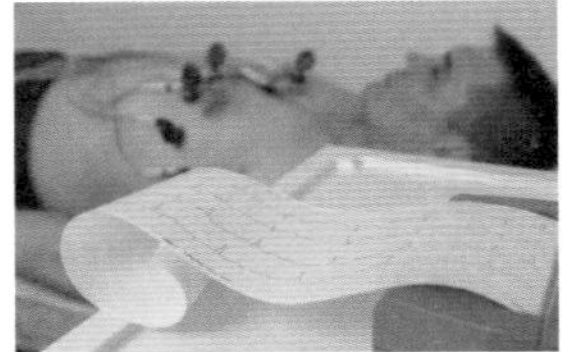

take an ECG (electrocardiogram) test
ph. 照心電圖

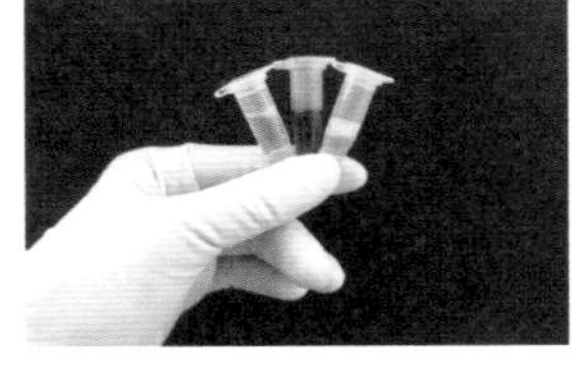

collect specimens
ph. 採集檢體

健檢會用到的單字片語

1. **full physical (exam/check-up)**
   [fʊl] [`fɪzɪkḷ] ([ɪg`zæm]/[`tʃɛk͵ʌp]) n. 全身健檢
2. **routine annual physical**
   [ru`tin] [`ænjʊəl] [`fɪzɪkḷ] n. 定期年度健檢
3. **get a physical (exam/check-up)**
   ph. 做健康檢查

4. **physical exam checklist** [`fɪzɪkḷ] [ɪg`zæm] [`tʃɛk͵lɪst] n. 健檢表
5. **medical history** [`mɛdɪkḷ] [`hɪstərɪ] n. 病史
6. **symptom** [`sɪmptəm] n. 徵狀
7. **diagnosis** [͵daɪəg`nosɪs] n. 診斷
8. **chronic condition** [`kranɪk] [kən`dɪʃən] n. 慢性疾病
9. **hypertension** [͵haɪpɚ`tɛnʃən] n. 高血壓
10. **cholesterol** [kə`lɛstə͵rol] n. 膽固醇
11. **blood sugar** [blʌd] [`ʃʊgɚ] n. 血糖

健檢會聽到的句子

1. **I'll basically check your heart, lungs, eyes, ears and nose, and give you a blood test.**
   基本上我會檢查你的心臟、肺、眼睛、耳朵和鼻子，然後為你做血液檢測。

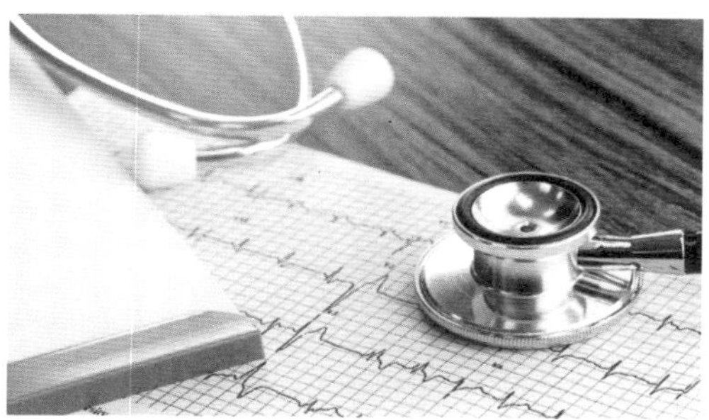

2. **I'm drawing some of your blood now. Please make a tight fist and take a deep breath.**
   我現在要幫你抽一點血。請緊握拳頭並深呼吸。
3. **Take off your shoes and stand on the scale, please. Now we're going to measure your height and weight.**
   請脫掉鞋子並站在體重機上。現在我們要幫您量身高體重。
4. **Your exams are all done. Please come back to see your report in seven days.**
   您已完成所有檢查。請於七天後回診看報告。
5. **Your tests turn out well.**
   您的健檢結果良好。

02 手術

在手術房裡常見的東西有哪些？

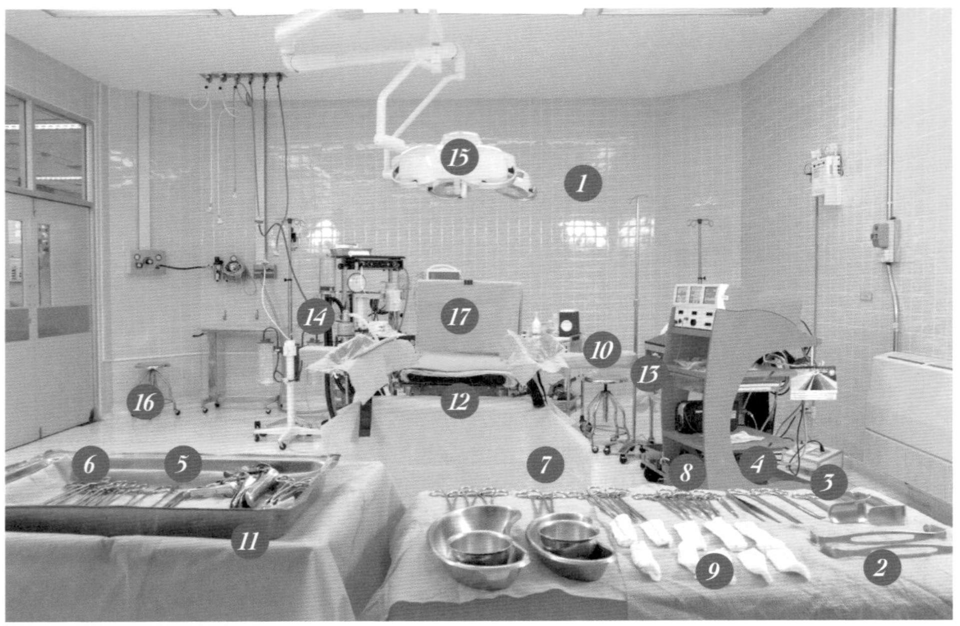

1. **operating room** [ˋɑpəˏreɪtɪŋ] [rum] n. 開刀房
2. **surgical instrument set** [ˋsɝdʒɪkl̩] [ˋɪnstrəmənt] [sɛt] n. 手術器械組
3. **hemostat** [ˋhiməˏstæt] n. 止血鉗
4. **suture scissors** [ˋsutʃɚ] [ˋsɪzɚz] n. 縫合剪刀
5. **scalpel** [ˋskælpəl] n. 手術刀
6. **surgical scissors** [ˋsɝdʒɪkl̩] [ˋsɪzɚz] n. 手術剪
7. **forceps** [ˋfɔrsəps] n. 鑷子
8. **towel clamp** [ˋtaʊəl] [klæmp] n. 布巾鉗
9. **gauze** [gɔz] n. 紗布
10. **instrument stand** [ˋɪnstrəmənt] [stænd] n. 器械架
11. **instrument tray** [ˋɪnstrəmənt] [tre] n. 器械盤
12. **operating table** [ˋɑpəretɪŋ] [ˋtebl̩] n. 手術台
13. **defibrillator** [ˏdɪˋfɪbrɪletɚ] n. 心臟電擊器
14. **anesthesia machine** [ˏænəsˋθiʒə] [məˋʃin] n. 麻醉機

⑮ **surgical light** [`sɝdʒɪkḷ] [laɪt] n. 手術燈
⑯ **operating round stools** [`ɑpəretɪŋ] [raʊnd] [stul] n. 手術圓凳
⑰ **surgical towel** [`sɝdʒɪkḷ] [`taʊəl] n. 手術用消毒巾

進手術房前，醫護人員需換上哪些裝備，英文怎麼說？

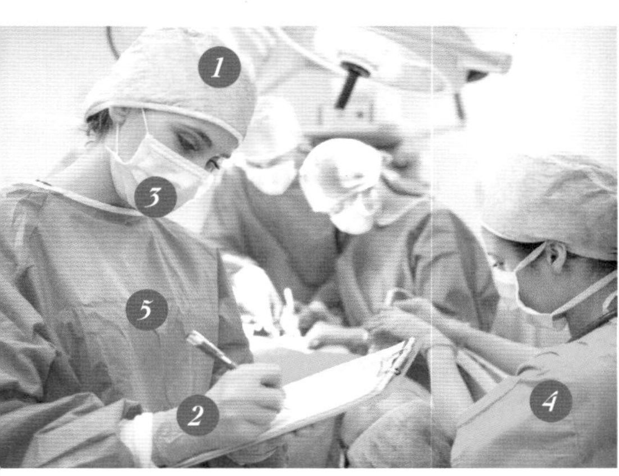

❶ **scrub cap**
[skrʌb] [kæp] n. 手術帽

❷ **medical gloves**
[`mɛdɪkəl] [glʌvz] n. 手術手套

❸ **mask** [mæsk] n. 口罩

❹ **scrub suit**
[skrʌb] [sut] n. （綠色）手術衣

❺ **surgical gown**
[`sɝdʒɪkḷ] [gaʊn] n. （藍色）隔離衣

Tips

生活小常識：手術篇

平時穿白袍的醫生，在開刀時為何要換上綠色的 scrub suit（手術衣）和藍色的 surgical gown（隔離衣）呢？在二十世紀以前，醫生們為了避免在醫師袍上留下明顯的汙漬，所以全都穿灰色的醫師袍；據說一直到英國的一位外科醫師 Joseph Lister大力推廣外科消毒之後，醫師才逐漸改穿 white coat（白袍）。白色代表純潔、整齊，而穿上白袍更能顯出醫生的專業身份，但在手術時，長時間盯著深色的血漬後，再將視線轉到白袍時，雙眼會暫時轉黑，而無法辨識任何顏色，但唯獨藍色和綠色不會產生這樣的色差，因此在手術時，醫師們就會換上綠色的手術衣和藍色的隔離衣。

The doctor changed his scrub suit before getting into the operating room.
醫生進開刀房之前，已換上手術衣。

手術室裡有哪些人呢？

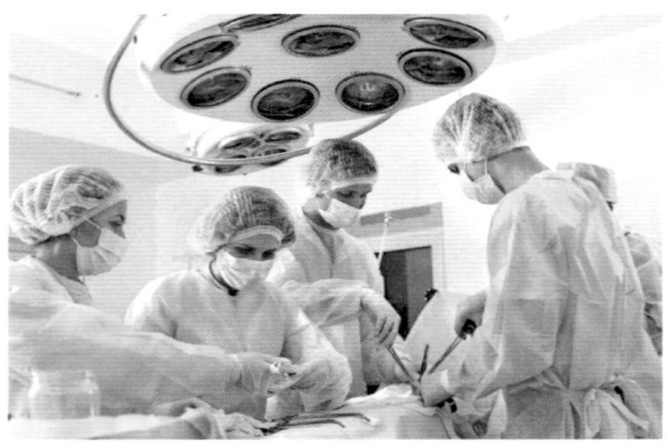

1. **surgeon**
   [`sɝdʒən] n. 主刀醫師；外科醫師
2. **anesthesiologist**
   [ˌænəsˌθizɪ`ɑlədʒɪst] n. 麻醉科醫師
3. **chief resident**
   [tʃif] [`rɛzədənt] n. 總醫師
4. **resident**
   [`rɛzədənt] n. 住院醫師
5. **intern** [ɪn`tɝn] n. 實習醫師
6. **operating room nurse** [`ɑpəretɪŋ] [rum] [nɝs] n. 手術室護理師
7. **nurse practitioner** [nɝs] [præk`tɪʃənɚ] n. 專責護理師
8. **nurse anesthetist** [nɝs] [ə`nɛsθətɪst] n. 麻醉護理師

你知道嗎？

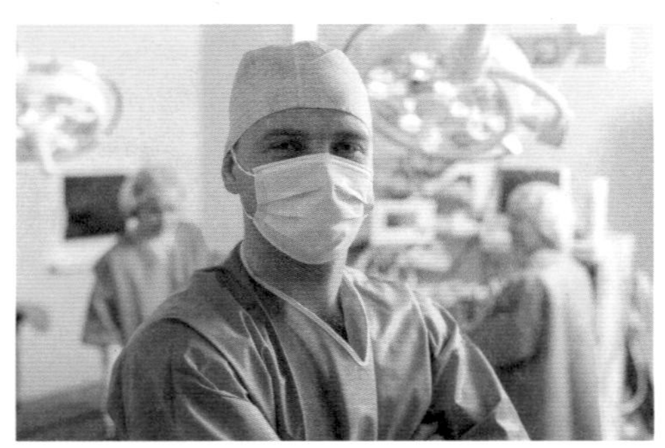

一樣都是穿著白袍的醫師，但是卻有等級之分，你知道要怎麼分辨他們嗎？

● clerk 見習醫師

在醫院裡穿著白色短袍、跟隨在主治或住院醫師的後面，這些人被稱為「clerk [klɝk]（見習醫師）」，因為他們都**還只是醫學院學生**，所以身上穿的白色短袍只會鏽上姓名，而不會繡上任何職稱。

● intern 實習醫師

在美國 intern [ɪn`tɝn]（實習醫師）是**指剛從醫學院畢業、在醫院實習的醫生**，這些 intern 身上的白色短袍除了姓名以外，也會鏽上「醫師」的頭銜。他們所負責的工作都是一些臨床雜事，包含照顧病患、練習診斷治療、值班等，**但 intern 還沒有醫師執照，因此無法單獨進行醫療行為**，必須在通過醫師國家考試，才可取得醫師執照。

● resident 住院醫師

在**取得醫師執照並成為醫院內的正式醫師後**，前幾年都會被分派至某一專科擔任「resident [`rɛzədənt]（住院醫師）」，而四年以上的資深住院醫師則可擔任「chief resident [tʃif] [`rɛzədənt]（總（住院）醫師）」一職，主要負責教學、行政以及病房安排等事務。另外，**不同於 intern 的白袍，resident 的白袍較長且蓋過臀部**，白袍上除了姓名、醫師頭銜以外，也鏽上了**專業科別**，除此之外，有些醫師也會佩帶識別證做為區別。

● visiting staff 主治醫師

擁有至少 5 年以上總醫師的資歷及專業訓練，並且通過考試取得專科醫師資格的醫師，便可成為「visiting staff [`vɪzɪtɪŋ] [stæf]（主治醫師）」。不同於其他所有階級的醫師，visiting staff 的白袍長至膝蓋上沿，除了負責門診看病與治療，也須負責教學及研究。

Chapter2

Clinic 診所

在診所內會做哪些醫療行為呢？

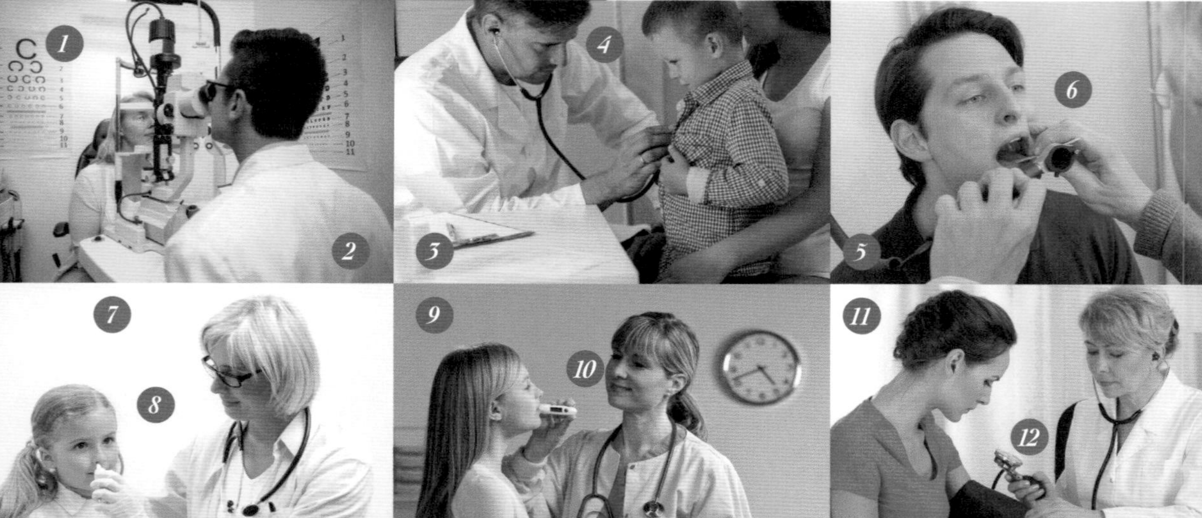

❶ **eye/ophthalmology clinic** [aɪ]/[ˌɑfθæl`mɑlədʒɪ] [`klɪnɪk] n. 眼科診所

❷ **have an eye exam** ph. 檢查視力

❸ **pediatric clinic** [ˌpidɪ`ætrɪk] [`klɪnɪk] n. 小兒科診所

❹ **listen to one's heartbeat** ph. 聽（某人的）心跳

❺ **ear, nose, and throat(ENT) clinic** [`ɪrˌnozˌænd`θrot] [`klɪnɪk] n. 耳鼻喉科診所

❻ **check one's throat** ph. 檢查（某人的）喉嚨

❼ **medical clinic** [`mɛdɪkḷ] [ˌgaɪnə`kɑlədʒɪ] n. 內科診所

❽ **clear one's stuffy nose** ph. 清（某人的）鼻涕

❾ **obstetrics and gynecology clinic** [əb`stɛtrɪks] [ænd] [ˌgaɪnə`kɑlədʒɪ] [`klɪnɪk] n. 婦產科診所

❿ **take one's temperature** ph. 量（某人的）體溫

⓫ **polyclinic** [ˌpɑlɪ`klɪnɪk] n. 聯合診所

⓬ **take one's blood pressure** ph. 量（某人的）血壓

01 掛號

Part7_05

常見的掛號方式有哪些？

1 **walk-in** [ˋwɔkˏɪn] adj. 未經預約的
2 **walk-in registration** [ˋwɔkˏɪn] [ˏrɛdʒɪˋstreʃən] n. 現場掛號
3 **register in person** ph. 現場掛號
4 **pre-registration** [priˏrɛdʒɪˋstreʃən] n. 預約掛號
5 **online pre-registration** [ˋɑnˏlaɪn] [priˏrɛdʒɪˋstreʃən] n. 網路掛號
6 **telephone pre-registration** [ˋtɛləˏfon] [priˏrɛdʒɪˋstreʃən] n. 電話掛號
7 **pre-register** [priˋrɛdʒɪstɚ] v. 預約掛號
8 **make an appointment** ph. 預約掛號

◆ Tips ◆

慣用語小常識：診所篇

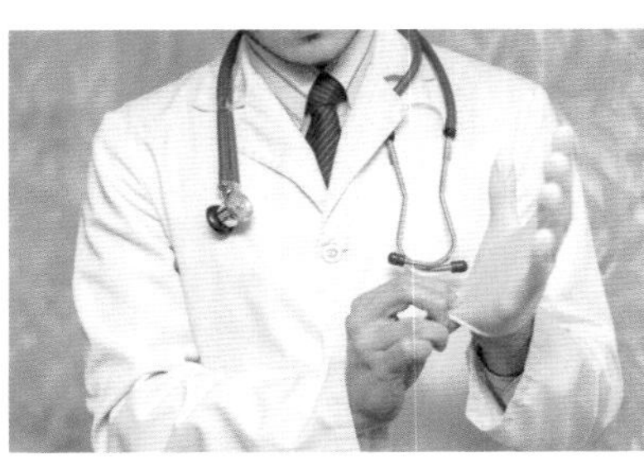

put on a clinic
「穿上診所」？

put on 除了有「穿上（衣服）」的意思，還可以當作「上演；演出」的意思；這裡的 clinic [ˋklɪnɪk] 也不是指「診所」，而是指「臨床講授」的意思，所以 put on a clinic 的意思是「上演臨床講授的戲碼」；這個片語常用在籃球場上，當球員想要給對方一點顏色瞧瞧時，就會說 put on a clinic，也就是幫對方上課，讓他知道什麼才是真正的籃球的意思，所以換言之，就是「好好表現，給對方好好上一課」的意思。

At the last few seconds, Jeremy put on a clinic against the home team with a slam dunk.
在最後幾秒鐘，Jeremy 用灌籃給主場球隊上了一課。

掛號時會用到的單字及片語

1. **fill out** [fɪl] [aʊt] ph. 填寫
2. **first-time visit form** [fɝst] [taɪm] [ˋvɪzɪt] [fɔrm] n. 初診單
3. **registration fee** [ˏrɛdʒɪˋstreʃən] [fi] n. 掛號費
4. **appointment number** [əˋpɔɪntmənt] [ˋnʌmbɚ] n. 掛號號碼
5. **medical record number** [ˋmɛdɪkḷ] [ˋrɛkɚd] [ˋnʌmbɚ] n. 病歷號碼
6. **health insurance card** [hɛlθ] [ɪnˋʃʊrəns] [kɑrd] n.（健康）保險卡
7. **registration counter** [ˏrɛdʒɪˋstreʃən] [ˋkaʊntɚ] n. 掛號櫃台
8. **receptionist** [rɪˋsɛpʃənɪst] n. 櫃台人員

初診和複診英文怎麼說？

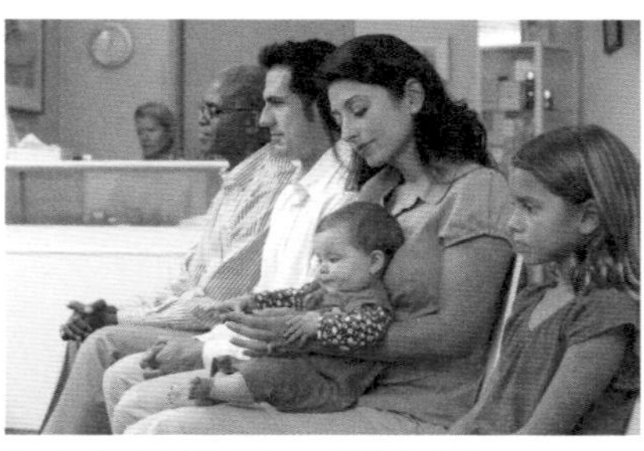

在英文裡會使用 visit [ˋvɪzɪt] 來表達「就診」的意思，visit 原指「參觀；拜訪」，但用在醫療上，就可以當成「就診」的意思；如果是初診，英文是 first visit [fɝst] [ˋvɪzɪt]，「初診病人」則是 first-visit patient [fɝstˋvɪzɪt] [ˋpeʃənt]；如果不是初診，則會用 subsequent [ˋsʌbsɪˏkwɛnt]（非第一次的），所以「複診」的英文就是 subsequent visit [ˋsʌbsɪˏkwɛntˋvɪzɪt]，而「複診病人」則是 subsequent-visit patient [ˋsʌbsɪˏkwɛntˋvɪzɪt] [ˋpeʃənt]。

First-visit patients should register in person. They are not allowed to make appointments by phone.
初診病患需現場掛號。不能用打電話的方式掛號。

掛號時常用的基本對話

Receptionist: "May I help you?"
櫃台人員：「有什麼需要我為您效勞的？」

Patient: "I'd like to make an appointment."
病人：「我要掛號。」

Receptionist: "Is this your first visit?"
櫃台人員：「您是初診嗎？」

Patient: "Yup." 病人：「對。」

Receptionist: "Fill out this form first. And do you have ID card and health insurance card on you?"
櫃台人員：「先填好這份表格。您有帶身份證和（健康）保險卡嗎？」

Patient: "There you are." 病人：「這給你。」

Receptionist: "Do you have an assigned doctor?"
櫃台人員：「您有指定的醫生嗎？」

Patient: "No." 病人：「沒有。」

Receptionist: "Ok, the registration fee is one hundred dollars, and here's your appointment number."
櫃台人員：「好的，掛號費是 100 元，然後這是您的掛號號碼。」

Patient: "Thanks." 病人：「謝謝。」

02 看診

Part7_06

診所裡常見的人有哪些？

receptionist
[rɪ`sɛpʃənɪst]
n. 櫃台人員

doctor
[`dɑktɚ]
n. 醫生

physiotherapist
[͵fɪzɪo`θɛrəpɪst]
n. 物理治療師

nurse
[nɝs]
n. 護士

client/patient
[`klaɪənt] / [`peʃənt]
n. 病人

pharmacist
[`fɑrməsɪst]
n. 藥劑師

這些不舒服的症狀怎麼說呢？

sore throat
[sor] [θrot]
n. 喉嚨痛

tired
[taɪrd]
adj. 疲倦的

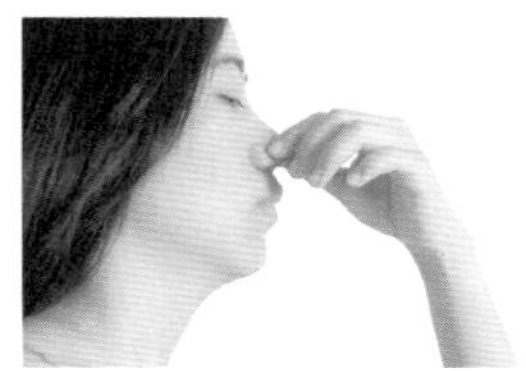

stuffy
[`stʌfɪ]
adj. 鼻塞的

shivering
[`ʃɪvərɪŋ]
adj. 發冷的

runny nose
[`rʌnɪŋ] [noz]
n. 流鼻水

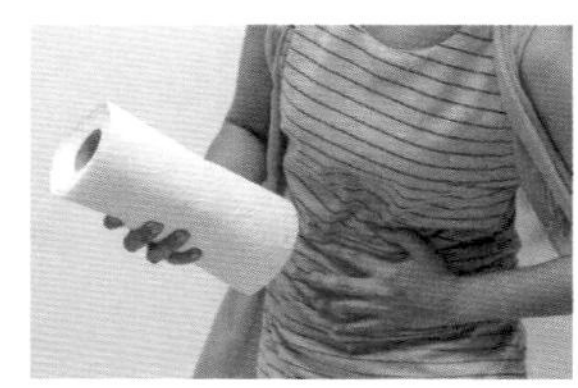

diarrhea
[ˏdaɪə`riə]
n. 腹瀉

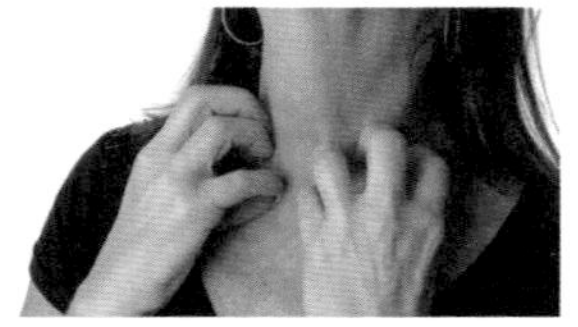

allergy
[`ælɚdʒɪ]
n. 過敏

flu
[flu]
n. 流行性感冒

cough
[kɔf]
n. 咳嗽

看診時會用到的單字及片語

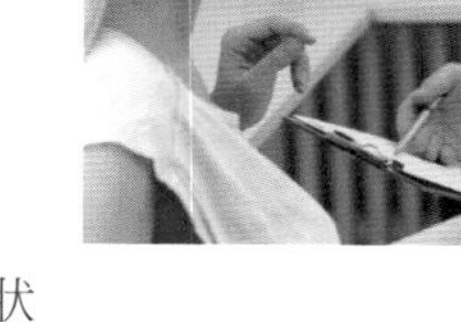

1. **medical record** [`mɛdɪkḷ] [`rɛkɚd] n. 病歷
2. **medical history** [`mɛdɪkḷ] [`hɪstərɪ] n. 病史
3. **consulting room** [kən`sʌltɪŋ] [rum] n. 診療室
4. **symptom** [`sɪmptəm] n. 症狀
5. **alleviate symptom** ph. 緩解症狀
6. **practice medical treatment** ph. 治療
7. **allergic to~** ph. 對～過敏
8. **have history of~** ph. 有～的病史

看診時常用的基本對話

Doctor: "What's troubling you?" 醫生：「哪裡不舒服？」

Patient: "I have been coughing with phlegm."
病患：「我一直咳嗽又有痰。」

Doctor: "When did it happen?" 醫生：「什麼時候開始的？」

Patient: "Two days ago." 病患：「兩天前。」

Doctor: "Open your mouth widely." 醫生：「請把嘴巴張大。」

(Checking patient's throat...) （檢查喉嚨中～）

Doctor: "Take a deep breath and exhale."
醫生：「深呼吸，再吐氣。」

(Listening patient's chest...) （聽病患的胸腔～）

Doctor: "Are there any other symptoms?"
醫生：「還有其他症狀嗎？」

Patient: "Nope." 病患：「沒有。」

Doctor: "Are you allergic to any drugs?" 醫生：「你有對哪些藥過敏嗎？」

Patient: "I'm allergic to aspirin." 病患：「我對阿斯匹靈過敏。」

Doctor: "Okay. I'll prescribe some medicine for your cold.Remember to drink more water and avoid eating spicy food."
醫生：「好的，我會開些感冒藥給您。記得多喝水，然後避免吃辛辣的食物。」

Patient: "Thanks." 病患：「謝謝。」

03 領藥

Part7_07

領藥時會用到的單字及片語

1. **cashier** [kæ`ʃɪr] n. 批價；繳費處
2. **copayment** [koˈpemənt] n. 部份負擔費用
3. **pharmacy** [`fɑrməsɪ] n. 藥局
4. **pharmacist** [`fɑrməsɪst] n. 藥劑師
5. **dispensary** [dɪ`spɛnsərɪ] n. 領藥處
6. **get prescription filled** ph. 領藥
7. **chronic continuous prescription** [`krɑnɪk] [kən`tɪnjʊəs] [prɪ`skrɪpʃən] n. 慢性病連續處方箋
8. **directions** [də`rɛkʃəns] n. （用藥）指示
9. **oral administration** [`orəl] [ədˌmɪnə`streʃən] n. 口服
10. **for external use** ph. 外用
11. **quantity** [`kwɑntətɪ] n. （藥物）數量
12. **each** [itʃ] adj. 每～
13. **~time** [taɪm] n. ～次
14. **before/after meal** ph. 飯前／後

領藥時的常見基本對話

Pharmacist: "May I help you?"
藥劑師：「有什麼需要我為您效勞的？」

Patient: "I'd like to get my prescription filled."
病患：「我想要領藥。」

Pharmacist: "May I have your prescription and health insurance card?"
藥劑師：「可以請您給我處方箋和（健康）保險卡嗎？」

Patient: "Here you are."
病患：「這給您。」

Pharmacist: "Wait a moment."
藥劑師：「稍等。」

(Few minutes later...)
（數分鐘後～）

Pharmacist: "Sorry to keep you waiting. Your prescription is ready."
藥劑師：「抱歉讓您久等了。您的藥好了。」

Patient: " Could you explain to me how to take these medicines?"
病患：「您可以解釋一下服藥方式嗎？」

Pharmacist: "Okay. You need to take one tablet four times a day, after each meal and before going to bed."
藥劑師：「好的。您每次需要服用一顆，一天四次，三餐飯後加睡前。」

Patient: "Is there anything I need to notice?"
病患：「我需要注意什麼嗎？」

Pharmacist: "Don't drive after taking medicine because you may feel sleepy and not be able to concentrate."
藥劑師：「吃藥後不要開車，因為您可能會覺得想睡且無法集中精神。」）

Patient: "Okay. Thanks a lot."
病患：「好的，非常感謝。」

處方箋上常見的英文有哪些？

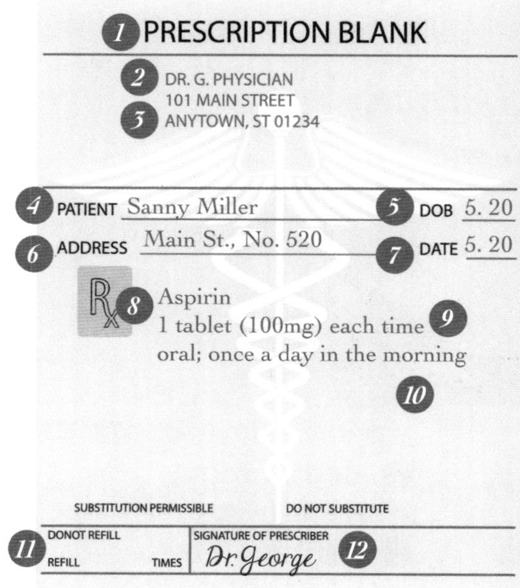

1. **prescription** [prɪ`skrɪpʃən] n. 處方箋
2. **practitioner** [præk`tɪʃənɚ] n. 執業醫生
3. **practice address** [`præktɪs] [ə`drɛs] n. 執業地址
4. **patient name** [`peʃənt] [nem] n. 病患姓名
5. **date of birth (DOB)** [det] [ɑv] [bɝθ] n. （病患）出生日期
6. **address** [ə`drɛs] n. （病患）地址
7. **date** [det] n. （看診）日期
8. **drug name** [drʌg] [nem] n. 藥名
9. **dosage** [`dosɪdʒ] n. 劑量；服法
10. **administration** [əd͵mɪnə`streʃən] n. 用法；服法
11. **refill** [ri`fɪl] n. （處方箋）補藥
12. **signature of prescriber** [`sɪgnətʃɚ] [ɑv] [prɪ`skraɪbɚ] n. 處方醫師簽名

Chapter3

Dental Clinic 牙科

Part7_08

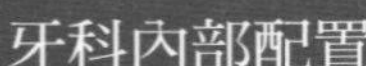

牙科內部配置

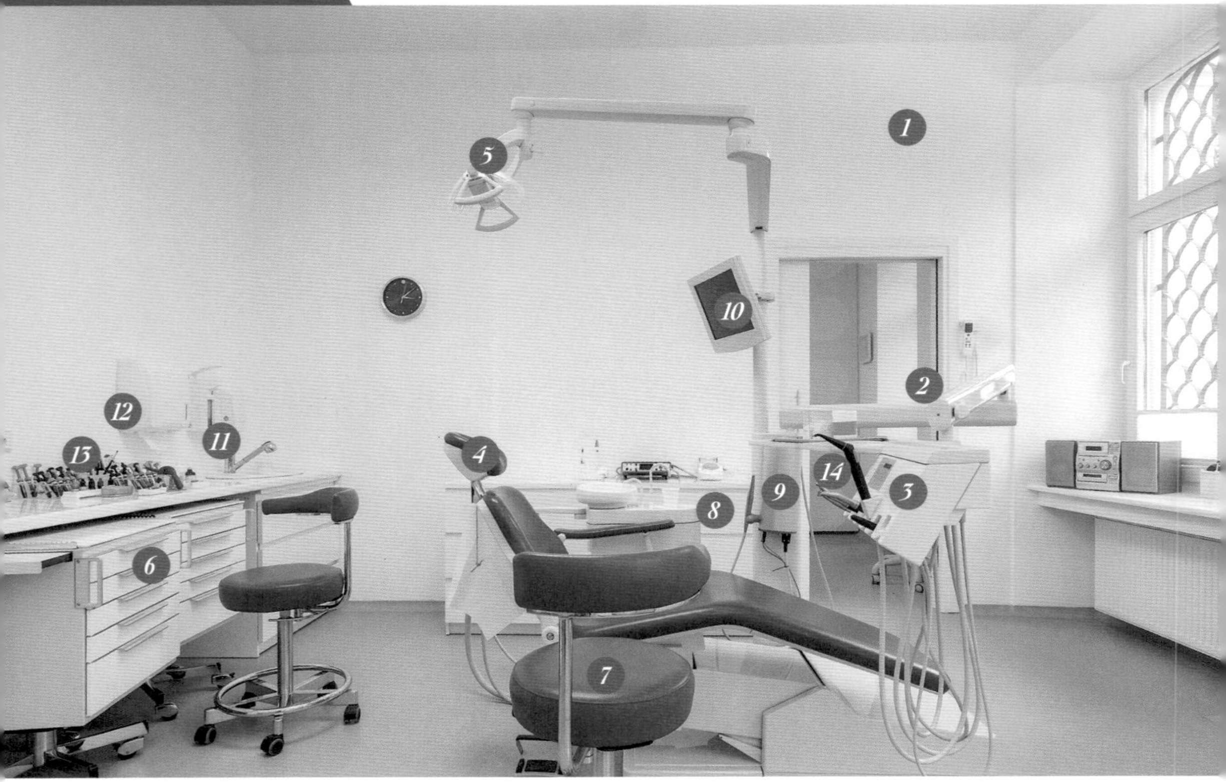

❶ **dental room**
[ˋdɛntḷ] [rum] n. 牙醫診療間

❷ **dental unit**
[ˋdɛntḷ] [ˋjunɪt] n. 牙醫診療設備

❸ **dental handpiece**
[ˋdɛntḷ] [ˋhændpis] n. 牙科手機

❹ **dental chair**
[ˋdɛntḷ] [tʃɛr] n. 牙醫躺椅

❺ **dental light**
[ˋdɛntḷ] [laɪt] n. 牙醫照明燈

❻ **dental cabinet**
[ˋdɛntḷ] [ˋkæbənɪt] n. 牙醫櫃

❼ **dental stool**
[ˋdɛntḷ] [stul] n. 牙醫圓凳

❽ **dental scanner**
[ˋdɛntḷ] [ˋskænɚ] n. 牙醫掃描器

⑨ dental vacuum suction system [ˋdɛntl̩] [ˋvækjʊəm] [ˋsʌkʃən] [ˋsɪstəm] n. 牙醫真空吸唾機

⑩ monitor [ˋmɑnətɚ] n. 螢幕

⑪ hand sanitizer machine [hænd] [ˋsænəˏtaɪzɚ] [məˋʃin] n. 酒精消毒機

⑫ paper towel [ˋpepɚ] [ˋtaʊəl] n. 擦手紙

⑬ dental material [ˋdɛntl̩] [məˋtɪrɪəl] n. 牙科材料

⑭ dental drill [ˋdɛntl̩] [drɪl] n. 牙鑽

看牙醫會用到的單字

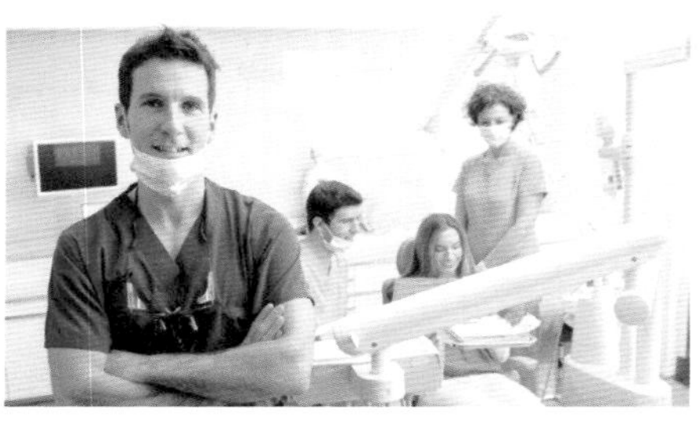

1. **dentist** [ˋdɛntɪst] n. 牙醫
2. **toothache** [ˋtuθˏek] n. 牙痛
3. **sensitive** [ˋsɛnsətɪv] adj. 敏感的
4. **inflammation** [ˏɪnfləˋmeʃən] n. 發炎
5. **extract** [ɪkˋstrækt] v. 拔（牙）
6. **bad breath** [bæd] [brɛθ] n. 口臭
7. **cavity/tooth decay** [ˋkævətɪ] / [tuθ] [dɪˋke] n. 蛀牙
8. **tartar** [ˋtɑrtɚ] n. 牙結石
9. **plaque** [plæk] n. 牙菌斑
10. **filling** [ˋfɪlɪŋ] n. 補牙
11. **drill** [drɪl] v. 鑽（孔）
12. **recline** [rɪˋklaɪn] v. 斜靠

◆ Tips ◆

慣用語小常識：牙齒篇

fight (somebody/something) tooth and nail

「用牙齒和爪子打架」？

這個慣用語源自身為英國作家及哲學家的 Sir Thomas More（1478 ~1535）的《關於苦難之慰藉的對話》（*A Dialogue of Comfort and Tribulation*）書裡一位智者和一位年青人的對話，原本的完整句子是 fight with teeth and nails，fight [faɪt] 是「打架」的意思，而 tooth [tuθ] 和 nail [nel] 分別是「牙齒」和「指甲」；打架時，卯足全力用牙齒咬、用指甲抓，象徵著「**全力搏鬥、盡力奮戰**」的意思。

Ryan fought tooth and nail to win a gold medal at the 3rd Roller Skating Championship.
Ryan 拼盡全力贏得了第三屆溜冰錦標賽金牌。

Chapter3 Dental Clinic 牙科

01 檢查牙齒、洗牙

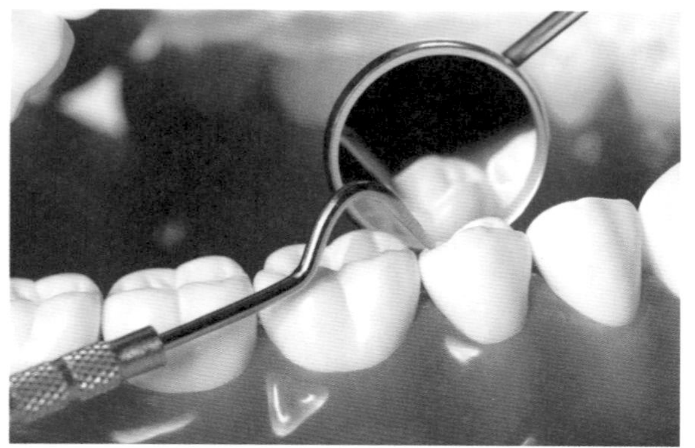

1 **periodic oral exam**
[ˌpɪrɪ`ɑdɪk] [`orəl] [ɪg`zæm]
n. 定期口腔檢查

2 **bitewing X-ray**
[`baɪtwɪŋ] [`ɛks`re] n. 咬合 X 光

3 **dental/teeth cleaning**
[`dɛntḷ] / [tiθ] [`kliniŋ] n. 洗牙

4 **fluoride treatment**
[`fluəˌraɪd] [`tritmənt] n. 塗氟

常見的牙齒保健工具有哪些呢？

toothbrush
[`tuθˌbrʌʃ]
n. 牙刷

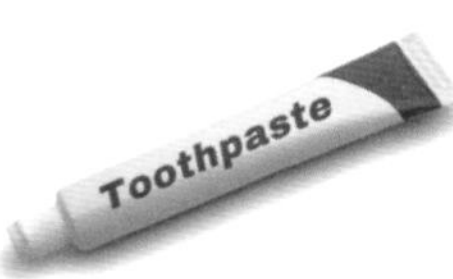

toothpaste
[`tuθˌpest]
n. 牙膏

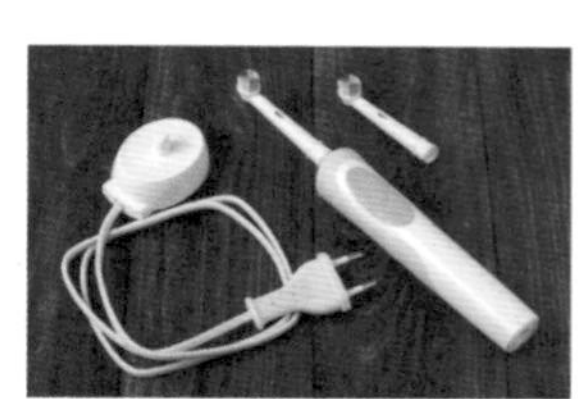

electric toothbrush
[ɪ`lɛktrɪk] [`tuθˌbrʌʃ]
n. 電動牙刷

dental floss
[`dɛntḷ] [flɔs]
n. 牙線

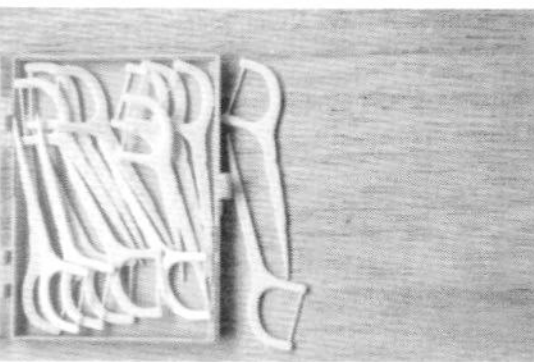

flosser
[flɔsɚ]
n. 牙線棒

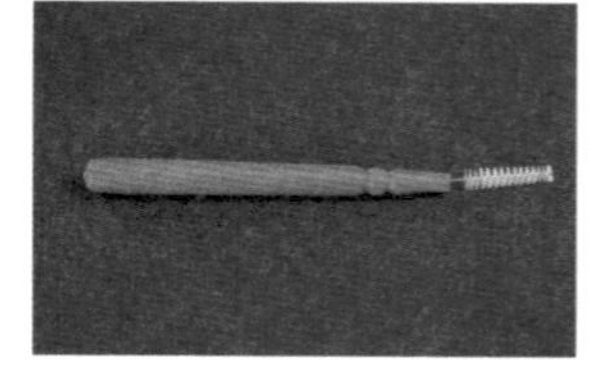

interdental brush
[ˌɪntɚ`dɛntḷ] [brʌʃ]
n. 牙間刷

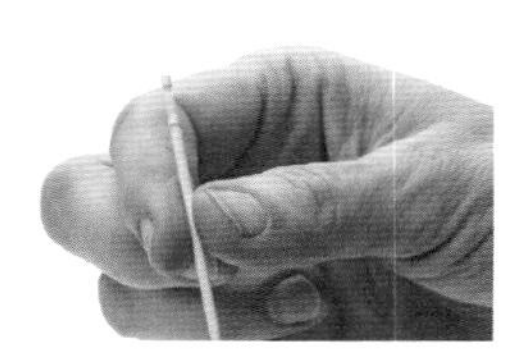

toothpick
[ˋtuθˏpɪk]
n. 牙籤

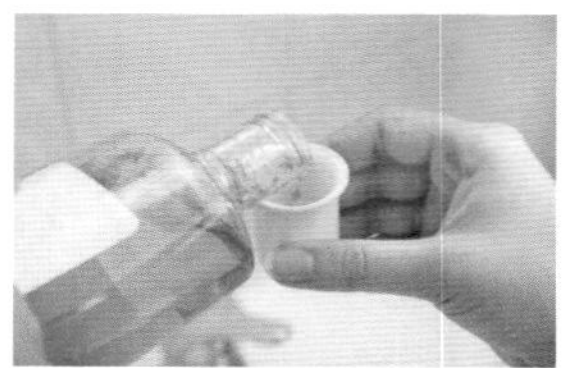

mouthwash
[ˋmaʊθˏwɑʃ]
n. 漱口水

oral irrigator
[ˋorəl] [ˋɪrəˏgetɚ]
n. 沖牙機

可能會用到的句子

1. **My tooth hurts so badly when I chew.**
我咬東西的時候牙齒超痛。
2. **I feel pain when I eat something cold.**
我吃冰的東西時會覺得痛。
3. **Do your gums bleed when you brush your teeth?**
你刷牙的時候牙齦會流血嗎？
4. **I have a crack in this tooth.**
我這顆牙齒裂掉了。
5. **I have been having a toothache recently.**
我最近牙齒一直在痛。
6. **You may have some cavities.**
您可能蛀牙了。
7. **We will take X-rays to identify your teeth.**
我們會照個 X 光來確認一下。
8. **You need to use dental floss after eating.**
在吃完東西之後，您必須用牙線（清潔牙齒）。
9. **I'll polish your teeth after scraping off the plaque.**
幫您刮除牙菌斑後，我會幫您的牙齒拋光。
10. **Please rinse your mouth and spill the water in the sink.**
請漱口，並將水吐在水槽裡。

02 治療牙齒疾病

Part7_10

常見的牙齒疾病有哪些？英文怎麼說？

cavity
[ˋkævətɪ]
n. 蛀牙

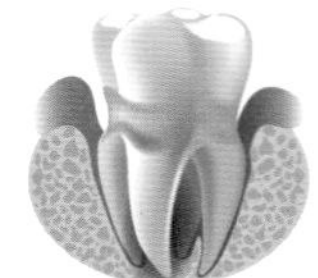

periodontal disease
[ˏpɛrɪoˋdɑntḷ] [dɪˋziz]
n. 牙周病

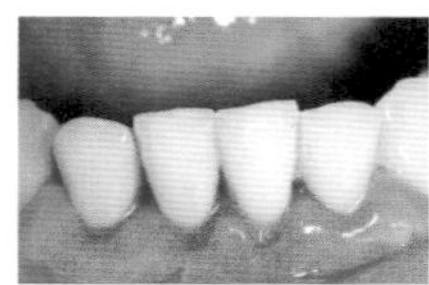

bleeding gum
[ˋblidɪŋ] [gʌm]
n. 牙齦出血

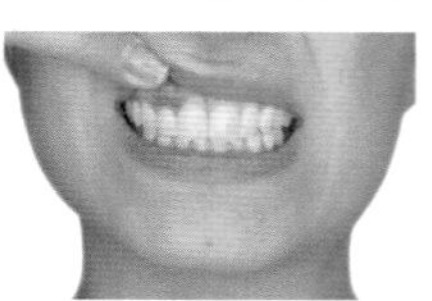

gingivitis
[ˏdʒɪndʒəˋvaɪtɪs]
n. 牙齦炎

牙套的種類有哪些？

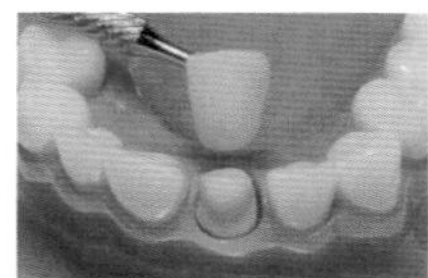

crown
[kraʊn]
n. 牙套

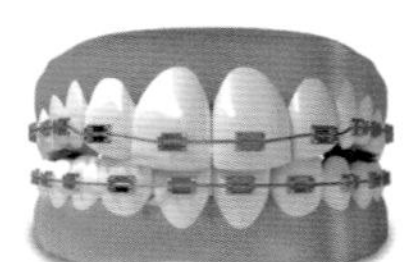

dental braces
[ˋdɛntḷ] [bresɪz]
n. 牙齒矯正器（牙套）

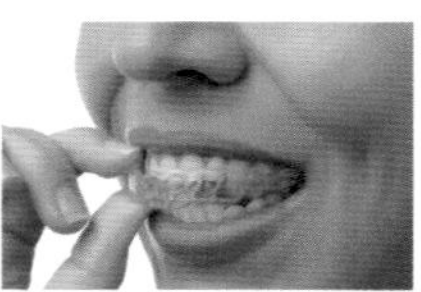

mouth guard
[maʊθ] [gɑrd]
n. 護牙套

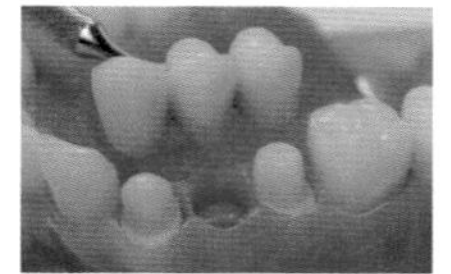

tooth bridges
[tuθ] [brɪdʒɪz]
n. 牙橋

常見的牙齒治療方式有哪些？英文怎麼說？

filling
[ˋfɪlɪŋ]
n. 補牙

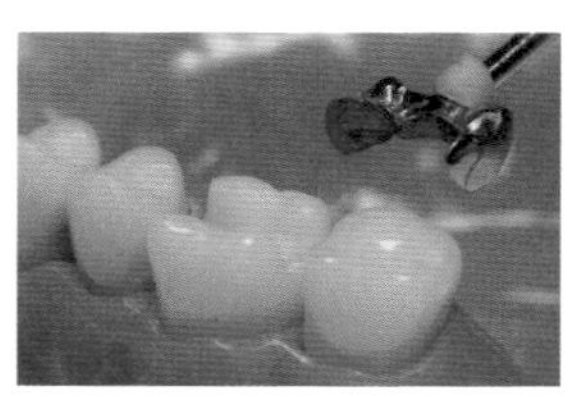

inlay
[ˋɪnˏle]
n. 鑲牙

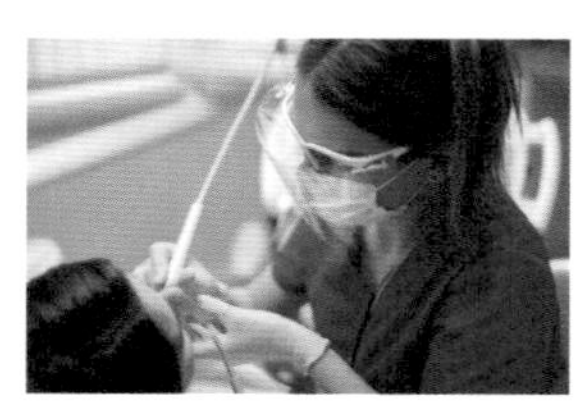

deep cleaning
[dip] [ˋklinɪŋ]
n. 深度洗牙

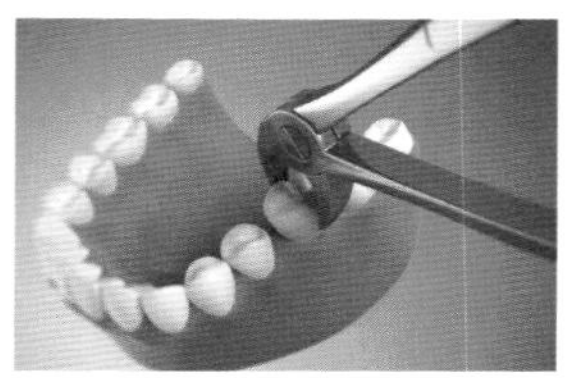

tooth extraction
[tuθ] [ɪk`strækʃən]
n. 拔牙

dental implant
[`dɛntḷ] [ɪm`plænt]
n. 植牙

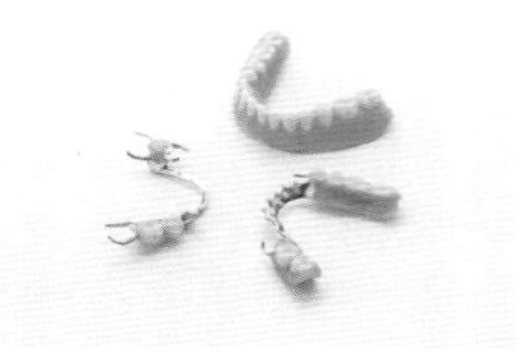

denture
[`dɛntʃɚ]
n.（可拆卸的）假牙

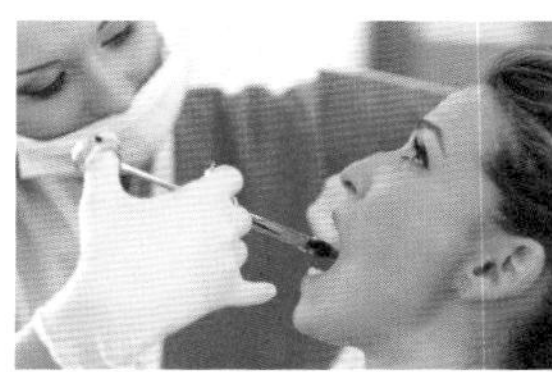

local anesthetic (LA)
[`lokḷ] [ˌænəs`θɛtɪk]
n. 局部麻醉

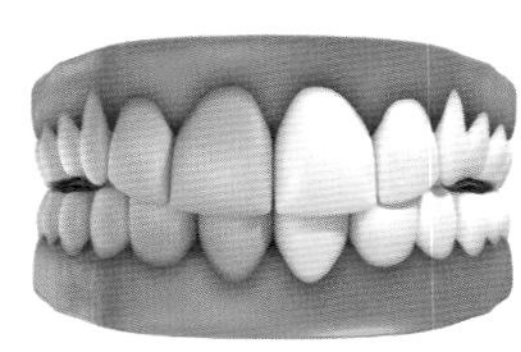

teeth whitening/ bleaching
[tuθ] [`hwaɪtnɪŋ]/ [`blitʃɪŋ]
n. 牙齒美白

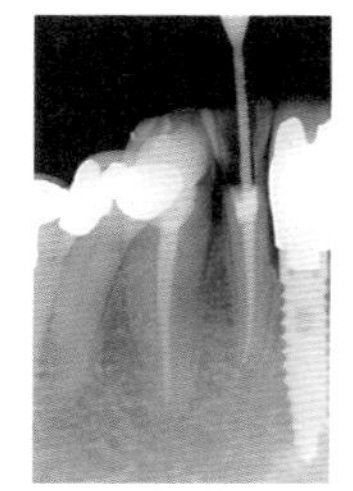

root canal therapy
[rut] [kə`næl] [`θɛrəpɪ]
n. 根管治療

◆ Tips ◆

生活小常識：牙齒保健觀念

想擁有一口漂亮又健康的牙齒，除了正確的刷牙以外，也必須養成在用餐後使用 floss（牙線）的習慣，也可在醫生建議下使用 mouthwash/ mouth rinse（漱口水）來保持口腔清潔。

另外，每半年至牙科診所做 periodic oral exam（定期口腔檢查）是非常重要的；牙醫師可以透過 X 光片徹底了解你的牙齒狀況，若有蛀牙等情形，醫生就會立刻進行 treatment（治療），若是不須治療，醫生也會為你進行 dental/teeth cleaning（洗牙），去除 tartar（牙結石）和 plaque（牙菌斑），讓牙齒更健康。

Alex has a periodic oral exam once every six months.
Alex 每半年做一次定期口腔檢查。

◆◆◆ Chapter4

Pharmacy 藥局

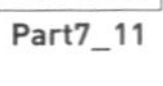

藥局擺設

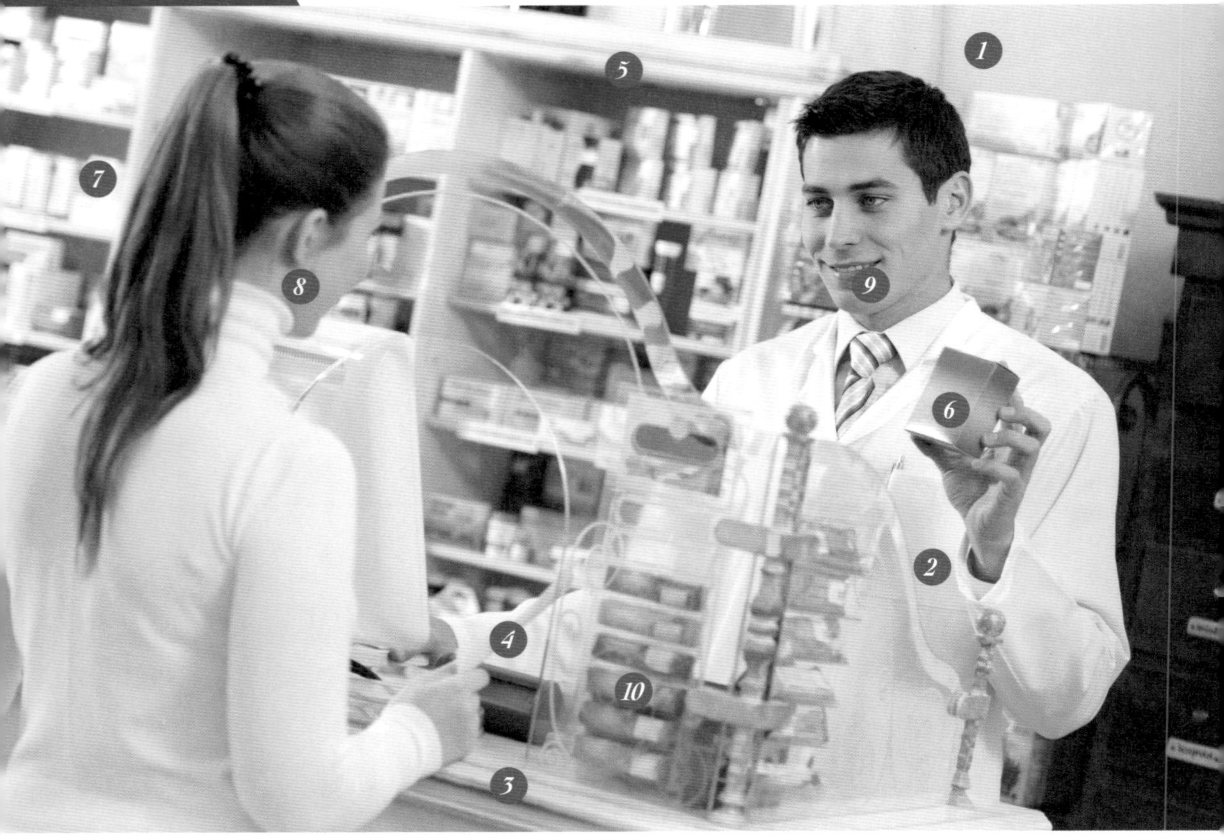

1. **pharmacy** [`farməsɪ] n. 藥局
2. **pharmacist** [`farməsɪst] n. 藥劑師
3. **counter** [`kaʊntɚ] n. 櫃台
4. **prescription** [prɪ`skrɪpʃən] n. 處方箋
5. **stock shelf** [stak] [ʃɛlf] n. 貨物架
6. **medicine** [`mɛdəsn̩] n. 藥物
7. **nutritional supplement** [nju`trɪʃən!] [`sʌpləmənt] n. 保健食品
8. **ask** [æsk] v. 詢問
9. **suggest** [sə`dʒɛst] v. 建議
10. **over-the-counter(OTC) medicine** [`ovɚðə`kaʊntɚ] [`mɛdəsn̩] n. 成藥

◆ Tips ◆

慣用語小常識：藥物篇

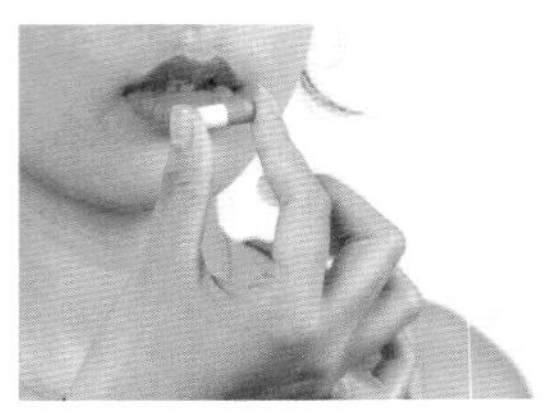

get (one) a taste of (someone's) own medicine
「給（某人）嚐嚐自己的藥」？

taste [test] 可以當成動詞或名詞（在這裡是當作名詞用），指「感受」；medicine（藥）本身的味道並不是很好聞，嚐起來也苦苦的，所以「讓某人嚐嚐自己的藥」，也就是讓對方也能體驗到不舒服的感覺，換言之，也就是「以其人之道，還治其人之身」的意思。

Given a taste of her own medicine, she never speaks ill of others.
在自嚐苦果之後，她再也不說別人壞話了。

在藥局會做什麼呢？

01 購買成藥

Part7_12

常見的成藥有哪些？英文怎麼說？

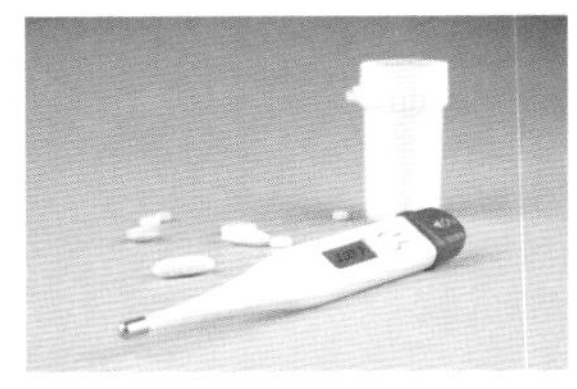

antipyretic
[͵æntɪpaɪ`rɛtɪk]
n. 退燒藥

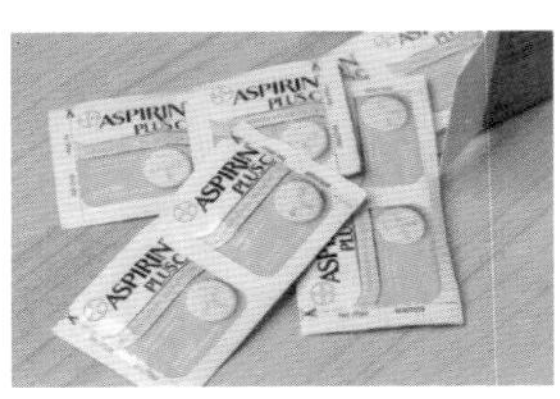

aspirin
[`æspərɪn]
n. 阿斯匹靈

cough drop
[kɔf] [drɑp]
n. 喉糖

antacid
[æn`tæsɪd]
n. 制酸劑

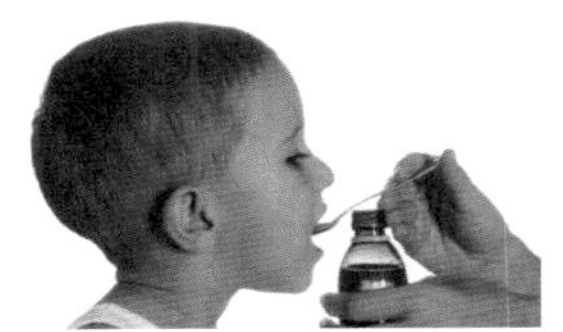

cough mixture（英）/ **cough syrup**（美）
[kɔf] [`mɪkstʃɚ] / [kɔf] [`sɪrəp]
n. 咳嗽糖漿

painkiller
[`pen͵kɪlɚ]
n. 止痛藥

購買成藥時會用到的單字

1. **buy** [baɪ] v. 購買
2. **instruction** [ɪn`strʌkʃən] n. （藥品、藥罐上的）指示
3. **medicine bottle** [ˏmɛdəsən] [`bɑtl̩] n. 藥瓶
4. **label** [`lebl̩] n. （藥品、藥罐上的）標籤
5. **side effect** [saɪd] [ɪ`fɛkt] n. 副作用
6. **dosage** [`dosɪdʒ] n. （藥的）劑量
7. **on aisle~** ph. 在第～走道
8. **generic medicine/drug** [dʒɪ`nɛrɪk] [`mɛdəsn] / [drʌg] n. 學名藥
9. **brand medicine/drug** [brænd] [`mɛdəsn] / [drʌg] n. 原廠藥
10. **pick out~** ph. 挑選～

會用到的句子

● 描述症狀

1. **I have an allergic reaction after taking this medicine.** 我吃了這個藥後出現了過敏反應。
2. **I have a strong headache.** 我頭非常痛。
3. **I feel nausea.** 我覺得噁心反胃。
4. **I've been coughing all day.** 我咳嗽了一整天。
5. **I have a slight fever.** 我有點發燒。
6. **I got a serious hangover.** 我有嚴重的宿醉。

● 詢問藥師

1. **Do you have any painkillers?** 你們有止痛藥嗎？
2. **How often should I take it?** 這個多久要吃一次？
3. **How much should I take each time?** 我每次應該要吃多少呢？
4. **Should I take it before or after a meal?** 我應該要飯前還是飯後吃呢？
5. **Are there any side effects?** 會有任何副作用嗎？
6. **Can I take this medicine with the medicine I currently take?** 這個藥可以和我現在吃的藥一起吃嗎？

你知道嗎？

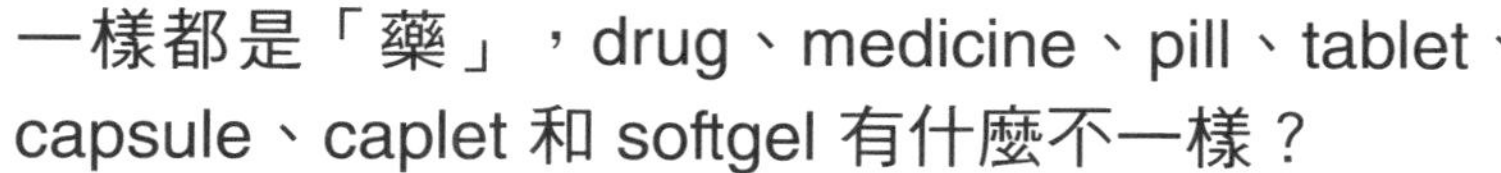

一樣都是「藥」，drug、medicine、pill、tablet、capsule、caplet 和 softgel 有什麼不一樣？

凡是專門用來治療或改善疾病的「藥物」（包含所有形態的藥物），都**通稱** **medicine** [ˋmɛdəsn̩]；**drug** [drʌg] 雖然也是指藥物，但通常是指會**讓人上癮的藥物**，如果長期使用，藥物的需求量也會逐漸增加，例如：麻醉劑、瑪啡等，因此 drug 一字也有「**毒品**」的意思，例如：迷幻藥、興奮劑等。

You can get your medicine at that counter.
你可以到那個櫃台領藥。

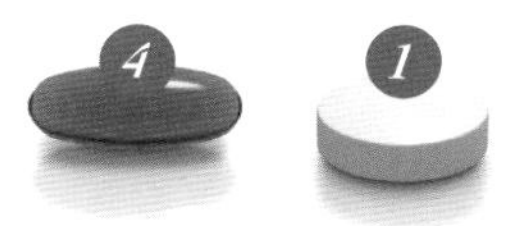

凡是口服、固態類型（見左圖）的「**藥丸、藥片**」都可以稱做 **pill** [pɪl]，pill 在美國也常被當成「**避孕藥**」的意思。

pill 又可細分成 tablet、capsule、caplet 和 softgel 等形態的藥物；**tablet** [ˋtæblɪt] 是「**藥片**」（見圖❶），指一般常見的實心固體藥片，外層沒有糖衣且不是光滑狀；**capsule** [ˋkæpsl̩] 則是橢圓型的「**膠囊**」（見圖❷），如果把兩端打開，就可以倒出 powder [ˋpaʊdɚ]（藥粉）；**caplet** [ˋkæplɪt]（**藥錠**）和 capsule 一樣呈橢圓型（見圖❸），但是它內容物不是藥粉，而是像 tablet 一樣的實心固體，但 caplet 的外層塗抹了一種幫助吞嚥的糖衣，因此外層會呈現光滑狀；**softgel** [ˋsɔftˏdʒɛl]（**軟膠囊**）裡的內容物為液體（見圖❹），所以摸起來會有軟軟的、有彈性的感覺，最常見的 softgel 就是魚油膠囊。

The doctor prescribed me to take pills three times a day after each meal.
醫生囑咐我每天三餐飯後各吃一次藥。

02 購買醫療保健商品

Part7_13

購買醫療保健商品時會用到的單字

1. **nutritional supplement** [nju`trɪʃən!] [`sʌpləmənt] n. 保健食品
2. **ingredient** [ɪn`gridɪənt] n. 成份
3. **product** [`prɑdəkt] n. 產品
4. **organic food** [ɔr`gænɪk] [fud] n. 有機食品
5. **natural** [`nætʃərəl] adj. 天然的
6. **healthy** [`hɛlθɪ] adj. 健康的
7. **herb** [hɝb] n. 草本
8. **health benefit** [hɛlθ] [`bɛnəfɪt] n. 健康的益處
9. **essential** [ɪ`sɛnʃəl] adj. 必需的
10. **absorb** [əb`sɔrb] v. 吸收

常見的用品和保健食品有哪些？

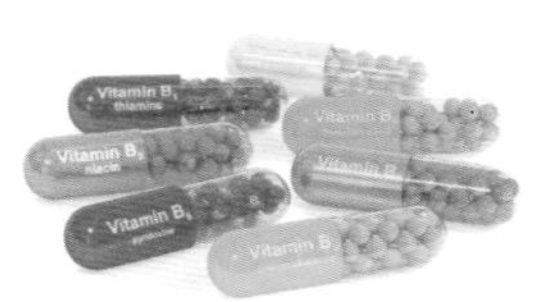

vitamin
[`vaɪtəmɪn]
n. 維他命

fish oil softgel
[fɪʃ] [ɔɪl] [`sɔft͵dʒɛl]
n. 魚油膠囊

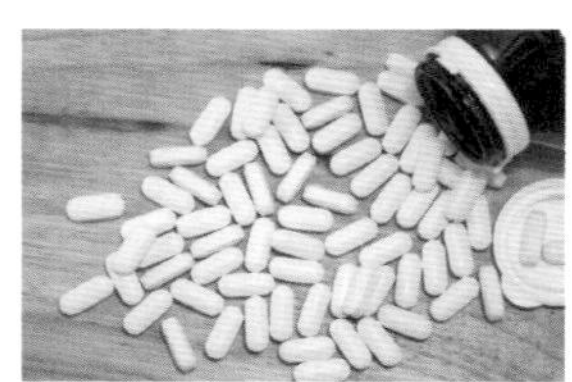

calcium tablet
[`kælsɪəm] [`tæblɪt]
n. 鈣片

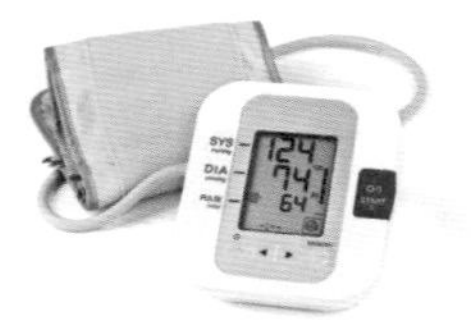

blood pressure gauge
[blʌd] [`prɛʃɚ] [gedʒ]
n. 血壓計

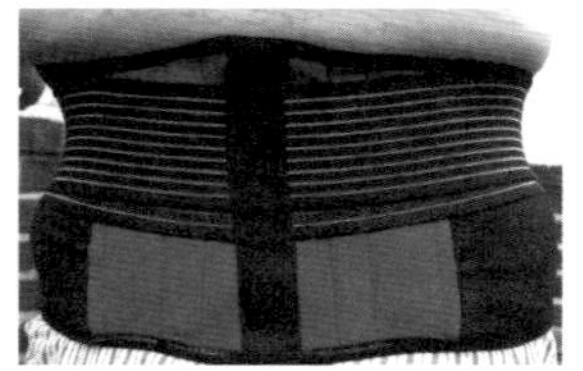

lumbar support belt
[`lʌmbɚ] [sə`port] [bɛlt]
n. 護腰帶

sports brace
[spɔrts] [bres]
n. 護具

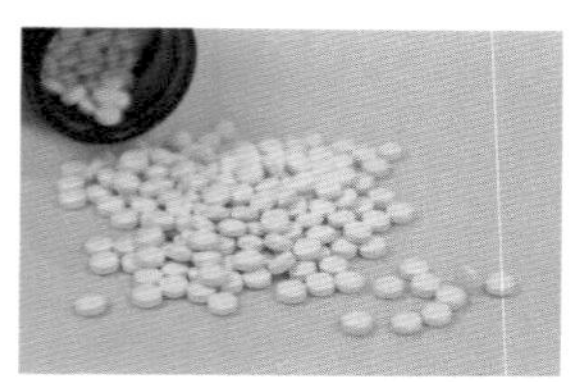

folic acid caplet
[ˋfɔlɪk] [ˋæsɪd] [ˋkæplɪt]
n. 葉酸錠

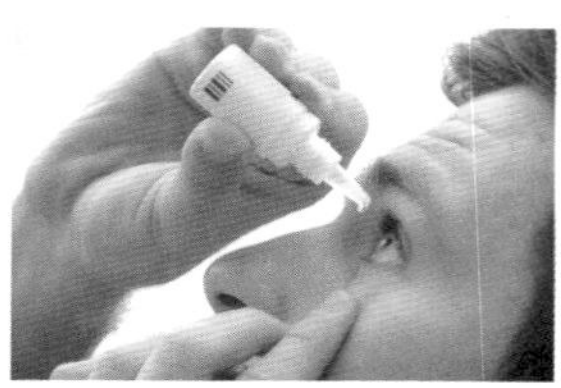

eye drops
[aɪ] [ˋdrɑps]
n. 眼藥水

saline solution
[ˋselaɪn] [səˋluʃən]
n. 生理食鹽水

hot water bag
[hɑt] [ˋwɔtɚ] [bæg]
n. 熱水袋

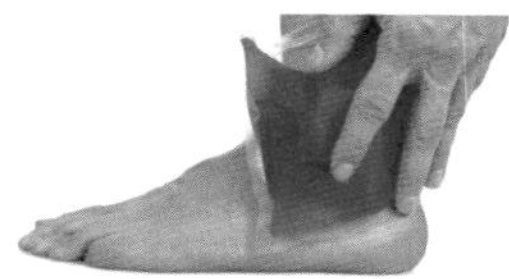

ice pack
[aɪs] [pæk]
n. 冰袋

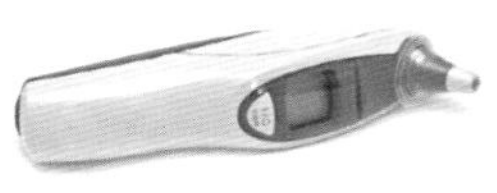

ear thermometer
[ɪr] [θɚˋmɑmətɚ]
n. 耳溫計

diaper
[ˋdaɪəpɚ]
n. 尿布

powdered milk
[ˋpaʊdɚd] [mɪlk]
n. 奶粉

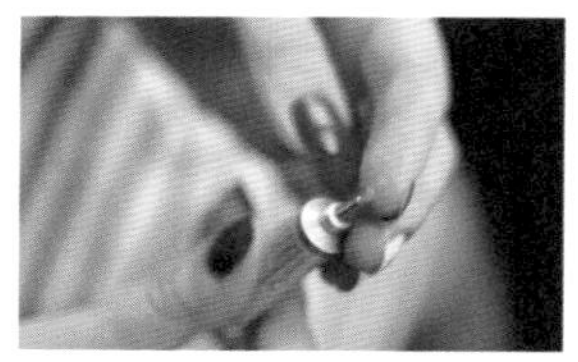

ointment
[ˋɔɪntmənt]
n. 藥膏

◆ Tips ◆

生活小常識：藥物篇

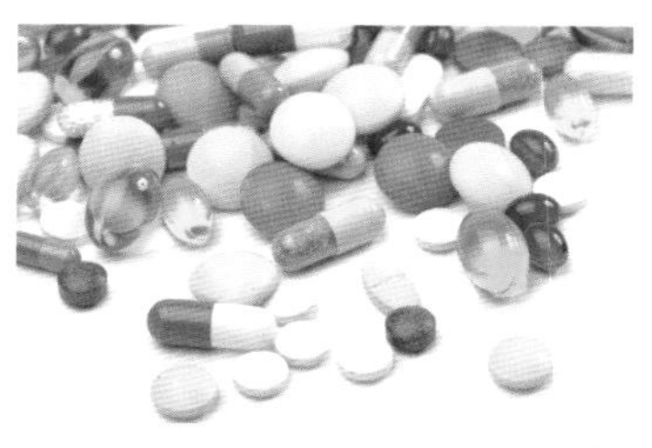

什麼是「醫藥分家」呢？英文該怎麼說呢？

所謂醫藥分家 (separation of prescribing and dispensing, SPD) 就是指區分醫院和藥局的用藥；醫院或診所開出的藥物，稱之為 prescription drug/medicine（處方藥物），反之，在藥房購買的藥品是屬於 nonprescription medicine（非處方藥物），這類的藥物又稱之為 OTC (over-the-counter) drug/medicine（成藥）。

You can buy OTC medicines in a pharmacy without a doctor's prescription.
不需要醫生處方箋，你就可以在藥局購買成藥。

◆◆◆ Chapter5

Veterinary Hospital 獸醫院

Part7_14

這些應該怎麼說？

獸醫院配置

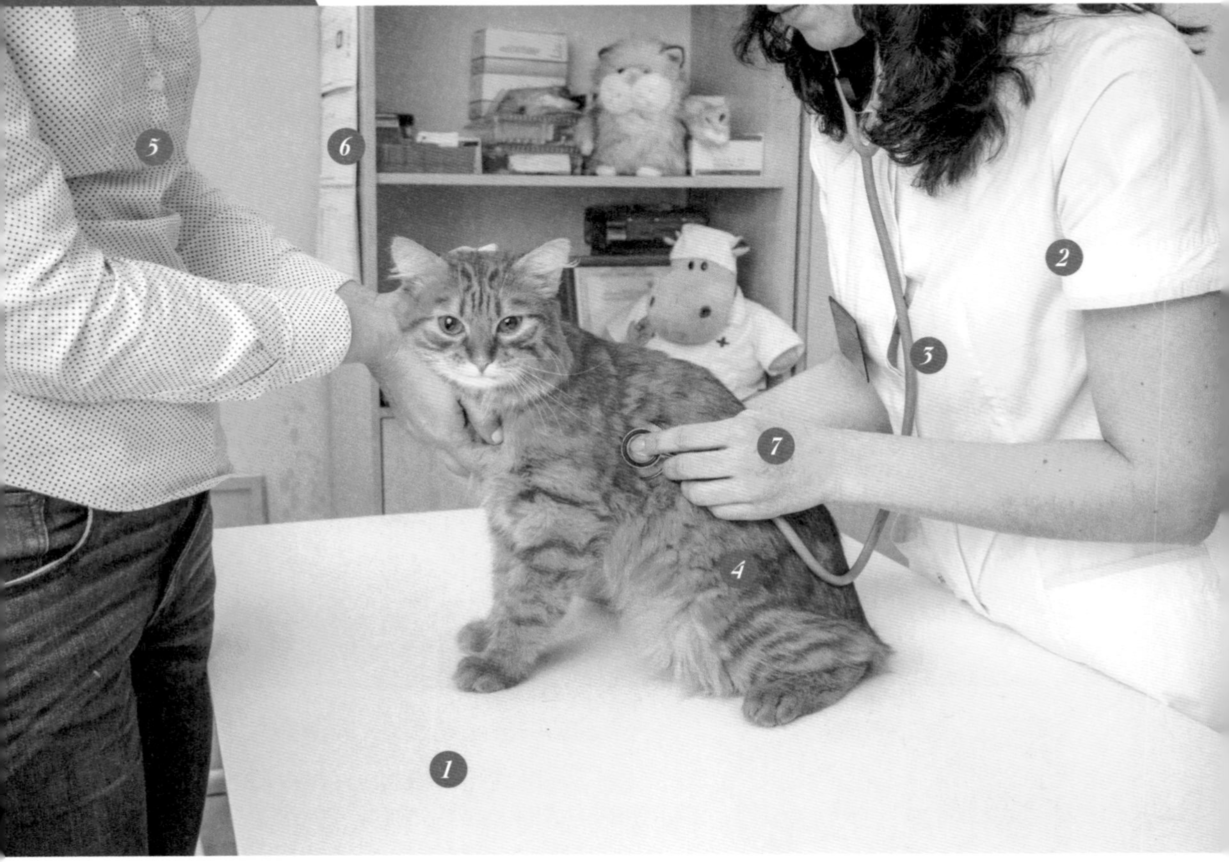

❶ **exam table**
[ɪg`zæm] [`tebḷ] n. 診療台

❷ **veterinarian assistant**
[ˌvɛtərə`nɛrɪən] [ə`sɪstənt] n. 獸醫助理

❸ **stethoscope**
[`stɛθəˌskop] n. 聽診器

❹ **pet** [pɛt] n. 寵物

❺ **owner** [`onɚ] n. （寵物）主人

❻ **veterinarian license**
[ˌvɛtərə`nɛrɪən] [`laɪsəns] n. 獸醫執照

❼ **check up** ph. 檢查

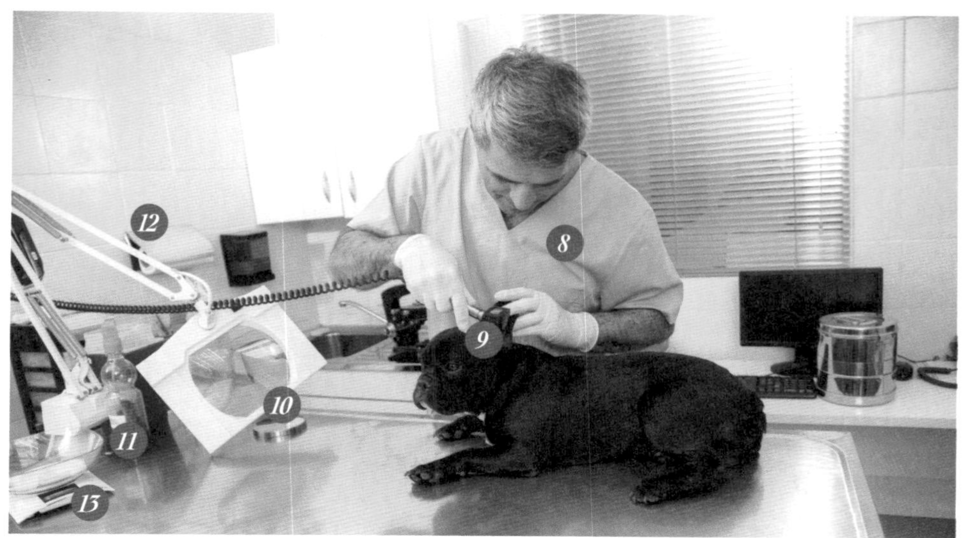

8 veterinary surgeon（英）/ veterinarian（美）/vet

[`vɛtərə͵nɛrɪ] [`sɝdʒən]/ [͵vɛtərə`nɛrɪən]/ [vɛt] n. 獸醫

9 otoscope [`otə͵skop] n. 耳鏡

10 magnifying glass

[`mægnə͵faɪɪŋ] [glæs] n. 放大鏡

11 sanitizer

[`sænə͵taɪzɚ] n. 消毒劑

12 paper towel

[`pepɚ] [`taʊəl] n. 紙巾

13 pet scale

[pɛt] [skel] n. 寵物體重計

◆ Tips ◆

慣用語小常識：寵物篇

teacher's pet
「老師的寵物」？

pet [pɛt] 是「寵物」的意思，而寵物就會時常徘徊在主人身邊，對著主人搖著尾巴、和主人撒撒嬌，無時無刻受到主人的疼愛；而 teacher's pet 就是指那些「**老師的寵兒**」，通常是那些功課較好、又愛跟在老師身旁的學生，有時候也會指那些 tattletale [`tætl̩͵tel]（愛告狀）和 brown-noser [`braʊn͵nozɚ]（愛拍馬屁）的學生，因此這個慣用語的意思帶有貶意。

Jenny and Sabrina are the teacher's pets, nobody likes them.
Jenny 和 Sabrina 是老師的寵兒，沒有人喜歡她們。

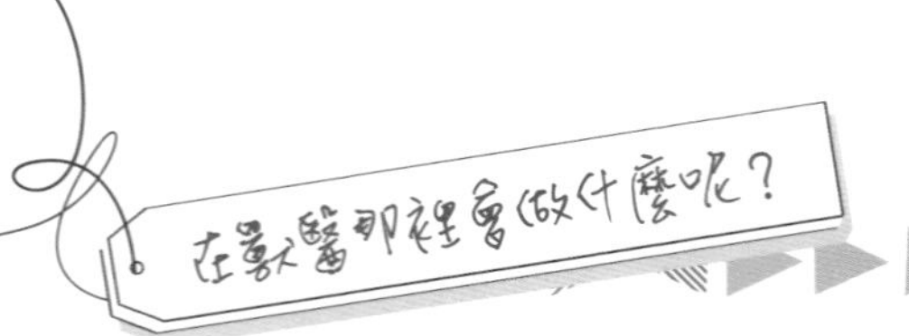

01 帶寵物做檢查、打預防針

Part7_15

常見的檢查有哪些？

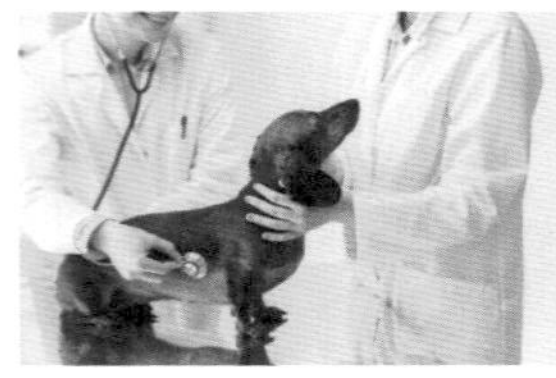

have a checkup
ph. 做健康檢查

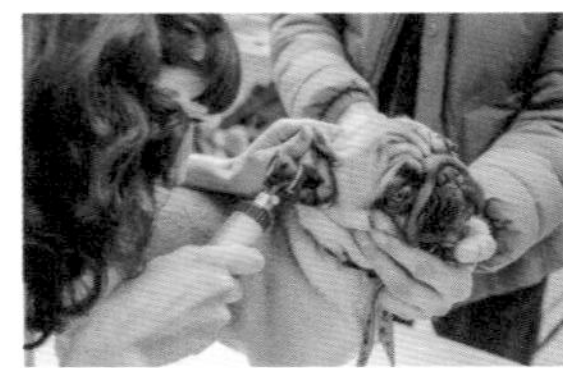

check pet's ears
ph. 檢查寵物耳朵

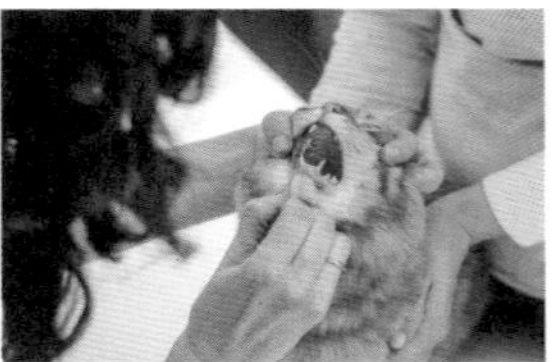

check pet's teeth
ph. 檢查寵物牙齒

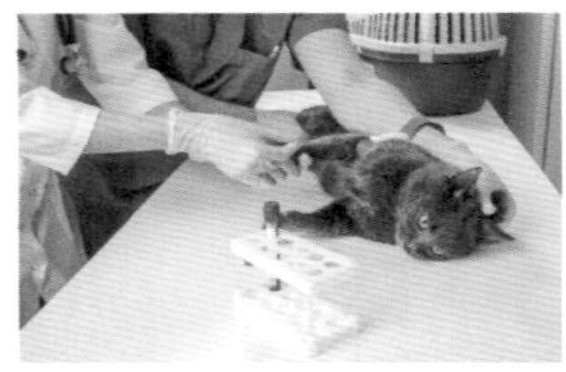

have a blood test
ph. 做血液檢驗

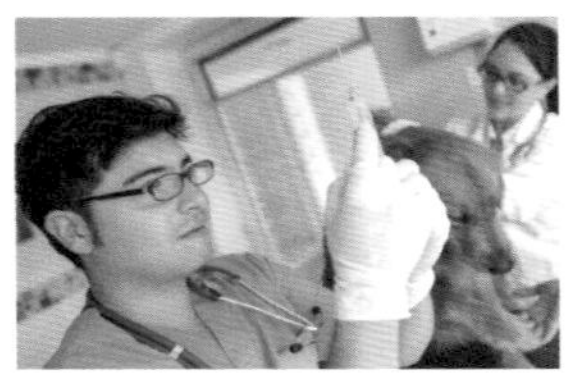

get a vaccine/shot
ph. 注射疫苗

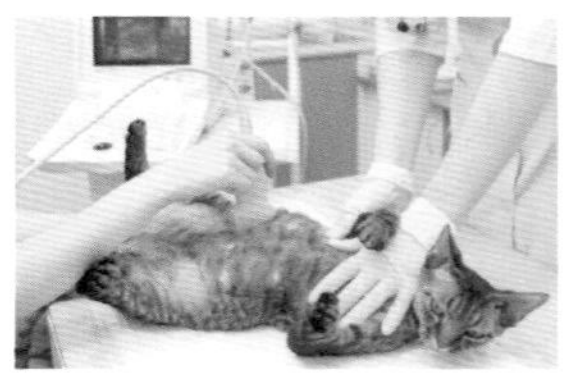

have an ultrasound
ph. 照超音波

get an X-ray
ph. 照 X 光

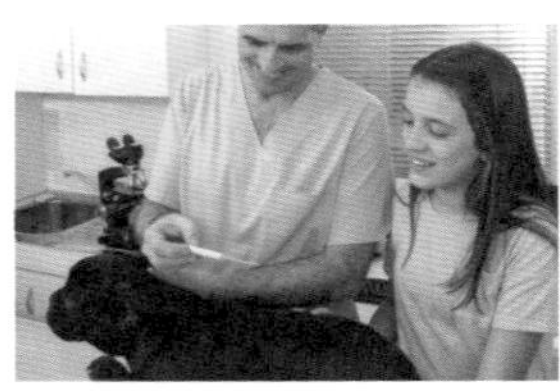

check pet's temperature
ph. 幫寵物量體溫

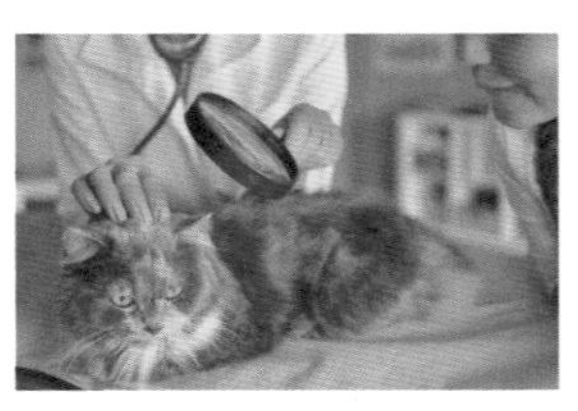

check pet's fur and skin
ph. 檢查寵物的毛和皮膚

Tips

生活小常識：寵物美容篇

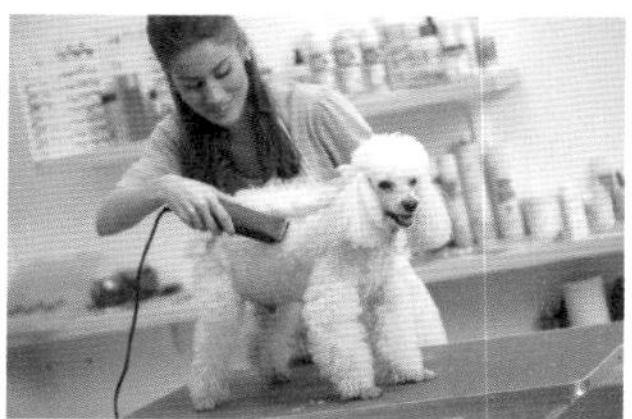

大多數的獸醫院裡，除了幫寵物看診以外，也常額外提供 pet grooming [pɛts] [`grumɪŋ]（寵物美容）的服務，像是 bath [bæθ]（洗澡）、haircut [`hɛr͵kʌt]（剪毛）、ear cleaning [ɪr] [`klinɪŋ]（耳朵清潔）和 nail clipping [nel] [`klɪpɪŋ]（指甲修剪）等，方便寵物除了前往看診，也能享受專業的美容服務，有些寵物美容師也會教導主人如何在家自行進行簡單的清潔美容，讓寵物們能有乾淨亮麗的外表。

Regular grooming keeps your pet not only comfortable and clean but also healthy.
定期的美容不僅能讓你的寵物舒服又乾淨，還能保持健康。

02 帶寵物治療

Part7_16

常見的治療有哪些？

cure a parasite infection
ph. 治療寄生蟲感染

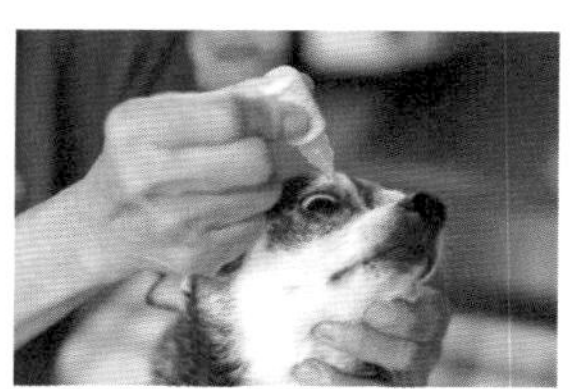

apply antibiotic eye drops
ph. 使用抗生素眼藥水

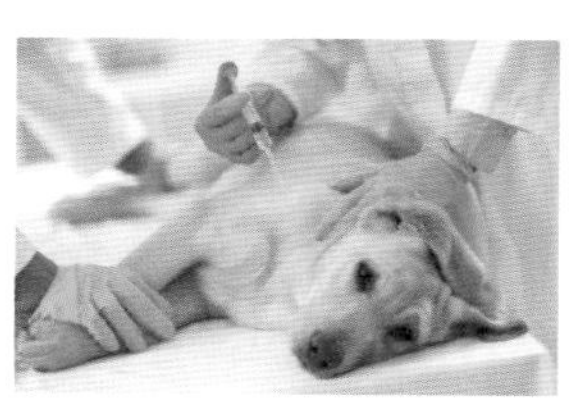

get an injection
ph. 打針

do acupuncture treatment
ph. 針灸

get nutrients
ph. 服用營養品

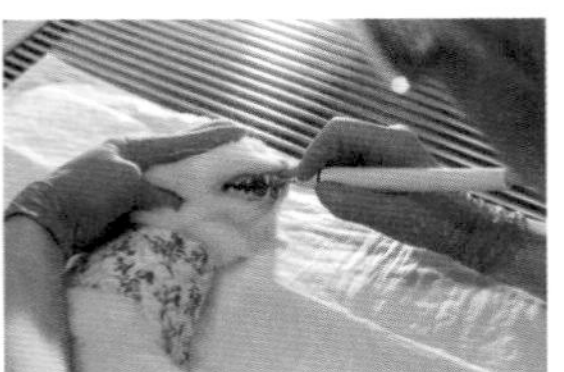

have a teeth cleaning
ph. 洗牙

常見的治療用品有哪些？

Elizabethan collar (E-collar)
[ɪˌlɪzəˋbiθən] [ˋkɑlɚ]
n. 頸護罩

deworming pill
[dɪˈwɔrm] [pɪl]
n. 除蟲藥

cat grass
[kæt] [græs]
n. 貓草

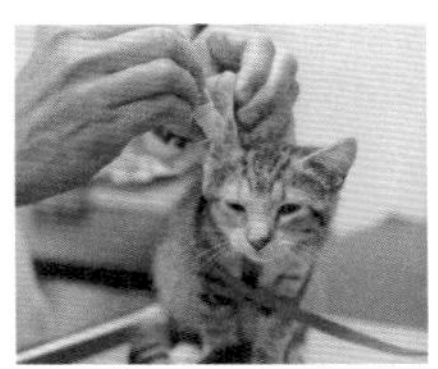

ear mite remedy
[ɪr] [maɪt] [ˋrɛmədɪ]
n. 潔耳液

會用到的句子

1. **I have to take my pet to the vet.** 我必須帶我的寵物去看醫生。
2. **My dog needs a checkup.** 我的狗需要健康檢查。
3. **My pet loses his appetite.** 我的寵物沒有食慾。
4. **It is good for your dog's health if you take him for walks daily.** 如果你每天帶你的狗散步幾次，會對他的健康很好。
5. **Your cat needs to wear an Elizabethan collar so that she doesn't accidentally hurt herself.**
你的貓需要戴頸護罩，這樣她才不會不小心傷了自己。
6. **My puppy has vomiting and diarrhea.** 我的小狗嘔吐又拉肚子。

Part 8

Entertainment 休閒娛樂

◆◆◆ Chapter1

Movie Theater 電影院

Part8_01

電影院配置

❶ **cinema**（英）/ **movie theater**（美）
[ˋsɪnəmə] / [ˋmuvɪ] [ˋθɪətɚ] n. 電影院

❷ **screen** [skrin] n. 銀幕

❸ **aisle seats** [aɪl] [sits] n. 走道座位

❹ **front-row seats**
[frʌnt] [ro] [sits] n. 前排座位

❺ **back-row seats**
[bæk] [ro] [sits] n. 後排座位

❻ **middle seats**
[ˋmɪdl̩] [sits] n. 中間座位

❼ **emergency exit**
[ɪˋmɝdʒənsɪ] [ˋɛksɪt] n. 緊急出口

❽ **seat number**
[sit] [ˋnʌmbɚ] n. 座位號碼

9 **emergency exit sign** [ɪ`mɝdʒənsɪ] [`ɛksɪt] [saɪn] n. 緊急出口標誌

10 **cup holder** [kʌp] [`holdɚ] n. 杯架

11 **aisle** [aɪl] n. 走道

12 **aisle light** [aɪl] [laɪt] n. 走道燈

13 **seat row indicator** [sit] [ro] [`ɪndəˏketɚ] n. 座位排指示燈

14 **stereo speaker** [`stɛrɪo] [`spikɚ] n. 音箱

15 **movie hall** [`muvɪ] [hɔl] n. 放映廳

16 **row** [ro] n. （一排）座位

Tips

生活小知識：加高座椅

如果孩童因個子太小、座位太低而無法看到前方銀幕時，電影院有為這些小觀眾提供 booster seats [`bustɚ] [sits]（加高座椅）的貼心服務喔！所以下次只要和工作人員說：Excuse me, I need a booster seat for my little boy.（不好意思，我需要一張加高座椅給我的兒子。），這樣就可以囉！

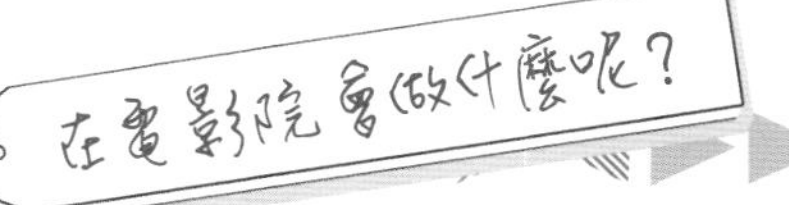

01 購買電影票和附餐

Part8_02

電影票的種類有哪些？英文怎麼說？

box office
[bɑks] [`ɔfɪs]
n. 售票處

1. **adult ticket** [ə`dʌlt] [`tɪkɪt] n. 全票
2. **concession ticket** [kən`sɛʃən] [`tɪkɪt] n. 優待票
3. **student ticket** [`stjudn̩t] [`tɪkɪt] n. 學生優待票
4. **child ticket** [`tɪkɪt] n. 孩童優待票
5. **senior ticket** [`sinjɚ] [`tɪkɪt] n. 敬老優待票
6. **early bird ticket** [`ɝlɪ] [bɝd] [`tɪkɪt] n. 早鳥票
7. **matinee** [ˏmætən`e] n. 午後場
8. **midnight/late screening** [`mɪdˏnaɪt] / [let] [skrinɪŋ] n. 午夜場

◆ Tips ◆

慣用語小常識：門票篇

That’s the ticket.
「那就是門票」？

ticket 指「票券；門票；入場券」，對於很多場合來說 ticket 是不可或缺的東西，沒有了它，只能無奈地站在門外，眼巴巴地看著其他人拿著 ticket 開心入場，因此在英文口語中 That's the ticket. 的意思常被解釋為「正需要的東西」，或是「恰好的事情」。

That's the ticket. I want to take this one.
這正是我想要的。我決定要買這個。

在 concession stand（電影院小吃部）裡可以買到什麼呢？

● Food 食物

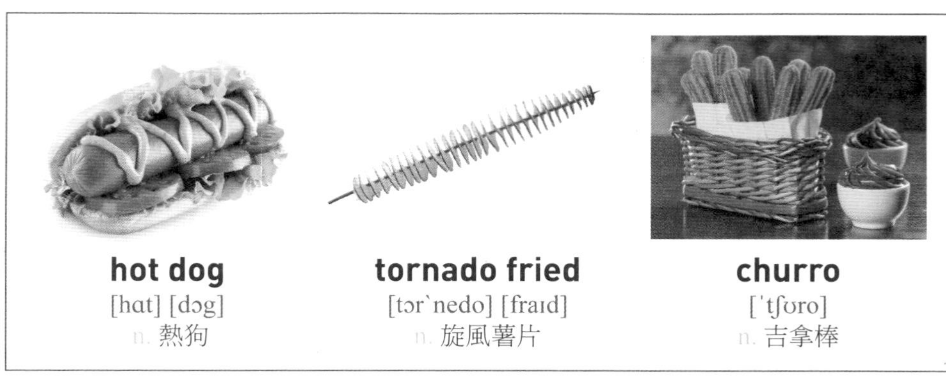

hot dog [hɑt] [dɔg] n. 熱狗

tornado fried [tɔr`nedo] [fraɪd] n. 旋風薯片

churro [ˈtʃʊro] n. 吉拿棒

● Drinks 飲料

soda [`sodə] n. 汽水

black tea [blæk] [ti] n. 紅茶

bottled water [`bɑtḷd] [`wɔtɚ] n. 瓶裝水

cola [`kolə] n. 可樂

Part8_03

02 看電影

常見的電影類型有哪些？英文怎麼說？

1. **comedy movie** [`kɑmədɪ] [`muvɪ] n. 喜劇片
2. **Film noir** [fɪlm] [nwɑr] n. 黑色電影
3. **war movie** [wɔr] [`muvɪ] n. 戰爭片
4. **crime movie** [kraɪm] [`muvɪ] n. 犯罪片

5 **fantasy movie** [`fæntəsɪ] [`muvɪ] n. 奇幻片
6 **adventure movie** [əd`vɛntʃɚ] [`muvɪ] n. 冒險片
7 **animation movie** [ˌænə`meʃən] [`muvɪ] n. 動畫片
8 **biography movie** [baɪ`ɑgrəfɪ] [`muvɪ] n. 傳記片
9 **family movie** [`fæməlɪ] [`muvɪ] n. 家庭片
10 **musical movie** [`mjuzɪkl̩] [`muvɪ] n. 音樂片
11 **detective movie** [dɪ`tɛktɪv] [`muvɪ] n. 偵探片
12 **historical movie** [hɪ`stɔrɪkl̩] [`muvɪ] n. 歷史片
13 **documentary movie** [ˌdɑkjə`mɛntərɪ] [`muvɪ] n. 紀錄片
14 **sports movie** [sports] [`muvɪ] n. 運動片

15 **action movie**
[`ækʃən] [`muvɪ] n. 動作片

16 **horror movie**
[`hɔrɚ] [`muvɪ] n. 恐怖片

17 **romance movie**
[ro`mæns] [ `muvɪ] n. 浪漫愛情片

18 **thriller movie**
[`θrɪlɚ] [`muvɪ] n. 驚悚片

⑲ science fiction movie
[`saɪəns] [`fɪkʃən] [`muvɪ] n. 科幻片

⑳ silent film
[`saɪlənt] [fɪlm] n. 默片

㉑ western movie
[`wɛstɚn] [`muvɪ] n. 西部片

㉒ drama movie
[`drɑmə] [`muvɪ] n. 劇情片

電影影像的呈現有哪些種類？

隨著科技快速地發展，電影院銀幕的影像呈現方式也愈來愈科技多元，除了一般的 two dimension movie [tu] [dɪ`mɛnʃən] [`muvɪ]（2D 電影）以外，還有 three dimension movie [θri] [dɪ`mɛnʃən] [`muvɪ]（3D 電影）和 four dimension movie [for] [dɪ`mɛnʃən] [`muvɪ]（4D 電影）。

3D 電影播放的是立體影片，所以觀眾必需要配戴 3D glasses [`θridi] [`glæsɪz]（3D 眼鏡）才能體驗立體電影的效果，有些電影院為了讓觀眾享有最佳的 3D 電影品質，還特別引進了 image maximum [`ɪmɪdʒ] [`mæksəməm]（IMAX 大影像），以超大銀幕的方式，更清晰地呈現整部電影給所有觀眾；4D 跟 3D 電影的最大不同就是 4D 電影特別為觀眾增設了 D-box motion seats [`dibɑks] [`moʃən] [sits]（動感座椅）的特殊設施，這些座椅可以配合電影的劇情做出一些特效，讓觀眾雖然坐在座椅上，但是同時也能享受身歷其境的感覺。

◆◆◆ Chapter2

Flower Shop 花店

店外

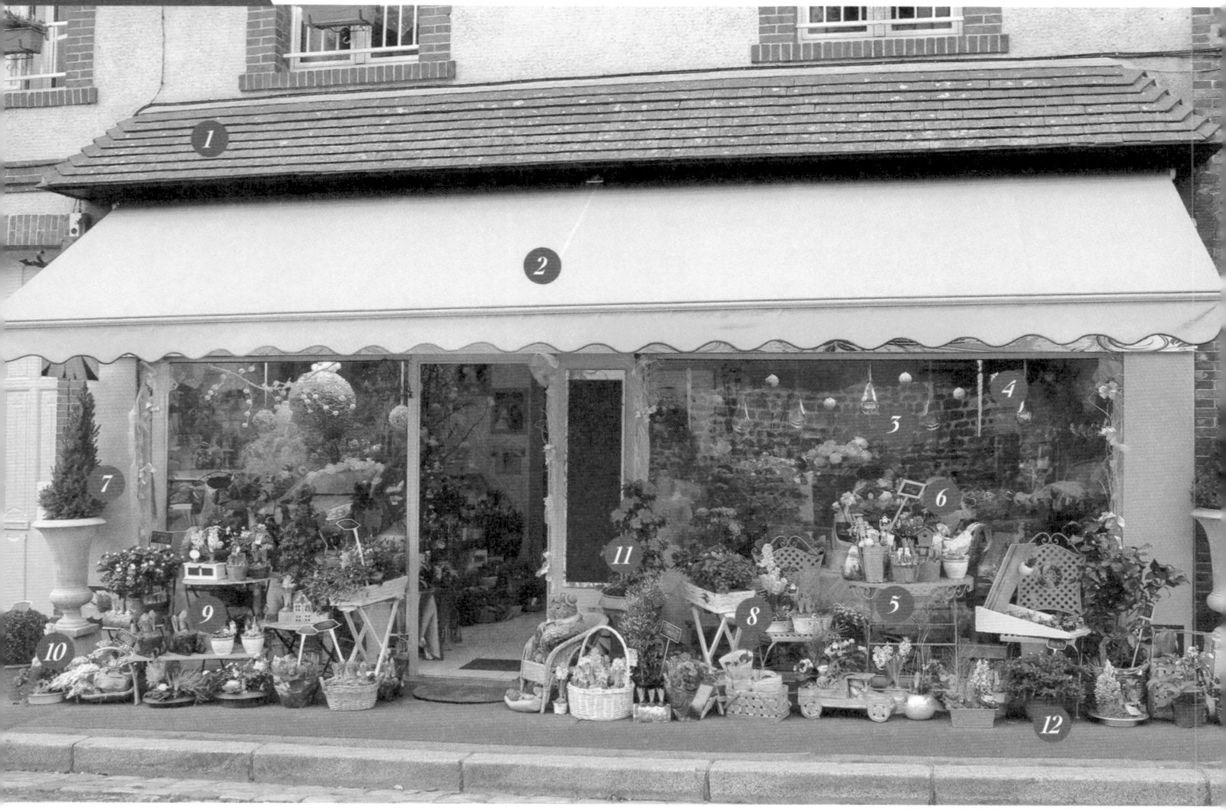

❶ **flower shop**
[`flaʊɚ] [ʃɑp] n. 花店

❷ **awning** [`ɔnɪŋ] n. 涼篷；雨篷

❸ **display window**
[dɪ`sple] [`wɪndo] n. 展示櫥窗

❹ **decoration**
[ˌdɛkə`reʃən] n. 裝飾品

❺ **plant stand**
[plænt] [stænd] n. 盆栽架

❻ **plant label**
[plænt] [`lebḷ] n. 盆栽插牌

❼ **plant** [plænt] n. 植物

❽ **flower/plant container**
[`flaʊɚ] / [plænt] [kən`tenɚ] n. 花器

9 potted plant
[ˋpɑtɪd] [plænt] n. 盆栽

10 leafy plant
[ˋlifɪ] [plænt] n. 多葉植物

11 flowering plant
[ˋflaʊɚrɪŋ] [plænt] n. 開花植物

12 fruiting plant
[frutɪŋ] [plænt] n. 結果植物

店內

13 florist [ˋflorɪst] n. 花商；花店老闆

14 flower arrangement designer
[ˋflaʊɚ] [əˋrendʒmənt] [dɪˋzaɪnɚ]
n. 花藝設計師

15 floral clippers
[ˋflorəl] [ˋklɪpɚz] n. 花剪

16 vase [ves] n. 花瓶

17 flower basket
[ˋflaʊɚ] [ˋbæskɪt] n. 花籃

18 plant pot
[plænt] [pɑt] n. 花盆

19 flower bucket
[ˋflaʊɚ] [ˋbʌkɪt] n. 花桶

20 ribbon [ˋrɪbən] n. 緞帶

21 wrapping paper
[ræpɪŋ] [ˋpepɚ] n. 包裝紙

22 flower arrangement
[ˋflaʊɚ] [əˋrendʒmənt] n. 花藝

◆ Tips ◆

慣用語小常識：花朵篇

April showers bring May flowers.
「四月雨帶來五月花」？

四月的春雨綿綿雖然十分惱人，但是充足的雨水，卻可以讓花朵在五月時盡情地開放。因此這個慣用語意味著風雨後能見彩虹，也就是「否極泰來」的意思。

As the saying goes, "April showers bring May flowers." If you study hard, you will pass the exam.
俗話說：「四月雨帶來五月花。」，如果你用功讀書，你會通過考試的。

01 挑選花種

Part8_05

在花店可以看到哪些花呢？英文怎麼說？

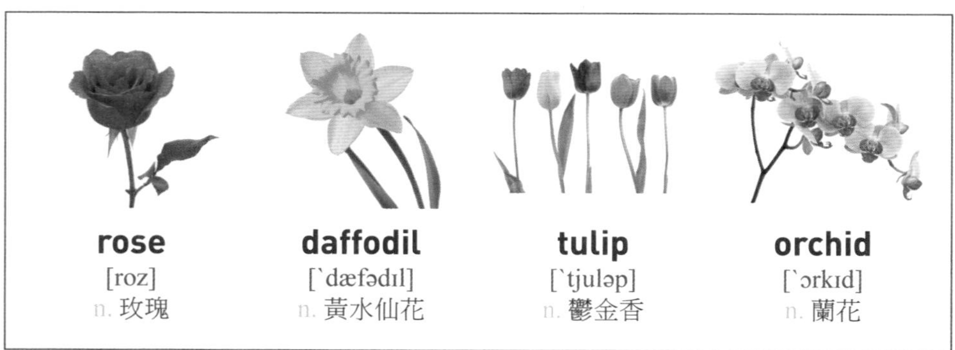

rose
[roz]
n. 玫瑰

daffodil
[`dæfədɪl]
n. 黃水仙花

tulip
[`tjuləp]
n. 鬱金香

orchid
[`ɔrkɪd]
n. 蘭花

lotus
[ˋlotəs]
n. 蓮花
chamomile
[ˋkæməˏmaɪl]
n. 洋甘菊
snowdrop
[ˋsnoˏdrɑp]
n. 雪花蓮
daisy
[ˋdezɪ]
n. 雛菊
sunflower
[ˋsʌnˏflaʊɚ]
n. 向日葵
pansy
[ˋpænzɪ]
n. 三色紫羅蘭
hibiscus
[haɪˋbɪskəs]
n. 木槿
marigold
[ˋmærəˏgold]
n. 金盞花
jasmine
[ˋdʒæsmɪn]
n. 茉莉花
bird of paradise
[bɝd] [ɑv] [ˋpærəˏdaɪs]
n. 天堂鳥
calla lily
[ˋkælə] [ˋlɪlɪ]
n. 海芋
lily
[ˋlɪlɪ]
n. 百合花
iris
[ˋaɪrɪs]
n. 鳶尾花
gladiolus
[ˏglædɪˋoləs]
n. 劍蘭
baby's breath
[ˋbebɪs] [brɛθ]
n. 滿天星
anthurium
[ænˋθʊrɪəm]
n. 火鶴花

花有哪些構造？用英文怎麼說？

❶ **flower** [`flaʊɚ] n. 花
❷ **petal** [`pɛtḷ] n. 花瓣
❸ **bud** [bʌd] n. 花苞
❹ **receptacle** [rɪ`sɛptəkḷ] n. 花托；囊托
❺ **sepal** [`sipḷ] n. 萼片
❻ **pedicel** [`pɛdəsḷ] n. 花莖；梗
❼ **leaf** [lif] n. 葉子
❽ **thorn** [θɔrn] n. 刺

02 購買／包裝花束

Part8_06

花束的包裝方式有哪些？英文怎麼說？

posy bouquet
[`pozɪ] [bu`ke]
n.（花朵數少的）小花束

pageant bouquet
[`pædʒənt] [bu`ke]
n. 手臂式捧花

bridal bouquet
[`braɪdḷ] [bu`ke]
n. 新娘捧花

kissing ball
[ˋkɪsɪŋ] [bɔl]
n. 花球

floral wreath
[ˋflorəl] [riθ]
n. 花圈

wrist corsage
[rɪst] [kɔrˋsɑʒ]
n. 手腕花

買花時會用到的單字

1. **recommend** [ˌrɛkəˋmɛnd] v. 推薦
2. **deliver** [dɪˋlɪvɚ] v. 運送
3. **send** [sɛnd] v. 寄送
4. **purchase** [ˋpɝtʃəs] v. 購買
5. **cost** [kɔst] v. 花費
6. **fresh** [frɛʃ] adj. 新鮮的
7. **price** [praɪs] n. 價格
8. **today's special** [təˋdez] [ˋspɛʃəl] n. 今日特選
9. **favorite** [ˋfevərɪt] n. 喜愛
10. **interested in~** ph. 對～感到有興趣
11. **pick out** ph. 挑選

◆ Tips ◆

生活小常識：買花篇

買花送人對於忙碌的現代人來說，已經成為人與人之間互相溝通的方式，但是如何買對花種、送的得體是一門極大的學問。

standing spray [ˋstændɪŋ] [spre]（高架花藍）通常是用在**祝賀開幕**、**剪綵典禮**、**大型會議**或**婚喪喜慶**等場合，花材常以 lily [ˋlɪlɪ]（百合）、balloon flower [bə`lun] [`flaʊɚ]（桔梗）、orchid [`ɔrkɪd]（蘭花）等花種組成；若是喬遷、升遷、週年紀念、探病慰問等場合，則可以購買 potted plant [pɑtɪd] [plænt]（盆栽）祝賀親友；通常 bouquet [bu`ke]（花束）會買來在迎賓或獻花時使用，而在特殊節日時也很常見，例如：生日、情人節、週年紀念日等，除了表達祝賀之意，也可傳達感謝或愛意。但是每種花都有不同的 language of flowers [`læŋgwɪdʒ] [ɑv] [`flaʊɚs]（花語），且每個文化對花語都有各自的解讀，所以購買的時候應該先詢問清楚，再挑選適合的花種，才不會失禮。

在花店買花時，在不同情境下可能會遇到什麼樣的對話呢？

● Valentine's Day 情人節

Florist: "Hey there, what can I do for you?"
花店老闆：「您好，需要為您服務嗎？」

Customer: "Tomorrow is Valentine's Day. I'd like to buy a bouquet for my wife." 顧客：「明天是情人節。我想買束花給我老婆。」

Florist: "Do you know what flowers she likes?"
花店老闆：「你知道她喜歡什麼花嗎？」

Customer: "Hmmm… I don't quite know. Do you have any suggestions for me?" 顧客：「嗯～我不太知道耶。你有什麼建議嗎？」

Florist: "We have some fresh roses."
花店老闆：「我們有一些新鮮的玫瑰。」

Customer: "How much are the roses?" 顧客：「玫瑰怎麼賣？」

Florist: "Red roses cost 15 dollars per bouquet, and yellow roses only cost 10 dollars."
花店老闆：「紅玫瑰一束 15 美金，黃玫瑰一束只要 10 美金。」

Customer: "Great. I'll take the red ones."
顧客：「太好了，那我要一束紅玫瑰。」

Florist: "I'm sure your wife would be very pleased with the bouquet." 花店老闆：「我相信你老婆一定會很喜歡這束花的。」

Customer: "Can you send them to this address by tomorrow noon?" 顧客：「你明天中午以前可以送到這個地址嗎？」

Florist: "Sure. We'll send your flowers there on time."
花店老闆：「當然可以。我們會準時把你的花送到的。」

- Visiting a patient 探病

Florist: "Anything I can do for you?" 花店老闆：「需要為您服務嗎？」

Customer: "My friend is in the hospital. I'll go visit her and buy some flowers for her. " 顧客：「我朋友住院。我想買些花去看她。」

Florist: "You may take a basket of orchids for her. Orchids grow and bloom well this year."
花店老闆：「您可以帶一籃蘭花給她。今年的蘭花很漂亮。」

Customer: "Wow... They look very beautiful. How much does a basket of orchid cost?"
顧客：「哇～它們看起來真的很漂亮，一籃蘭花多少錢呢？」

Florist: "It only costs 50 dollars." 花店老闆：「一籃只要 50 美金。」

Customer: "Okay. I'll take it." 顧客：「好的，我要一籃。」

Florist: "Shall I tie it with a ribbon?"
花店老闆：「需要為您在上面綁緞帶嗎？」

Customer: "That'll be good." 顧客：「可以的話就太好了。」

Florist: "Is there anything else you'd like to get?"
花店老闆：「您還需要些什麼嗎？」

Customer: "Hmm... I need a card for her. Can you give me one?" 顧客：「嗯～我需要寫一張卡片給她。可以給我一張嗎？」

Florist: "Yup. Sure." 花店老闆：「好的，當然。」

◆◆◆ Chapter3

Exhibition Hall 展覽館

展場擺設

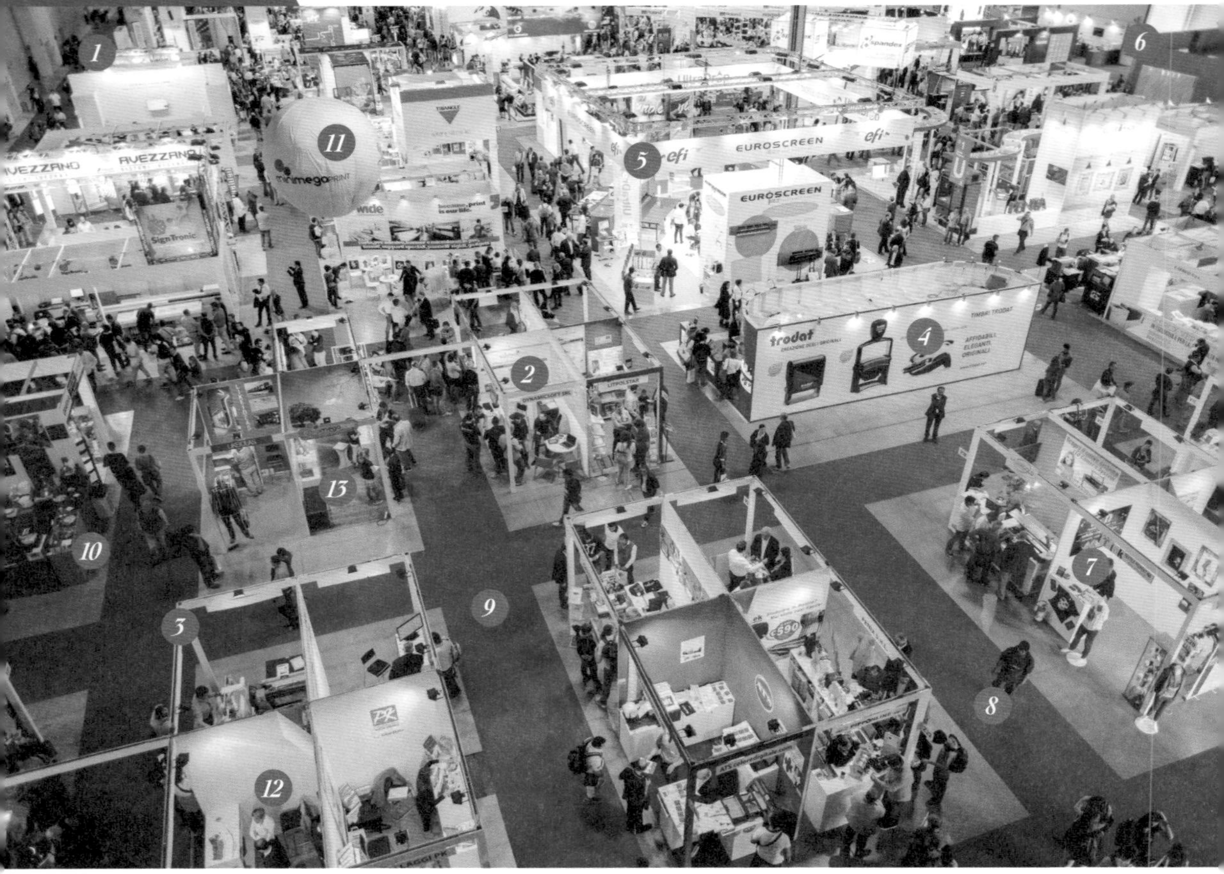

1. **exhibition hall**
   [ˌɛksəˋbɪʃən] [hɔl] n. 展覽館
2. **exhibition booth**
   [ˌɛksəˋbɪʃən] [buθ] n. 展覽攤位
3. **shell scheme**
   [ʃɛl] [skim] n. 攤位框架
4. **fascia** [ˋfæʃɪə] n. 展覽面板
5. **logo** [ˋlɔgo] n. 標誌

6 **loading dock**
[ˋlodɪŋ] [dɑk] n. 展品裝載區

7 **exhibitor** [ɪgˋzɪbɪtɚ] n. 參展廠商

8 **visitor** [ˋvɪzɪtɚ] n. 參觀者

9 **aisle** [aɪl] n. 走道

10 **food stand** [fud] [stænd] n. 美食攤

11 **advertising balloon**
[ˋædvɚˏtaɪzɪŋ] [bəˋlun] n. 廣告氣球

12 **sales representative**
[selz] [rɛprɪˋzɛntətɪv] n. 業務代表

13 **showcase** [ˋʃoˏkes] n. 展示櫃

展覽會在哪裡舉辦呢？

park/square
[pɑrk] / [skwɛr]
n. 公園／廣場

trade center
[tred] [ˋsɛntɚ]
n. 貿易中心

museum
[mjuˋzɪəm]
n. 博物館

♦ Tips ♦

慣用語小常識：展覽篇

make an exhibition of yourself
「做一個自己的展覽」？

exhibition [ˏɛksəˋbɪʃən] 是「展覽」的意思；而在展覽會上總是會展出一些創新奇特的產品或展示品，引發參觀者前往參觀的興趣。但如果你自己就是那個展示品，身邊被一群民眾圍繞，以好奇的心情、審視的目光觀看，不時還會指指點點、議論紛紛，想必心情一定相當不好受，所以 make an exhibition of yourself 帶有負面的意味，另外還有一種說法叫做 make a fool of yourself，意味著在大庭廣眾之下，做出愚笨、出糗的行為，也就是「當眾出醜、丟人現眼」之意。

Alex always makes an exhibition of himself when he is drunk.
Alex 喝醉的時候總是會當眾出醜。

你知道嗎？

中文都是「展覽」，英文中的 exhibition、exposition、fair 和 show 有什麼不同？

exhibition [ˌɛksəˋbɪʃən] 所指的展覽型態有大有小，**大多是屬於國際性的，在 exhibition 上通常只展出商品，而不做銷售行為。有時也會寫成 exhibit**，exhibit [ɪgˋzɪbɪt] 除了當動詞指「展示（產品）；舉辦展覽」以外，也可以和 exhibition 一樣做為名詞使用，exhibit 當名詞時，是指「展示品；陳列品」，**在美式英語裡時常會把這個字拿來和 exhibition 替換使用，都是「展覽」的意思。**

You should go to the exhibition of Chinese ceramics. It is worth a visit.
你應該去參觀中國陶器展，值得一看。

exposition [ˌɛkspəˋzɪʃən] 一字起源於法國，也可以寫成 expo [ˋɛkspo]，意指「**博覽會**」，比起 exhibition ，**exposition 無論規模或場地都比較大**，與中文的意思相同，涵蓋著「博覽」的意味，將產品或概念首次亮相，並呈現在大眾面前。

She is going to attend a business expo in Shanghai to increase sales opportunities. 她要去參加上海的企業博覽會以增加銷售機會。

fair [fɛr] 有很多種意思，當形容詞用時，意指「公平公正的」或是「尚可的、一般的」的意思，當名詞時則是「**（定期的）市集**」，或是可以拿來當作「**展覽**」的意思使用，**但 fair 大多會展出具娛樂性質的產品或提供能提升競爭力的產品**，例如：job fair（就業博覽會）、education fair（教育展）……等。

You may visit an education fair to get more information about foreign universities. 你可以去參觀教育展，來獲得更多有關國外大學的資訊。

show [ʃo] 當動詞時除了「顯示、證明」的意思之外，也有「展示」的意思；而 **show** 在當名詞使用時，意指「**表演；展覽**」的意思，**有時也常被用來替代 exhibition**，但相較於 exhibition，show 多了一種潮流、時尚、活潑的元素在裡面，例如：lingerie show（內衣展）、wine show（美酒展）……等。

How do I get the tickets for the auto show?
我要如何購買車展的票呢？

在展覽館會做什麼呢？

Part8_08

01 看展覽

常見的展覽有哪些？英文怎麼說？

trade exhibition
[tred] [ˏɛksə`bɪʃən]
n. 貿易展

cosmetics exhibition
[kɑz`mɛtɪks] [ˏɛksə`bɪʃən]
n. 美容展

culinary exhibition
[`kjulɪˏnɛrɪ] [ˏɛksə`bɪʃən]
n. 美食展

art exhibition
[ɑrt] [ˏɛksə`bɪʃən]
n. 藝術展

flora exposition
[`florə] [ˏɛkspə`zɪʃən]
n. 花卉博覽會

auto/motor show
[`ɔto] / [`motɚ] [ʃo]
n. 車展

consumer electronics show
[kən`sjumɚ] [ɪlɛk`tranɪks] [ʃo]
n. 消費電子展

lingerie show
[`lænʒə͵ri] [ʃo]
n. 內衣展

education fair
[͵ɛdʒʊ`keʃən] [fɛr]
n. 教育展

wine fair
[waɪn] [fɛr]
n. 酒展

employment/job fair
[ɪm`plɔɪmənt] / [dʒab] [fɛr]
n. 就業展

creative exposition
[krɪ`etɪv] [͵ɛkspə`zɪʃən]
n. 創意博覽會

在看展覽時會用到的單字

1. **visit** [`vɪzɪt] v. 參觀
2. **attend** [ə`tɛnd] v. 參加
3. **display** [dɪ`sple] v. 陳列；展示
4. **allow** [ə`laʊ] v. 允許；准許
5. **enter** [`ɛntɚ] v. 進入
6. **ticket** [`tɪkɪt] n. 門票
7. **ticket office** [`tɪkɪt] [`ɔfɪs] n. 購票處
8. **badge** [bædʒ] n. 識別證
9. **press card** [prɛs] [kard] n. 記者證
10. **business card** [`bɪznɪs] [kard] n. 名片
11. **map** [mæp] n. 地圖
12. **~floor** [flor] n. ～層樓
13. **take a look** ph. 看一看；瞧一瞧
14. **start from~** ph. 開始於～
15. **end at~** ph. 在～結束

在看展覽會時，有哪些常見的東西？

brochure
[bro`ʃʊr]
n. 小冊子

display sample
[dɪ`sple] [`sæmpḷ]
n. 展示品

flyer
[`flaɪɚ]
n. 宣傳單

giveaway sample
[`gɪvəˏwe] [`sæmpḷ]
n. 贈品

light box
[laɪt] [bɑks]
n. 燈箱

roll-up banner
[`rolˏʌp] [`bænɚ]
n. 海報架

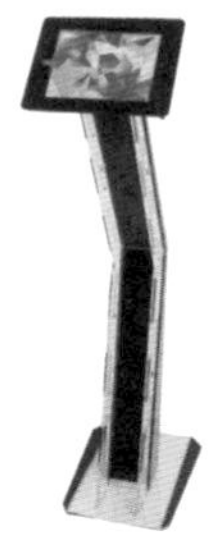

tablet stand
[`tæblɪt] [stænd]
n. 平板電腦立架

audio guide
[`ɔdɪˏo] [gaɪd]
n. 語音導覽

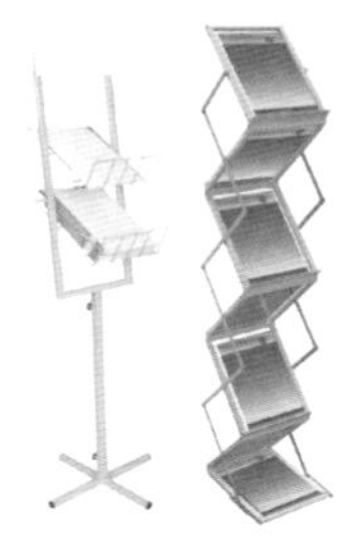

brochure stand
[bro`ʃʊr] [stænd]
n. 資料展示架

02 購買紀念品

Part8_09

買紀念品時會用到的單字

1. **gift shop** [gɪft] [ʃɑp] n. 禮品店
2. **merchandise** [`mɝtʃən͵daɪz] n. 商品
3. **souvenir store** [`suvə͵nɪr] [stor] n. 紀念品店
4. **souvenir** [`suvə͵nɪr] n. 紀念品
5. **gift** [gɪft] n. 禮物
6. **clothing** [`kloðɪŋ] n. 衣服
7. **shell** [ʃɛl] n. 貝殼
8. **T-shirt** [`ti͵ʃɝt] n. T 恤
9. **necklace** [`nɛklɪs] n. 項鍊
10. **accessory** [æk`sɛsərɪ] n. 飾品
11. **magnet** [`mægnɪt] n. 磁鐵
12. **postcard** [`post͵kɑrd] n. 明信片
13. **handicraft** [`hændɪ͵kræft] n. 手工藝品
14. **collectable/collectible** [kə`lɛktəbl̩]/ [kə`lɛktɪbl̩] n. 收藏品
15. **miniature figure** [`mɪnɪətʃɚ] [`fɪgjɚ] n. 公仔
16. **miniature picture** [`mɪnɪətʃɚ] [`pɪktʃɚ] n. 微型畫
17. **discount** [`dɪskaʊnt] n./v. 折扣
18. **pay by~** ph. 以～付款
19. **for sale** ph. 出售中
20. **on sale** ph. 特價中

購買紀念品時的常用句

1. **How much is this?** 這個多少錢？
2. **Which items are duty-free?** 哪些商品是免稅的？
3. **Do you have any special offers?** 你們有什麼優惠嗎？
4. **What's the specialty here?** 這邊的特產是什麼？
5. **Could you make it cheaper?** 可以算便宜一點嗎？
6. **Are there any discounts?** 有任何折扣嗎？
7. **I'll take it if the price is lower.** 如果再便宜一點我就買。
8. **Do you have this in another color/size?** 這個有其他的顏色／尺寸嗎？
9. **Can I try this on?** 我可以試穿（戴）嗎？

10. **I want to take this and that.** 我想要買這個和那個。
11. **Do you accept credit cards?** 你們接受信用卡嗎？
12. **I want to pay by credit card/cash.** 我想用信用卡／現金付。
13. **Could you gift-wrap it, please?** 可以請你把它包成禮物的樣子嗎？

你知道嗎？

從展場裡帶走的「紀念品」，該叫做 souvenir 還是 memorabilia ？

souvenir [`suvə͵nɪr] 這個字源自法國，原指「**與某人共同擁有回憶的物品**」，看到此物品，就會連想到某人的紀念物，與 memento [mɪ`mɛnto] 和 keepsake [`kip͵sek] 的意思相同，有種睹物思人的感覺，但後來 souvenir 更常被用來當作觀光地區的「**紀念品或伴手禮**」。

Eliot bought a crystal brooch in South Africa as a souvenir for his wife.
Eliot 在南非買了一個水晶胸針做為紀念品送給他太太。

memorabilia [`mɛmərə`bɪlɪə] 一字的來源是拉丁文「**值得紀念的事物**」的意思，像是偶像明星的簽名照、棒球或足球明星的簽名T恤、某公司出產的週邊紀念小物……等這些**收藏品**，這些對於收藏愛好者來說，都是值得紀念且有收藏價值的物品，因此英文都是用 memorabilia 一字來敘述。

My brother believes that his baseball memorabilia will be worth much money one day.
我哥哥相信有一天他的棒球收藏品會價值連城。

◆◆◆ Chapter4

Beauty Salon 美容院

Part8_10

美容院擺設

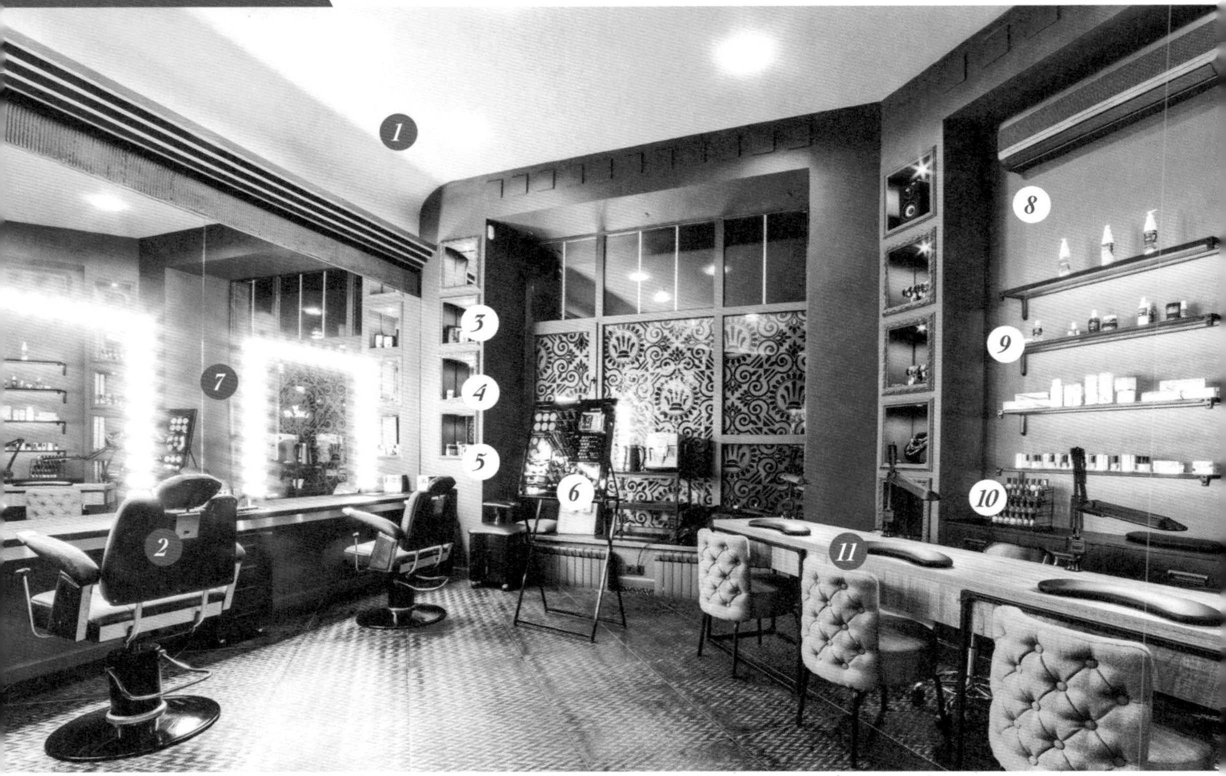

1 **hair salon** [hɛr] [sə`lɑn] n. 美髮店

2 **barber chair** [`bɑrbɚ] [tʃɛr] n. 理髮椅

3 **hair spray** [hɛr] [spre] n. 噴霧定型液

4 **styling gel** [`staɪlɪŋ] [dʒɛl] n. 髮膠

5 **hair wax** [hɛr] [wæks] n. 髮臘

6 **cosmetics** [kɑz`mɛtɪks] n. 化妝品

7 **mirror** [`mɪrɚ] n. 鏡子

8 **nail salon** [nel] [sə`lɑn] n. 美甲店

9 **nail polish remover** [nel] [`pɑlɪʃ] [rɪ`muvɚ] n. 去光水

10 **nail polish** [nel] [`pɑlɪʃ] n. 指甲油

11 **hand pillow** [hænd] [`pɪlo] n. 手枕

12 **sink** [sɪŋk] n. 水槽

13 **shampoo chair** [ʃæm`pu] [tʃɛr] n. 洗髮椅

14 **shampoo** [ʃæm`pu] n. 洗髮精

15 **conditioner** [kən`dɪʃənɚ] n. 潤髮乳

16 **hair treatment** [hɛr] [`tritmənt] n. 護髮用品

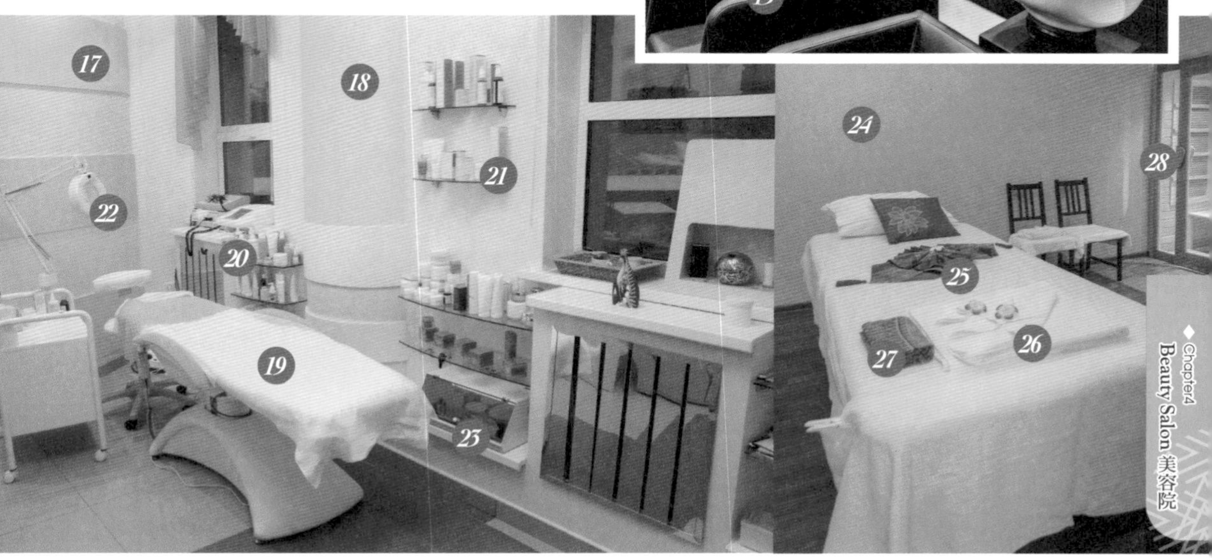

17 **beauty salon** [`bjutɪ] [sə`lɑn] n. 美容院

18 **treatment room** [`tritmənt] [rum] n. 治療室

19 **facial bed** [`feʃəl] [bɛd] n. 美容床

20 **beauty appliance** [`bjutɪ] [ə`plaɪəns] n. 美容用具

21 **skin care product** [skɪn] [kɛr] [`prɑdəkt] n. 皮膚保養品

22 **magnifying glass lamp** [`mægnə͵faɪɪŋ] [glæs] [læmp] n. 放大鏡檯燈

23 **disinfection box** [͵dɪsɪn`fɛkʃən] [bɑks] n. 消毒箱

24 **massage room** [mə`sɑʒ] [rum] n. 按摩室

25 **massage bed** [mə`sɑʒ] [bɛd] n. 按摩床

26 **bathrobe** [`bæθ͵rob] n. 浴袍

27 **towel** [`taʊəl] n. 毛巾

28 **sauna** [`saʊnə] n. 桑拿室

◆ Tips ◆

慣用語小常識：美麗篇

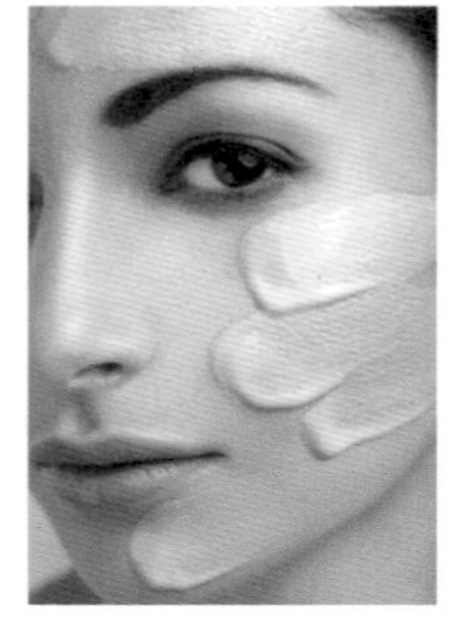

Beauty is only skin-deep.
「美麗只有皮膚的深度」？

skin [skɪn] 是「皮膚」、deep [dip] 是指「深的」意思，將兩字合併在一起，變成複合形容詞 skin-deep [͵skɪn`dip]，意思就是「**膚淺的；表面的**」，因為皮膚的深度只有在表層上，所以 Beauty is only skin-deep. 就是指「**美麗是非常膚淺的**」，不要太在意外表，內在的涵養遠比外在容貌還要更重要。

Beauty is only skin-deep, so you should focus more on her inner beauty.
美麗是膚淺的，所以你最好多注意她的內在美。

Part8_11

01 洗髮／護髮／保養

在美容院裡會看到哪些人呢？

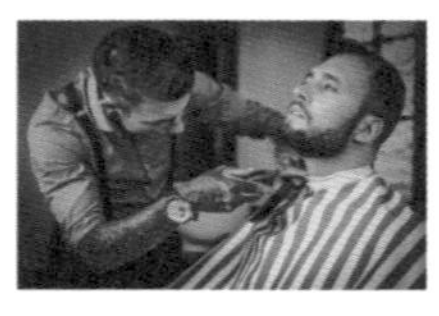

barber
[`bɑrbɚ]
n. 理容師

hairdresser
[`hɛr͵drɛsɚ]
n. 髮型設計師

stylist
[`staɪlɪst]
n. 造型師

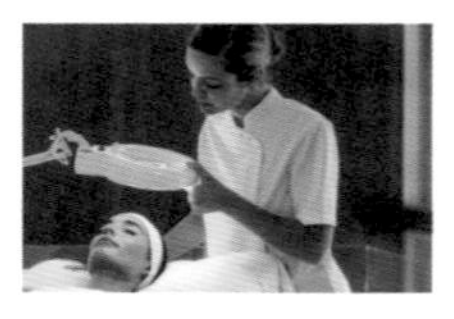

cosmetologist
[͵kɑzmə`tɑlədʒɪst]
n. 美容師

makeup artist
[ˋmek͵ʌp] [ˋɑrtɪst]
n. 彩妝師

manicurist
[ˋmænɪ͵kjʊrɪst]
n. 美甲師

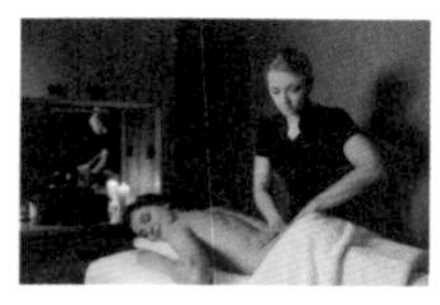

aromatherapist
[ə͵romə`θɛrəpɪst]
n. 芳療師

hair colorist
[hɛr] [ˋkʌlərɪst]
n. 染髮師

洗髮、護髮時常用的基本對話

Stylist: "Hi. How are you doing?" 設計師：「嗨，你好嗎？」

Customer: "Good. I need a wash." 顧客：「我很好。我要洗頭。」

Stylist: "Okay. Would you like something to drink?"
設計師：「好的。您要喝點什麼嗎？」

Customer: "Tea, please. How much do you charge for a hair care session?"
顧客：「茶，麻煩你了。你們護髮多少錢呢？」

Stylist: "It depends on hair treatments. A hot oil treatment is 70 dollars, and a regular hair treatment is only 50 dollars."
設計師：「要看您用什麼護髮產品。熱油護髮美金 70 元，一般護髮只要美金 50 元。」

Customer: "I want to do a hot oil treatment, thanks."
顧客：「我想要做熱油護髮，謝謝。」

Stylist:"Would you like a newspaper or magazine?"
設計師：「您要看報紙或雜誌嗎？」

Customer: "No, thanks. I'll take a rest with my eyes closed."
顧客：「不用了，謝謝。我要閉眼休息一下。」

(An assistant is giving a scalp massage during the wash.)
（助理在洗頭時一邊按摩頭皮）

Assistant: "Do I need to rub harder or softer?"
助理：「需要我用力一點，還是輕一點呢？」

Customer: "Softer, please. Could you rub over here more?"
顧客：「輕一點，謝謝。你可以幫我在這邊多按一下嗎？」

Assistant: "Sure. Is the water too hot?"
助理：「沒問題。水會不會太燙？」

Customer: "It's fine." 顧客：「這樣可以。」

Assistant: "Is there any part I need to rub more?"
助理：「哪裡還需要加強嗎？」

Customer: "No, thanks." 顧客：「不用了，謝謝。」

Part8_12

••• 02 造型設計

造型設計會用到什麼呢？

❶ **hair color/dye**
[hɛr] [ˋkʌlɚ] / [daɪ] n. 染髮劑

❷ **hair dryer** [hɛr] [ˋdraɪɚ] n. 吹風機

❸ **comb** [kom] n. 扁梳

❹ **hair dryer diffuser**
[hɛr] [ˋdraɪɚ] [dɪˋfjuzɚ] n. 烘髮罩

❺ **electric clipper**
[ɪˋlɛktrɪk] [ˋklɪpɚ] n. 電動推剪

❻ **scissors** [ˋsɪzɚz] n. 剪刀

❼ **brush** [brʌʃ] n. 梳子

❽ **water spray bottle**
[ˋwɔtɚ] [spre] [ˋbɑtəl] n. 清水噴瓶

❾ **hair straightener**
[hɛr] [ˋstretənɚ] n. 直髮器

❿ **round brush**
[raʊnd] [brʌʃ] n. 圓梳

⑪ **hair spray** [hɛr] [spre] n. 噴霧定型液

⑫ **hair color palette** [hɛr] [ˋkʌlɚ] [ˋpælɪt] n. 髮色板

⑬ **perm rod** [pɝm] [rɑd] n. 髮捲

⑭ **hairpin** [ˋhɛrˏpɪn] n. 髮夾

⑮ **barrette/hair clip** [bəˋrɛt] / [hɛr] [klɪp] n. 條狀髮夾

⑯ **hair claw** [hɛr] [klɔ] n. 鯊魚夾

造型時常做的事有什麼呢？用英文怎麼說？

get/have a haircut ph. 剪髮

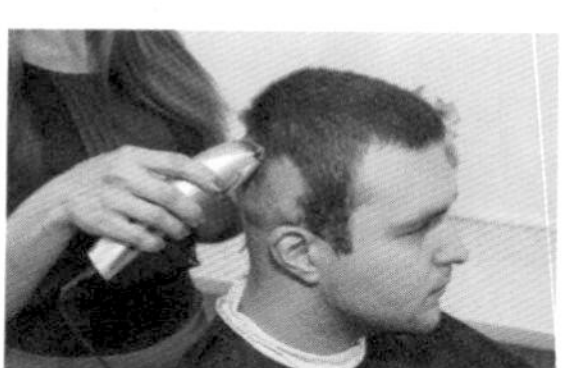

get/have hair shaved ph. 剃髮

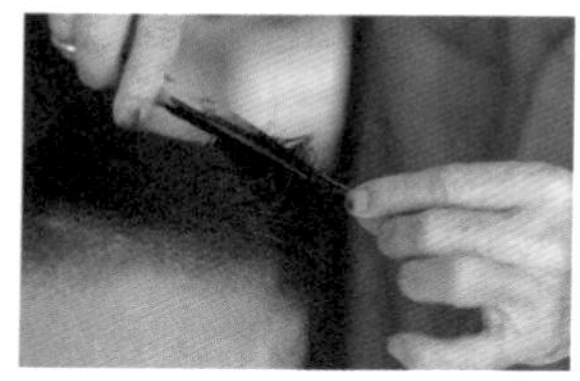

get/have a trim ph. 修剪

trim the bangs ph. 修瀏海

shave the sideburns ph. 修鬢角

get/have a perm ph. 燙髮

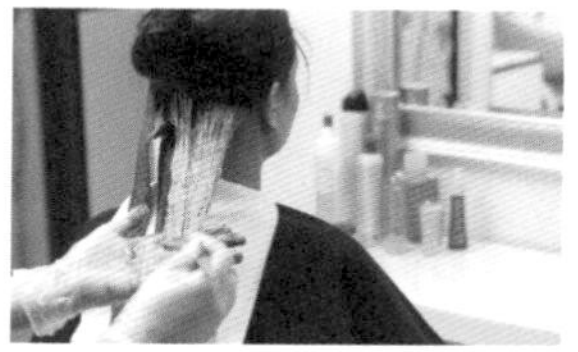

get/have a dye ph. 染髮

get/have highlights ph. 挑染

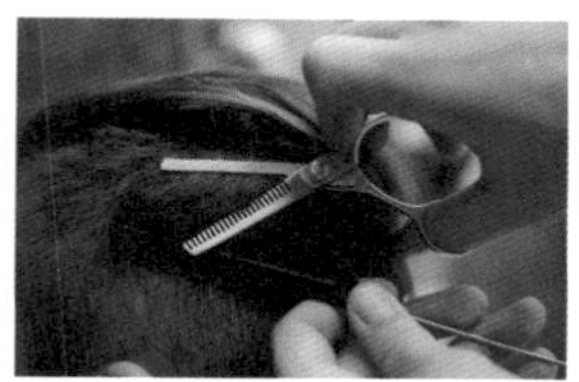

get hair thinned out ph. 打薄

get/have hair layered
ph. 打層次

do hair extensions
ph. 接髮

part hair to the right/center/left
ph. 把頭髮右旁分／中分／左旁分

••• 03 美甲

Part8_13

做美甲的時候常見的工具有哪些？

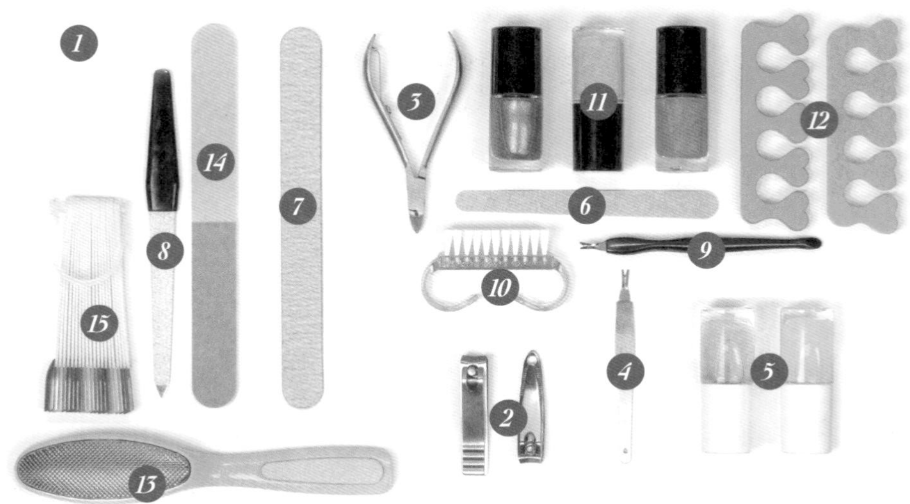

1. **manicure tools** [\`mænɪˌkjʊr] [tulz] n. 修指甲器具
2. **nail clipper** [nel] [\`klɪpɚ] n. 指甲剪
3. **cuticle clipper/nipper** [\`kjutɪkl̩] [\`klɪpɚ]/[\`nɪpɚ] n. 甲皮剪
4. **cuticle trimmer/pusher** [\`kjutɪkl̩] [\`trɪmɚ]/ [\`pʊʃɚ] n. 推棒
5. **cuticle remover** [\`kjutɪkl̩] [rɪ\`muvɚ] n. 甲皮軟化劑

❻ **double side nail file** [ˋdʌbḷ] [saɪd] [nel] [faɪl] n. 雙面指甲銼
❼ **sponge nail file** [spʌndʒ] [nel] [faɪl] n. 海綿指甲銼
❽ **stainless steel nail file** [ˋstenlɪs] [stil] [nel] [faɪl] n. 不鏽鋼指甲銼
❾ **double ended cuticle trimmer/pusher**
[ˋdʌbḷ] [ˋɛndɪd] [ˋkjutɪkḷ] [ˋtrɪmɚ] / [ˋpʊʃɚ] n. 雙頭推棒
❿ **nail brush** [nel] [brʌʃ] n. （清潔用）指甲刷
⓫ **nail polish** [nel] [ˋpɑlɪʃ] n. 指甲油
⓬ **toe separator** [to] [ˋsɛpəˏretɚ] n. 腳趾分離器
⓭ **foot file** [fʊt] [faɪl] n. 足部磨砂板
⓮ **nail buffer** [nel] [ˋbʌfɚ] n. 指甲拋光條
⓯ **color palette** [ˋkʌlɚ] [ˋpælɪt] n. 色卡

做美甲時常用的基本對話

Manicurist: "Good afternoon, how are you today?"
美甲師：「午安，您今天好嗎？」

Customer: "Good, thanks." 顧客：「很好，謝謝。」

Manicurist: "How can I help you?" 美甲師：「我能為您做什麼？」

Customer: "I am attending a wedding this evening. I heard you are very good at gel nails, so I'd like to have gel nails applied."
顧客：「我今晚要去參加婚禮。我聽說你很會做光療指甲，所以我想要做光療指甲。」

Manicurist: "A gel manicure is 60 dollars. Would you also like a pedicure?" 美甲師：「光療指甲是美金 60 元。要不要也做個足部保養呢？」

Customer: "How much does a pedicure cost?"
顧客：「足部保養多少錢呢？」

Manicurist: "It is 40 dollars." 美甲師：「美金 40 元。」

Customer: "How long does it take if I want to do both?"
顧客：「如果這兩項都做，我要花多少時間呢？」

Manicurist: "It will take about three hours to finish them."
美甲師：「大概要花三個小時才能完成。」

Customer: "Great. I think I still have some time to put on some make-up and dress up. Then please do so."
顧客：「太好了。我想我應該還有一點時間可以化妝打扮。那就麻煩你了。」

◆◆◆ Chapter5

Amusement Park 遊樂園

Part8_14

遊樂園配置

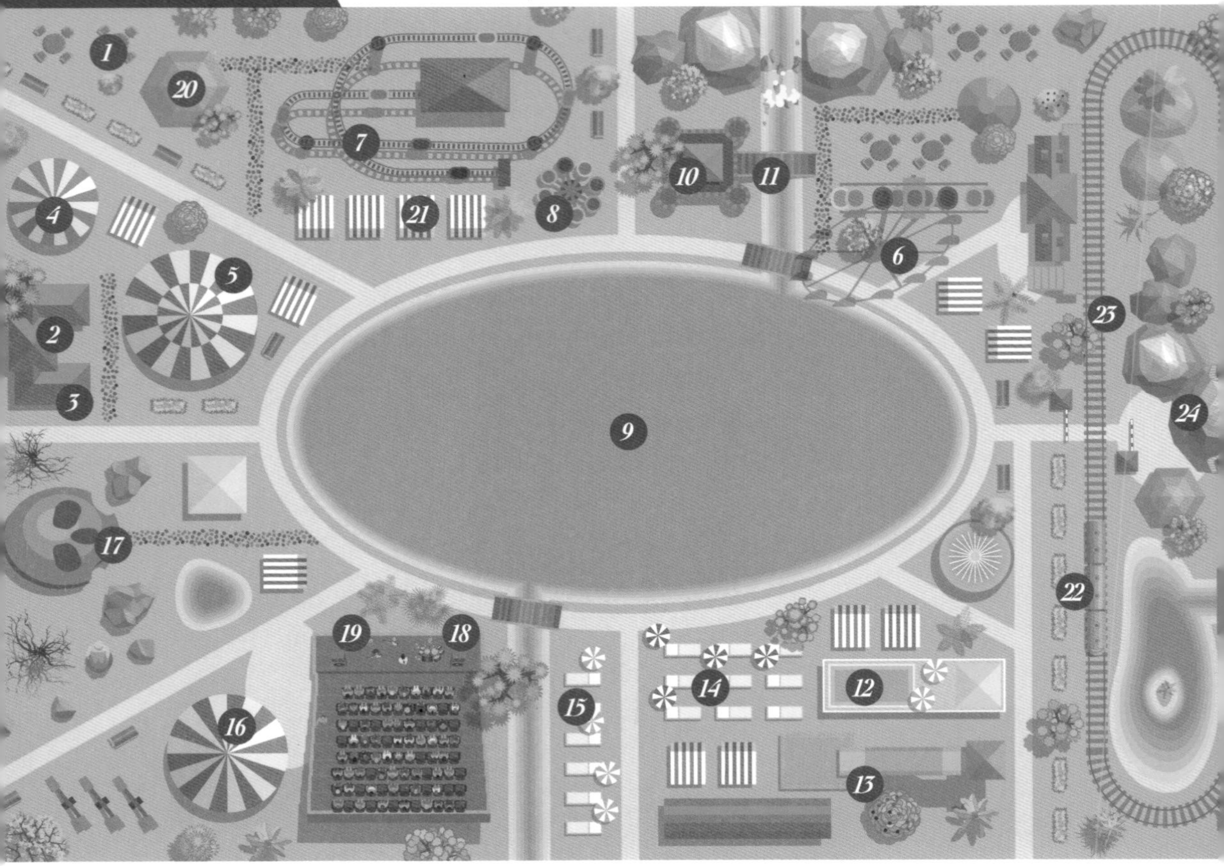

❶ **amusement park plan**
[ə`mjuzmənt] [pɑrk] [plæn] n. 遊樂園平面圖

❷ **main entrance**
[men] [`ɛntrəns] n. 主要入口

❸ **ticket booth** [`tɪkɪt] [buθ] n. 售票亭

❹ **visitor center**
[`vɪzɪtɚ] [`sɛntɚ] n. 遊客中心

❺ **indoor playground**
[`ɪn͵dor] [`ple͵graʊnd]
n. 室內遊樂場

❻ **Ferris wheel**
[ˋfɛrɪs] [hwil] n. 摩天輪

❼ **roller coaster**
[ˋrolɚ] [ˋkostɚ] n. 雲霄飛車

❽ **swing ride**
[swɪŋ] [raɪd] n. 旋轉鞦韆

❾ **water park**
[ˋwɔtɚ] [pɑrk] n. 水上樂園

❿ **gazebo** [gəˋzibo] n. 涼亭

⓫ **footbridge**
[ˋfʊtˏbrɪdʒ] n. 人行（小）橋

⓬ **water play area**
[ˋwɔtɚ] [ple] [ˋɛrɪə] n. 戲水區

⓭ **water slide**
[ˋwɔtɚ] [slaɪd] n. 滑水道

⓮ **rest area** [rɛst] [ˋɛrɪə] n. 休息區

⓯ **picnic area**
[ˋpɪknɪk] [ˋɛrɪə] n. 野餐區

⓰ **circus tent**
[ˋsɝkəs] [tɛnt] n. 馬戲團帳篷

⓱ **haunted house**
[ˋhɔntɪd] [haʊs] n. 鬼屋

⓲ **live entertainment**
[laɪv] [ˏɛntɚˋtenmənt] n. 現場表演

⓳ **theater** [ˋθɪətɚ] n. 劇場

⓴ **gift shop** [gɪft] [ʃɑp] n. 紀念品店

㉑ **food stand**
[fud] [stænd] n. 小吃攤

㉒ **park train**
[pɑrk] [tren] n. 遊園火車

㉓ **track** [træk] n. 軌道

㉔ **tunnel** [ˋtʌnl̩] n. 隧道

◆ **Tips** ◆

慣用語小常識：遊樂場篇

a walk in the park
「在遊樂場（或公園）散步」？

walk（走路）也可以當作「散步」的意思，park 除了是「遊樂園」的意思之外，最常被當成「公園」的意思；想像當一個人在公園裡散步，一定是輕鬆自在、沒有任何壓力，如果把 a walk in the park（在公園散步）用來形容一件必須完成的事，那麼，這件事是不是非常輕而易舉呢？也就是說 a walk in the park 就是指「輕而易舉的事」。

You can do it. It is a walk in the park.
你可以辨得到的。這是很簡單的事。

01 搭乘遊樂器材

Part8_15

搭乘遊樂器材會用到的字

1. **ride** [raɪd] n. 遊樂設施
2. **vomit** [`vɑmɪt] v. 嘔吐
3. **interesting** [`ɪntərɪstɪŋ] adj. 令人感到有趣的
4. **exciting** [ɪk`saɪtɪŋ] adj. 令人感到刺激的
5. **scary** [`skɛrɪ] adj. 令人害怕的
6. **scared** [skɛrd] adj. 害怕的
7. **amusing** [ə`mjuzɪŋ] adj. 有趣的
8. **hooray** [hʊ`re] v. 歡呼
9. **enjoy** [ɪn`dʒɔɪ] v. 享受；喜愛
10. **have fun** ph. 玩得愉快
11. **take a ride on~** ph. 搭乘～（遊樂設施）
12. **stay in line** ph. 排隊

在遊樂園裡有什麼可以玩？

merry-go-round
[`mɛrɪgo͵raʊnd]
n. 旋轉木馬

bumper car
[`bʌmpɚ] [kɑr]
n. 碰碰車

pirate boat
[`paɪrət] [bot]
n. 海盜船

go-kart
[`go͵kɑrt]
n. 卡丁車

spinning teacups
[`spɪnɪŋ] [`ti͵kʌps]
n. 旋轉茶杯

Choo Choo Train
[`tʃu͵tʃu] [tren]
n. 蒸氣小火車

freefall
[ˋfrifɔl]
n. 自由落體

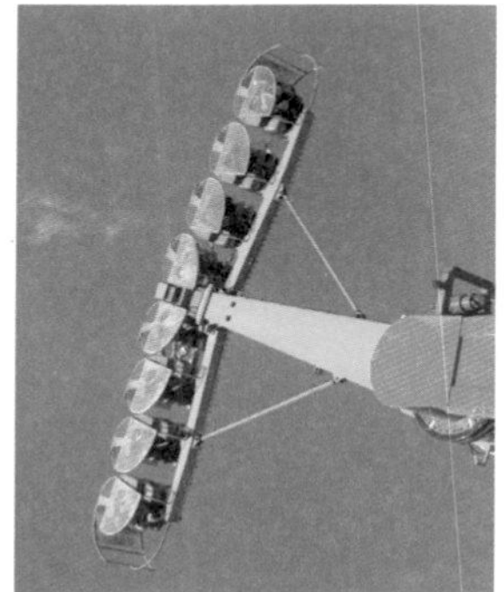

kamikaze ride
[ˏkɑmɪˋkɑzɪ] [raɪd]
n. 天旋地轉

evolution ride
[ˏɛvəˋluʃən] [raɪd]
n. 風火輪

frisbee ride
[ˋfrɪzbi] [raɪd]
n.（終極）飛盤

octopus ride
[ˋɑktəpəs] [raɪd]
n. 八爪章魚

parade
[pəˋred]
n. 遊行

indoor roller coaster
[ˋɪnˏdor] [ˋrolɚ] [ˋkostɚ]
n. 室內雲霄飛車

mechanical bull
[məˋkænɪkḷ] [bʊl]
n. 機械公牛

flowrider
[floˋraɪdɚ]
n. 巨浪灣

indoor playground
[ˋɪnˏdor] [ˋpleˏgraʊnd]
n. 室內遊樂場

monorail
[ˋmɑnəˏrel]
n. 單軌鐵路

shooting gallery
[ˋʃutɪŋ] [ˋgælərɪ]
n. 射擊遊戲

ringtoss
[ˋrɪŋtɔs]
n. 套圈圈遊戲

tagada
[tɑˋgɑdɑ]
n. 快樂轉盤

bumper boats
[ˋbʌmpɚ] [bots]
n. 碰碰船

wave pool
[wev] [pul]
n. 波浪池

manmade beach
[ˋmænˏmed] [bitʃ]
n. 人造沙灘

water slide
[ˋwɔtɚ] [slaɪd]
n. 滑水道

flume ride
[flum] [raɪd]
n. 水槽急流滑水

lazy river
[ˋlezɪ] [ˋrɪvɚ]
n. 漂漂河

river rapids ride
[ˋrɪvɚ] [ˋræpɪdz] [raɪd]
n. 激流旅程

中文一樣是遊樂園，funfair 和 amusement park 有什麼不同？

amusement park [ə`mjuzmənt] [pɑrk] 是指在大城市裡，**定點式且無法移動的「大型遊樂園」**，經營 amusement park 的業者會不時推出新奇刺激的大型遊樂設施。不同於 amusement park，funfair [`fʌnfɛr] 是屬於**非定點且可移動式的「公共露天小型遊樂園」**，多舉辦在鄉鎮或公園地區，在 funfair 裡，業者會提供各種新奇古怪的展覽、表演和小遊戲，還有一些可拆卸的移動式小型遊樂設施，讓遊客就算是在鄉鎮或公園地區，也能盡情玩樂。

My son is so excited about going to an amusement park tomorrow.
我兒子對於明天要去遊樂園很興奮。

02 拍照

Part8_16

會用到的單字與片語

1 **mascot** [`mæskət] n. 吉祥物
2 **costume** [`kɑstjum] n. 服裝
3 **icon** [`aɪkɑn] n. 象徵標誌
4 **character** [`kærɪktɚ] n. 角色
5 **landscape mode** [`lænd͵skep] [mod] n.（螢幕的）橫式
6 **portrait mode** [`portret] [mod] n.（螢幕的）直式
7 **take a picture with~** ph. 與～一起拍照

8 **panoramic mode**
[ˌpænəˋræmɪk] [mod] n. 全景模式

9 **panorama** [ˌpænəˋræmə] n. 全景

10 **shutter** [ˋʃʌtɚ] n. 快門

11 **flash** [flæʃ] n. 閃光燈

12 **aperture** [ˋæpɚtʃɚ] n. 光圈

13 **memory card**
[ˋmɛmərɪ] [kɑrd] n. 記憶卡

14 **hug** [hʌg] v. 擁抱

15 **smile** [smaɪl] v. 微笑

16 **press the shutter button**
ph. 按下快門鍵

17 **turn on/off the flash**
ph. 打開／關上閃光燈

18 **adjust the aperture**
ph. 調整光圈

19 **insert the memory card**
ph. 插入記憶卡

拍照時會用到的基本句子

1. **Could you help us take a picture with the mascot?**
你可以幫我們和吉祥物拍照嗎？
2. **Could you get the entire castle in the picture?**
你能把整個城堡拍進照片裡嗎？
3. **Just press the shutter button here.** 按下這裡的快門鍵就可以（拍）了。
4. **Do you want to take it in landscape or portrait mode?**
你要拍橫的還是直的？
5. **Could you take it in landscape mode?** 你能幫我拍橫的嗎？
6. **I will use panoramic mode to include you and the surroundings.** 我會用全景模式把你們和周圍景色都拍進去。
7. **It's a bit dark now, we should turn on the flash.**
現在有點暗，應該要把閃光燈打開。
8. **I think I've run out of the memory, let me change my memory card.** 我想我的記憶體用完了，讓我換一下我的記憶卡。
9. **Can you come a little closer?** 你可以靠近一點嗎？
10. **Can you move a little to your left/right?** 你可以往你的左／右邊一點嗎？
11. **Everyone says cheese!** 大家要笑喔！
12. **Is this picture ok?** 這張照片可以嗎？
13. **I think we can take another one.** 我覺得可以再拍一張。
14. **It's really good! Thank you!** 拍得好棒！謝謝你！

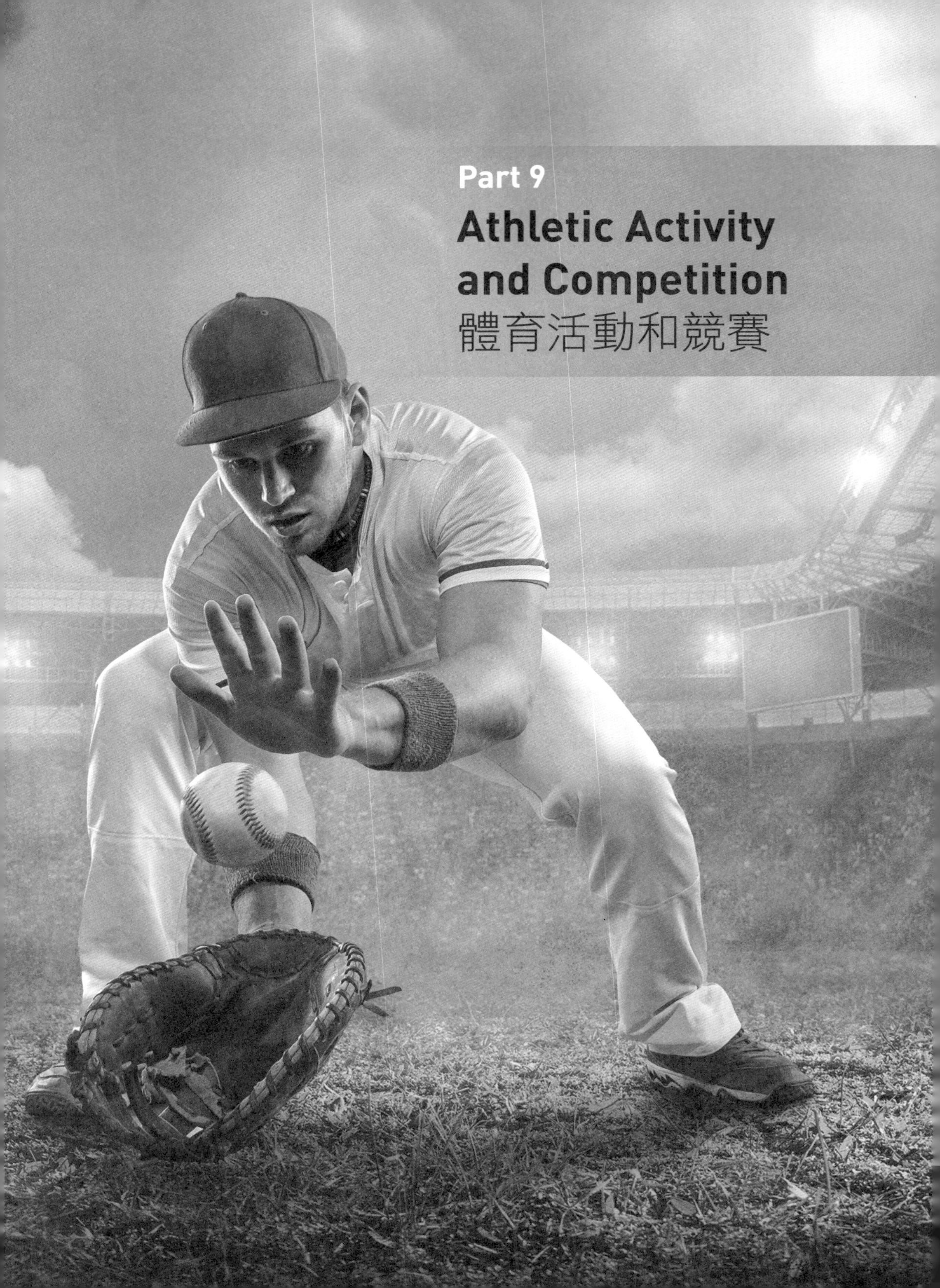

Part 9
Athletic Activity and Competition
體育活動和競賽

◆◆◆ Chapter1

Basketball Court 籃球場

Part9_01

籃球場配置

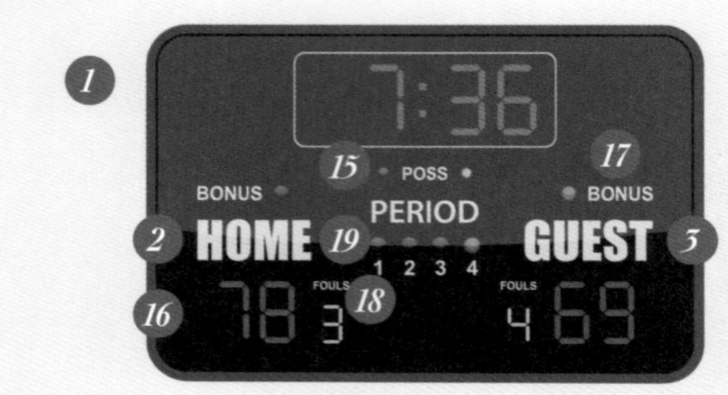

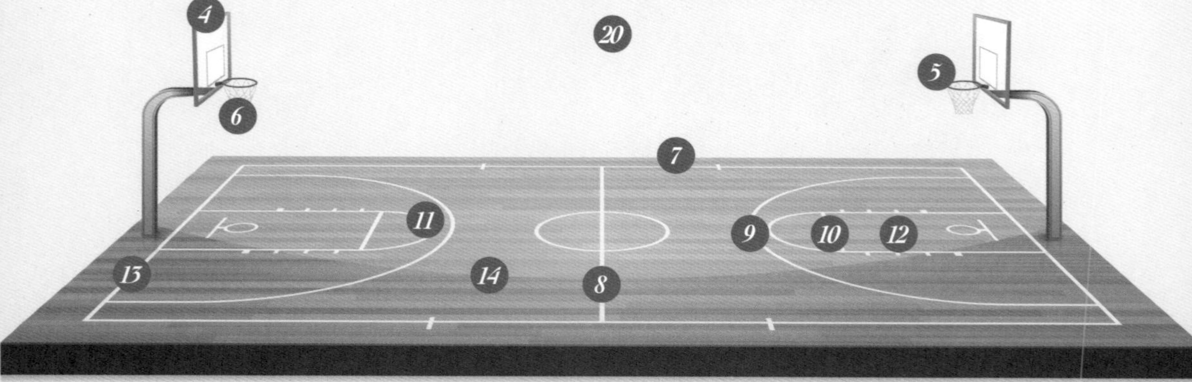

1. **scoreboard** [ˋskor͵bord] n. 計分板
2. **home team** [hom] [tim] n. 主隊
3. **guest team** [gɛst] [tim] n. 客隊
4. **backboard** [ˋbæk͵bord] n. 籃板
5. **hoop** [hup] n. 籃框
6. **net** [nɛt] n. 籃網
7. **sideline** [ˋsaɪd͵laɪn] n. 邊線
8. **centerline** [ˋsɛntɚ͵laɪn] n. 中線
9. **three-point line** [ˋθri͵pɔɪnt] [laɪn] n. 三分線
10. **free-throw line** [ˋfri͵θro] [laɪn] n. 罰球線
11. **free-throw lane** [ˋfri͵θro] [len] n. 罰球圈

⑫ **painted area**
[ˋpenˏtɪd] [ˋɛrɪə] n. 禁區

⑬ **baseline** [ˋbeslaɪn] n. 底線

⑭ **basketball floor**
[ˋbæskɪtˏbɔl] [flor] n. 籃球場地板

⑮ **possession** [pəˋzɛʃən] n. 球權

⑯ **score** [skor] n. 得分

⑰ **bonus/penalty**
[ˋbonəs] / [ˋpɛnl̩tɪ] n. 加罰狀態

⑱ **foul** [faʊl] n. 犯規（次數）

⑲ **period** [ˋpɪrɪəd] n.（比賽）節次

⑳ **basketball court**
[ˋbæskɪtˏbɔl] [kort] n. 籃球場

籃球場人員

㉑ **coach** [kotʃ] n. 教練

㉒ **basketball player**
[ˋbæskɪtˏbɔl] [ˋpleɚ] n. 籃球員

㉓ **bench player**
[bɛntʃ] [ˋpleɚ] n. 板凳球員

㉔ **offense** [əˋfɛns] n. 攻方

㉕ **defence** [dɪˋfɛns] n. 守方

㉖ **referee** [ˏrɛfəˋri] n. 裁判

㉗ **audience** [ˋɔdɪəns] n. 觀眾

㉘ **starter** [ˋstartɚ] n. 先發球員

◆ Tips ◆

慣用語小常識：灌籃篇

dunk (someone or something) into (something)
「把（某人或物）投進（某物）裡」？

dunk [dʌŋk]（灌籃），也可以當作「泡；浸」的意思；這裡是指「**把某人或某東西浸泡在某物裡**」，例如有些人吃西餐時，習慣先撕一小塊麵包再沾點湯汁，或將麵包撕塊直接浸泡在湯品裡享用，這樣的動作就可以稱為 dunk (someone or something) into (something)。

My daughter always likes to dunk pieces of bread into her soup first, and then eats it.
我女兒總是喜歡先把麵包碎片丟進她的湯裡，然後才開始喝湯。

在籃球場會做什麼呢？

01 打全場比賽

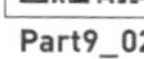
Part9_02

球員場上角色的英文要怎麼說？

1. **basketball player position** [ˋbæskɪtˏbɔl] [ˋpleɚ] [pəˋzɪʃən] n. 籃球員位置
2. **point guard** [pɔɪnt] [gɑrd] n. 控球後衛
3. **shooting guard** [ˋʃutɪŋ] [gɑrd] n. 得分後衛
4. **small forward** [smɔl] [ˋfɔrwɚd] n. 小前鋒
5. **power forward** [ˋpaʊɚ] [ˋfɔrwɚd] n. 大前鋒
6. **center** [ˋsɛntɚ] n. 中鋒
7. **swingman** [ˋswɪŋˏmæn] n. 搖擺人（可兼任多個位置的球員）
8. **sixth man** [sɪksθ] [mæn] n. 第六人（最佳替補球員）
9. **rookie** [ˋrukɪ] n. 新秀
10. **veteran** [ˋvɛtərən] n. 資深球員

裁判會比出哪些手勢呢？

1 **referee** [ˌrɛfə`ri] n. 裁判

2 **start clock** [stɑrt] [klɑk] n. 比賽開始

3 **stop clock** [stɑp] [klɑk] n. 比賽結束

4 **time-out** [`taɪm`aʊt] n.（比賽）暫停

5 **jump ball** [dʒʌmp] [bɔl] n. 爭球

6 **substitution** [ˌsʌbstə`tjuʃən] n. 換人

7 **beckoning** [`bɛknɪŋ] n. 招呼示意

8 **one point** [wʌn] [pɔɪnt] n. 一分

9 **two points** [tu] [pɔɪnts] n. 二分

10 **three points** [θri] [pɔɪnts] n. 三分起跳

11 **three points success** [θri] [pɔɪnts] [sək`sɛs] n. 三分球進

12 **cancel score** [`kænsl̩] [skor] n. 得分不算

13 **24-second reset** [ˌtwenti`for] [`sɛkənd] [ri`sɛt] n. 重新計算進攻時間

14 **player foul** [`pleɚ] [faʊl] n.（球員）犯規

15 **travelling**[`trævl̩ɪŋ] n. 走步

16 **technical foul** [`tɛknɪkl̩] [faʊl] n. 技術犯規

17 **pushing** [pʊʃɪŋ] n. 推人

18 **blocking foul** [`blɑkɪŋ] [faʊl] n.（進攻、防守時）阻擋犯規

19 **3-second violation** [θri`sɛkənd] [ˌvaɪə`leʃən] n. 3 秒違例

20 **intentional/flagrant foul** [ɪn`tɛnʃənl̩]/[`flegrənt] [faʊl] n. 惡意犯規

21 **player-control foul** [`pleɚ] [kən`trol] [faʊl] n. 出手犯規

22 **double foul** [`dʌbl̩] [faʊl] n. 雙方犯規

◆◆◆ Chapter2

Athletic Field 田徑場

Part9_03

田徑場配置

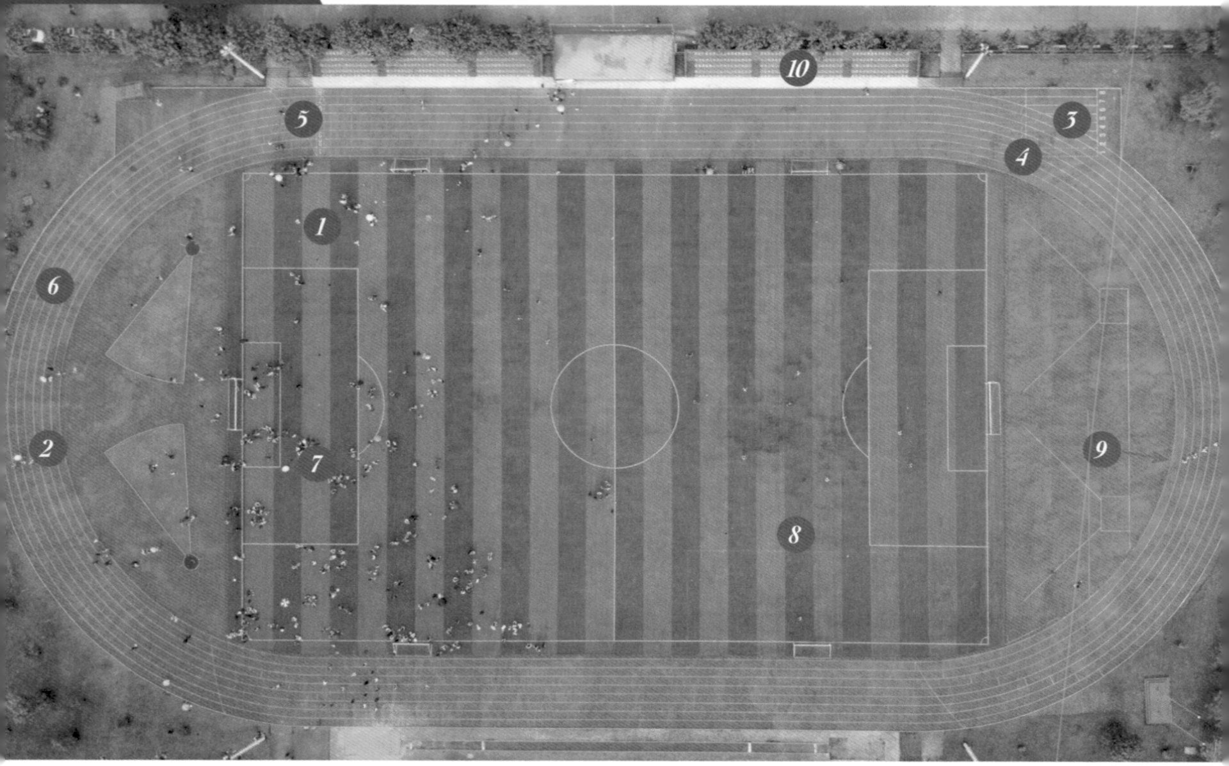

1 athletic field [æθ`lɛtɪk] [fild] n. 田徑場
2 running track [`rʌnɪŋ] [træk] n. 跑道
3 running track number [`rʌnɪŋ] [træk] [`nʌmbɚ] n. 跑道號碼
4 starting line [`stɑrtɪŋ] [laɪn] n. 起跑線
5 finish line [`fɪnɪʃ] [laɪn] n. 終點線
6 curve [kɝv] n. 彎道
7 athlete [`æθlit] n. 運動員
8 field turf [fild] [tɝf] n. 運動場草皮
9 lap [læp] n.（操場的）一圈
10 spectator seats [spɛk`tetɚ] [sits] n. 觀眾席

◆ Tips ◆

慣用語小常識：運動場篇

have a field day
「有個運動場的一天」？

field [fild] 除了指「運動場」以外，也可以指「野外；原野」的意思，美式慣用語 have a field day 源自於十八世紀中期的軍隊用語，形容軍隊在外進行一整天的軍事訓練，但後來被廣泛地使用在日常生活中。想像如果一整天都在外面玩，無論是大人或小孩，一定都會感到十分快樂開心，因此現在 have a field day 就意味著「特別開心的經驗或時刻」了。

Everyone in the class had a field day when our teacher said the quiz was postponed.
當我們老師說考試延期的時候，班上所有人都很開心。

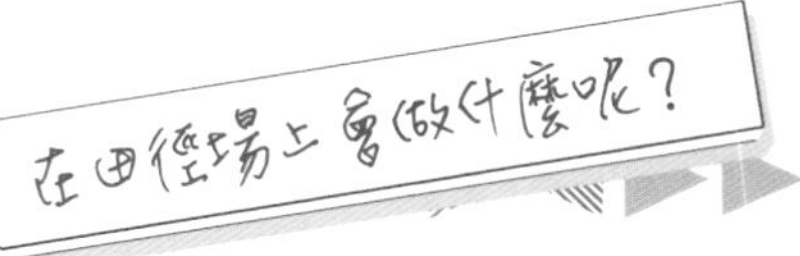

01 徑賽運動

Part9_04

常見的徑賽項目有哪些？英文怎麼說？

marathon
[`mærə͵θɑn]
n. 馬拉松

hurdle race
[`hɝdl̩] [res]
n. 跨欄

middle-distance running
[`mɪdl̩`dɪstəns] [`rʌnɪŋ]
n. 中長跑

sprint
[sprɪnt]
n. 短跑

long-distance running
[lɔŋ`dɪstəns] [`rʌnɪŋ]
n. 長跑

steeplechase
[`stipl̩ˌtʃes]
n. 障礙賽跑

walking race
[`wɔkɪŋ] [res]
n. 競走

relay race
[rɪ`le] [res]
n. 接力賽

Tips

生活小常識：田徑篇

田徑運動的概念來自上古時代人類的生存方式，人類為了生存，必須克服各種環境上的危險和嚴峻的考驗，因此人類學會了利用石頭、木頭或木棒製成各種工具，以增加生存下來的籌碼。而後為了讓這些生存技能得以留存和精進，因此在古希臘時期，這些跑、跳、投擲的技能就逐漸演變成正式的比賽項目了。

田徑運動是由「田賽」和「徑賽」的項目所組合而成，所以英文稱之為 track and field [træk] [ænd] [fild] 或 athletics [æθ`lɛtɪks]，track 是指用來奔跑的「跑道」，而 field 則是用來跳躍和投擲的「草地；場地」，因此 track event [træk] [ɪ`vɛnt]（徑賽項目）是如賽跑、競走等，以時間來計算成績的比賽，而 field event [fild] [ɪ`vɛnt]（田賽項目）則主要是以高度和距離等標準來計算成績的比賽，如跳高、跳遠、擲標槍等。

If it rains tomorrow, the track and field meet will be put off until next Sunday.
如果明天下雨，田徑比賽將會被延後到下個星期天。

Part9_05

02 田賽運動

常見的田賽項目有哪些？英文怎麼說？

pole vault
[pol] [vɔlt]
n. 撐杆跳

long jump
[lɔŋ] [dʒʌmp]
n. 跳遠

high jump
[haɪ] [dʒʌmp]
n. 跳高

hammer throw
[`hæmɚ] [θro]
n. 擲鏈球

javelin throw
[`dʒævlɪn] [θro]
n. 擲標槍

triple jump
[`trɪpl̩] [dʒʌmp]
n. 三級跳遠

discus throw
[dɪ`skʌs] [θro]
n. 擲鐵餅

shot put
[ʃɑt] [pʊt]
n. 推鉛球

田徑場上，常見的東西有哪些？英文怎麼說？

hurdle
[`hɝdl̩]
n. 跨欄

mattress
[`mætrɪs]
n. 安全墊

chin-up bar
[`tʃɪn͵ʌp] [bɑr]
n. 單槓

starting block
[`stɑrtɪŋ] [blɑk]
n. 起跑器

jump pit
[dʒʌmp] [pɪt]
n. 沙坑

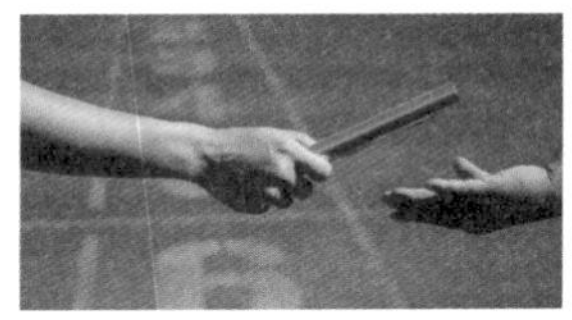

relay baton
[rɪ`le] [bə`tɑn]
n. 接力棒

◆◆◆ Chapter3

Baseball Field 棒球場

棒球場配置

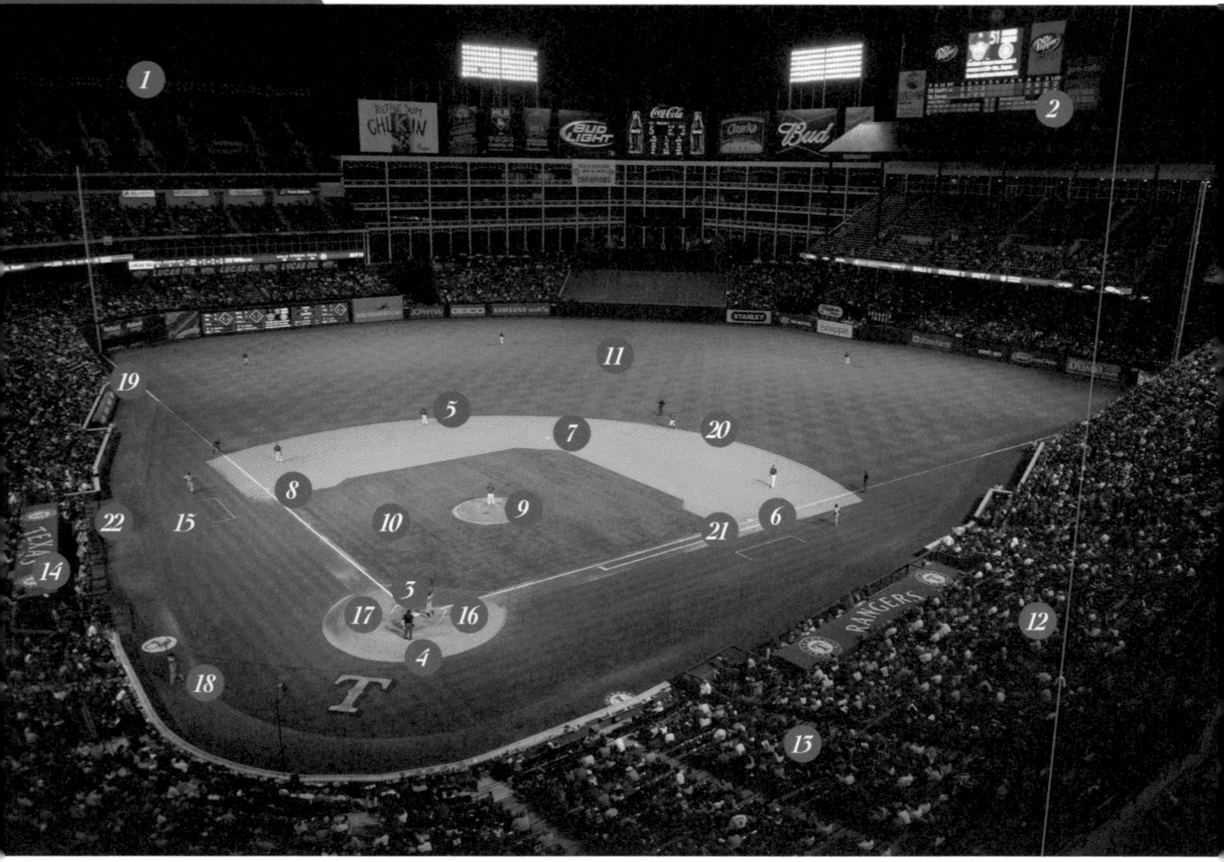

❶ **ballpark** [ˋbɔlpɑrk] n. 大型棒球場

❷ **scoreboard** [ˋskor͵bord] n. 計分板

❸ **home plate** [hom] [plet] n. 本壘板

❹ **umpire** [ˋʌmpaɪr] n.（棒球、網球的）裁判

❺ **baseball player** [ˋbes͵bɔl] [ˋpleɚ] n. 棒球員

❻ **first base** [fɝst] [bes] n. 一壘

❼ **second base** [ˋsɛkənd] [bes] n. 二壘

❽ **third base** [θɝd] [bes] n. 三壘

❾ **pitcher mound** [ˋpɪtʃɚ] [maʊnd] n. 投手丘

⑩ **infield/diamond** [`ɪn͵fild] / [`daɪəmənd] n. 內野

⑪ **outfield** [`aʊt͵fild] n. 外野

⑫ **bleachers** [`blitʃɚz] n. 露天看臺

⑬ **audience** [`ɔdɪəns] n. 觀眾

⑭ **banner** [`bænɚ] n. 旗幟；橫幅

⑮ **coach's box** [`kotʃɪz] [bɑks] n. 教練指導區

⑯ **left-handed batter's box** [`lɛft`hædɪd] [`bætɚz] [bɑks] n. 左打打擊區

⑰ **right-handed batter's box** [`raɪt`hændɪd] [`bætɚz] [bɑks] n. 右打打擊區

⑱ **on deck circle** [ɑn] [dɛk] [`sɝkḷ] n. 打擊預備區

⑲ **foul line** [faʊl] [laɪn] n. 界外線

⑳ **grass line** [græs] [laɪn] n. 草地線（內外野線）

㉑ **base bag** [bes] [bæg] n. 壘包

㉒ **dugout** [`dʌg͵aʊt] n. 選手休息處

計分板上的英文有哪些？

❶ **home team** [hom] [tim] n. 主場球隊

❷ **guest/visiting team** [gɛst] / [`vɪzɪtɪŋ] [tim] n. 客場球隊

❸ **inning** [`ɪnɪŋ] n. 局次

❹ **ball** [bɔl] n. 壞球

❺ **strike** [straɪk] n. 好球

❻ **out** [aʊt] n. 出局

❼ **hit** [hɪt] n. 安打

❽ **error** [`ɛrɚ] n. 失誤

❾ **run** [rʌn] n. 得分

❿ **team name** [tim] [nem] n. 隊名

◆ Tips ◆

慣用語小常識：球棒篇

go to bat for sb.
「為某人擊球」？

bat [bæt] 當名詞意指「球棒」，當動詞時，則是指「用球棒揮擊或擊球」；go to bat for sb. 源出自於棒球場上的用語，當下一位打擊者狀況不佳時，教練就會指派其他球員頂替他的棒次上場打擊，也就是「代打」的意思，後來這句話也被廣泛地運用在日常生活中，做為「為某人出力」、「為某人站出來」的意思。

I will go to bat for that little boy who was bullied at school two days ago.
我會為兩天前在學校被霸凌的小男孩站出來。

在棒球場上會做什麼呢？

01 日常練習

Part9_07

棒球員的位置要怎麼用英文說？

1. **catcher** [ˋkætʃɚ] n. 捕手
2. **batter** [ˋbætɚ] n. 打者
3. **pitcher** [ˋpɪtʃɚ] n. 投手
4. **first baseman** [fɝst] [ˋbesmən] n. 一壘手
5. **second baseman** [ˋsɛkənd] [ˋbesmən] n. 二壘手
6. **third baseman** [θɝd] [ˋbesmən] n. 三壘手

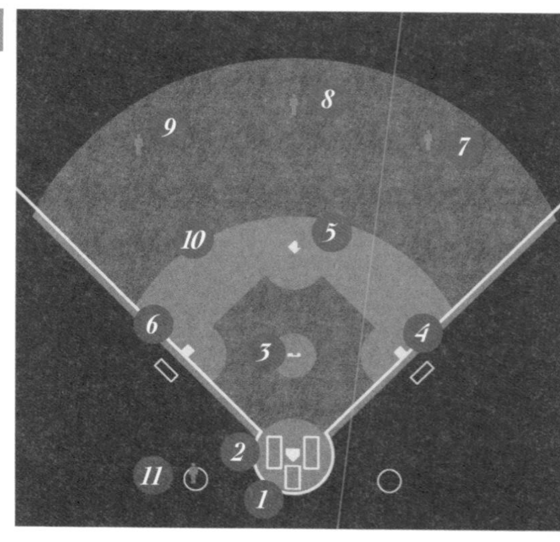

⑦ **right fielder** [raɪt] [ˋfildɚ] n. 右外野手
⑧ **center fielder** [ˋsɛntɚ] [ˋfildɚ] n. 中外野手
⑨ **left fielder** [ˋlɛft] [ˋfildɚ] n. 左外野手
⑩ **short stop** [ˋʃɔrtˏstɑp] n. 游擊手
⑪ **on-deck batter** [ˋɑndɛk] [ˋbætɚ] n. 次名打者

棒球場上常做的事有哪些？英文怎麼說？

throw
[θro]
v. 傳球

catch
[kætʃ]
v. 接球

pitch
[pɪtʃ]
v. 投手投球

bat/hit
[bæt] / [hɪt]
v. 擊球

bunt
[bʌnt]
v. 短打

steal
[stil]
v. 盜壘

slide
[slaɪd]
v. 滑壘

run
[rʌn]
v. 跑壘

swing
[swɪŋ]
v. 揮擊

Part9_08

02 比賽

棒球比賽裡會用到哪些英文單字呢？

offense [ə`fɛns] n. 攻方
defense [dɪ`fɛns] n. 守方
top of the inning
[tɑp] [ɑv] [ðə] [`ɪnɪŋ] n. 上半局
bottom of the inning
[`bɑtəm] [ɑv] [ðə] [`ɪnɪŋ] n. 下半局
extra inning [`ɛkstrə] [`ɪnɪŋ] n. 延長賽

walk [wɔk] n. 保送
one-base hit [ˈwʌnˌbes] [hɪt] **/**
single [`sɪŋgḷ] n. 一壘安打
two-base hit [ˈtuˌbes] [hɪt] **/**
double [`dʌbḷ] n. 二壘安打
three-base hit [ˈθriˌbes] [hɪt] **/**
triple [`trɪpḷ] n. 三壘安打
home run [hom] [rʌn] n. 全壘打

inside-the-park home run [`ɪnˌsaɪd`ðəˌpɑrk] [hom] [rʌn] n. 場內全壘打
solo home run [`solo] [hom] [rʌn] n. 陽春全壘打
two-run home run [`tuˌrʌn] [hom] [rʌn] n. 兩分全壘打
three-run home run [`θriˌrʌn] [hom] [rʌn] n. 三分全壘打
grand slam [grænd] [slæm] n. 滿貫全壘打
walk-off hit [ˈwɔkˌɔf] [hɪt] n. 再見安打

out [aʊt] n. 出局
tag out ph. 觸殺
double play ph. 雙殺
triple play ph. 三殺
strike out ph. 三振出局

fly out ph. 高飛球接殺
foul out ph. 界外出局
bunt out ph. 短打出局
thrown out ph. 盜壘出局
force out ph. 封殺

棒球比賽時需要什麼呢？

glove
[glʌv]
n. 手套

bat
[bæt]
n. 球棒

baseball
[ˋbesˏbɔl]
n. 棒球

mask
[mæsk]
n. 面罩

helmet
[ˋhɛlmɪt]
n. 打擊頭盔

jersey
[ˋdʒɝzɪ]
n. 球衣

◆ Tips ◆

棒球小常識：大聯盟篇

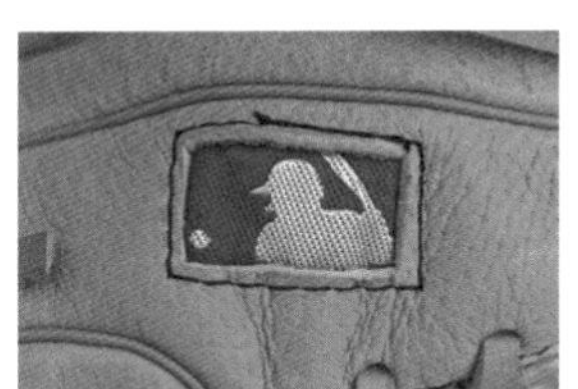

Major League Baseball（MLB）就是美國職棒大聯盟，一般通常簡稱為「**美國職棒**」或「**大聯盟**」，目前是世界上水準最高的職業棒球聯盟。

目前大聯盟由 American League（**美國聯盟**）和 National League（**國家聯盟**）所組成，兩聯盟加起來共 30 隊，美國聯盟簡稱「美聯」，由洋基、印地安人、太空人等 15 支球隊組成，而國家聯盟簡稱為「國聯」，由國民、小熊、道奇等 15 支球隊組成。其中美國聯盟有指定打擊制，而國家聯盟的投手仍須上場打擊。

每年 playoffs（季後賽）前，美聯和國聯都會各自產生冠軍，而兩聯盟的冠軍會再進行 7 戰 4 勝制的 World Series（**世界大賽**），勝者為當年度的總冠軍。

Houston Astros beat down Los Angeles Dodgers in the World Series, and won the championship.
休士頓太空人在世界大賽裡打敗了洛杉磯道奇，並贏得了冠軍。

◆◆◆ Chapter4

Soccer Field 足球場

足球場配置

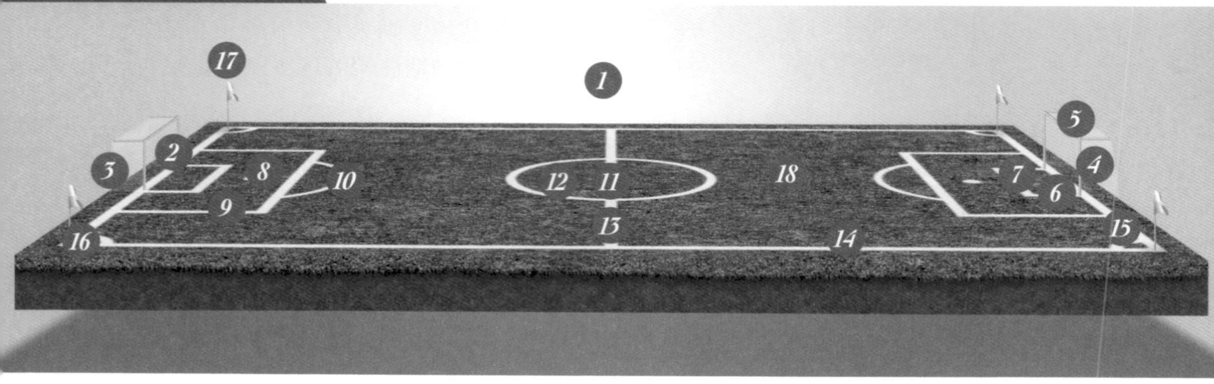

1. **soccer field** [`sakɚ] [fild] n. 足球場
2. **goal** [gol] n. 球門
3. **goal net** [gol] n. 球門網
4. **goalpost** [`gol͵post] n. 球門柱
5. **crossbar** [`krɔs͵bar] n. 橫木
6. **goal line** [gol] [laɪn] n. 球門線
7. **goal area/box** [gol] [`ɛrɪə] / [baks] n.（小禁區）球門區
8. **penalty mark/spot** [`pɛnl̩tɪ] [mark] / [spat] n.（點球）罰球點
9. **penalty area/box** [`pɛnl̩tɪ] [`ɛrɪə] / [baks] n.（禁區）罰球區
10. **penalty area/box arc** [`pɛnl̩tɪ] [`ɛrɪə] / [baks] [ark] n. 罰球區弧線
11. **center mark** [`sɛntɚ] [mark] n. 中點
12. **center/kickoff circle** [`sɛntɚ] / [`kɪk͵ɔf] [`sɝkl̩] n. 中圈
13. **halfway line** [`hæf`we] [laɪn] n. 中線
14. **sideline/touchline** [`saɪd͵laɪn] / [`tʌtʃ͵laɪn] n. 邊線
15. **endline** [`ɛndlaɪn] n. 端線
16. **corner arc** [`kɔrnɚ] [ark] n. 角球區弧線
17. **corner flag** [`kɔrnɚ] [flæg] n. 角球旗
18. **turf** [tɝf] n. 草皮

◆ Tips ◆

慣用語小常識：球類篇

keep one's eyes on the ball
「保持某人的眼睛在球上」？

這句慣用句源出自於球類運動上，無論是足球、籃球或是其他球類運動，只要球員一上場打球，就必須聚精會神地注視著球，所以後來這個慣用語就逐漸被使用在日常生活中，意指**「集中精神、專注在某件事上」**。

If you had kept your eyes on the ball, you wouldn't have made such a big mistake.
如果你用心在這件事上，你就不會犯這麼大的錯誤了。

在足球場會做什麼呢？

01 幫隊伍加油

Part9_10

在球場上常做的事有哪些？英文怎麼說？

sing a national anthem
ph. 唱國歌

sing a team song
ph. 唱隊歌

cheer for
ph. 為～加油

swing a flag
ph. 揮舞旗幟

你知道嗎？

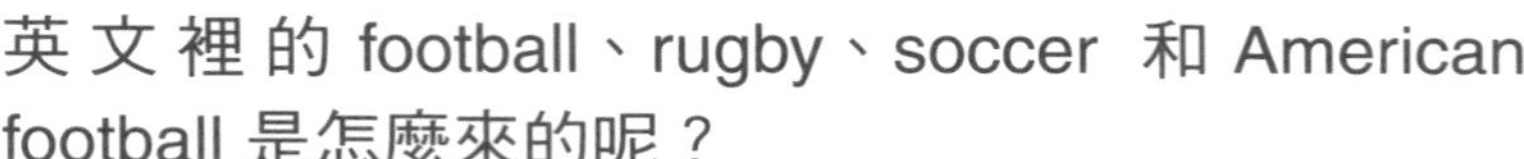

英文裡的 football、rugby、soccer 和 American football 是怎麼來的呢？

在中世紀時期，英國就有類似足球的運動了，但是一直到十九世紀，足球才開始在一些貴族學校風行，當時英國稱之為 **football** [ˋfʊtˏbɔl]（**足球**）。

但在 1823 年，英國的 Rugby School（拉格比公學）的一名學生發生踢球失誤，但他為了得分而用雙手抱起球，跑向對方的球門。雖然用手抱起足球是犯規的動作，但是足球運動也因此衍生出另一種運動模式了，這種**用手抱球跑向對方球門的運動**，就以該學校的校名命名為 rugby football，簡稱為 **rugby** [ˋrʌgbɪ]（**橄欖球**）。

一直到 1863 年，一群英國足球俱樂部的負責人才制定了「**只能用腳踢球**」的規則，並成立了 The Football Association (The FA)（足球總會），而後為了區別 football 和 rugby football，於是以該協會的 association（協會）一字縮寫為 socc- 後，在字尾加上 -er，就衍生出了 **soccer** [ˋsɑkɚ]（**足球**）這個字了，因此**以前在英國，football 和 soccer 都是很常用來指「足球」的字，而 rugby 則是指「橄欖球」**。

在十九世紀中期時，足球和橄欖球也逐漸在美國風行，後來更從橄欖球發展出了更激烈的美式足球，美式足球和橄欖球在名稱、規則和進行方式都不同，因此不會有名稱混淆的問題。而為了能夠清楚區分名稱相似的美式足球和足球，**在美國會使用 American football 來指「美式足球」並簡稱為 football，但對足球則還是使用 soccer 這個字**。對於英國人來說，則沒有會搞混的困擾，所以仍然使用 football 來表示足球，且在說英式英文時不會使用 soccer 這個字，至於橄欖球，無論是英國或美國，都使用 rugby 這個字。

球迷常用的加油用具有哪些？英文怎麼說？

trumpet/horn
[ˋtrʌmpɪt] / [hɔrn]
n. 喇叭；號角

party whistle
[ˋpartɪ] [ˋhwɪsḷ]
n. 派對吹笛

foam hand
[fom] [hænd]
n. 泡棉手（套）

megaphone
[ˋmɛgə͵fon]
n. 大聲公

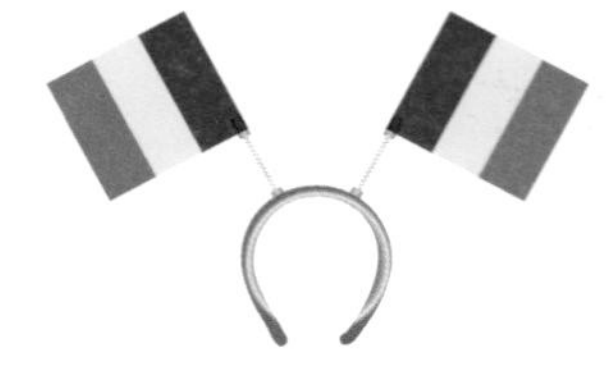

headdress with flags
[ˋhɛd͵drɛs] [wɪð] [flægz]
n. 隊旗髮飾

pompom
[ˋpampam]
n. 彩球

02 比賽

Part9_11

要怎麼用英文說足球員的位置？

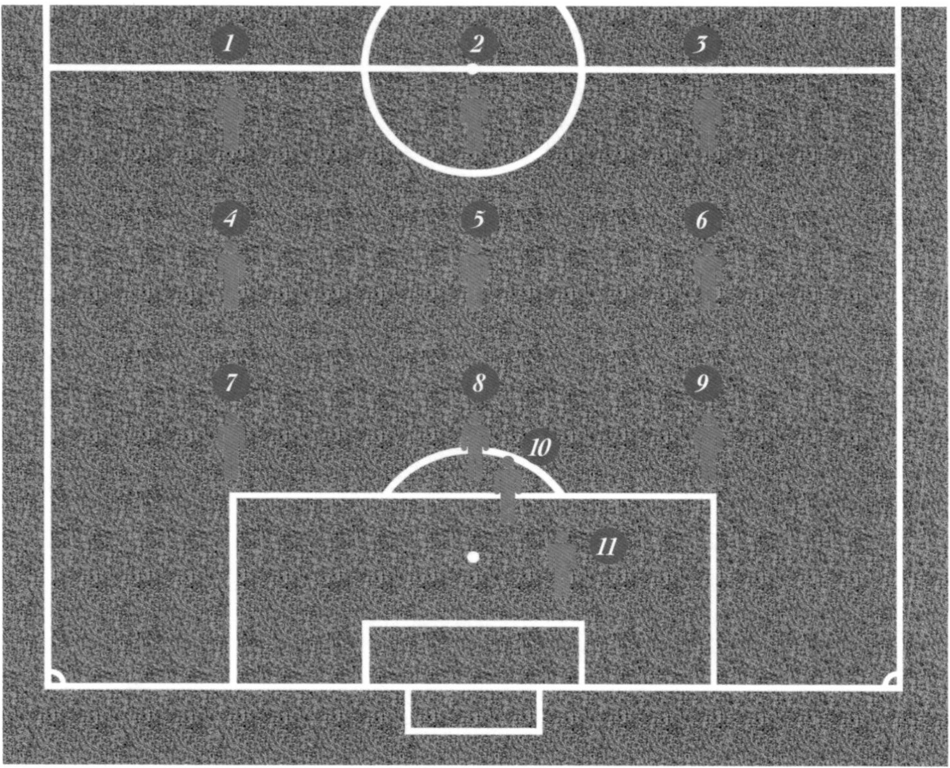

Forwards/Strikers 前鋒

❶ **left winger/forward** [lɛft] [ˋwɪŋɚ] / [ˋfɔrwɚd] n. 左邊鋒／左前鋒
❷ **center striker/forward** [ˋsɛntɚ] [ˋstraɪkɚ] / [ˋfɔrwɚd] n. 主前鋒／中前鋒
❸ **right winger/forward** [raɪt] [ˋwɪŋɚ] / [ˋfɔrwɚd] n. 右邊鋒／右前鋒

Midfielders 中場

❹ **left midfielder** [lɛft] [ˋmɪdˏfildɚ] n. 左中場
❺ **central midfielder** [ˋsɛntrəl] [ˋmɪdˏfildɚ] n. 中中場
❻ **right midfielder** [raɪt] [ˋmɪdˏfildɚ] n. 右中場

Defenders 後衛

❼ **left back** [lɛft] [bæk] n. 左後衛
❽ **center back** [ˋsɛntɚ] [bæk] n. 中後衛
❾ **right back** [raɪt] [bæk] n. 右後衛
❿ **sweeper** [ˋswipɚ] n. 清道夫
⓫ **goal keeper/goalie** [gol] [ˋkipɚ] / [ˋgolɪ] n. 守門員

足球積分表上會出現哪些英文？

1 2 GROUP A

3 Pos	4 Team	5 PLD	6 W	7 D	8 L	9 F	10 A	11 GD	12 PTS
1	Russia								
2	New Zealand								
3	Portugal								
4	Mexico								

❶ **points table**
[pɔɪnts] [ˋtebḷ] n. 積分表
❷ **group** [grup] n. 組別
❸ **position** [pəˋzɪʃən] n. 排名
❹ **team** [tim] n. 隊名
❺ **games played**
[gemz] [pled] n. 已完成的比賽數
❻ **win** [wɪn] n. 贏
❼ **draw** [drɔ] n. 和局
❽ **loss** [lɔs] n. 輸
❾ **goals for** [gols] [fɔr] n. 進球數
❿ **goals against**
[gols] [əˋgɛnst] n. 失球數
⓫ **goals difference**
[gols] [ˋdɪfərəns] n. 淨勝球
⓬ **points** [pɔɪnts] n. 積分

◆◆◆ Chapter5

Swimming Pool 游泳池

Part9_12

游泳池配置

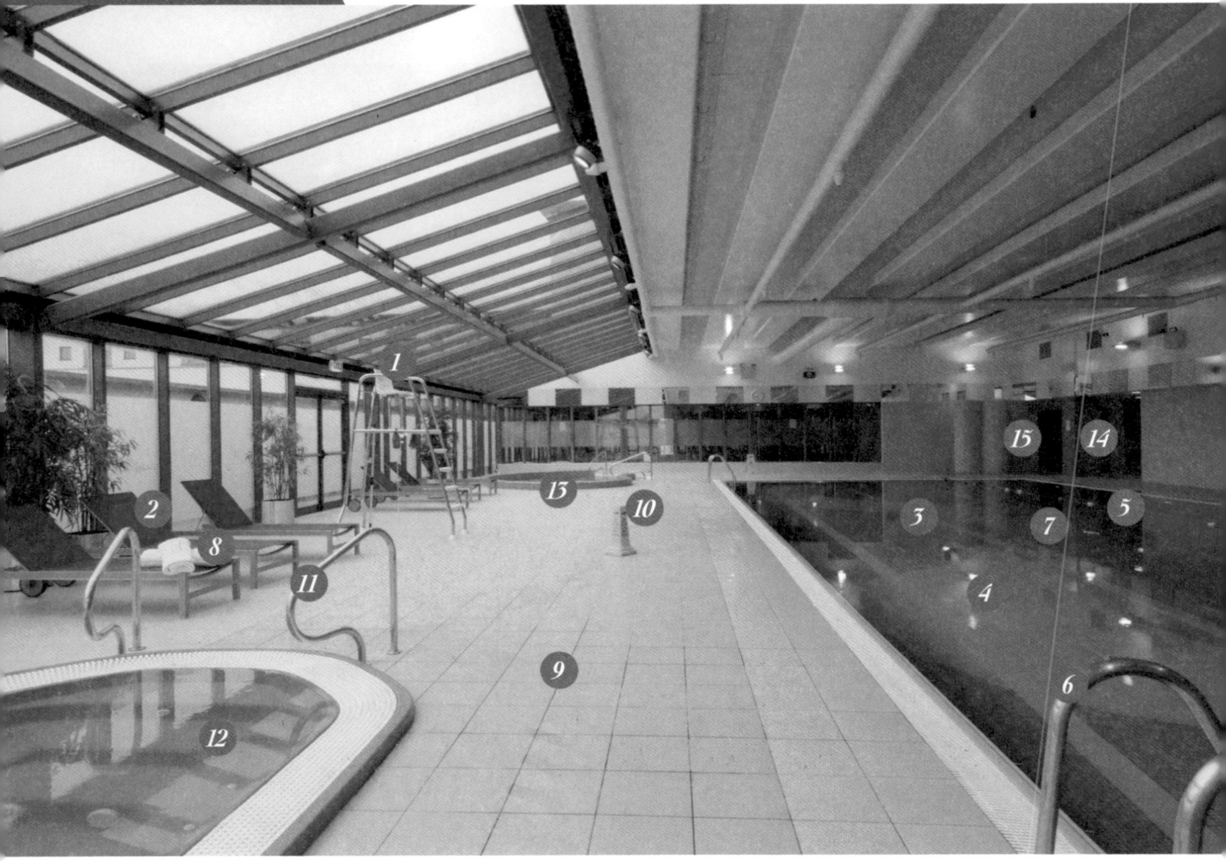

1. **lifeguard chair** [ˋlaɪfˏgɑrd] [tʃɛr] n. 救生員椅
2. **lounge chair** [laʊndʒ] [tʃɛr] n. 躺椅
3. **swimming pool** [ˋswɪmɪŋ] [pul] n. 游泳池
4. **slow lane** [slo] [len] n. 慢速道
5. **fast lane** [fæst] [len] n. 快速道
6. **ladder** [ˋlædɚ] n. 梯子
7. **lane line** [len] [laɪn] n. 水道繩
8. **bathing towel** [ˋbeðɪŋ] [ˋtaʊəl] n. 浴巾

9. **floor** [flor] n. 地板

10. **wet floor sign**
[wɛt] [flor] [saɪn] n. 地板濕滑標示

11. **pool handrail**
[pul] [ˋhænd͵rel] n. 游泳池扶手

12. **heated pool** [ˋhitɪd] [pul] n. 溫水池

13. **kiddy pool** [ˋkɪdɪ] [pul] n. 小孩池

14. **locker** [ˋlɑkɚ] n. 置物櫃

15. **changing room**
[tʃendʒɪŋ] [rum] n. 更衣室

◆ **Tips** ◆

慣用語小常識：游泳篇

to teach a fish how to swim
「教魚如何游泳」？

to teach a fish how to swim（教魚如何游泳）的意思就像是在關公面前耍大刀的樣子、不自量力，換言之，就是「班門弄斧」的意思。

Jessica wanted to teach Lucas Spanish. She just offered to teach a fish how to swim.
Jessica 想要教 Lucas 西班牙文。她根本就是在班門弄斧。

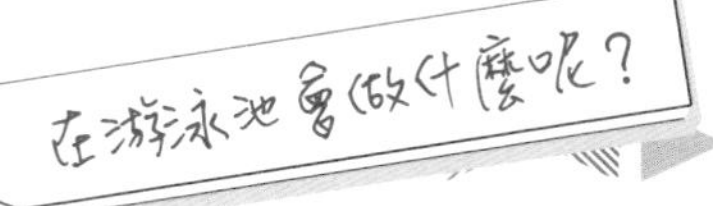

01 換上泳具

Part9_13

常見的裝備有哪些？英文怎麼說？

1. **swimming gear** [ˋswɪmɪŋ] [gɪr] n. 泳具
2. **swimsuit** [ˋswɪmsut] n. 泳衣
3. **towel** [ˋtaʊəl] n. 毛巾
4. **water bottle** [ˋwɔtɚ] [ˋbɑtl̩] n. 水壺
5. **stopwatch** [ˋstɑp͵wɑtʃ] n. 碼錶

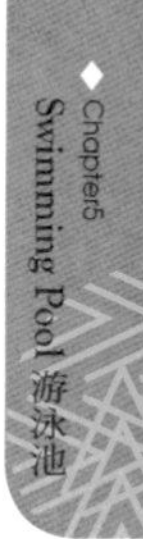

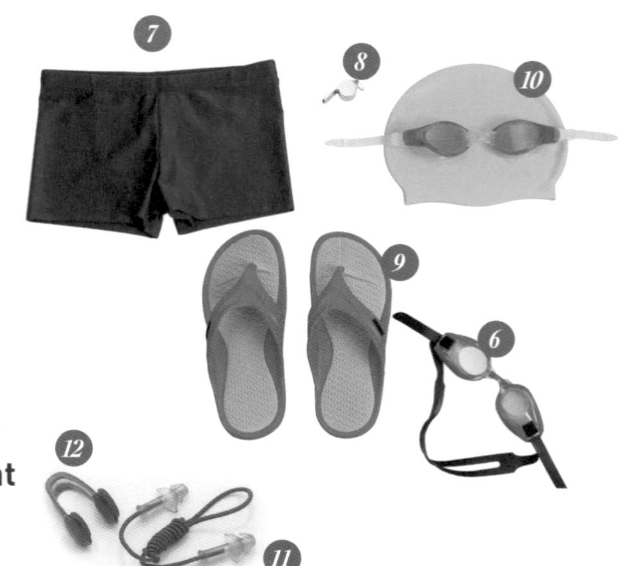

6 **goggles** [ˋgagəlz] n. 泳鏡

7 **swimming trunks**
[ˋswɪmɪŋ] [trʌŋks] n. 泳褲

8 **whistle** [ˋhwɪsḷ] n. 哨子

9 **slippers** [ˋslɪpɚz] n. 拖鞋

10 **swimming cap**
[ˋswɪmɪŋ] [kæp] n. 泳帽

11 **earplugs** [ˋɪr͵plʌgs] n. 耳塞

12 **nose clip** [noz] [klɪp] n. 鼻夾

13 **scuba diving equipment**
[ˋskjubə] [ˋdaɪvɪŋ] [ɪˋkwɪpmənt]
n. 潛水設備

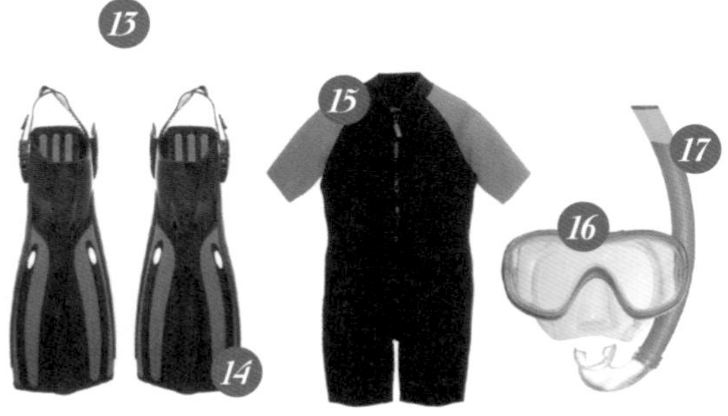

14 **flippers** [ˋflɪpɚz] n. 蛙鞋

15 **diving suit**
[ˋdaɪvɪŋ] [sut] n. 潛水衣

16 **diving mask**
[ˋdaɪvɪŋ] [mæsk] n. 潛水目鏡

17 **snorkel** [ˋsnɔrkḷ] n. 潛水呼吸管

常見的游泳輔具有哪些？英文怎麼說？

pool raft	**inflatable armbands**	**swim ring**
[pul] [ræft]	[ɪnˋfletəbḷ] [ˋarm͵bændz]	[swɪm] [rɪŋ]
n. 氣墊筏	n. 充氣臂圈	n. 游泳圈

inflatable chair
[ɪn`fletəbḷ] [tʃɛr]
n. 充氣椅

lifejacket
[`laɪfdʒækɪt]
n. 救生衣

floating board
[`flotɪŋ] [bord]
n. 浮板

02 游泳

Part9_14

常見的泳姿有哪些？英文怎麼說？

front crawl/ freestyle
[frʌnt] [krɔl] / [`fri͵staɪl]
n. 自由式

backstroke
[`bæk͵strok]
n. 仰式

doggie paddle
[`dɔgɪ] [`pædḷ]
n. 狗爬式

butterfly stroke
[`bʌtɚ͵flaɪ] [strok]
n. 蝶式

breaststroke
[`brɛst͵strok]
n. 蛙式

sidestroke
[`saɪd͵strok]
n. 側泳

奧運的 aquatics [əˋkwætɪks]（水上運動），有哪些比賽項目呢？

除了常見的 freestyle（自由式）、backstroke（仰式）、breaststroke（蛙式）、butterfly（蝶式）以外，還有 medley（混合泳）、relay（接力）和 synchronized swimming（水上芭蕾）。

medley 混合泳

medley [ˋmɛdlɪ]（混合泳）是指運動員需在一次比賽裡，完成四種不同的泳姿，包含了 freestyle（自由式）、backstroke（仰式）、breaststroke（蛙式）和 butterfly（蝶式）等四種，以總距離計算，每種泳姿皆需游完四分之一的距離。

relay 接力

relay [rɪˋle]（接力）又可分成 freestyle relay（自由接力）和 medley relay（混合泳接力），每項比賽需以 4 位選手以相同的游泳距離接力完成。

synchronized swimming 水上芭蕾

synchronized swimming [ˋsɪŋkrənaɪzd] [ˋswɪmɪŋ]（水上芭蕾），包含游泳、體操和芭蕾等的各種技巧，是需要足夠的身體素質、力量和舞蹈技巧的一種運動項目。裁判會根據動作的難度、正確性和舞蹈編排等評量標準來評定得分。

Part 10

Special Occasion
特殊場合

♦♦♦ Chapter1

Wedding 婚禮

Part10_01

婚禮布置

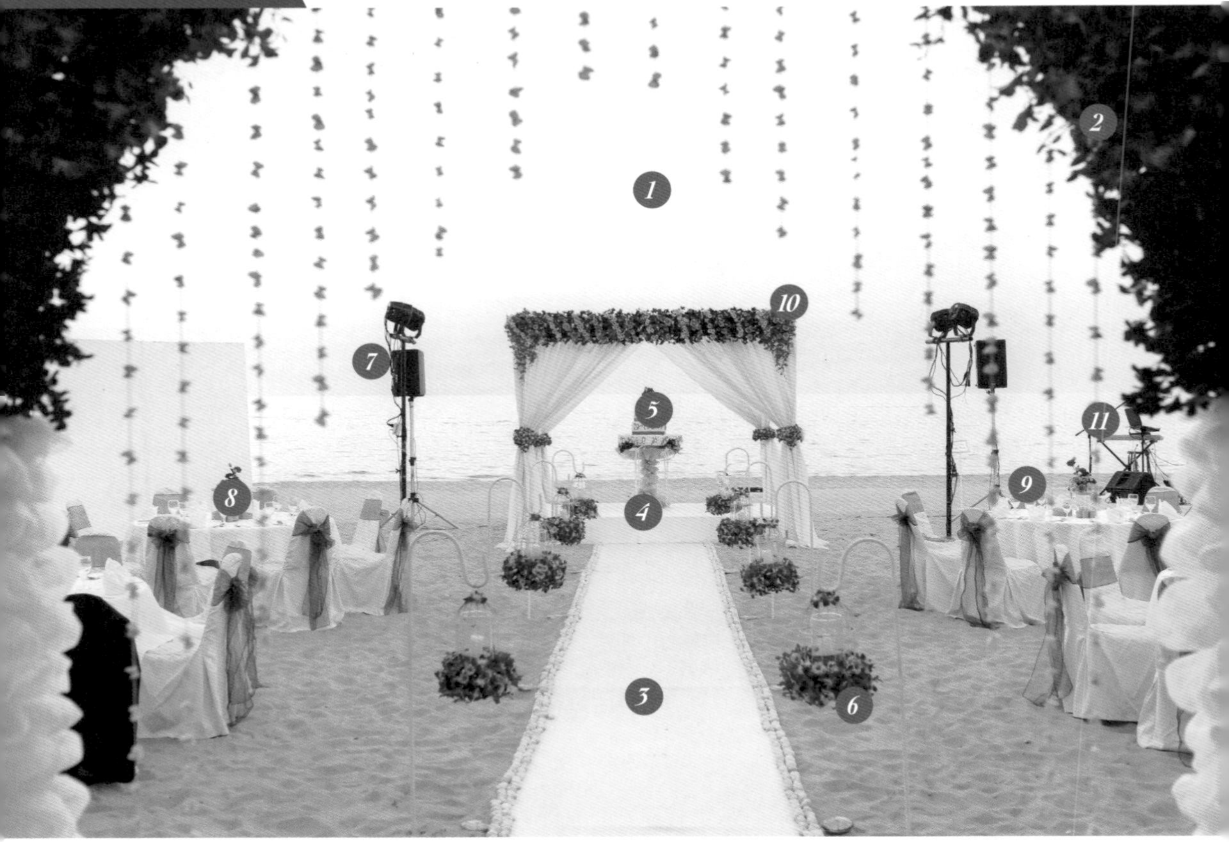

❶ **wedding ceremony**
[`wɛdɪŋ] [`sɛrə͵monɪ] n. 結婚典禮

❷ **wedding gate**
[`wɛdɪŋ] [get] n. 婚禮拱門

❸ **wedding path**
[`wɛdɪŋ] [pæθ] n. 婚禮步道

❹ **wedding stage**
[`wɛdɪŋ] [stedʒ] n. 婚禮舞台

❺ **wedding cake**
[`wɛdɪŋ] [kek] n. 結婚蛋糕

❻ **flower basket**
[`flaʊɚ] [`bæskɪt] n. 花籃

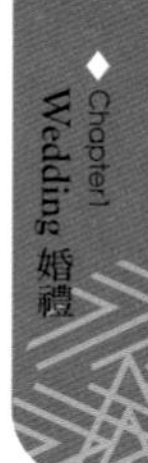

❼ **lighting and sound system**
[ˋlaɪtɪŋ] [ænd] [saʊnd] [ˋsɪstəm]
n. 燈光音響系統

❽ **wedding reception table**
[ˋwɛdɪŋ] [rɪˋsɛpʃən] [ˋtebḷ] n. 婚宴桌

❾ **goblet** [ˋgɑblɪt] n. 高腳杯

❿ **flower decoration**
[ˋflaʊɚ] [ˌdɛkəˋreʃən] n. 花藝布置

⓫ **emcee's podium**
[ˋɛmˋsis] [ˋpodɪəm] n. 司儀台

這些婚宴場地的英文要怎麼說呢？

outdoor wedding venue
[ˋaʊtˌdor] [ˋwɛdɪŋ] [ˋvɛnju]
n. 戶外婚禮場地

wedding hall
[ˋwɛdɪŋ] [hɔl]
n. 婚宴會館

(hotel) banquet hall
[hoˋtɛl] [ˋbæŋkwɪt] [hɔl]
n.（飯店）婚宴廳

♦ Tips ♦

慣用語小常識：婚禮篇

a shotgun wedding
「一場霰彈槍的婚禮」？

shotgun [ˋʃɑtˌgʌn] 當作名詞時，稱做「霰彈」，這裡則是當作形容詞，意指「被強迫的」，所以 a shotgun wedding 就是「一場被強迫，而不得不結婚的婚禮」，通常 a shotgun wedding 會用來形容女方未婚懷孕，因此不得不結婚的情況，可以想像當爸爸發現女兒未婚懷孕，氣憤的拿著霰彈槍去強迫對方負起責任和自己女兒結婚，因此 a shotgun wedding 就是指「奉子成婚」的意思。

Emma and her boyfriend will have a shotgun wedding.
Emma 和她的男友將奉子成婚。

Part10_02

01 致詞、宣誓、丟捧花

婚禮上常見的人事物有哪些？

1. **groom** [grum] n. 新郎
2. **bride** [braɪd] n. 新娘
3. **best man** [bɛst] [mæn] n. 伴郎
4. **bridesmaid** [ˋbraɪdzˏmed] n. 伴娘
5. **flower girl** [ˋflaʊɚ] [gɝl] n. 女花童
6. **officiant** [əˋfɪʃɪənt] n. 主婚人；司儀神父或牧師
7. **wedding planner** [ˋwɛdɪŋ] [ˋplænɚ] n. 婚禮策劃人
8. **wedding photographer** [ˋwɛdɪŋ] [fəˋtɑgrəfɚ] n. 婚禮攝影師
9. **guest** [gɛst] n. 賓客
10. **flower stand** [ˋflaʊɚ] [stænd] n. 花架
11. **candle** [ˋkændḷ] n. 蠟燭
12. **flower arrangement** [ˋflaʊɚ] [əˋrendʒmənt] n. 花藝
13. **drapery** [ˋdrepərɪ] n.（有褶的）帳幔
14. **statue** [ˋstætʃʊ] n. 塑像
15. **altar** [ˋɔltɚ] n. 聖壇
16. **aisle** [aɪl] n.（教堂等座席間的）通道
17. **marry** [ˋmærɪ] v. 為～證婚
18. **preside over~** ph. 主持～

婚禮中常做的事有哪些？英文怎麼說？

give a wedding speech
ph. 婚禮致詞

exchange rings
ph. 交換戒指

read wedding vows
ph. 宣讀結婚誓言

kiss the bride
ph. 親吻新娘

light the unity candle
ph. 點燃聯結之燭

throw the bouquet
ph. 丟捧花

toast to the guests
ph. 向賓客敬酒

pour champagne
ph. 倒香檳

cut the wedding cake
ph. 切結婚蛋糕

◆ Tips ◆

生活小常識：捧花篇

為什麼新娘在婚禮上要丟捧花呢？丟捧花的由來又是從何開始的呢？

據說在數百年前，**人們認為只要觸碰到新娘，就能帶來好運**，甚至有些人在觸碰到新娘的同時，會撕破新娘的禮服當作自己的幸運物，但是這樣的習俗不但帶給新娘許多不便，也常讓新娘感到十分不舒服，於是後來的人就想出讓新娘把花束丟向觀禮賓客的辦法，如此一來，新娘不但可以避免尷尬的情況，賓客也能收到新娘送的幸運花束，這種**丟捧花**的動作，英文叫做 throw the bouquet；另外，當新郎和新娘進入洞房時，為了避免房外的賓客打擾，新郎就會將新娘身上的 garter（吊襪帶）扔出房外，象徵「**請勿打擾**」的意思，這個扔吊襪帶的動作，英文叫作 toss the garter。

Throwing the bouquet during the wedding ceremony is a traditional custom in many countries.
在很多國家，婚禮上丟捧花是個傳統習俗。

02 參加宴席

Part10_03

在婚禮中有哪些常見的東西？英文怎麼說？

veil
[vel]
n. 頭紗

wedding invitation
[`wɛdɪŋ] [͵ɪnvə`teʃən]
n. 喜帖

wedding gift
[`wɛdɪŋ] [gɪft]
n. 婚禮小物

limousine/limo
[ˋlɪmə͵zin] / [ˋlɪmo]
n. 豪華禮車

wedding gown
[ˋwɛdɪŋ] [gaʊn]
n. 婚紗

tuxedo
[tʌkˋsido]
n.（男子穿的）晚禮服

cash gift
[kæʃ] [gɪft]
n. 禮金

boutonniere
[͵butənˋjɛr]
n.（男性的）胸花

wrist corsage
[rɪst] [kɔrˋsɑʒ]
n.（女性的）腕花

參加宴席時會用到的話

1. **It has been the perfect day today.** 今天真是完美的一天。
2. **You two are the most perfect match I have ever known.**
   你們兩人是我認識的人中，最完美的一對。
3. **You are the most beautiful bride I've ever met.**
   妳是我看過最漂亮的新娘。
4. **Eternal happiness to you both.** 祝你們永遠幸福。
5. **Congratulation to the groom and the bride, wish you two a hundred years of happiness.** 恭喜新郎和新娘，祝你們百年好合。
6. **Hope you treat each other with understanding and care in the future.** 願你們在未來互相體諒與彼此關心。
7. **Wish you two joy, happiness for eternity.** 祝你們永遠幸福快樂。
8. **Let's toast to the newlyweds.** 一起敬這對新人。
9. **Wish them happily ever after.** 祝他們永遠幸福快樂。

♦♦♦ Chapter2

Funeral 喪禮

喪禮布置

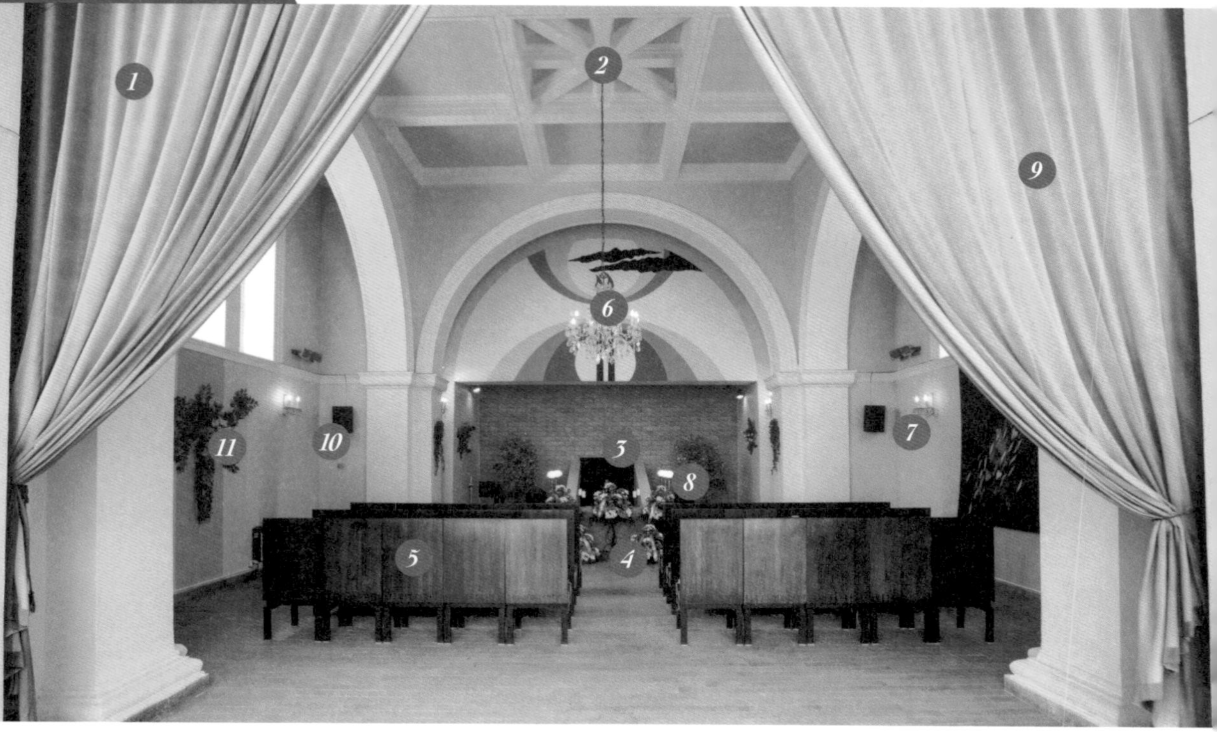

1. **funeral home/parlor**
   [ˋfjunərəl] [hom] / [ˋpɑrlɚ] n. 殯儀館
2. **funeral hall**
   [ˋfjunərəl] [hɔl] n. 靈堂
3. **coffin** [ˋkɔfɪn] n. 靈柩；棺木
4. **funeral flowers**
   [ˋfjunərəl] [ˋflaʊɚz] n. 喪禮花卉
5. **seats** [sits] n. 座位
6. **chandelier**
   [ˌʃændḷˋɪr] n. 枝形吊燈
7. **wall lamp** [wɔl] [læmp] n. 壁燈
8. **candles** [ˋkændḷz] n. 蠟燭
9. **curtain** [ˋkɝtən] n. 簾幔
10. **speaker** [ˋspikɚ] n. 擴音器
11. **funeral decoration**
    [ˋfjunərəl] [ˌdɛkəˋreʃən] n. 喪禮布置

◆ Tips ◆

慣用語小常識：葬禮篇

It's your funeral.
「這是你的葬禮。」？

funeral [`fjunərəl] 是「葬禮」的意思；而 It's your funeral.（這是你的葬禮。）聽來起很像用來恐嚇別人的話，但它其實是給他人忠告、警告的慣用語，當某人正做出不恰當的事，或是正在做的事簡直就是自掘墳墓時，就可以用這句慣用語提醒對方，讓對方知道自己的行為根本是「**自找麻煩，一切後果需自行負責**」。

You had better stop doing that. If you still want to do it, then it's your funeral.
你最好不要再這樣做了。如果你還想要這樣做，那後果自行負責。

一般常見的埋葬方式有哪些？英文怎麼說？

依各個國家習俗的不同，埋葬逝者遺體的方式也隨之不同，這些埋葬的方式，英文稱之為 types of burial（**埋葬方式**）。在過去一直以來都有入土為安的觀念，所以在人過逝後，家屬都會為逝者找尋一塊景色優美的地方，好讓逝者能夠安心地離開人世間，這樣的埋葬方式英文稱為 inhumation [ˏɪnhju`meʃən]（**土葬**），而後因土地的限制，土葬也漸漸不適用於現在的環境，取而代之的是**火葬**，英文叫做 cremation [krɪ`meʃən]；在逝者遺體火化後，許多家屬為了懷念逝者，會選擇將骨灰放置在 columbarium [ˏkɑləm`bɛrɪəm]（**靈骨塔**），有些家屬則會選擇較環保的 green burial（**環保葬**），最常見的就是將骨灰撒向大海，也就是 burial at sea（**海葬**），另一種就是將骨灰與植物一同種植在土裡，這類的方式被稱為 tree burial（**樹葬**）。

Cremation is the most common type of burial in many countries.
火葬在很多國家是最常見的埋葬方式。

01 參加告別式

Part10_05

在告別式時會用到的單字與片語

1. **etiquette** [`ɛtɪkɛt] n. 禮儀；禮節
2. **die** [daɪ] v. 死
3. **attend** [ə`tɛnd] v. 參加
4. **bereaved** [bə`rivd] adj. 喪失（親近者）的
5. **express** [ɪk`sprɛs] v. 表達
6. **extend** [ɪk`stɛnd] v. 給予
7. **condolences** [kən`dolənsɪs] n.（常複數）弔辭；慰問
8. **deceased** [dɪ`sist] adj./n. 已故的／死者（the-）
9. **rest in peace(RIP)** ph. 願死者安息
10. **pass away** ph. 去世
11. **sorry for your loss** ph. 節哀順變
12. **extend/express condolences** ph. 表示哀悼之意

在喪禮中常見的人有哪些？英文怎麼說？

mourner [`mornɚ] n. 送葬者；哀悼者

priest [prist] n. 神父

undertaker/mortician [ˏʌndɚ`tekɚ] / [mɔr`tɪʃən] n. 殯葬業者

pallbearer [`pɔlˏbɛrɚ] n. 抬棺者

在喪禮中可能會看到什麼呢？要怎麼用英文說呢？

a portrait of the deceased
ph. 遺照

urn
[ɝn]
n. 骨灰甕

funeral card
[`fjunərəl] [kɑrd]
n. 訃聞

obituary
[ə`bɪtʃʊˏɛrɪ]
n.（登在報紙上的）訃聞

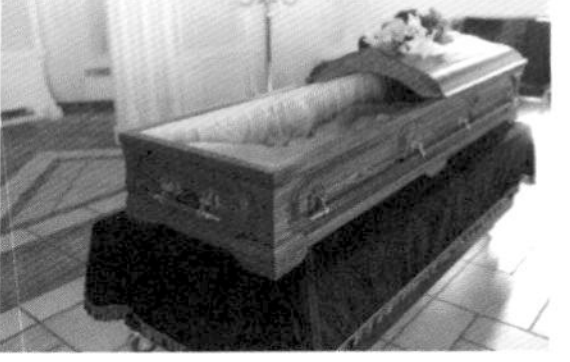

coffin
[`kɔfɪn]
n. 靈柩；棺木

hearse
[hɝs]
n. 靈車

告別式中常做的事有哪些？英文怎麼說？

attend a funeral service
ph. 參加告別式

have a last look at the deceased
ph. 瞻仰遺容

pray for the deceased
ph. 為逝者祈禱

present flowers
ph. 獻花

02 參加追思會

Part10_06

參加追思會會用到的單字與片語

1. **memorial** [mə`morɪəl] adj. 紀念的；追悼的
2. **guest** [gɛst] n. 賓客
3. **remember** [rɪ`mɛmbɚ] v. 記住
4. **died** [daɪ] adj. 已死的（= dead）
5. **surviving** [sɚ`vaɪvɪŋ] adj. 活著的
6. **relatives** [`rɛlətɪvz] n. 親屬
7. **family member** [`fæməlɪ] [`mɛmbɚ] n. 家屬
8. **presence** [`prɛzəns] n. 出席
9. **touching** [tʌtʃɪŋ] adj. 感人的
10. **soul** [sol] n. 靈魂
11. **pray for** ph. 祈禱
12. **live a full/brilliant life** ph. 度過充實／精彩的一生
13. **live in the memory forever** ph. 永存回憶之中
14. **~will be remembered** ph. ～將會被記住
15. **toast to~** ph. 對～舉杯

你知道嗎？

告別式和追思會有什麼不一樣？

告別式主要是家屬和親友向逝者永別的一種儀式，英文稱為 funeral service [`fjunərəl] [`sɝvɪs]，如果想用動詞的方式來敘述「參加告別儀式」，英文可以說 attend a funeral。告別式進行中有一定的程序和儀式，包含了奠祭儀式及瞻仰逝者遺容等，依習俗或宗教的不同，場地的佈置和儀式進行的流程也會跟著不同。

Mrs. Thompson stood alone with her eyes down at her husband's funeral.
Thompson 太太眼簾低垂地獨自站在她丈夫的葬禮上。

追思會是一種西方的習俗，主要是家屬及親友為了追憶逝者，而舉辦的一種聚會，英文稱為 **memorial service** [mə`morɪəl] [`sɝvɪs]。不同於 funeral service（告別式），舉辦 memorial service 的目的就像是英文字面上 memorial 的意思一樣，重點在於「**追悼、紀念**」的元素，**在追思會上沒有過多的繁文縟節，舉辦的形式也比較多元，甚至可以以畫展、音樂會或是戶外派對的方式來呈現，而 funeral service 則是較重視奠祭等正式的儀式。**

因宗教信仰的不同，所呈現出來的氛圍也會有所差異，但是為了讓家屬及親友追憶逝者，大致上都會介紹逝者的過往簡介，或播放逝者生前的照片及影片。近年來隨著潮流的改變，許多人也會為心愛的寵物舉辦追思會，英文稱為 pet memorial service。

Alice held a warm **memorial service** for her beloved bunny.
Alice 為她心愛的兔子舉辦了一場溫馨的追思會。

中文一樣是「墳墓」，tomb 和 grave 有何不同？

英文裡的 tomb [tum] 是指如同中式墳墓那種有「**突出圓丘狀**」，甚至有**小型外牆及屋頂**的墳墓。tomb 類型的墳墓甚至可以大到像是埃及法老王的金字塔或是帝王谷一樣，因此法老王之墓的英文就叫做 Pharaoh's tomb。

I visited the Pharaoh's **tomb** this summer vacation.
我這個暑假去了法老王之墓。

grave [grev] 指的是在地面上**挖出長方形的坑洞，再將棺木埋入坑洞裡的「凹式長方形」**的墳墓，我們一般在歐美墓園內看到的墳墓多屬於這種類型。

All relatives placed flowers at Smith's **grave**.
所有親友在 Smith 的墳墓上擺放鮮花。

◆◆◆ Chapter3

Party 派對

Part10_07

生日派對

❶ **party hat**
[ˋpɑrtɪ] [hæt] n. 派對帽

❷ **balloon** [bəˋlun] n. 氣球

❸ **banner** [ˋbænɚ] n. 橫幅

❹ **noisemaker** [ˋnɔɪzˏmekɚ]
n.（派對上用的）噪音製造器

❺ **party flag**
[ˋpɑrtɪ] [flæg] n. 派對旗

❻ **birthday cake**
[ˋbɝθˏde] [kek] n. 生日蛋糕

❼ **drink** [drɪŋk] n. 飲料

❽ **snack** [snæk] n. 點心

❾ **paper/disposable cup**
[ˋpepɚ] / [dɪˋspozəbl̩] [kʌp] n. 紙／免洗杯

❿ **paper/disposable plate**
[ˋpepɚ] / [dɪˋspozəbl̩] [plet] n. 紙／免洗盤

⓫ **plastic cup**
[`plæstɪk] [kʌp] n. 塑膠杯

⓬ **glass bottle**
[glæs] [`bɑtḷ] n. 玻璃瓶

⓭ **birthday boy**
[`bɝθ͵de] [bɔɪ] n. 男壽星

⓮ **birthday girl**
[`bɝθ͵de] [gɝl] n. 女壽星

舉辦派對時會用到的單字與片語

1. **give/hold/throw/host/have a party** ph. 舉辦派對
2. **go** [go] v. 去（參加）
3. **join** [dʒɔɪn] v. 參加
4. **invite** [ɪn`vaɪt] v. 邀請
5. **invitation** [͵ɪnvə`teʃən] n. 邀請函
6. **prepare** [prɪ`pɛr] v. 準備
7. **organize** [`ɔrgə͵naɪz] v. 籌劃
8. **host** [host] v. 主辦
9. **cater** [`ketɚ] v. 提供飲食
10. **reserve** [rɪ`zɝv] v. 預訂
11. **venue** [`vɛnju] n.（活動的）場地

除了生日派對之外，還有哪些派對？

pool party
[pul] [`pɑrtɪ]
n. 泳池派對

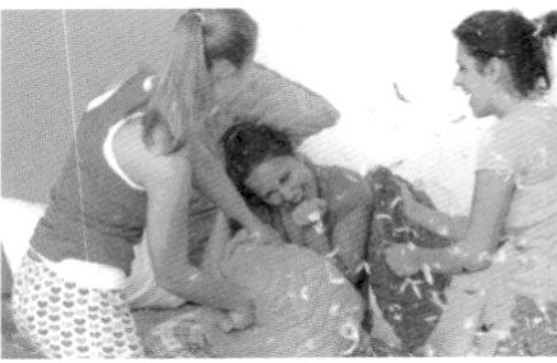

pajama party
[pə`dʒæmə] [`pɑrtɪ]
n. 睡衣派對

costume party
[`kastjum] [`pɑrtɪ]
n. 變裝派對

farewell party
[`fɛr`wɛl] [`pɑrtɪ]
n. 歡送派對；歡送會

bachelor party
[`bætʃələ] [`pɑrtɪ]
n. 告別單身漢派對

bachelorette party
[͵bætʃələ`rɛt] [`pɑrtɪ]
n. 告別單身女派對

housewarming party
[ˋhaʊsˏwɔrmɪŋ] [ˋpɑrtɪ]
n. 喬遷派對

cocktail party
[ˋkɑkˏtel] [ˋpɑrtɪ]
n. 雞尾酒派對

Christmas party
[ˋkrɪsməs] [ˋpɑrtɪ]
n. 聖誕派對

你知道嗎？

potluck 和 cater 分別是什麼意思呢？

在美國很盛行的一種派對叫做 potluck party（百樂餐派對），potluck 這個字是由 pot [pɑt]（鍋子）和 luck [lʌk]（幸運）兩個字所組合而成的，舉辦派對的主人提供場地，而被邀請參加派對的朋友，必須**各自準備一道菜餚分享給大家**，因為不知道大家會準備什麼樣的菜，鍋裡的菜也不知道合不合自己的口味，所以在夾菜時全憑自己的運氣，因此就被稱為 potluck [ˋpɑtˏlʌk]，而在中文裡通常稱為「**百樂餐**」。

Amy is thinking what to prepare for the potluck party.
Amy 正在思考要準備什麼（吃的）帶去百樂餐派對。

舉辦一場派對最令人費神的事就是安排節目、準備飲食，因此現在有一種常見的服務叫做 catering service [ˋketərɪŋ] [ˋsɝvɪs]（**外燴服務**），這類型的服務專為派對主人提供各種美食，甚至有些公司也能提供服務人員到派對現場服務賓客，這樣服務的動作，英文叫做 cater for~（為～供應飲食），而提供這種外燴服務的人被稱為 caterer [ˋketərɚ]（**酒席承辦者**）。

I will book catering service for the seminar next month.
我會為下個月的研討會預訂外燴服務。

01 跳舞

Part10_08

常見的舞蹈有哪些？英文怎麼說？

1. **ballet** [`bæle] n. 芭蕾舞
2. **jazz** [dʒæz] n. 爵士舞
3. **tap** [tæp] n. 踢踏舞
4. **belly** [`bɛlɪ] n. 肚皮舞
5. **ballroom** [`bɔl͵rʊm] n. 國標舞；交際舞
6. **swing** [swɪŋ] n. 搖擺舞
7. **breakdance/breaking** [`brek͵dæns] / [`brekɪŋ] n.（地板）霹靂舞
8. **modern dance** [`mɑdɚn] [dæns] n. 現代舞
9. **Latin dance** [`lætɪn] [dæns] n. 拉丁舞

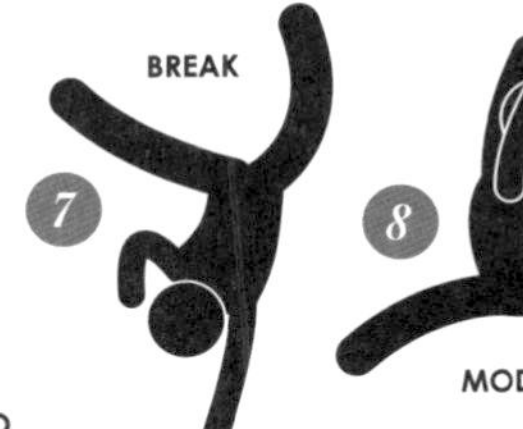

10. **tango** [`tæŋgo] n. 探戈舞
11. **flamenco** [flə`mɛŋko] n. 佛朗明哥舞
12. **line dance** [laɪn] [dæns] n. 排舞

◆ Tips ◆

生活小常識：舞蹈懷舊篇

隨著搖滾音樂在 50 年代出現，很多雙人或團體的舞步都以音樂名來命名。直到 60 年代初期，很多新的舞步也很快隨之盛行，例如：twist dance（扭扭舞）、go-go dancing（歌歌舞）。

其中 **twist dance**（**扭扭舞**）是源自 1955 年音樂創作人 Hank Ballard 所創作的歌曲 *The Twist*，**twist** [twɪst] 是「**扭轉**」的意思，如同字面上的意思，扭扭舞不需觸碰到舞伴的身體，而是隨著音樂擺動身軀、扭動臀部，正因為不受太多舞步規定的制約，twist 帶領了 60 年代的風潮。

除了 twist 以外，在 60 年代也風行一種叫做 **go-go dancing** [`go͵go] [`dænsɪŋ] 的舞，中文翻譯成「**歌歌舞**」或「**阿哥哥**」；據說 go-go dancing 源自於 60 年代中期，在紐約的 Peppermint Lounge（薄荷舞廳）裡，一群女性舞者穿著靴子站在桌上，隨著音樂跳性感舞蹈，而跳 go-go dancing 的舞者都是穿著迷你裙、高跟鞋或靴子翩翩起舞的，正因為如此，舞者腳上穿著的靴子也被取名為 **go-go boots** [`go͵go] [buts]（**搖擺靴**）。

02 玩遊戲

Part10_09

常玩的派對遊戲有哪些？英文怎麼說？

bingo
[`bɪŋgo]
n. 賓果

monopoly
[mə`nɑpḷɪ]
n. 大富翁

stack-crashing game
[stæk`kræʃɪŋ] [gem]
n. 疊疊樂

board game
[bord] [gem]
n. 桌遊

ludo
[`ludo]
n.（用骰子和籌碼玩的遊戲）魯多

musical chairs
[`mjuzɪkḷ] [tʃɛrs]
n. 大風吹

UNO
[`uno]
n. UNO

cards
[kɑrdz]
n. 撲克牌

spin the bottle
[spɪn] [ðə] [`bɑtḷ]
n. 轉瓶遊戲

用撲克牌能玩什麼遊戲呢？

1. **blackjack** [`blæk͵dʒæk] n. 21 點
2. **bridge** [brɪdʒ] n. 橋牌
3. **poker** [`pokɚ] n. 撲克
4. **big two** [bɪg] [tu] n. 大老二
5. **slaps** [slæps] n. 心臟病
6. **sevens** [`sɛvn̩z] n. 排七
7. **rummy** [`rʌmɪ] n. 撿紅點

◆ Tips ◆

生活小常識：撲克牌

在中文裡「撲克牌」指的是用來玩各種紙牌遊戲的那副「牌」，但其實「撲克牌」是 poker（撲克）的音譯，而不是指紙牌本身，若要指「紙牌」，則會用 card 這個字，因此「一副撲克牌」在英文中的說法是 a deck of cards，而不是 a deck of pokers，下次要提議打牌的時候，小心別說錯囉！

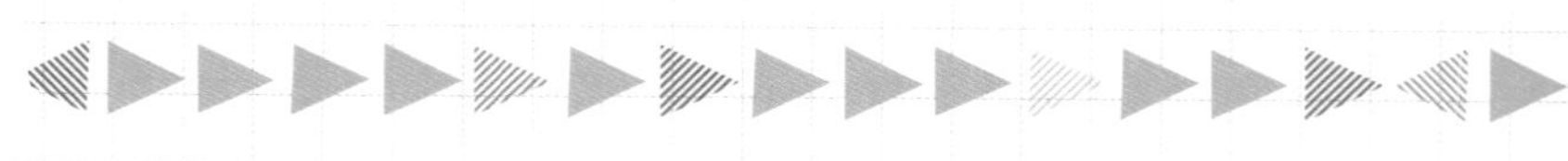

數字的基數與序數

數字是生活中最常見的元素，不過你知道「基數」和「序數」是什麼嗎？在英文裡面 one、two、three... 等數字的意思是「1、2、3⋯」，這些數字被稱作「基數」，本身不帶有順序的意思。但是如果我們想要表達出「順序」的意思，例如「第 1、第 2⋯」的時候，這個時候我們就必須使用「序數」，也就是「first、second、third...」。

一起來看看基數和序數的英文表現有什麼不同吧！

基數

1	one
2	two
3	three
4	four
5	five
6	six
7	seven
8	eight
9	nine
10	ten
11	eleven
12	twelve
13	thirteen
14	fourteen
15	fifteen
16	sixteen
17	seventeen
18	eighteen
19	nineteen
20	twenty

序數

第 1	first
第 2	second
第 3	third
第 4	fourth
第 5	fifth
第 6	sixth
第 7	seventh
第 8	eighth
第 9	ninth
第 10	tenth
第 11	eleventh
第 12	twelfth
第 13	thirteenth
第 14	fourteenth
第 15	fifteenth
第 16	sixteenth
第 17	seventeenth
第 18	eighteenth
第 19	nineteenth
第 20	twentieth

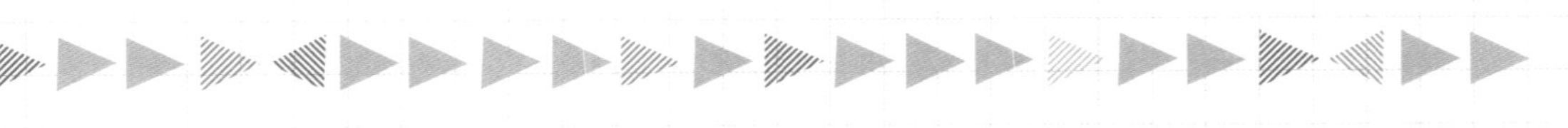

21	twenty-one
30	thirty
40	forty
50	fifty
60	sixty
70	seventy
80	eighty
90	ninety
100	one hundred
1,000	one thousand
10,000	ten thousand
100,000	one hundred thousand
1,000,000	one million
1,000,000,000	one billion

第 21	twenty-first
第 30	thirtieth
第 40	fortieth
第 50	fiftieth
第 60	sixtieth
第 70	seventieth
第 80	eightieth
第 90	ninetieth
第 100	one hundredth
第 1,000	one thousandth
第 10,000	ten thousandth
第 100,000	one hundred thousandth
第 1,000,000	one millionth
第 1,000,000,000	one billionth

- 基數在 21 之後，十位數（twenty ~ ninety）和個位數（one ~nine）中以（-）來連接。

例 ・21 → twenty-one ・22 → twenty-two
・23 → twenty-three

- 序數在 21 之後，十位數（twenty ~ ninety）之後的個位數要使用序數（first ~ ninth），中間以（-）連接。

例 ・21 → twenty-first ・22 → twenty-second
・23 → twenty-third

- 百位數使用 hundred 來表示。

例 ・101 → one hundred (and) one
・250 → two hundred (and) fifty

- 千位數使用 thousand，百萬單位使用 million，十億單位用 billion 來表示。

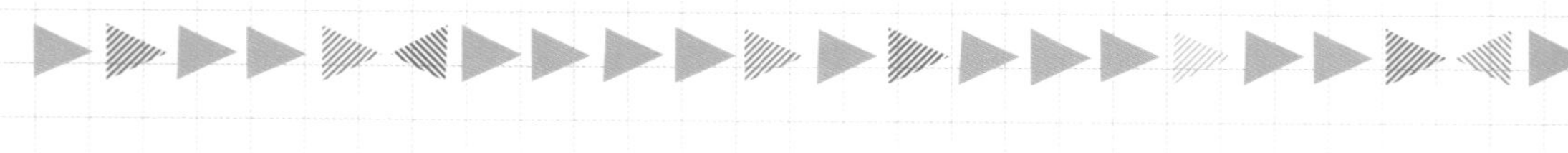

數字的讀法

①小數點

小數點唸為 point，小數點以下的數字都以基數來唸。

例 2.14 ＝ two point one four

②分數

分子以基數，分母以序數來唸。分子若為 2 以上時，分母的序數則必須使用複數形。

例
- 五分之一（1/5）＝ one fifth
- 四分之三（3/4）＝ three fourths
- 一百分之一（1/100）＝ one hundredth

※ 二分之一以 half 來表示。

另外，四分之一（1/4）除了用 one fourth，也可以用 a quarter 來表示。

③時刻

基本上是以「時」→「分」的順序，且利用基數來唸。

例
- 2:30 → two thirty
- 7:55 → seven fifty-five

④月日

在一般的情況下，「日」會以序數來唸（但有時也會有以基數來唸的情況發生）。另外在序數的前面可以選擇加上或不加上 the。

例 February 21 → February (the) twenty-first / February twenty-one

⑤年

百位數和十位數分開，各分成兩位數以基數來唸。

例
- 1692 → sixteen ninety-two
- 1984 → nineteen eighty-four

但 21 世紀（2000 ～ 2099 年）的情況，被唸成 two thousand (and) ~ 的比較多。

例
- 2001 → two thousand (and) one
- 2018 → two thousand (and) eighteen

在學學生、社會人士、親子共學 皆適用的英語學習書

精選會考又用得到的英文文法，破除學習盲點，在校學生輕鬆搞懂英文文法，成績進步看得到，社會人士找回正確文法觀念，溝通順暢不怕錯！

作者／安河內哲也
（附音檔下載 QR 碼）

所有看過的父母都說讚！精選美國小學各領域核心教材，學英文同時學知識，親子共讀的最佳素材、在家最有效的親子互動，立即提升英文閱讀力！

作者／TinyFolds
（附 QR 碼線上音檔）

由 TOEIC 權威研究機構 Hackers Academia 嚴選編纂，系統化字首、字根、字尾一目了然，即使是沒學過的單字，也可以透過本書，輕鬆掌握 90% 以上的意義與用法！記單字輕鬆又有效率！

作者／Hackers Academia
（附單字小手冊＋QR 碼線上音檔）

唸著唸著就學會！用母語人士的方法學英文，一本搞定基礎文法體系、進階句型重點，不用想、直接說，就是正確的文法！

作者／外文列車
（附慢速、正常速朗讀音檔 QR 碼連結）

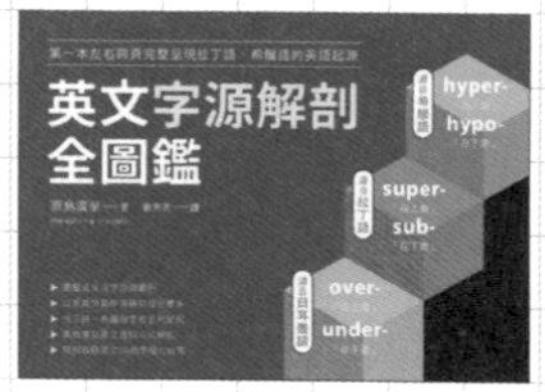

英文老師也想偷偷研究的全新概念英語字源學習書！以圖鑑方式系統化收錄各種單字範例，按照意義分類整理「字首」、「字尾」，輕鬆瀏覽圖片，一眼就能看懂！

作者／原島廣至

台灣廣廈國際出版集團
Taiwan Mansion International Group

國家圖書館出版品預行編目（CIP）資料

實境式照單全收！圖解單字不用背【QR 碼行動學習版】/
簡孜宸(Monica Tzuchen Chien)著. -- 初版. -- 新北市：國際學村, 2023.01
面； 公分
ISBN 978-986-454-259-8
1.CST: 英語 2.CST: 詞彙 3.CST: 慣用語

805.12 111019846

實境式 照單全收！圖解單字不用背【QR碼行動學習版】

一眼看懂單字差異，學會道地英文！讓生活中的人事時地物成為你的英文老師！

作　　者／簡孜宸（Monica Tzuchen Chien）
編輯中心編輯長／伍峻宏・**編輯**／徐淳輔
封面設計／何偉凱・**內頁排版**／東豪印刷事業有限公司
製版・印刷・裝訂／東豪・弼聖・秉成

行企研發中心總監／陳冠蒨
媒體公關組／陳柔彣
綜合業務組／何欣穎
線上學習中心總監／陳冠蒨
產品企製組／顏佑婷

發 行 人／江媛珍
法 律 顧 問／第一國際法律事務所 余淑杏律師・北辰著作權事務所 蕭雄淋律師
出　　版／國際學村
發　　行／台灣廣廈有聲圖書有限公司
地址：新北市235中和區中山路二段359巷7號2樓
電話：（886）2-2225-5777・傳真：（886）2-2225-8052

代理印務・全球總經銷／知遠文化事業有限公司
地址：新北市222深坑區北深路三段155巷25號5樓
電話：（886）2-2664-8800・傳真：（886）2-2664-8801
郵 政 劃 撥／劃撥帳號：18836722
劃撥戶名：知遠文化事業有限公司（※單次購書金額未達1000元，請另付70元郵資。）

■出版日期：2023年01月
ISBN：978-986-454-259-8